教師・啄木と賢治

近代日本における「もうひとつの教育史」

荒川紘
Arakawa Hiroshi

新曜社

はじめに

明治の日本はヨーロッパを範とした学校を設立することによってヨーロッパの近代文明を移植しようとした。どんな田舎にも小学校ができ、そのための教員養成を目的とする師範学校が整備された。大学や専門学校もつくられた。小学校の卒業生が現われるころから各地に中学校も生まれ、中学校をもとに高等学校も誕生した。実業学校ができ、女学校も生まれた。いち早く、陸海軍の将校を育成するための学校も設けられていた。日本人は「近代」の「学び方」もヨーロッパから学んだのである。

学校教育の拡大によってアジアで最初に「近代化」を達成させた日本は短い期間で戦争のできる国に成長した。日清戦争につづく日露戦争の勝利は「世界の一等国」となったとの過信を生み、その過信は満州事変を惹き起こし、そののち、日中戦争から太平洋戦争とつづく十五年戦争を戦いつづけることになる。

岩手県立盛岡第一高等学校の前身である盛岡中学校は、十五年戦争の歴史においても顕著な役割を演じた人材を輩出した。日清戦争の終結した翌々年に入学した板垣征四郎は陸軍士官学校に学び、高級参謀となって満州事変を計画・実行し、傀儡の「満州国」を樹立する。板垣の一級上で海軍兵学校に進学した及川古志郎は海軍大臣に就任すると、太平洋戦争へ踏み出す契機となる日独伊三国同盟の締結に同意した。三国同盟の締結にもっとも強く反対していたのが、盛岡中学校で及川の二級上であった米内《よない》光政である。米内も海軍兵学校に進学し、連合艦隊司令官、海相、首相を経験したが、三国同盟締結を阻止できなかった。しかし、太平洋戦争がはじまってからは東条内閣の倒閣や戦争の終結に努力している。

その一方で、及川古志郎の同級生には第二高等学校から東京帝国大学に学び、アイヌ語研究の第一人者となった金田一京助がおり、板垣征四郎の同級生には第一高等学校から東京帝国大学に進み、『銭形平次捕物控』で人気作家となる野村胡堂がいた。軍人も出せば、言語学者や作家も出す。盛岡中学校は学校教育というものの面白さを見事に示してくれた。

そして、板垣征四郎の一級下には石川啄木がいた。及川に目をかけられ、金田一や野村から文学の手ほどきをうけた啄木は五年生のときに退学するが、詩集『あこがれ』を出版して文壇に登場し、歌集『一握の砂』も出す。その啄木の最初の職が母校である渋民小学校の代用教員、「日本一の代用教員」を自負していたとおり、啄木は教育の可能性をとことん追求した教師であった。「教育勅語」が発布され、日露戦争に勝利して国家主義が高まる時代に、国定教科書や「教授細目」にはしたがわず、自己流の教育にとりくむ。子どもたちも啄木の授業を楽しみ、自発的な英語の課外授業にも喜んで参加した。啄木の自宅にも押しかけ、教えをうけた。啄木のバイオリンの演奏で唱歌を歌うこともあった。

宮沢賢治は盛岡中学校で啄木の一一年後輩で、盛岡高等農林学校に進学、郷里・花巻の郡立稗貫《ひえぬき》農学校（後に県立花巻農学校）の教師となった。賢治も教科書を離れて、自己流の教育をおこなうことに心がける。抽象的な数学でも直感的な理解を重視し、英語では蓄音機をつかった英会話の授業をおこなう。生徒を連れて教室を飛び出し、自然を直接に体験させ、そこから農学や科学を学ばせる。みずから脚本を書き、生徒総動員の劇を上演したこともあった。賢治も夜には詩や童話づくりに励み、在職中に詩集『春と修羅』や童話集『注文の多い料理店』を世に出す。

二人とも国家主義のもとで強まる管理と統制の教育を批判し、教育は自主的なもの、個性重視の人間教育を基本となければならないと考え、それを実践した。教室には明るさがあった。活気があった。ともに教師であった期間は短かかったが、退職後も教育につよい関心をもちつづける。啄木はいくつもの新聞社勤めをしながら小説や評論をもって世の教育を批判し、教育を改革するためにも社会は改革されねばならないと考えていた。賢治は農村の再生を願い、みずから設立した羅須地人《らすちじん》協会で農民の教育に力を注ぐとともに、教育では競争主義を戒め、個性こそが重視されねばならないとする童話を創作している。

賢治が世を去る二年前にはじまった十五年戦争は、同胞とアジアの人々に言葉に尽くせない困苦と犠牲をもたらして日本の敗戦で終わる。そのとき、日本人は真の近代教育の出発点に立つことができた。戦争に加担した国家主義教育を反省し、教師と生徒の自主性を尊重し、真理と平和と民主主義を愛する国民の育成をめざして、教育の目的は「人格の完成」にあるとする「教育基本法」を制定する。啄木や賢治の教育精神がよみがえったのである。

だが、戦後もしばらくすると、日本の社会は経済の成長に惑わされ、教育の真の意味を見失う。教育までもが市場化され、経済原理が学校を支配する。学校では、競争主義のもと、分に応じて能力を産業界にささげるという新しい国家主義教育が強いられる。そのための管理と統制の教育が強化され、子どもが生来もっている個性を成長させるという人間教育は排される。「人格の完成」とは逆の教育がなされているのだ。

学校が荒《すさ》む原因がそこにあるのは明白である。私たちはふたたび教師・啄木と賢治を必要とする時代を迎えている。教室に明るさと活気をとりもどすには、私たちは日本を戦争に明け暮れる暗黒の時代に導いた近代の教育の歴史を反省すると同時に、教師・啄木と賢治、それに二人とその精神を共にした自由民権運動の学塾、大正時代の自由教育運動、生活綴方運動などに関わった教師たちに学ばねばならない。そこから教育の原点に立ち返り、「教育とはなにか」を考え直す。遠回りのように見えても、そこから出直さなければならない。

そう考えて、私は、教師・啄木と賢治を歴史の主軸に据え、政治と戦争の歴史をも視野に入れた日本の近代教育の歴史を書いた。政治と戦争から切り離しては、日本の近代教育史を正しく論じることができず、経済原理に支配されている現代の教育を再生させる力とはならない、と考えるからである。

教師・啄木と賢治——目次

はじめに　3
第一章　教育の明治維新――「学制」から「学校令」へ……13
1　江戸時代の教育――基本は人間教育　13
2　「学制」による学校の設立――人材教育へ　19
3　「教育令」と「学校令」の制定　28
4　各種学校の誕生　36
5　徴兵令と軍の教育体制　42
第二章　自由民権運動の教育……48
1　民権結社と学塾　48
2　仏学塾と大江義塾　55
第三章　大日本帝国憲法と教育勅語……62
1　大日本帝国憲法　62
2　教育勅語――天皇と国家のための教育　67
第四章　日清・日露戦争の時代……71

1 日清戦争 71
2 浄土真宗と日蓮宗の再興 74
3 キリスト教の日本化 79
4 社会主義の台頭 82
5 日露戦争 86
6 幸徳秋水と「大逆事件」 92
7 孫文と魯迅と辛亥革命 103
8 学校の拡大と整備 107
第五章 教師・石川啄木……116
1 啄木の受けた教育 116
2 詩集『あこがれ』の出版 128
3 「日本一の代用教員」 135
4 北海道の「漂泊」 145
5 啄木の教育論 152
6 朝日新聞校正係 156
7 啄木と「大逆事件」——社会主義・無政府主義へ 162

8 啄木最後の仕事 166

第六章 大正デモクラシーの時代……178
1 大正デモクラシー 178
2 沢柳政太郎の自由教育 184
3 自由教育の広がり 188
4 高等教育の拡大 193
5 社会主義と教育運動にたいする弾圧 202

第七章 教師・宮沢賢治……210
1 賢治の受けた教育 210
2 花巻農学校での教育と文学活動 220
3 賢治の教育論 229
4 農民教育 237
5 自己犠牲の精神 245
6 法華経に生きた農民の教師 250

第八章　満州事変――十五年戦争へ……256
1　満州事変　256
2　北一輝の国家改造論　261
3　「国家改造」――テロとクーデターの時代へ　265
4　教育も研究も「暗黒時代」に　268
5　東北農村の疲弊と青年将校たち　275
6　生活綴方運動――教師・啄木と賢治の後継者たち　282
第九章　太平洋戦争……288
1　板垣征四郎・米内光政・及川古志郎　288
2　対米英開戦　291
3　優勢だったのは緒戦だけ　301
4　学校も戦場に　305
5　敗戦へ　318
第十章　戦後の「新教育」――教師・啄木と賢治への回帰……330
1　戦争責任と反省　330

2　土岐善麿・高村光太郎・草野心平・石原莞爾の戦後　339
3　戦後教育の出発　343
4　「日本国憲法」と「教育基本法」――教育の目的は「人格の完成」　346
5　六・三・三・四制　351
6　「新教育」へのとりくみ　356

注　366

あとがき　377

図版出典　382
関連年表　387
事項索引　394
人名・著作索引　406

装幀――虎尾　隆

第一章　教育の明治維新――「学制」から「学校令」へ

1　江戸時代の教育――基本は人間教育

教育とは自主的なもの

江戸時代においては、私塾でも寺子屋でも自由に開設できた。特別な資格といったものはなく、武士はもちろん、農民でも町民でも教師になれた。医師や僧侶の教師も多かった。そこでは身分を問わずだれでも学ぶことができた。教育とはほんらい自主的なものと考えられていたのである。私塾と寺子屋の区別は明確ではないが、寺子屋が読み書きの教育を主としたのにたいして、私塾では『大学』『中庸』『論語』『孟子』（四書）といった儒教経典の学習が重視されていた。教育の基本は儒教による人間教育にあるとされていたからである。

水戸の古着商の子に生まれながら水戸学の確立者となった藤田幽谷《ゆうこく》は、城下にあった私塾に学び、そこで才能を見いだされ、藩の彰考館で『大日本史』の編纂に従事してからは、みずからの塾を開く。幽谷の塾で育った会沢正志斎《あいざわせいしさい》は幕末の志士のバイブルとなる『新論』を著わし、机をならべて学んだ幽谷の息子の藤田東湖《とうこ》は藩政・幕政改革の先頭に立つ。正志斎や東湖も私塾で教えた。『新論』の愛読者となって水戸学の影響をうけた長州の吉田松陰は、幽囚の身となりながら松下《しょうか》村塾で門人の教育にあたる。そこからは、高杉晋作、久坂玄瑞《くさかげんずい》、前原一誠、伊藤博文、山県有朋ら時代を動かした多数の志士が巣立った。疑いなく私塾の教育が新しい時代を切り開く力となったのである。

私塾では儒教教育が重視されたが、それをどう教えるかは教師の自由裁量で、藤田東湖や会沢正志斎は尊王攘夷の思想の普及につとめ、吉田松陰は『孟子』の講義をしながら、松下村塾の門人たちに尊王思想を鼓吹し、天皇の世の実現を唱える。

幕末の教育界をリードするのが蘭学で、杉田玄白の『解体新書』いらい蘭学塾の人気は高まる。緒方洪庵は大坂で適塾を開塾し、そこには大村益次郎、橋本左内、福沢諭吉、大鳥圭介らがオランダ語や西洋医学を学ぶために集まった。佐久間象山の江戸の砲術塾には勝海舟や加藤弘之らの幕臣のほか、吉田松陰や坂本龍馬のような各藩の武士も入門する。語学や医学や軍事学の教育の比重が大きくなるが、これらの塾でも儒教教育は疎かにされていなかった。佐久間象山は砲術とともに儒教を教授し、斎藤弥九郎の剣道の塾で木戸孝允《たかよし》は『論語』や『孟子』も学ぶ。緒方洪庵は塾生に「医は仁術」を説いていた。武術や医術の修業でも人間教育が忘れられていなかった。

藩が藩士教育のために設けた学校が藩校である。十八世紀末ごろから多くは城下の私塾を母体にして設立され、幕末までにはほとんどの藩に藩校があった。松陰ももともとは長州藩の明倫館の兵学師範であったし、会沢正志斎は水戸藩が弘道館を設立するとともにその教授となる。幕府は藩校の教育内容には口出しをせず、藩の独自な教育が可能であった。どこの藩校も儒教教育が必須とされたが、水戸藩の弘道館では城下の私塾がそうであったように教育目標は尊王攘夷となる。が、とくに幕府から咎められることはなかった。盛岡藩の藩校の作人館も幕末には水戸学の影響をうけ、神道を儒教と一体と見る「和漢一致」を標榜した教育がおこなわれる。その中心となったのは吉田松陰の親友で、松陰の東北遊歴では白河まで同行した江幡五郎である。

藩校でも蘭学が教えられるようになる。蘭学塾で育った者が各藩に招聘された。盛岡藩では、箕作《みつくり》阮甫《げんぽ》や坪井信道の蘭学塾に学んだ大島高任《たかとう》が蘭学教育の導入に努力している。

幕府管轄の主要な学校には、江戸にあった儒学の学校の昌平坂学問所、蘭学の研究・教育がおこなわれた蕃書調所《ばんしょしらべしょ》、種痘所から発展した医学所があった。幕府の学校には幕臣だけでなく、各藩の藩士の入学も許されるようになる。幕末には外交の範囲が広がって英語やフランス語も必要となり、蕃書調所では英学や仏学の研究・教育がはじまる。蘭学から洋学の時代となり、蕃書調所の名称も洋書調所、そして開成所と変わる。

これらの幕府の学校にも私塾で育った人材が集められた。適塾からも、大村益次郎が蕃書調所に呼ばれ、緒方洪庵までもが、「実に世に謂ふ有難迷惑」であったのだが、医学所の頭取(校長職)に就く。

儒教教育と明治維新

儒教教育の基本は「自修治人」で、孔子は「己を脩めて以て人を安んず」(『論語』憲問篇)とのべていた。武士の職分は自己の人間形成につとめ、天下万民に仁政をほどこすこととされた。為政者も仁政を果たさねば政事をつづけることができない。孟子は、天は民の声に耳を傾け、天命をくだしてその分をつくさない君主を追放するという革命論を説いていた(『孟子』梁恵王章句下)。儒教教育は幕政批判と討幕の原動力ともなる。

水戸の私塾で教育をうけた脱藩浪士たちは、勅許を待たずに日米修好通商条約を調印した大老の井伊直弼を暗殺し、水戸学の影響をうけた吉田松陰は松下村塾の門人たちに討幕をよびかける。松陰は「安政の大獄」で処刑されたが、門人たちは「尊王討幕」をスローガンにして討幕の先頭に立った。

その一方で、熊本藩士の横井小楠は水戸学に学びながら、攘夷論を批判し、開国によって富国をめざすとともに、藩主からなる上院と藩士からなる下院を設置するという「公議政体論」にもとづく幕政の改革案を唱えた。小楠によると、「公議政体論」はヨーロッパ独自のものではなく、儒教が理想とする中国古代の「尭舜三代の治」をうけつぐものであった。

「公議政体論」による幕政の改革案は小楠の影響をうけた坂本龍馬から山内容堂を介して将軍徳川慶喜《よしのぶ》に伝えられ、オランダに留学した開成所の西周や津田真道《まみち》も同じような「公議政体論」を進言した。一八六七（慶応三）年十月十四日、徳川慶喜は「公議政体論」を受け容れて、「大政奉還」となる。しかし、孝明天皇が急死し、十六歳の明治天皇が即位すると、十二月九日に「王政復古の大号令」で新政府が樹立される。「大号令」をかけたのは天皇、たしかに形の上では「尊王討幕」が実行されたかのようであったが、公家の岩倉具視《ともみ》、長州の木戸孝允、薩摩の大久保利通や西郷隆盛らが若い天皇を利用したクーデターで、徳川家から権力と領地を奪取したものであった。討幕の最後の段階では、卑劣を憎む儒教の精神も、水戸学や松陰には抱かれていた尊王の精神も関係がなくなっていた。天皇は討幕のための道具、「玉《ぎょく》」でしかなかった。

「官軍」となった薩長軍は鳥羽・伏見の戦いで、会津藩と桑名藩の兵を主力とする幕府軍を破り、さらに東下して江戸を無血開城する。この戊辰《ぼしん》戦争のつぎの仕事は「賊軍会津と庄内の追討」で、江戸の守備を任せられていた庄内藩も「賊軍」とされた。

幕府側は、会津藩を中心に東北・北越の諸藩が奥羽越列藩同盟を結成し、西国諸藩の官軍勢力に立ち向かう。だが、敗れる。会津藩二三万石は極寒の荒蕪地・下北の斗南《となみ》藩三万石に移封となった。庄内藩一七万石は領民の懇請で転封を免れたものの、一四万石となり、七〇万両の献金を課せられた。「朝敵」とされた他の藩も苦難の道を歩む。盛岡藩も白石藩への移封となるが、半年で解除され盛岡に復帰できた。しかし減封と献金によって財政は破綻をきたし、藩主南部利恭《としゆき》は藩を政府に返上し、廃藩置県の前年の一八七〇（明治三）年にすでに盛岡県となる。政府直轄の地となっても、多くの武士の生活は困窮をきわめる。農民の生活はそれ以上に苦しかった。

新政府と藩の学校——洋学の振興

新政府はただちに教育体制の整備にのりだした。江戸城を開城すると、幕府の所有していた昌平坂学問所・開成所・医学所を接収し、それらの施設をつかって大学・大学南校・大学東校を開設する。「大学」というのは古代の律令制の官僚養成の学校「大学寮」からとられたもので、学生は全国から集められた。大学南校は各藩に貢進生の推薦を依頼した。一八七〇年には昌平坂学問所をうけついだ大学（本校）を廃止して、そのかわり翌年文部省を設置、以後、文部省により学校の整備が進められた。新政府が成立しても、新政府が管轄したのは東京・大阪・京都などの旧幕府領だけで、それまでの藩が新政府の直轄地の府・県と並立していた。各藩も新時代にむけた人材の養成のため、藩校の充実につとめ、お雇い外国人教師を雇って、洋学の教育もはじめる。

横井小楠は維新後暗殺されたが、その影響が強く残っていた熊本藩ではアメリカの陸軍士官学校出身のL・L・ジェーンズを招き、一八七一年に熊本洋学校を設立する。教師はジェーンズひとりで、自宅で聖書講義をおこなった。小楠の子の時雄、小楠の高弟であった徳富一敬の子の蘇峰と蘆花らも熊本洋学校に学ぶ。

盛岡藩も戊辰戦争中は休校となっていた作人館を再開する。そこでは「平民宰相」の原敬《たかし》、物理学者の田中館愛橘《たなかだてあいきつ》、東洋史家の那珂通世《なかみちよ》（江幡五郎の養子）も学んでいる。作人館は盛岡洋学校とも称され、洋学中心の学校として存続した。初代の北海道帝国大学総長となる佐藤昌介はここで洋学を修めた。

新設の藩校のなかでとくに注目されるのは、徳川慶喜のあと徳川家を継いだ六歳の徳川家達《いえさと》が大名となった静岡藩の創設した藩校である。江戸にあった幕府時代の教育施設は新政府に接収されたが、静岡藩は移封されるとただちに人材育成のためにそれに代わる静岡学問所と沼津兵学校を設立し、向《むこう》山黄村《やまこうそん》、中村敬宇《けいう》、津田真道、西周、加藤弘之といった昌平坂学問所や開成所の教官と学生をそこに移した。静岡学問所では、洋学教育のために雇われたアメリカのラトガース大学出身のエドワード・W・クラークが数学や化学や英語を教え、自宅では聖書の講義もおこなった。

洋学塾の設立

明治維新となっても私塾は不要とはならなかった。『日本教育史資料』（文部省編）によると一八六八（明治元）年から一八七二年までのあいだに一八二の私塾が設立されている。儒教教育を主とする漢学塾が多かったが、英学、仏学などの洋学塾も生まれる。

江戸で蘭学塾を開いた福沢諭吉は英語の時代の到来をむかえて英学塾に切り替え、慶應義塾と命名した。静岡学問所の中村敬宇も上京して英学塾の同人社を開設する。ここでは敬宇に遅れて静岡から上京したクラークが英語を教えるかたわらバイブル・クラスをはじめた。大村益次郎から蘭学を学んだ近藤真琴の設立した攻玉社では航海術や測量術が教えられる。これらの「三大義塾」とよばれた大規模な私塾のほかにも、箕作阮甫《みつくりげんぽ》の孫の麟祥《りんしょう》が開いたフランス語塾・共学社や麟祥に学んだ中江兆民の仏学塾など多数の塾が存在した。

南部藩は藩を政府に返上したが、教育への熱意の強かった元藩主の南部利恭は、官立学校に進学する藩士の子弟のために一八七一年末東京の木挽町（翌年新富町に移転）に英学塾の共慣義塾を開設する。新渡戸稲造も原敬も共慣義塾で英語教育をうけた。

2 「学制」による学校の設立――人材教育へ

小学校の設立

ところが、大久保利通や木戸孝允、西郷隆盛らの主導する新政府は一八七一（明治四）年、クーデターで廃藩置県を強行、それまでの藩を廃して県を置き、政府の直轄地とし、従来の府県と併せてすべての府県に中央政府から府知事・県令を任命した。すでに盛岡藩は盛岡県となっていたが、隣の一関藩も一関県（後、水沢県、磐井県）となる。それによって、作人館も一関藩の藩校の教成館《こうせい》も閉鎖を余儀なくされる。

それに呼応して、文部省は翌年の一八七二年に中央集権的な教育体制の確立をめざして学区制にもとづく学校の設立を柱とする「学制」を制定した。フランスの教育制度に倣ったものである。全国を八大学区に分け、各大学区を中学区に分け、各中学区を小学区に分け、それぞれに大学・中学校・小学校を一校ずつ設立するとした。岩手県をふくむ東北地区は第八大学区とされ、本部は青森県におかれた（翌年には区割りが変更され、東北地区は第七大学区となり、本部は宮城県に移された）。さらに、小学校教員養成のための師範学校、各種の専門学校と専門学校に入るための予備校である外国語学校の設置が追加された。

政府がもっとも力を注いだのが小学校の設立である。就学年齢は満六歳、下級四年と上級四年の課程からなり、下級四年は男女の差別なくすべての人民が入学すべきものとされた。小学校の設立・維持・教員の給料は市町村の負担とされ、教育が人民各自の「身を立る財本《もとで》」（「被仰出書《おおせいでされしょ》」）との趣旨から授業料を徴収した。

教員には藩校の教授、私塾、寺子屋の師匠のほか、元武士や庄屋クラスの農民、神官、僧侶が任命された。洋風の校舎を新築したところもあったが、旧藩校、私塾や寺子屋が小学校となったほか、寺院などの建物が利用されたところが多かった。盛岡の作人館の跡は仁王小学校となり、一関の教政館は一関小学校となる。啄木が学び、教えた渋民小学校は彼が少年時代をすごした宝徳寺ではじめられたが、その後二階建ての校舎が新築された。

小学校反対の運動も起こったが、一八七三（明治六）年には私立の小学校をふくめて、一万二〇〇〇余の小学校が開設され、一八七五年には二万四〇〇〇余校と増加した。この年の男子の就学率は全国平均で五〇パーセントを超える。でも、女子は一八・九パーセントであった。江戸時代最後の年の一八六七（慶応三）年に江戸町奉行支配下の町名主の子に生まれた夏目漱石は、自伝的小説『道草』によると、七歳のとき、一八七四年に設立された浅草の戸田学校に入学した。正式には学区制にしたがって第一大学区第五中学区第八番小学と称されていた[1]。

小学校の教育

「学制」の制定によって、教育の目的は、江戸時代の儒教による人間教育から、西洋の学問による人材教育へ転換された。「一身独立して一国独立する事」（福沢諭吉『学問のすゝめ』）とされ、個人の教育が国家富強の道とされた。教育の方法も、それまでの個人別の指導から、黒板をつかった一斉授業に変わる。始業時間が定められ、授業は時間割にしたがって進行し、読み・書き・算術のほかに理科・地理・歴史・修身・体操なども教えられた。

教科書も洋学者によって書かれたものが使われた。漱石は『道草』で、小学生のとき、学校から『輿地誌略《よちしりゃく》』と『泰西勧善訓蒙』の教科書をうけとり、喜び勇んで家に帰ったと書いている。(2)『輿地誌略』は内田正雄によって書かれた西洋式の天文地理の書、『泰西勧善訓蒙』は箕作麟祥による西洋の倫理学の書で、修身の教科書に使用された。その他の教科書には物理では福沢諭吉の『窮理図解』があり、世界地理では同じ福沢の『世界国尽《くにづくし》』が使われ、世界史では西村茂樹の『万国史略』があった。教育内容についてはアメリカの教育を参考にしたところが多く、文部省発行の『小学読本』はアメリカの小学校でつかわれていた『ウイルソン・リーダー』をもとに書かれていた。盛岡藩校作人館の教授だった江幡五郎は、戊辰戦争では奥羽越列藩同盟に参加を指示したとして幽閉の身にあったが、木戸孝充の計らいで新政府に出仕でき、文部省で『小学読本』の編纂にたずさわっている。

一八五九（安政六）年に美作《みまさか》国羽出木村（現岡山県久米南町）の庄屋の次男に生まれた片山潜は、手習いのために神主が師匠の寺子屋に通い、遍照院の老僧からは『孝経』の素読の教えをうけ、昌平坂学問所出身である津山藩の儒者の木村綾夫から『中庸』などの四書の素読や『十八史略』などの講義を受けた。儒教教育は農村部にまで広がっていたのである。ところが、一八七二（明治五）年に近くの誕生寺（現久米南町、法然の誕生した寺）を利用して成立小学校ができると、すでに十四歳であったが、成立小学校に一〇〇日間ほど通学して、洋式の算術や理科の授業をうけた。『輿地誌略』も習い、そこで、片山は地球が丸いという地球説のことを知る。「予が地球説をはじめて聞いたのは後年小学校が開かれてからである。それまでは世界はまったく平面であり天竺といえば高くして太陽に近い所、しこうして太陽は毎日ひがしより西へ走るもので一日に金の藁履《わらじ》を三足も要するということを信じていたものである」と回想している(3)。

師範学校の設立

寺子屋や私塾や藩校で学んだ者が『輿地誌略』『窮理図解』『世界国尽』『万国史略』のような教科書をつかって授業をするには無理がある。そのため、新たな教員養成が急務となった。文部省は「学制」制定にあわせて、東京に官立の師範学校（一八七二年）と女子師範学校（一八七四年）を開設したのにつづけて、大学区の本部県である大阪・宮城・愛知・広島・長崎・新潟にも官立の師範学校を設立した。そのとき東京の師範学校は東京師範学校と改称された。

仙台に設置された第七大学区の宮城師範学校の校舎は、県庁として使用されていた仙台藩校養賢堂と同じ敷地内に建てられた。校長には養賢堂や大学南校に学んだ大槻文彦（蘭学者大槻玄沢の孫で、『言海』の編纂者）が就任する。小学校とはちがって師範学校の学費は無料で、生活費も支給された（この学資支給制は府県立の師範学校にも踏襲される）。そのためもあって、職を失った士族の子弟の入学の比率が創設期には高かった。

各府県も小学校教員の養成所を設立する。盛岡藩をもとに成立した岩手県（旧盛岡県）では盛岡の仁王小学校内に小学校教員伝習所が設置された。修学期間は八週間、伝習所の教育には官立の宮城師範学校を卒業した仁王小学校の訓導が当たった。一関藩をもとに成立した水沢県（一八七五年には磐井県）には小学校教則伝習所が設けられる。一八七四年には全国で五三校、二年後には九四校に増えた。

それでも、小学校の増加に追いつかず、助教などと呼ばれた無資格の教員が雇用された。一八七五、六年に全国的に府県の統合がおこなわれると、文部省は新しい府県に師範学校の設立を奨励し、それに応えて新しい府県立の師範学校が整備される。校名も師範学校に統一される。その府県立の師範学校校長や教諭には大学南校や慶応義塾のほか全大学区に設立された官立の師範学校の卒業生が採用された。作人館から慶応義塾の変則部（速成コース）に学んだ那珂通世は千葉師範学校校長、女子師範学校校長に招かれた。

岩手県では一八七六（明治九）年に磐井県が岩手県に合併されると、盛岡城に近い内丸に盛岡師範学校が設立された（一八七九年には岩手師範学校となる）。就学期間は二年とされたが、緊急な教員養成に応ずるために六カ月の課程も設けられた。校長には元上総《かずさ》一宮藩主で大学南校を出た加納久宣（のち鹿児島県知事）が就任した。

官立の女子師範学校設立の翌年一八七五年には石川県に最初の府県立の女子師範学校が設立され、その後各地に府県立の女子師範学校が生まれた。岩手県では一八九八（明治三一）年に岩手師範に女子部が設けられた。

府県立の師範学校が整備される一方で、財政難を理由に東京師範学校と女子師範学校をのぞき、他の六つの官立の師範学校は一八七七年までに廃止され、府県に移管された。

片山潜は一九歳で小学校の助教となったが、岡山師範学校の受験を志し、その準備のために元島根藩士で勝北郡長の安達清風が郡役所近く（現津山市）に開設した私塾・有功学舎の塾生となり、翌年二二歳のときに岡山師範を受験して合格している。師範学校では寄宿舎生活で、夜の八時以後の音読は禁じられており、十時に就寝せねばならなかった。それまで寺子屋や私塾で自由な勉学生活をしてきた片山には窮屈な生活であった（翌年退学、上京して印刷工のかたわら、養賢堂・昌平坂学問所出身で養賢堂や大学でも教えた岡鹿門《ろくもん》の漢学塾で学び、攻玉社の塾僕などをした後、渡米する）(4)。

ペスタロッチの教育学

師範学校が設立されてまもなく、スイスの教育家ヨハン・ハインリッヒ・ペスタロッチの教育学が紹介される。ペスタロッチは、子どものもつ自然本性の正常な発達によって子どもを社会化すべきとする同国人ジャン＝ジャック・ルソーの教育思想をうけついで、教科書による知識の注入重視の教育を改め、教育は子どもが本来もっている諸能力の開発でなければならないと主張した。「生活が陶冶する」、教育は生活の場から出発されるべきであるとも言っている。

ペスタロッチを最初に学んだ日本人は会津藩士の子に生まれた高嶺秀夫である。藩校の日新館に学び、会津戦争で謹慎の身となるが、福地桜痴（源一郎）、沼間守一《ぬまもりかず》のほか、箕作秋坪の共学社、慶應義塾に学んで文部省に出仕し、一八七五年にはアメリカに留学、そこでペスタロッチの教育思想に接した。一八七八年に帰国してからは東京師範学校の教授、校長に就任し、ペスタロッチの教育学の普及につとめた。東京師範学校で高嶺に学び、各地の師範学校の教師となった卒業生たちは、師範学校の生徒にペスタロッチの教育法を教えた。それによって、注入主義の教育を避けて、掛け図や実物をつかい、教師と生徒の対話を取り入れた教育法がひろまる。

上級学校の整備

小学校の卒業生が出はじめるころから、「学制」にしたがって中学校が各地に設立されはじめる。旧幕府の学校や旧藩校を利用したり、新設された師範学校に併設したり、その設立過程は一様でない。公立のほか私立の中学校も設立された。一八八五（明治一八）年には全国で一〇〇校を超える中学校が生まれる。啄木や賢治の学んだ盛岡中学校の前身である岩手県立岩手中学校は一八八〇年に盛岡師範学校に併設されて出発した。一年生では修身、史学、文章学、理学（物理学）、数学、画学、英語が教えられ、進級すると、化学、生物学、経済学などが加わった。

文部省は大学の設立に向かったが、文部省直轄の大学南校と大学東校をそのまま「学制」にもとづく大学にはできなかった。大学南校についてはいったん第一大学区の中学校とした。外国語と普通教育の学校であったが、一八七三年には外国語教育と法学・理学・工学などの専門教育をおこなう開成学校に改編され、翌年には外国語教育の部門が東京外国語学校として分離し、専門学校としての東京開成学校となる。それにあわせて、大学東校を医学校、東京医学校とした。東京開成学校と東京医学校の専門学校はお雇い外国人教師による高等教育の機関と位置づけられたが、三年後の一八七七年には二校が合併し、法学部、文学部、理学部、医学部の四学部からなる東京大学が創設された。「学制」では八校（翌年、七校）の大学の設置が計画されたが、ようやく一校の大学が東京に生まれた。

盛岡藩校の作人館に学んだ田中館愛橘《たなかだてあいきつ》は、慶応義塾から東京外国語学校に入学し、東京開成学校に進学して東京大学の理学部第一期生となる。そのころ教師にはイギリス人のお雇い外国人教師J・

A・ユーイングやアメリカ人のお雇い外国人教師T・メンデンホール、それに物理学の教授には山川健次郎がいた。

日本人最初の物理学教授となった山川健次郎は、高嶺秀夫とおなじく会津藩士の子で、藩校の日新館に学び、会津戦争では白虎隊に入隊するが年少ということで除隊させられた。敗戦後には斗南《となみ》藩が東京の増上寺内に開いた斗南藩学校に入学、高嶺秀夫もいた沼間守一の塾にも学び、一八七一年に国費留学生としてアメリカのイェール大学に留学する機会をえ、帰国後は東京開成学校の教授補となり、一八七九年に東京大学教授に昇任した。

これら東京大学などの上級学校に進学したのは多くが田中館のような士族の子弟で、武士が学士となった。ただ東京大学は、夏目漱石のような士族以外の階層からも人材を集め、その地位を確立していく。

開成学校から分離・独立した東京外国語学校では、上級学校の予備校として、英語・フランス語・ドイツ語・中国語・ロシア語が教えられた。翌年には東京外語学校から英語科が独立して、東京開成学校の予科的な学校である東京英語学校が誕生した。

東京のほか大学区の本部のある宮城・愛知・大阪・広島・長崎・新潟にも官立の外国語学校ができた。実質は英語の学校であり、これらの学校も英語学校と改称された。仙台に設置された宮城外国語学校の校舎には藩校養賢堂の流れをくむ英学校の辛未館《しんび》（東二番丁）が当てられた。教員には下斗米《しもとべ》精三校長以下、お雇い外国人教師チャールズ・グールドのほか日本人教師三人が就任した。

ところが、東京大学が誕生した一八七七年には、東京英語学校は東京大学に進学するための東京大学予備門となり、第二から第七までの大学区の官立の英語学校は廃止される。宮城英語学校は県立に移り、仙台中学校となった（のち、私立東華学校をへて、宮城尋常中学校、仙台第一中学校につながる）。「学制」によって生まれた大学は第一大学区の東京大学のみ、他の大学区には大学は設立されなかった。文部省は全大学区に官立の師範学校と英語学校を設置したのだが、それも三年足らずでなくなる。早くも東京への一極集中がはじまる。

官庁の学校

文部省以外の省庁でもお雇い外国人教師を招き、各種の高等教育の学校を設立する。工部省は一八七一年にイギリスからH・ダイアーやW・ランキンを招聘して技術者養成のために、土木・機械・造家（建築）・電信・化学・冶金・鉱山の学科からなる工学寮（一八七七年に工部大学校となる）を虎ノ門に開設する。

翌年に北海道開拓使は農業技術者養成のための札幌農学校を開設、アマースト大学教授からマサチユーセッツ農業大学学長となったウィリアム・クラークを教頭に招聘した。クラークは専門の植物学の講義だけでなく、人間教育は聖書によらねばならないとして英訳聖書をつかったキリスト教教育もおこなった。それを黒田清隆開拓使長官は黙認した。農商務省も一八七八年に駒場農学校を設立したが、こちらはドイツ人オスカル・ケルネルを招き、ドイツ農法を採用した。駒場農学校は東京・西ケ原にあった東京山林学校学を併合し、東京農林学校となる。

司法省は一八七一年に法曹人養成のために明法寮を設立し、教師にはフランスからG・E・ボアソナードらを招き、権利と自由の概念を重視するところに特徴のあるフランス法の教育をおこなった。のち法学校と改称される。

東京大学とともに、これらの学校は「文明開化」の窓口として期待され、西洋の科学技術の移植と官僚の養成につとめる。ヨーロッパでは後進国であったドイツが採用した、学校教育によって先進国の近代文明を導入するという近代化の方法をとりいれる。日本は近代化の「学び方」も学んだ(5)。

田中館とおなじく作人館に学んだ佐藤昌介は郷里の花巻にもどり、そこで小笠原賢蔵の塾で英語と数学を習い、東京英語学校から札幌農学校に一期生として入学した。田中館や佐藤とおなじ南部藩士の子であった新渡戸稲造は佐藤昌介よりも六歳年下で、作人館に入学することはなかった。新渡戸は九歳のときに上京し、築地にあった私立の英学校や南部利恭の設立した共慣義塾に学んだ後、東京英語学校から佐藤に一年遅れて札幌農学校に入学した。

東京英語学校は東京大学の予科的な学校であったのだが、経済的に恵まれなかった佐藤や新渡戸は、東京英語学校から給費制の札幌農学校を選んだ。東京英語学校で新渡戸と同級であった上州高崎藩士の子の内村鑑三も新渡戸と一緒に札幌農学校に入学した。

3 「教育令」と「学校令」の制定

「教育令」から「改正教育令」へ

「学制」には反対の声も起こり、小学校の打ち壊しさえもあった。有料であることに反対というだけではなく、農民や商工業者には西洋の学問中心の教育は実用的でない、との批判もあった。そこで一八七九(明治一二)年に文部省は「学制」を全面的に改めた「教育令」(通称、自由教育令)を公布した。学区制を廃し市町村制として、その上で、就学期間を柔軟化し、巡回教育の方法を導入するなどの教育形態の自由化をみとめた。また、市町村ごとに選挙で選出される学務委員がおかれることになった。文部大輔の田中不二麿が学監として招いたアメリカ・ラトガース大学教授のデイヴィット・モルレーの協力のもと、アメリカの教育制度を参考にして立案したものである。

だが、「教育令」による教育の自由化が就学者の減少をまねくと、「教育令」への批判が強まり、翌一八八〇年には統制色を強め、就学義務徹底化をはかろうとする「改正教育令」が布かれる。学務委員は府知事・県令の任命制となり、教員の任免も府県の権限とされる。「学制」よりも統制色の強い制度となった。

あわせて、それまで軽視されていた修身科が教科の最上位におかれるようになる。といって、箕作麟祥の『泰西勧善訓蒙』のような修身教育が奨励されたのではない。『泰西勧善訓蒙』をふくめ洋学者の教科書は使用禁止となった。「改正教育令」につづけて、一八八一年には「小学校教員心得」や「小学校教則綱領」が制定され、尊王愛国の道徳が教員に義務づけられるとともに、歴史教育は日本史に限定され、その目的を「尊王愛国の士気」の養成におくとされた。教育の統制が強化される。「小学校教則綱領」では、府県が「教則」をさだめ、校長はそれにしたがって各教科の「教授細目」を作成し、教員は「教授週録」を書かねばならなかった。

「帝国大学令」――「国家の須要」の学問を

「改正教育令」が制定された六年後の一八八六（明治一九）年、初代の内閣総理大臣伊藤博文のもとで文相に就任した森有礼《ありのり》は、「帝国大学令」「中学校令」「小学校令」「師範学校令」からなる「学校令」を勅令として公布した。イギリスに留学し、新政府のもとでは渡米してアメリカの自由教育の調査をおこなった森であるが、文相に就任すると、天皇制国家にふさわしい臣民形成を目標とした中央集権的な教育と教員養成の体制確立の先頭にたつ。

「帝国大学令」では帝国大学の目的を「国家の須要に応ずる学術技芸を教授し及其蘊奥を攻究する」とし、ただちに東京大学に工部大学校を合併して帝国大学を誕生させる。帝国大学では学部制を廃し、分科大学制をとって法科大学、文科大学、理科大学、医科大学、工科大学をおいた。法・医科大学は四年制、その他は三年制とされた。

ついで司法省の法学校を法科大学に合併し、一八九〇年には駒場農学校と東京山林学校が統合した東京農林学校を吸収して農科大学が生まれた。高級官僚の養成と科学技術のための大学の色彩を濃くするようになる。わけても、官僚養成のための法学教育が重視され、法科大学学長は総長が兼任した。帝国大学となって学生数も急膨張する。一八八〇年の東京大学の学生数は三二七名であったが、一八九五年には一三六一名となる。

「帝国大学令」が制定されても、新しい帝国大学は設立されなかった。その予定もなかった。大学は一つでよい、統制と管理の点からもそのほうがよい、との考えからである。

卒業生は各分野の支配層を独占的に生み出していったが、学生の数が増えたこともあって、大学での成績がものをいうようになり、卒業式では各分科大学から数名の成績優秀者に天皇から銀時計が下賜されるようになった。夏目漱石は一九〇七年に書いた『虞美人草』で、文科大学英文科で銀時計組であった小野清三に「恩賜の時計は時を計るのみならず、脳の善悪《よしあし》をも計る。未来の進歩と学界の成功をも計る」とのべさせている。(6) 彼には将来の栄達が約束されているというのである。漱石は銀時計組ではなかった。

帝国大学に改編されたころから、教師は東京大学の卒業生で、外国留学を経験した日本人に切り替えられようになる。文科大学では、英語教師となっていたラフカディオ・ハーンとの契約を打ち切り、イギリス留学から帰国した漱石を帝国大学英文学科の講師に迎えた（その後漱石は帝国大学を退職、朝日新聞社に入社して『朝日新聞』に『虞美人草』を連載した）。日本人が日本語で日本人のために教育をする大学となったのである。

「中学校令」――高等中学校の設置

「中学校令」で中学校は五年制の尋常中学校と尋常中学校から進学する三年制の高等中学校からなるとされた。尋常中学校については一府県一校に制限されたため、それまでに出来ていた中学校の多くが廃止や再編を余儀なくされ、尋常中学校は四八校（うち私立五校）となった。不完全な学校を整理するためという名目であったが、政府は中学校が自由民権運動の温床となることを恐れたのでもある。岩手県では「中学校令」が公布されたときに存在したのは盛岡尋常中学校だけであった。

帝国大学の予備教育をになう高等中学校については、東京英語学校が東京大学予備門をへて第一高等中学校となったほか、仙台、京都、金沢、熊本に、第二から第五までの官立の高等中学校が新設された。全国各地に存在した英語学校に代わるもので、英語学校が廃止されて九年後、帝国大学の規模の拡大に対応して生まれた。一つの帝国大学が五つの高等中学校の卒業生を集めることになる。

同じ時期、これらのいわゆるナンバー・スクールのほかに、特例的に鹿児島県には鹿児島高等中学校造士館、山口県には山口高等中学校がつくられた。教育の世界でも薩長は特別扱いされたのだが、一八九六年に鹿児島高等中学校造士館は廃校となり、一九〇五年に山口高等中学校は山口高等商業学校に改編された（その後、両高等中学校は再興される）。

その後、尋常中学校・高等中学校は中学校・高等学校と称されるようになる。中学校から高等学校、そして帝国大学が出世コースとなる。それでも、高校卒でなくても科目の一部を履修する選科の制度があり、新渡戸稲造は札幌農学校を卒業した二年後の一八八三年に東京大学文学部の選科に入学している。哲学者の西田幾多郎、仏教学者の鈴木大拙、生物学者の丘浅次郎、数学史家の小倉金之助も選科生であった。

高等学校には一時期帝国大学の予備教育のコースとあわせて専門教育のコースも設置された。一高には医学部（千葉市）、仙台の二高には医学部、京都の三高には法学部と医学部（岡山市）と工学部、金沢の四高には医学部、熊本の五高には医学部（長崎市）と工学部がおかれた。一、三、五高に医学部があったのは他県、というよりも、近くにあった県立の医学校が官立の高等中学校に移管されたのである。

夏目漱石が松山中学や熊本の第五高等学校に勤務したように、帝国大学は中学校や高等学校の教員の供給源であった。とくに高等学校の教員はほとんどが帝大出で、中学校も漱石の『坊っちゃん』の赤シャツが帝大出であったように、帝大出を多く採用している。でも、主人公の「坊っちゃん」が物理学校出の数学教師であったように、中学校には私学出身の教師も見られた。お雇い外国人教師は高等学校でも中学校でも雇用された。L・ハーンは松江中学校と第五高等学校で英語を教え、その後、帝国大学の教師となる。盛岡中学校でもイギリス人のプラット・ポートを英語教師として雇用した。

「小学校令」――尋常小学校の義務化

「小学校令」で小学校も尋常小学校と高等小学校からなり、尋常小学校四年間の就学は国家に対する国民の義務と明文化された。教科は修身・国語・算術・体操が必修で、図画・唱歌・手工・裁縫などを追加できた。「学制」の制定時に重視された理科ははずされた。高等小学校は二年、三年、四年制が認められた。修身・国語・算術・体操のほか、日本歴史・地理・理科や農業・商業を教えることができ、英語をふくむことができた。

教科書は一八八六年に自由採択制が廃され、文部大臣による検定制となる。そのため文部省には教科書調査官がおかれた（同時に中学校と師範学校も検定制となる。小学校は一九〇二年に国定制）。その上、前年の一八八五年には文部省には現場の教員にたいする人事権を有する視学が置かれた（一八九〇年には郡役所にも配置）。国家主義教育が強化されるのである。

一九〇〇年には尋常小学校の授業料が無料となった。教育の機会均等への前進であったが、義務制の徹底のためでもあった。それによって就学率は向上し、二年後には九〇パーセントを超える。

啄木が入学したのは渋民村立渋民尋常小学校であり、賢治の入学したのは花巻川口町立花巻川口尋常高等小学校であった。

「師範学校令」――教育統制の徹底

「学校令」で森有礼がもっとも重視したのが「師範学校令」である。国家主義的な学校教育を進めるには、それに相応しい「国家の教師」の養成からはじめねばならないと考えたからである。そのために、師範学校を文部省直轄の高等師範学校と府県立の尋常師範学校とに分けた。四年制の尋常師範学校を修了した者は小学校に奉職するが、希望すれば三年制の高等師範学校に進学することができ、高等師範学校卒業後は各府県の尋常師範学校教員に就くという体制となった。教員養成も中央集権化を強める。高等師範学校は中学校の教員も養成した。

森は、教師であるためには徳性の涵養が重視されるべきとして、上司にたいする「順良」、同僚との「親愛」、児童・生徒や部下の教員にたいする「威重」の「順良親愛威重の気質」を不可欠の条件にあげ、その涵養のために生徒の日常生活でも軍隊の兵営にならう鍛練主義が望ましいとし、師範学校では兵営式の全寮制を採用した。生徒には舎監の監視のもとに規則づくめの日常生活が強いられた。同じ全寮制でも、自治が認められていた高等学校の寮とは対蹠的であった。

学資は完全支給制であった。その理由として森は、師範生は「自分の利益を謀るは十に二三にして其七八は国家必要の目的を達する道具」であることをあげる。そのかわり、卒業生には一定期間の服務を義務づけられた。そうして、軍隊式の鍛練主義が師範学校を卒業した教師をとおして全国の小学校に波及した。

だが、すべての教員をその卒業生で満たすことはできなかった。検定試験制で免許をうる道もあった。これら正教員（訓導と称された）のほかにも、資格をもたない教員も多くいた。助教、授業生、雇教員ともよばれたが、代用教員が一般的な呼称となる。啄木の時代には二〇パーセントほどが代用教員で、啄木もその一人であった。給与は正教員と比べると七割程度、財政的な理由から代用教員を採用する市町村も見られた。啄木の友人にも代用教員はいた。啄木は中学中退であったが、多くは中学校の卒業生であった。

兵式体操の導入

「学校令」では、小学校と中学校と師範学校で体操を必修としたうえに、体操の軍隊化にも力をいれ、中学校と師範学校には銃器を携帯しておこなう兵式体操を導入する。兵式体操は軍隊の準備教育であるとともに、秩序をまもるという精神、とくに師範教育における「順良親愛威重の気質」を育てるにも不可欠と見られていた。体操教育を陸軍省にまかせるという森有礼の構想は実現しなかったが、教員養成の頂点におかれた高等師範学校の校長には陸軍軍務局長を任じ、体操の教官には現役の陸軍将校を採用している。(7) 師範教育が将校教育に近づくと、それは一般の学校にも波及した。

岩手尋常中学（盛岡中学の前身）でも、一、二、三年生は普通体操であったが、四、五年生は兵式体操となり、その指導を地元の盛岡大隊の将校に依頼した。(8) 岩手尋常師範学校（盛岡師範の前身）でもその方針にしたがって週六時間の兵式体操を実施し、体操教師として陸軍下士官を採用した。一八八七年には全教職員が参加して、学校を出発し、花巻・遠野・釜石・遠野・大迫をへて帰校するという一二日間の武装行軍を実施している。(9)

その後、兵式体操は小学校にも広がり、師範学校や中等学校では軍事教練に発展する。

ヘルバルトの教育学

一八八〇年代後半に政府の政策のモデルがドイツに移るとともに、ドイツの教育学者ヨハン・フリードリッヒ・ヘルバルトによって体系化された教育学が導入される。ヘルバルトは教育の中心は道徳教育にあり、その方法は心理学を基礎としなければならないとして、ペスタロッチの直感から概念形成の過程に心理学を適用し、教育は教化・規律・訓練からなるべきとした。ヘルバルトの教育学はT・チラーやW・ラインらの後継者によって五段階教授法として展開される。

一八八七年に森有礼はラインの弟子のエミール・ハウスクネヒトを招聘、帝国大学でヘルバルトの教育学を講義させた。その門下生に湯原元一や谷本富《とめり》がいる。一八九〇年にはドイツ留学から帰国した野尻清一が高等師範学校でヘルバルトの教育論の講義をはじめる。ペスタロッチにつづいて、ヘルバルトの教育学が、高等師範学校を卒業して師範学校の教壇に立った教師によって講じられるようになったのである。

こうして、ヘルバルトの教育学が師範学校教育にもふさわしいものであり、小学校の管理教育を正当化するものとして教育界を支配するようになる。

4 各種学校の誕生

官立の専門学校――実用の学と芸術

教育の主軸は帝国大学・中学校・小学校と教員養成のための師範学校にあると考えた森有礼は、専門学校のような学校を対象とする「学校令」はつくらなかった。しかし、工部大学校、法学校、東京農林学校は帝国大学に吸収されたが、北海道開発のために設立された札幌農学校は独立の学校として存続していた。第一期生として札幌農学校に学んだ三八歳の佐藤昌介が校長に就任した一八九四（明治二七）年の翌年に札幌農学校の廃止が帝国議会の議題にあがったが、佐藤校長らの尽力で廃止は阻止された。

森有礼の設立した商業教育の学校・商法講習所は一八八四（明治一七）年に農商務省管轄の東京商業学校（のち高等商業学校、現一橋大学）となり、翌年文部省に移管された。同時に東京外国語学校を吸収した。このとき、東京外国語学校露語科生だった二葉亭四迷は商人とは机を並べるわけにはいかないとして退学している。一八八一年に創設された東京職工学校は一八九〇年に東京工業学校（現東京工業大学）となる。これらの学校では実業学校の教員の養成も目的としていた。

一八八七年、文部省の図画取調掛を母体にして、画家と中学校の美術教員の養成を目的に東京美術学校（現東京芸術大学）が設立された。東京大学を卒業後文部省に出仕した岡倉天心が校長に就任し、狩野派の橋本雅邦や仏師の高村光雲が教授に迎えられた。

光雲の子の高村光太郎（一八八三―一九五六）も東京美術学校に学ぶ。五歳のとき父光雲が幼稚園と勘違いして、一年早く練塀小学校に入れられてしまった光太郎は、下谷高等小学校を卒業後、予備校の共立美術学館で受験勉強し、一四歳で東京美術学校の予科に入学し、一年後には彫刻科に進学した。しかし、文学や歴史への関心を深め、級友と原稿をもちよって回覧雑誌をつくったりもした。そして、与謝野鉄幹の新詩社に参加し、そこで啄木と顔を合わせることになる。

おなじく文部省に設けられた音楽取調掛をもとに東京美術学校と同年に東京音楽学校（現東京芸術大学）が発足する。音楽家と音楽教員の養成の学校で、校長には大学南校を卒業後、高嶺秀夫と一緒にアメリカに留学した伊沢修二が就任した。啄木と尋常小学校で同級生であった金矢信子は私立盛岡女学校から東京音楽学校に入学した。

私立学校――私塾の学校化

各種の私立学校も生まれた。官立の高校や帝国大学や専門学校では補い切れない多様な分野の教育を社会はもとめていたのである。私立学校は官立の学校のように入学資格も修業期間も厳密なものでなく、夜間の課程や通信教育もあり、聴講生もいた。多くは私塾的な学校が母体になったもので、その私塾の自由さを受け継いでいたのである。一般に、授業料も官立より安かった。

三大義塾のうち、慶応義塾は順調な発展をみたが、攻玉社は海軍兵学校の予備校（現攻玉社中学校・高等学校）となり、同人社は明治二〇年代に生徒が減少して閉校となる。仏学塾などの洋学塾も閉鎖される。代わって、登場したのが、東京法学社（現法政大学）と専修学校（現専修大学）につづいて、明治法律学校（現明治大学）、東京専門学校（現早稲田大学）、英吉利法律学校（現中央大学）、関西法律学校（現関西大学）などの法曹人と実業人の養成のための学校である。その教師には司法省の法学校や東京大学の卒業生が迎えられた。

外国人の語学教師やキリスト教の宣教師の設立した私塾も学校の形式をとるようになる。アメリカ人の改革派の宣教師J・H・バラ、S・R・ブラウン、J・C・ヘボンとその夫人はそれぞれ開港された横浜に英語教育と聖書教育の私塾を開き、キリシタン解禁の前年の一八七二年にバラとブラウンは日本最初のプロテスタント教会である日本基督公会（一八七五年には横浜海岸教会と改称）を設立した。ここで、押川方義《まさよし》、植村正久、本多庸一、井深梶之助らが牧師のバラから受洗する。一方で、バラ、ブラウン、ヘボンの私塾をもとに、東京に東京一致神学校が設立され、それが母体となって明治学院が誕生した。メソジスト教会は東京英和学校を設立、青山学院と改称する。メソジスト派に改宗した本多庸一は東京英和学校校長、青山学院院長に就く。米国聖公会（イギリス国教会が起源）の宣教師C・ウィリアムは一八七四年に聖書と英語の学校の立教学校を東京・築地の外国人居留地に設立した。これらの学校は共通して、聖職者の養成よりも英語中心の普通教育に力を入れるようになる。

日本人によって設立されたのが同志社英学校である。渡米してアマースト大学のウィリアム・クラークにも学んだ新島襄《にいじまじょう》が一八七五年に京都に「一国の良心とも謂ふべき人々を養生せんと欲」して設立した学校である。ここには熊本洋学校でアメリカ人教師L・L・ジェーンズの教えをうけた生徒が熊本洋学校の閉鎖にともなって転校してきた。日本キリスト教の指導者となる小崎弘道、横井時雄、海老名弾正、金森通倫や言論人の徳富蘇峰、作家の徳冨蘆花らである。

仙台には東北地方を中心に伝道活動をしていた押川方義とアメリカ人宣教師のW・E・ホールによって一八八六年に仙台神学校（現東北学院大学）が設立された。二人は同年に宮城女学校（現宮城学院女子大学）も開設する。

仏教でも明治になると、各宗派が従来の教育機関を学校として再編するようになり、日蓮宗大学林（現立正大学）、曹洞宗大学林（現駒沢大学）、新義真言宗大学林（後の豊山大学）、古義真言宗大学林（現高野山大学）などが生まれる。神道系では神職養成の皇典講究所を改編して国学院が設立された。

「学制」で誕生した東京大学の卒業生による学校も創設される。一八八一年に、東京大学理学部仏語物理学科の第一期生から第三期生（第三期生で廃止、以後英語物理学科のみとなる）の寺尾寿（のち初代東京天文台長）ら二一名によって、物理学を教える東京物理学講習所（現東京理科大学）が創設された。当初は飯田橋の稚松《わかまつ》小学校を借用し、夜間の学校で始まった（二年後には東京物理学校と改称）。

一八八七年には、東京大学文学部哲学科を卒業した井上円了が卒業二年後に哲学・倫理学を教える哲学館（現東洋大学）を設立する。在学中につくった哲学会の仲間であった清沢満之《まんし》が開学にあたって協力した。

これらの私立の学校も各種の官公立の学校とともに中等学校の教員養成の役割を果たすことになるが、官公立の学校とはちがって、教員の免許を取得するためには検定試験を受けなければならなかった。しかし一八九八年、慶応義塾、東京専門学校、哲学館、国学院の卒業生には無試験で中等学校と師範学校の教員免許があたえられるようになった。

医学関係では東京慈恵医院医学校（現東京慈恵会医科大学）や高山歯科医学院（現東京歯科大学）が開校した。府県立の医学校も生まれる。教員と同様に、医師、歯科医師の免許取得にはこれらの学校を卒業するとともに、国家試験で医師の資格を取得する道があった。会津・猪苗代出身の野口英世も高山歯科医学院で働きながら試験で医師免許を取得している。

高等女学校の設立

中学校・高等中学校・帝国大学には女子の進学は許されなかったが、官立の女子師範学校や府県立の女子師範学校や女子部をもつ師範学校に学ぶことができた。啄木が渋民小学校に勤めた一八七四年ころには二〇パーセントほどが女性の教師で、啄木の渋民小学校にも女性教師の同僚がいた。

女子のための普通教育の学校も設立されていた。公立の最初の女学校は一八七五年創立の栃木女学校である。開校当時は一種の女子小学校であったが、まもなく程度を高め、栃木県第一中学校女子部をへて、宇都宮高等女学校となった。つづいて、静岡、群馬、愛知、山梨などにも府県立の女学校が設立された。

初期の女子教育をリードしたのはキリスト教関係者の設立した女学校であった。横浜のフェリス女学院、神戸英和女学校、長崎の活水女学校、大阪の梅花女学校などをはじめ、一九〇〇年までに四四校のキリスト教関係の女学校が設立された。東北では一八八六年開設の宮城女学校の後、一八九二年には盛岡にもカトリック系の私立盛岡女学校（現盛岡白百合学園高校）が創設される。ここには啄木の妻となる堀合節子や妹の光子が学んでいる。

一八八二年に女子師範学校に付属高等女学校が設置されたのを嚆矢として「高等女学校」という名称を付した女学校が各地に出現し、一八九五年には「高等女学校規定」が定められた。「高等」とはいっても、中学校と同程度の学校とみなされており、専門学校への進学の道はあったが、男子の高等学校に対応する女子のための学校は生まれなかった。

女子の小学校の就学率も一八九五年ごろには五〇パーセントを超えて、一八九九年「高等女学校令」を公布して、一府県一校以上の設立を奨励するようになる。女子高等師範学校や高等師範学校、東京美術学校や東京音楽学校の卒業生が教師に迎えられた。一九一〇年にはとくに「家政に関する学科目」を修めることを目的として実科高等女学校の制度が設けられた。

盛岡にも一八九七（明治三〇）年には盛岡市立高等女学校が創設され、一九〇二年には県立に移管された。県立花巻高等女学校の設立は一九一一年で、その年に賢治の妹のトシが入学している。女子のための最初の専門学校はアメリカに留学した教育者の成瀬仁蔵が一九〇一年に創設した日本女子大学校（現日本女子大学）である。ここには花巻高女を卒業したトシが入学した。

漢学や英語の私塾も生きつづけた

「学制」制定で公的な学校が整備されると、寺子屋や私塾の維持は難しくなる。それに、開設には文部大臣の認可が必要になった。でも、小学校では漢学が教えられなかったので、子弟に漢学を習わせる親は少なくなかった。そのために漢学塾への需要はなくならなかった。それに、新時代を生きるためには英語も必要となる。とくに上級の学校に進学するには必修の科目であった。

七歳で浅草の戸田学校の生徒となった夏目漱石は、その後、市谷学校、錦華学校（いずれも小学校）と転校した後、府立第一中学校に入学するが、そこを中退して、儒学者の三島中洲が一八七七年に麹町に設立した漢学塾の二松学舎（現二松学舎大学）で『唐詩選』『論語』『孟子』『文章規範』などの漢籍を習う。ところが、東京大学の予科である東京大学予備門に入学するには英語が必要であるのを知って、駿河台にあった成立学舎に入学し、そこで英語を学ぶ。そのおかげで東京大学予備門（在学中に第一高等中学）に合格して、帝国大学文科大学英文科に進学することができた。

成立学舎というのは盛岡出身で、東京大学文学部を卒業した中原貞七が校主だった私立の英語の学校である。東京大学予備門の入学志望者が多かった成立学舎では、予備門の入学試験では英語が重視されたので、数学も歴史も地理も英語をつかって教えられていた。「一貫したる不勉強」というエッセイによると、漱石は成立学舎で新渡戸稲造と机を並べていたことになっている。(10) しかし、それは漱石の記憶違いで、じっさいには東京大学選科の学生となっていた新渡戸稲造は成立学舎で英語を教える教師であった。(11) 漱石よりも五歳年上の新渡戸は東京英語学校で英語を学び、札幌農学校では英語による授業を受けていたのである。

漱石と同時代の作家で、代用教員・林清三の苦悩を描いた『田舎教師』の田山花袋も、未解放部落生まれの小学校教員・瀬川丑松を主人公とする『破戒』の島崎藤村も、小学生のころには漢学塾に通い、また英語塾で英語の力を養っている。漱石と似た修学の時を過ごしたのである。

5　徴兵令と軍の教育体制

「徴兵制」の布告

「学制」が制定された翌年の一八七三（明治六）年には国民皆兵制を原則とする「徴兵令」が公布された。国民皆兵制は、緒方洪庵の適塾に学び、討幕軍を指揮した長州藩の大村益次郎によって構想され、一八七八年に大村が暗殺されると、同じ吉田松陰の門人であった山県有朋によって推進される。満二〇歳になった男子を体格や健康状態によって甲種・乙種（第一・第二）・丙種・丁種（不合格）に振り分け、甲種と乙種から必要な人員を選抜して各地の連隊で二年間の訓練をうけさせた。社会に復帰したあとは予備役として戦時に動員するという体制である。学力検査はなく、それだけに、軍部も小学校教育を重視し、国民皆学は国民皆兵制と一体のものと見られていた。

国民皆兵とはいいながら、免除の制度が設けられていた。官公立の中学校・師範学校以上の在校生や卒業生は免除された。ただし、私立の学校の生徒は適用外であった。それに、戸主と嗣子・養子など戸主の相続者となるべき者などのほか、代人料二七〇円を納めた者は免除するとしていた。

この時代に官公立の中学校や師範学校に入学できるのは少数のエリートであった。代人料二七〇円というのは米五五石ほどで、一般の国民が支払える額ではなかった。富者の特権が認められた「徴兵令」であった。その結果、兵士の多くは農民の二、三男で、戊辰戦争に敗れ、近代化政策からとり残された東北の農村からも明治国家を支える多数の兵士が送り出された。仙台・東京・名古屋・大阪・広島・熊本の鎮台（各一万五〇〇〇人ほどの将兵が配置された陸軍の軍団）に送られたのである。

二、三男の庶民が使える免除規定には養子になる手があった。だから、次男であった片山潜は一九歳のときに親戚の片山幾多郎の養子となって徴兵を免れた。仏師であった高村光雲は師匠の高村東雲の姉の養子となったので、徴兵されることがなかった。

一八八二（明治一五）年には免疫代人料制が撤廃され、免役制にかわって徴兵猶予制になった。徴兵猶予というのは徴兵を二六歳まで延期する措置である。このときから、私立を含めて文部省から認可された中学校の卒業生に徴兵猶予が適用された。徴兵が嫌ならば、とにかく中学校に行けばよい、となった。皮肉にも、この徴兵猶予の制度が中学校への進学率を高めた。逆に、文部省の認可を得られなかった学校は学生の募集が困難となる。この措置は、文部省に従属的な学校をつくりだしていった。一八八九年には師範学校の卒業生には六週間の軍役の服務が課されたが、その軍役が終われば、その後は一切の軍務を免れた。

初期には北海道の住民は徴兵令の適用外で、政府は移住を促進していたので特別扱いであった。そこで、二六歳で徴集猶予の切れる寸前であった帝国大学学生の夏目漱石は、北海道後志国岩内郡吹上町に籍を移したと考えられている[12]。庄内藩士の子で、東京大学を卒業して評論家となる高山樗牛も徴兵逃れのために北海道へ移籍した。

初期に徴兵された兵士は陸軍兵である。海軍については、一八七一年から志願兵を募集しており、一八七三年の徴兵制で制度上は徴兵と二本立てとなった。しかし、高度の技能が求められ、募集人員が少ないこともあって、初めは志願兵のみで出発する。一八八七年以降は募集人員が増加したため海軍も徴兵制を採用した。

陸軍士官学校・陸軍大学校と海軍兵学校・海軍大学校

徴兵された兵士を指揮する陸海軍の将校の養成がおこなわれたのは東京・市ケ谷の陸軍士官学校と広島・江田島の海軍兵学校で、管轄は陸軍省と海軍省である。文部省の管轄外であるが、日本の近代教育を考えるためには、軍の学校の歴史的な役割を見過ごすことはできない。間もなく軍だけでなく日本全体が軍の学校の卒業生によって動かされる時代を迎えることになる。

陸軍士官学校も海軍兵学校も師範学校と同様に、給費制、全寮制の学校であった。

陸軍士官学校については、初等教育のために陸軍地方幼年学校が仙台・東京・名古屋・大阪・広島・熊本に設置された。中学一、二年で入学するが、幼年学校の学科内容は中学校とほとんど変わりがなかった。ただし、中学校では英語が主流であったのにたいして、幼年学校ではフランス語・ドイツ語・ロシア語から一科目を選択することになっていた。就業年限は三年、卒業後は、東京にある二年制の中央幼年学校をへて陸軍士官学校に進学した。中学四年から直接に中央幼年学校に入学するコースもあったが、傍系とされていた。海軍兵学校には陸軍幼年学校に対応する初等学校が設立されず、中学四年から入学した。外国語は英語中心であった。フランス式からドイツ式を採用した陸軍と、イギリス式を採用した海軍に適った学校制度であった。

一八八三年には参謀将校の養成のための陸軍大学校が北青山に創設された。陸軍士官学校卒業後、一定の期間の軍隊経験をへて入学し、三年間の教育をうけた。陸軍大学校はドイツ式の兵学を採用したため、ドイツの戦術家のメッケル陸軍大佐を招聘した。

一兵卒は嫌でも、将校なら別である。経済的に苦しい藩士の子には官費で学べる軍の学校は魅力であった。啄木が入学したとき盛岡中学にいた板垣征四郎は二年生のとき仙台陸軍幼年学校に入学し、陸軍士官学校・陸軍大学校に学ぶ。板垣の父は藩校・作人館の教授であった。東条英機の父で陸軍中将となった東条英教《ひでのり》は作人館に学んだ後上京し、陸軍士官学校ではなく、下士官の教育機関の陸軍教導団に入って将校となったが、陸軍大学校が設立されると第一期生として入学し、首席で卒業、陸大の教官となる。

海軍は当時世界第一の海軍国であったイギリスの方式を採用して、一八八八年、築地に海軍大学校を設置する。盛岡中学に学んだ米内光政や及川古志郎も海軍兵学校と海軍大学校に学んだ。米内の父も盛岡藩士であったが、及川は医師の子であった。水沢（仙台藩伊達氏の家臣留守氏の城下町）の藩士の子に生まれで首相となり、岡田内閣の内大臣のとき二・二六事件で殺害された斎藤実《まこと》は、一八七三年に城下の藩校・立生館《りゆうせい》から海軍兵学寮に進学、在学中に海軍兵学寮が海軍兵学校に改編され、そこを卒業している。海軍大学校が創設されるのは九年後なので、斎藤は海軍大学校に入っていない。

軍の学校の本流は陸軍士官学校・陸軍大学校と海軍兵学校・海軍大学校であるが、そのほか、特殊な部門の教育のための学校もあった。陸軍では、経理学校、軍医学校、砲工学校などが、海軍では機関学校、経理学校などが設置された。

「軍人勅諭」の公布

軍隊の制度を確立し、陸軍の実権を掌握した山県有朋は一八七八（明治一一）年に軍隊を政府の陸海軍省から独立させ、天皇を輔翼《ほよく》（助けること）して、軍隊を直接指揮する機関として参謀本部を設置し、みずから参謀本部長に就任した。天皇の権威を背景にして軍を自由にコントロールしようとしたのである。その上で、将校と兵士に対しては、軍人の精神の基本は「忠実・勇敢・服従」にあるとする「軍人訓戒」を全軍人に頒布する。起草には山県有朋の依頼で西周《あまね》があたった。

一八八二（明治一五）年には「軍人訓誡」にかわり、天皇の名のもとに「軍人勅諭」が公布される。これも山県が西周に起草させ、福地桜痴（源一郎）、井上毅《こわし》による修正をへて完成させたものである。

そこでは、「兵馬の大権は朕〔天皇〕が統《す》ぶる所」とされ、天皇にたいする忠節が第一とされた。加えて、礼儀・武勇・信義・質素をあげ、「我が国の軍隊は世々天皇の統率を給ふ所にぞある」を根拠にして、「上官の命を承ることは実は直に朕が命を承る義なりと心得よ」とのべる。「上官の命」は「朕が命」、どんな上官であっても、どんな命令であっても、絶対に従わねばならないとされた。討幕を主導した薩長の下級武士が全国から徴兵した、主に農民からなる兵士を統率するには、天皇という権威が必要であった。江戸時代の儒教的な仁政を支える「武士道」はもはや通用しない。たしかに、新渡戸稲造の『武士道』は「武士道」の特質としてあげた義・勇・仁・礼・誠・名誉・忠義と「軍人勅諭」の忠節・礼儀・武勇・信義・質素には共通するところもあるが、「武士道」の基本は自己の確立、儒教の「修己治人」にあるのであって、絶対的な服従を強要する「軍人勅諭」とは似て非なるものであった。

一八八八年にドイツの軍制にならって鎮台を廃止して師団制に変わった。天皇に直属する師団長のもとに歩兵旅団と砲兵連隊を機軸に、騎兵、砲兵、工兵、輜重《しちょう》兵〔輸送を担当〕などから構成される軍団になり、参謀本部の下にありながら、独立して作戦行動をとることができるようになった。

第二章　自由民権運動の教育

1　民権結社と学塾

西郷隆盛の私学校と自由民権運動

明治新政府の政権は大久保利通、西郷隆盛、木戸孝允、岩倉具視らとともに討幕軍を指揮した土佐の板垣退助や後藤象二郎、佐賀の江藤新平、大隈重信、大木喬任《たかとう》らの手にあったが、征韓論をめぐって対立が深まり、西郷のほか板垣、江藤、後藤らは下野し、それに同調して軍人と官僚六〇〇人が職を辞した（明治六年の政変）。

西郷隆盛は薩摩出身の将兵を引き連れて鹿児島に帰り、城下と県内各地に銃隊学校と砲隊学校からなる私学校を設立して、旧薩摩藩の士族の軍事教育に傾注した。県政を西郷一派で支配し、県が徴収した税金も中央政府にあげず、事実上独立国家の体制をとったことで、それが可能になった。

板垣退助、江藤新平、後藤象二郎らは一八七四（明治七）年に、天賦人権論こそが「愛君愛国」への道であるとする綱領をもつ愛国公党を結成し、藩閥政治の「有司専制」（官僚支配）を批判、国会開設や憲法制定を要求する「民撰議院設立建白書」を政府に提出した。彼らの国会開設要求は幕末の

「公議政体論」をうけつぐ運動であった。「五箇条の誓文」の「広く会議を興し万機公論に決すべし」を実行せよ、というのである。ここに政府批判の自由民権運動が開始される。板垣退助は片岡健吉、林有造らと土佐に戻り、自由民権運動の結社・立志社を設立した。

佐賀の乱から西南戦争へ

反政府勢力の鎮撫のために佐賀に帰った江藤新平は反政府勢力の頭領におされ、一八七四年、攘夷と征韓をもとめて佐賀の士族とともに蜂起したが、大久保利通の率いる大阪鎮台を主力とする政府軍に鎮圧される。指導者一三人が死刑、江藤新平は晒し首に処せられた（佐賀の乱）。一八七六年には旧熊本藩士が廃刀令などに反対して挙兵し、熊本県令や熊本鎮台司令官を殺害した（神風連の乱）。また旧秋月藩士も蜂起した（秋月の乱）が、どちらも簡単に鎮圧された。萩では前原一誠が旧長州藩士と決起し、政府粛正を天皇に奏上しようとしたが、捕らえられ、木戸孝允によって処刑される（萩の乱）。

これらの反乱では西郷隆盛は動かなかったが、一八七七年、反政府の姿勢を強める鹿児島の私学校の生徒は西郷を擁して熊本鎮台を攻撃し、九州の士族二万五〇〇〇人が支援した。自由民権家の宮崎八郎も植木学校（五六頁）の生徒を中心に協同隊を結成し、西郷軍に加わったが、戦死した。立志社でも林有造を中心に西郷軍を支援すべきとの意見もあったが、立志社は言論活動による改革路線を選択した。政府軍との戦闘は半年つづいたが、西郷軍は敗れ、西郷は自刃した（西南戦争）。

立志社と立志学舎

板垣退助は自由民権運動の結社・立志社を設立するとともに、学塾として立志学舎を開いた。そこには土佐の藩校致道館に学び、上京して民権思想に接し、民権運動の理論家となった植木枝盛も参加した。立志社の「立志社設立之趣意書」には、天賦人権論を宣言するとともに、「則ち宜しく先ず自ら修め、治むるよりして始め、而して人民の権利を保有し、以て自主独立の人民となり、欧米各国の人民と比交し得るを務めずんばある可からず」とのべている。「自修自治」である。仁政の基本である「修己治人」という儒教の教育精神も自由民権運動はうけついでいた。

学塾の立志学舎の「趣意書」には、「学問百科あり、其の之を活動して其の用を為す者は人に存す。西人の教育を説くも亦常に人民の品行を先にす」とある。J・S・ミル、H・スペンサー、F・ギゾー、H・Th・バックルなど、ヨーロッパの政治学、社会学、歴史学の講義がなされたのはもちろんであるが、江戸時代の私塾の教育を受け継いで「人民の品行」が重視され、人間教育が教育の基礎におかれた。(1) 自由民権運動は私塾を舞台に高揚した尊王攘夷運動の精神をうけついでいた。

図1　立志社（立志学舎は旧板垣退助邸にあった）

結社と学塾の拡大

立志学舎は地方有志の寄付で運営されており、塾生の月謝は無料であった。

自由民権運動は全国的な広がりを見せる。判明している民権結社だけでも全国で六〇〇社にのぼった。東北六県で一二〇社、うち岩手県では一六社の存在が確かめられている。(2) 東北における民権結社の先駆けとなったのは、福島県三春町出身の河野広中が一八七五年に福島県石川町の吉田光一・吉田正雄らと創設した石陽社である。つづけて河野は三春町に、茨城県磯原出身の野口勝一らと三師社《さんすい》を設立した。

これらの結社にも立志社の立志学舎にならって学塾が設立された。後述する中江兆民の仏学塾や徳富蘇峰の大江義塾のような学塾中心の自由民権運動もあった。そこでは、新政府が「学制」を制定し、統制教育を進めたのに対抗して、自主性を尊重する自由民権運動の教育が展開された。

戊辰戦争では幕府軍に参加して戦った沼間守一は、嚶鳴社を設立し、『東京横浜毎日新聞』も発行して自由民権運動の陣営にあった。慶応義塾の創設者の福沢諭吉は自由民権運動に批判的になるが、義塾出身者の集まりの交詢社には自由民権運動の支持者が多くいた。

求我社と行余学舎

岩手県も自由民権運動の盛んな土地であった。指導者となったのは作人館出身の鈴木舎定《いえさだ》で、一八七一(明治四)年に上京してJ・S・ミルの『自由之理』を訳した中村敬宇の同人社で教えをうけ、板垣退助や河野広中と交流をもち、自由民権運動に加わる。一八七八(明治一一)年には盛岡に帰り、市内の呉服町に求我《きゅうが》社を設立した。求我社も自由民権思想を教育するために夜間の学塾である行余《ぎょうよ》学舎を併設する。一八八四(明治一七)年に鈴木舎定は二九歳で亡くなるが、求我社の社員で、のち自由党の衆議院議員となる伊東圭介に活動はうけつがれた。伊東圭介も作人館に学んだ元盛岡藩士で、作人館の教育精神は求我社に引き継がれたようである。

求我社の特徴は教師の会員が多い点にある。発足時、会員四二名のなかで一三名が教師、半数が教育関係者であった。二年前に設立された盛岡師範学校の教員七名のうち五名が求我社の会員で、うち四名が行余学舎でも教えている。そのためであろう、機関誌の『盛岡新誌』には教育論が数多く掲載され、また求我社は盛岡師範学校と共同の講演会を開催している[3]。

その後、一八八〇年に盛岡師範学校のなかに岩手中学校（のちの盛岡中学校）が開設されると、盛岡師範学校から岩手中学校に移る教員や兼任するものがいたために、岩手中学校は求我社とのつながりが強くなる。岩手中学校に入学する求我社の社員もでる。自由民権運動の教育精神は盛岡師範学校や岩手中学校にも受け継がれた。

求我社の活動は一〇年に満たなかったが、伊東圭介のほか、岩手日々新聞社（岩手日報社の前身）社主の坂本安孝、朝日新聞の編集長佐藤北江、加波山事件で投獄され、その後朝日新聞の記者も経験した横川省三、自由党の代議士から私立盛岡女学校長となった谷河尚忠、盛岡中学の物理教師であった太田達人（成立学舎と東京帝国大学で夏目漱石の学友）らを生んでいる。このうち、佐藤北江と横川省三と太田達人は岩手中学の第一期生でもあった。伊東圭介は啄木の学友の伊東圭一郎の父であり、佐藤北江の尽力で啄木は朝日新聞に入社ができた。

自由民権運動における師範学校の役割

自由民権運動では、盛岡の求我社の活動の中心にいたのが師範学校の教員であったように、教員の寄与が大きかった。自由民権運動は師範学校にも浸透した。この点で、多くの師範学校の教師に慶応義塾の卒業生が就いたのを見逃せない。盛岡の求我社もそうであったが、師範学校を卒業をした教師が自由民権運動をリードする。一八八〇（明治一三）年に発足した松本の奨匡《しょうきょう》社でも、長野師範学校の一八七七年から一八八〇年までの卒業生八八名のうち三四名が社員となった。(4)

一八八六年に森有礼文相が「師範学校令」で師範学校の統制を強めたのは、師範学校が自由民権運動による政府批判の場となっていたのを危惧したからにほかならない。高等師範学校の卒業生が師範学校の教師に就くようになり、師範学校の空気、そして小学校の空気が変化していった。それを決定づけたのが、つぎの章でのべる「教育勅語」の発布である。

農民運動のなかの教師

一八八一（明治一四）年に自由民権運動は、自由の拡張、藩閥政治の打倒、立憲政体の確立をスローガンに掲げた自由党を結成した。総理には板垣退助、副総理に中島信行、常議員に後藤象二郎、馬場辰猪ら、幹事に林包明《かねあき》が就任するなど、幹部は土佐（高知）派の士族たちが占めた。機関紙として『自由新聞』を発刊する。一八八二年には、もうひとつの自由民権運動の政党として大隈重信を中心に立憲改進党が結成された。そこには嚶鳴社の沼間守一も参加する。

自由民権運動は一般農民層にまで拡大し、政府を攻撃して直接行動に立ち上がる農民も現われる。一八八〇年には自由民権運動の弾圧を狙った「集会条例」が制定されたが、むしろ運動は激化した。福島県令の三島通庸《みちつね》による自由党員への弾圧と、県民への暴政にたいして県会議長であった河野広中を中心とする自由党員と農民が立ち上がった福島事件（一八八二年）を皮切りに、専制政府の転覆をさけぶ自由党員と農民が松井田警察署を襲撃した群馬事件（一八八四年）、河野広中の甥の河野広体《ひろみ》や茨城県の富松正安らが栃木県令となった三島通庸の暗殺をはかり、七名が処刑された加波山事件（一八八四年）などが勃発する。加波山事件には求我社のメンバーであった横川省三も参加した。農民層への拡大によって自由民権運動には新たなエネルギーが加わるが、弾圧も苛烈を極める。多くの者が刑死し、北海道の監獄に送られて獄死した。

過激となった農民の運動でも教師の果たした役割を見落とせない。教師が闘う農民を支援した。福島事件では、柳沼亀吉、佐久間昌後・昌熾ら一〇名ほどの教員が参加している。(5) 群馬事件の指導者の宮部襄《のぼる》は群馬師範学校の三代目の校長であった。加波山事件の首領で刑死した富松正安は、拡充師範学校（後の茨城師範。河野広中と三師社を設立し自由党の衆議院議員となった野口勝一や改進党の衆議院議員となった大津淳一郎も入学）に学び、七年間小学校の教員を勤めた。

ところで、農民が反政府の運動に立ち上がったとき、自由党の板垣退助と後藤象二郎は、こともあろうに福島事件が発生した月の一八八二年十一月に政府関係の資金で外国漫遊にでかけてしまった。それに抗議して馬場辰猪らは自由党を脱党した。自由党と改進党との亀裂も拡大する。二人の帰国の翌年に加波山事件が起こると、自由党は『自由新聞』で事件を「軽挙妄動」と批判するとともに、板垣ら首脳は自由党を解党してしまう。『自由新聞』も廃刊される。外国漫遊の直前、板垣は岐阜で暴漢に襲われたとき「板垣死すとも自由は死せず」と言ったとされるが、自由民権運動の研究家・色川大吉は、逆に、そのとき板垣が死んでいたら自由民権運動はなお高揚をつづけた可能性がある、とのべている。(6)

自由党は解党したが、それでも農民の闘いはつづいた。埼玉の秩父地方では一八八四年に高利貸にたいする返済延期、小学校の三年間休校などを要求して数万の農民が蜂起する秩父事件が起こる。農民たちは警察や憲兵を撃退して、郡役所、警察署、高利貸を襲撃し、全秩父を支配した。鎮圧には東京鎮台の兵士も動員された。この事件では田代栄助ら十一名が死刑の判決をうけた。死刑となった甲隊の大隊長の新井周三郎は元教員で、東京の雨宮春譚の切偲《せつし》塾で和漢の学を修め、帰郷して小学校に勤務していた。死刑の判決を受けながら逃亡し、愛媛県で歿した乙隊の大隊長の飯塚森蔵も元教員であった。

2　仏学塾と大江義塾

中江兆民の仏学塾

近代日本の教育史を語るためにも、中江兆民の仏学塾と徳富蘇峰の大江義塾という自由民権運動の代表的な学塾を見ておかねばならない。

土佐藩士の子として生まれた中江兆民は、藩校の文武館や江戸の箕作麟祥のフランス語塾の共学社、大学南校に学んだ後フランスに留学し、帰国した後一八七四年には府知事に開塾届を出して、フランス語のほかフランスの政治思想や歴史学を教えるために仏蘭西学舎（のちの仏学塾）を自宅に設立した。

翌年には官立の東京外国語学校の校長にも就任するが、そこでは「師弟のあいだでの情誼」が稀薄であることから「孔孟の教え」を教育課程に入れるべきであると主張して、文部省と衝突し辞職、仏学塾の経営に専念する。仏学塾でもフランス語、歴史、地理のほかヴォルテール、モンテスキュー、ルソーの著作をテキストにつかった授業をする一方で、飲み屋では学生との談論風発を喜んだ。

漢学を重視した兆民は、三一歳のころからみずからも落合龍洲の済美黌、漱石も通った三島中洲の二松学舎で学び、元昌平坂学問所教授で紹成書院を営んでいた岡松甕谷《ようこく》（のち東京大学文学部教授）にも入門した。フランスの民権思想を儒教、とくに孟子の民本主義を介して理解しようとした。『一年有半』でも「民権これ至理なり、自由平等これ大義なり」、「この理や漢土《かんど》にありても孟軻《もうか》、柳宗元《りゅうそうげん》早くこれを覰破《しょは》せり、欧米の専有にあらざるなり」とのべている[7]。孟軻は孟子のこと、柳宗元は中唐の詩人で政治家、孔子・孟子を尊ぶ古文復活運動の主唱者である。

兆民はフランスから帰国した年、ルソーの『社会契約論』を『民約論』の題で訳していたが、西園寺公望の『東洋自由新聞』の主筆となると、漢訳して『民約訳解』の題で掲載し、仏学塾から出版した。自由党の旗揚げにも加わった。

仏学塾の塾生のなかには、盛岡藩校の作人館出身で法務省の法学校を退校処分となった原敬もいた。そのほか、代議士となった伊藤大八、小山久之助、初見八郎、安藤謙介、ヨーロッパの労働・社会問題を日本に紹介した酒井雄三郎なども塾生であった。教師にはフランス人の漫画家のビゴーもいた。

熊本・荒尾の郷士の子である宮崎八郎も『民約論』に感激して上京し、兆民の教えを受けた。帰郷すると荒尾に自由民権運動の学校・植木学校を開設し、西南戦争では、前述したように、植木学校の生徒を連れて西郷軍を支援し、戦死した。八郎の弟の宮崎民蔵も仏学塾に学び、農民運動に身を投じた。

学僕・幸徳秋水

仏学塾は文部省認可の学校にはならなかったので、徴兵猶予や進学の特権は取得できず、そのため入学者が減少して、一八八六年に閉鎖された。しかし、兆民は教育をやめなかった。門下生を自宅に住まわせ、その教育にあたった。そのなかから社会主義運動にむかう幸徳秋水がでる。

土佐・中村で酒造業と薬種業を兼業していた幸徳家の三男に生まれた幸徳秋水は、小学校に通学しながら漢学者木戸明の修明館（遊焉義塾）にも学んでいる。一八八一（明治一四）年に中村中学に入学するが、中村中学は在学中の一八八四年に高知中学の分校となり、翌年には高知中学に統合されて廃校になってしまう。そこで幸徳は友人と無住の地蔵寺で「談政会」という政治についての勉強会を開き、その後上京して林有造の書生となって自由党幹事であった林包明が神田猿楽町で営む日本英学館に通学する。

徴兵検査は体質虚弱ということで不合格、一八八八年、保安条例で東京から追放されて大阪に住んでいた中江兆民の学僕（書生）となる。翌年には兆民とともに上京し、中江宅に寄寓する。幸徳のほかにもいつも数名の学僕がごろごろしていた兆民宅はさながら小さな学塾であった。幸徳は漢籍、とくに『孟子』と『唐詩選』を読むことをすすめられ、夜には英語学校の国民英学会に二年近く通学して、卒業した。国民英学会というのは英語学者の磯部弥一郎が一八八八年に東京・錦町に設立した英語学校である。後に幸徳秋水と一緒に社会民主党を結成した河上潤、詩人の蒲原有明や辻潤、ジャーナリストの長谷川如是閑らも通学した。

秋水は卒業一年後の一八九四年には、再刊された『自由新聞』に翻訳掛として入社する。その後、『広島新聞』『中央新聞』をへて、一八九九年『万朝報』に入る。

徳富蘇峰の大江義塾

徳富蘇峰《そほう》の父の徳富一敬は、熊本・水俣の豪農（郷士）、横井小楠の高弟である。一敬の長男に生まれた蘇峰は、熊本で小楠の門下生であった元田永孚《ながざね》の漢学塾などで学んだ後、弟の蘆花とともに熊本洋学校のジェーンズから聖書の講義をうけ、キリスト教の教義に従って生きることを誓い合った「花岡山盟約」にも、横井時雄、海老名弾正、金森通倫らと署名している。

一八七六年八月に熊本洋学校が閉鎖されると東京英語学校（一八七四年に東京外国語学校から分離して独立）をへて設立まもない新島襄の同志社に入学した。蘆花のほか「花岡山盟約」に署名した仲間も同志社に移る。孔孟の道に反するとして「花岡山盟約」に署名しなかった小崎弘道もジェーンズから洗礼を受け、同志社に入った。

しかし、蘇峰は卒業まじかにして退学する。このときキリスト教からも離脱し、熊本に帰って、自由民権運動に加わり、一八八二（明治一五）年、民権運動の学習塾である大江義塾を自宅に設立する。蘇峰一九歳のときである。このとき、蘆花も同志社を退学して熊本に戻っていたが、大江義塾の設立とともに塾生となる。

大江義塾については、塾内雑誌『大江義塾雑誌』のなかである塾生が、大江義塾のような「自由学校」と官立の「専制学校」を対比して、「それ自由学校は人の発達を自由ならしむものなり。専制学校は人の発達を抑制するものなり。自由学校は内面を整理せんことを欲するものなり。専制学校は外面を修飾せんことを欲するものなり。自由学校は自治自動自尊自重等のものは主として重んずるものなり。専制学校は他動畏懼諂諛屈従等は主として貴ぶ所のものなり」とのべている。生徒心得にあたる「塾生契約規則」も塾生がみずから討論して決めた自治の塾であった。毎土曜日には教師と生徒と

図２　中江兆民（フランス留学時代）

図３　仏学塾（ビゴー筆）

図４　大江義塾

図５　大江義塾の塾生たち（中央白髪の人物が徳富一敬、最後列右より７人目が蘇峰）

による自由民権の演説会が開かれた。

蘇峰も、一般の学校は「其の保管者たる教師は学校を以て牢獄と誤認」しているとし、「社会の真理に原《もと》づき純粋潔美なる自由を主義とし、進て以て其取るべきを取らんとす」と自由主義に立脚する学校をめざした。官立の学校が西洋の「学識技能」の教育に有利であることをみとめながらも、西洋の「気象精神」の教育には私立の学校が優れていることを強調する。(8)

蘇峰は歴史も経済も英学もほとんどあらゆる科目の講義を担当した。ただ、儒教教育には力不足を自覚しており、『論語』や『孟子』の講義は父の一敬に委ねた。

そのような大江義塾を吉田松陰の松下村塾と重ねて考えていた蘇峰は、中村敬宇の『西洋品行論』などとともに吉田松陰の『幽室文稿』を好んでとりあげた。

塾生・宮崎滔天

中江兆民に学んだ宮崎八郎と民蔵の兄弟には弥蔵と滔天という弟がいたが、末弟の宮崎滔天は一八八五（明治一八）年ごろ県立熊本中学を退学して大江義塾の塾生となる。一九〇二年に書いた自伝『三十三年の夢』で滔天は大江義塾の様子を、「塾生は自ら議して塾則を設けたり。即ち所謂自治の民なり。此れを以て皆楽んで塾則を守り学業を励めり」、「破《やぶ》れ畳《だたみ》の上に淇水《きすい》老師〔父の一敬〕の白髯を撫でて『道徳原理』〔スペンサー著の訳〕を講ずるあれば、一方には猪一郎〔蘇峰〕さんが口角沫を飛ばして仏国革命史を講ずるあり。而も談佳境に入るや、弟子《ていし》覚えず矢声《やごえ》を上げ、立ち上って舞ひ、刀を抜いて柱に斬り掛けるもあり」と記していた。滔天には「大江義塾は実に余が理想郷なりき。否、余が理想よりもはるかに進歩せる自由民権の天国なりき」であった。(9) 一敬は『論語』『孟子』のほかスペンサーまで教えたのである。

しかし滔天は、蘇峰のは名誉心からの自由民権運動ではないのか、との疑問を感ずるようになり、一八八六年に大江義塾を離れて上京する。英語を身につけねばならないと考えたのであろう、中村敬宇の同人社や東京専門学校の英語科に学び、小崎弘道の番町教会にも通い、洗礼もうけた。翌年には帰郷して、海老名弾正の設立した熊本英学校で英語の勉強をつづける。

そのころ滔天は熊本に住んでいた兄の弥蔵から、中国に真の共和制を実現させ、そこから日本の、そして世界の革命を達成させるという革命論を学ぶ。まもなく弥蔵は病魔に冒され亡くなるが、滔天は一八九七年に来日中の孫文を知り、アジアの解放と世界革命に人生を賭けることになる。一九〇五年に滔天は革命家黄興《こうこう》に孫文を引き会わせ、それによって革命組織の中国同盟会が結成される（一〇四頁）。

熊本のメソジスト教会に通うようになっていた蘇峰の弟の徳冨蘆花は一八八六年に受洗し、宣教師となった従兄弟の横井時雄（横井小楠の子）に託されるが、時雄が同志社の教授に迎えられると、蘆花も同志社に再入学をする。

蘇峰も、社会の教師としてのジャーナリストへの道を歩もうとして、『第十九世紀日本青年及其教育』を自費出版したのにつづいて、田口卯吉の経済雑誌社から『将来之日本』をだす。『将来之日本』は成功し、再版では中江兆民が序を書いてくれた。それを機に蘇峰は塾を閉鎖して上京し、自由・民主・平和を基本とする平民主義をかかげた民友社を創立する。滔天が上京した翌年一八八七年のことである。

仏学塾も大江義塾も活動の期間は短かったが、つぎの時代を動かす塾となった。

第三章　大日本帝国憲法と教育勅語

1　大日本帝国憲法

植木枝盛の「日本国国憲案」

木戸孝允、西郷隆盛、大久保利通という「維新の三傑」は消え、その前に大村益次郎も暗殺された。政府に批判的であった江藤新平も前原一誠も処刑された。政治は大久保利通をついだ伊藤博文と大村益次郎をついだ山県有朋を中心に動きだす。

政府内では大隈重信が自由民権運動に共感を示すと、伊藤博文は一八八一（明治一四）年、政府から大隈重信一派を追放して政治の実権をにぎり、高揚した自由民権運動を沈静化させようとして、一〇年後には憲法を制定し国会を開設するという詔書を公布する。それが憲法論議を活発化させることになる。

立志社の理論的指導者であった植木枝盛の作成した「日本国国憲案」は、フランス憲法を範とするものであって、思想・宗教・出版・集会・結社などの自由権を無条件でみとめ、教育については「日本人民は何等の教授をなし何等の学をなすも自由とす」としている。国会は婦人の参政権を認めた普通選挙による一院制で、政府の不法に抵抗する権利、新しい政権を樹立する権利さえも明記する。その国会の認定によるのであるが、植木も天皇の存在をみとめて、国軍は天皇のもとに置かれるとした。ただし、国軍は志願兵制で、海軍による専守防衛が基本であって、陸軍は縮小すべきであると考えていた。[1]

自由民権派でも『東京横浜毎日新聞』を中心とした嚶鳴社グループ（沼間守一・島田三郎・末広重恭・田口卯吉ら）はイギリスの政体をモデルとするものであって、天皇の地位を認めたうえでの議会主義を主張し、君民共治論の憲法を発表した。国会は衆議院と貴族院の二院制で、衆議院議員は制限選挙によると考えていた。慶応義塾関係者が中心の交詢社のグループ（矢野文雄・小幡篤次郎・馬場辰猪ら）も似たような君民共治論の憲法を提唱した。自由民権論者は天賦人権論に立ちながら、共通して君民共治論、天皇の存在をみとめた。植木の「日本国国憲案」も天皇を否定しない。中江兆民でさえも天皇を認めた。しかし、兆民は天皇を敬重するが、専制君主の天皇は拒絶する。

しかし、このころの一般民衆の天皇への関心は別であった。一八七六年に来日して東京大学の医学部で教えていたドイツ人教師のトク・ベルツは、一八八〇年十一月三日の日記に「天皇誕生日。この国の人民がその君主に寄せる関心の程度が低い有様をみることは情けない。警察の力で、家々に国旗を立てさせねばならないのだ。自発的にやるものは、ごく少数だろう」と記している。[2]

「大日本帝国憲法」の公布――「玉か、瓦礫か」

だが、自由民権者たちの憲法私案は考慮されることはなく、伊藤博文によって「大日本帝国憲法」が天皇が国民に与えたとする欽定憲法として発布された。渡欧してプロシアの君権主義の憲法を調査した伊藤は、ドイツ人法学者を顧問に、大学南校出身で司法省に出仕した井上毅を協力者として憲法原案を作成、伊藤みずからが議長をつとめる枢密院で形式的な論議をしただけで決定し、一八八九（明治二二）年二月十一日に宮中正殿で発布の式典を挙行した。そこで憲法が天皇から黒田清隆内閣総理大臣に授けられた。それが欽定憲法であることをしめす儀式であった。ベルツもこの式典に招かれているが、式はわずか一〇分で終わったと日記に記している。(3)

国民は奉祝行列などで憲法の発布を祝福した。だが、その成立の過程も内容も知らされず、紀元節の日に発布されるということを伝えられただけであった。ベルツは日記に、「東京全市は、十一日の憲法発布をひかえてその準備のため、言語に絶した騒ぎを演じている。到るところ、奉祝門、照明《イルミネーション》、行列の計画。だが、こっけいなことには、だれも憲法の内容をご存じないのだ」と書いている。(4) 中江兆民もベルツと同じ感想であった。弟子の幸徳秋水は『兆民先生』のなかで、「先生〔中江兆民〕がなげいていうには、天皇からわれわれに賦与された憲法は、ほんとうにどんなものか、玉か、瓦礫か、まだその実を見ないうちに、その名に酔っている。わが国民は、どうしてこんなに愚かで調子がはずれているのか、と」とのべていた。(5)

「大日本帝国憲法」――立憲君主国へ

「大日本帝国憲法」は衆議院と貴族院の議会の開設をみとめたが、日本は「万世一系の天皇之を統治す」（第一条）と定められ、天皇は、内閣総理大臣と国務大臣の任免、法律の裁可、議会の招集、軍隊の統帥（総指揮）、宣戦と講和、条約の締結、戒厳令や勅命の発布などの権限をもつとされた。

それでも、「天皇は国の元首にして統治権を総覧し此の憲法の条規に依り之を行ふ」（第四条）とされて、天皇の権限は無制限ではなく、天皇の統治権も憲法によって制限された。天皇には立法の権限があるが、「帝国議会の協賛」をうける（第五条）として、立憲君主制の体裁がとられた。

帝国議会は二院制で、選挙で選ばれる衆議院とともに皇族や華族や勅任議員などで構成される貴族院とからなる。満二五歳以上の男子で直接国税一五円以上を納入する者が選挙権をもつとされた。それは全成年男子の四パーセントに限られたが、衆議院は国家予算の決定の権限を有するなど、議会をとおして国民の意志が政治に反映される可能性が生まれた。

天皇の権限とされた内閣総理大臣と国務大臣の任免について、大日本帝国憲法の発布直後に黒田清隆首相は、多数政党から内閣総理大臣を選出する政党内閣を否定し、議会の政党に左右されない政策を実行できる超然内閣でゆくべきことを宣言したが、現実には天皇側近の元老（その多くは薩長出身）にゆだねられた。それは一九二四年の清浦奎吾《けいご》内閣までつづく。

軍隊については「天皇は陸海軍を統帥す」（十一条）とあって、天皇が統帥権を有する軍隊には議会だけでなく、内閣の権限もおよばないとされた。軍隊は天皇に直属し、宣戦と講和も天皇の権限であるが、天皇を輔翼して軍隊を指揮する機関として参謀本部が設置されるとした。

信教の自由は法的に保障されたが、「安寧秩序を妨げず及び臣民たるの義務に背かざる限りに於て」との条件が付された。キリスト教信仰の自由も「安寧秩序」と「臣民たるの義務」に反しないかぎりの自由であった。言論・出版・結社の自由については「法律の範囲内」でとされ、その法律については、自由民権運動を弾圧するための集会条例や保安条例が制定されていたし、言論統制のための新聞紙条例や讒謗《ざんぼう》律も継続された。「大日本帝国憲法」には教育にかんする条文はなかった。それは「教育勅語」によって補完された。

その後の自由民権派

「大日本帝国憲法」について幸徳秋水の『兆民先生』は、先の文につづいて、「憲法の全文が到達すると、先生は、一読して、ただ苦笑するばかりであった」とのべている。(6) ある程度予想はしていたのだろうが、とてもまじめに読めるものではなかったのである。

しかし、板垣退助は「血をもって実現した憲政」として手放しで喜びを表わした。立志社の理論的指導者で民主的な憲法私案「日本国国憲案」を作成した植木枝盛さえもが憲法発布日を「我国日本の大記念日―最大記念日」とすることを提案している。臣民としての参政権と基本的人権が認められたことを評価したのだろうか。不可解である、と家永三郎はいう。(7)

一八九〇(明治二三)年七月一日第一回の衆議院選挙で、再建された自由党と大隈重信の結成した改進党の民党が政府系の吏党を押さえて過半数の議員(定員三〇〇名のうち一七一名)を当選させた。中江兆民も大阪四区から立候補して当選する。憲法の制定では蔑ろにされた国民も、意地をみせた。わずか全成年男子の四パーセントの選挙民であったが、自由民権運動への共感と藩閥政治にたいする批判がひろく浸透していたのである。

黒田清隆内閣をついだ山県有朋内閣が軍備拡張予算を提出したのにたいして、民党は地租軽減と政費節減を主張して反対した。反対多数であった。ところが、自由党の土佐派議員二〇数名が政府支持にまわり、予算案は通過する。「土佐派の裏切り」とよばれた。そこには、片岡健吉や林有造のほか植木枝盛らの名もあった。彼らは自由党を脱党し、板垣もおなじ行動をとる。裏切りに加わらなかった衆議院議員の中江兆民は、このような衆議院のぶざまさを「無血虫の陳列場」と痛罵し、議員を辞職した。

それでも有権者の自由党への支持はつづく。だから、政府は一九〇〇年に治安警察法を制定し、女子・教員・警察の政治結社加入の禁止、政治結社・集会の届出の義務化を定め、集会の解散権を警察にあたえた。それにもとづき、一八九二年の第二回の総選挙では吏党側は徹底した「干渉選挙」をおこなうが、民党（自由党と改進党）が政府与党の吏党を押さえて第一党、板垣ら自由民権運動の上層部の指導者の「裏切り」はあっても、自由と民権を追求する声は弱まらない。板垣が去っても自由は死せず、であった。民党の勝利には民権派の小学校教師の貢献も大きかった。そこで、文部省は一八九三年に、教師が教育政策・行政についての「政談」をおこなう団体へ参加することを禁ずる「箝《かん》口《こう》訓令」を公布する。

2　教育勅語——天皇と国家のための教育

「教育勅語」の公布——「一旦緩急あれば義勇公に奉じ」

山県内閣は、第一回帝国議会開会の直前の一八九〇（明治二三）年十月三十日、教育の目標をさだめた「教育勅語」を公布する。「軍人勅諭」を発案した山県は「教育勅語」の作成もすすめていた。作成の中心となったのは「大日本帝国憲法」の草案作成にもたずさわった井上毅である。熊本から出仕して天皇の侍講となっていた元田永孚《ながざね》が協力した。明治天皇の名で発表され、謄本が各学校に交付された。

「教育勅語」は、天皇の祖先が徳をもって国を治め、国民も忠孝に努めてきたことは「国体の精華」

であり、そこに「教育の淵源」があるとし、ついで、父母への孝・兄弟の友・夫婦の和・朋友の信といった儒教的な徳目の実行につとめ、恭倹、博愛・智能の啓発、憲法の遵守とともに、「一旦緩急あれば義勇公に奉じ以て天壌無窮の皇運を扶翼すべし」とする。家族国家観にもとづく忠君愛国主義が説かれた。

儒教の徳目があげられるが儒教教育が基本とする自己の確立が説かれることはない。徳目の根源にある「天」との関係がのべられることもない。じつは最初に依頼された女子高等師範学校長・中村敬宇の草案ではその点が強調されていたのであるが、それは井上によって、「教育勅語」に相応しくないとして、破棄された。(8) 教育の目的は天皇と国家への奉仕にある、と井上は考えていたのである。この点で「教育勅語」は天皇と上官への絶対的な忠誠を説いた「軍人勅諭」を継承する。

自由民権運動の高揚するなか、「軍人勅諭」は兵士を政治から隔離する意味があったが、「教育勅語」にはとくに自由民権運動に共感をしめす教員を運動から切り離すことに狙いがあった。教育の基本は天皇と国家のための教育で、教育が政治の道具となる。「教育勅語」は経典化され、天皇が神聖化される。国家主義的教育の方向がより明確になったのである。

すべての学校に「教育勅語」と「御真影」を

文部省は「教育勅語」とともに「御真影」（天皇と皇后の写真）を帝国大学以下すべての学校に配り、その捧読式の挙行を指示した。一八九〇年に来日して松江中学の英語教師となったラフカディオ・ハーンも、十月三十日の公布当日に講堂で教師生徒全員が出席して挙行された「教育勅語」の捧読式に出席している。ハーンの日記によると、県庁と市の主だった者を引き連れて現われた知事は、生徒による国歌斉唱につづいて、演壇にのぼり、「ゆっくりと絹織の袋から（巻物の勅語を）引き出すと、恭《うやうや》しく額《ひたい》のところまで持ちあげ、巻物をひろげ、ふたたび額のところまで捧げると、一瞬厳《おごそ》かに間《ま》を置いてから例によってよく通る朗かな深い声で、まるで朗詠のような古式《こしき》な読み方で一音一音に節《ふし》をつけるごとく読み出した[9]」。

翌年からは元旦の四方拝、一月十一日の紀元節、十一月三日の天長節などの祝祭日には、校長による「教育勅語」の捧読と「御真影」への礼拝をおこなうことが義務づけられた。生徒たちはその日の授業は休みでも、そのために登校せねばならなかった。ふだんでも担任の教師から「教育勅語」がたたきこまれ、小学三、四年までには暗誦できるようになっていた。意味はよくわからなくても、そこは「読書百遍意自ら通ず」であった。学校教育をとおして「天皇」が国民の意識に注入されたのである。

「教育勅語」公布の翌年に制定された「小学校教則大綱」の第一条は、「徳性の涵養は教育上最も意を用ふへきなり」、「知識技能は確実にして実用に適せんことを要す」とした。教育の基本は徳性の涵養と実用に役に立つ知識と技能の教授にある。徳性の涵養にかんしては第二条で、「修身は教育に関する勅語の旨趣に基き児童の良心を啓培して其の徳性を涵養し人道実践の方法を授くるを以て要旨とす」とする。修身は「教育勅語」と一体のものとなる。

「教育勅語」と「御真影」が安置されている所がもっとも神聖な場所となった。校長室におかれることが多かったが、校長室のなかった渋民小学校では職員室の一角に奉置所がつくられた。

内村鑑三の「不敬事件」

「教育勅語」公布の二カ月後には内村鑑三の「不敬事件」が起きる。一八九一年一月九日に第一高等中学校でおこなわれた捧読式で、「教育勅語」(高等中学校に授与された勅語には天皇の署名があった)にきちんと礼拝をしなかった(ちょっと頭を下げただけであった)講師の内村鑑三を生徒や教員は「不敬」であると非難し、内村は退職を余儀なくされたのである。札幌農学校を卒業後、アメリカのアマースト大学に学び、唯一絶対のキリスト教の神の信仰に生きながらも、二つのJ(JeusとJapan)を唱える内村は、天皇にも敬愛の念をいだいていたが、「教育勅語」に「奉拝」はできなかったのである。

この事件は拡大する。東京帝国大学の哲学教授の井上哲次郎は教育は「教育勅語」にもとづくべきで、世界主義のキリスト教は国家主義の「教育勅語」の精神に衝突するとして、キリスト者の内村をきびしく糾弾した。それにたいして内村は「教育勅語」の儀式よりも大切なのは「教育勅語」の「実行」であると反批判した。一番町教会(元番町教会)牧師の植村正久や東京英和学校校長の本多庸一らもキリスト教と「教育勅語」は矛盾しないとして井上哲次郎に論駁した。哲学館の井上円了や帝国大学総長の加藤弘之らは反キリスト教の立場から論争に参加した。

これらの議論でも、キリスト教の指導者たちは「教育勅語」を否定しなかった。「大日本帝国憲法」の観点からは、「信教の自由」からキリスト教を信仰するが、「臣民の義務」として「教育勅語」を遵守する。キリスト教と共存が可能だと主張したのである。

第四章　日清・日露戦争の時代

1　日清戦争

福沢諭吉も内村鑑三も主戦派

教育の普及と工業の近代化で軍事力を強化して戦争のできる国となった日本は、一八九四（明治二七）年春、朝鮮で反封建・反侵略を掲げた東学党の乱が起こると、宗主国の清国に対抗して朝鮮に出兵する。日本海軍は七月二十五日に朝鮮東岸の豊島《ほうとう》沖で清国艦隊を攻撃し、その一週間後の八月一日、天皇は「東洋全局の平和の維持」を目的に掲げ、清国に宣戦布告をする。啄木が八歳、小学校四年生のときである。賢治はまだ生まれていない。

福沢諭吉は日清戦争を「文野明暗の戦い」、つまり日本にとって文明の名において野蛮の国との戦いなのだから、清国を屈服させることは「世界文明の大勢が日本国に委託したる其の天職」、とまで言い切る。[1]「脱亜入欧」論はアジア侵略論となる。

「不敬事件」で第一高等学校を追われた内村鑑三も、戦争がはじまると、徳富蘇峰の『国民之友』（明治二七年九月三日）に「日清戦争の義」を書いて、日清戦争は「世界の最大退歩国」である清国の圧政から朝鮮人民を解放するための「義戦」であるとのべる。[2] 徳富蘇峰も大陸への膨張策を支援した。日本キリスト教の指導者となっていた海老名弾正、本多庸一、植村正之らも戦争を支持する。

秀吉の朝鮮侵略戦争いらい対外戦争を経験しなかった日本人が、アジアで唯一近代化に成功すると、中国と他のアジアの国々を侮り、戦争への熱病に冒される。一八九四年十一月、松江中学から第五高等学校教師をへて、神戸の英字新聞『神戸クロニクル』の記者となったラフカディオ・ハーンは日清戦争への日本人の熱狂を伝えるとともに、「清国を征服した後、日本人はこれまでより、はるかに自己主張をするようになるだろう」と日本人が傲慢になる可能性を指摘していた。[3]

近代化の勝利

開戦時の日本軍の出征将兵の数は約一五万。薩長軍閥の将校たちには陸軍士官学校や海軍兵学校に学んだ青年将校や徴兵令で徴集された兵士が従った。「教育勅語」は発布されてから四年しかたっていないが、一八八二年に定められた「軍人勅諭」は青年将校や兵士の頭にたたき込まれていた。

軍隊の組織だけでなく、兵器も近代化された。小銃はドイツの銃をモデルに日本で開発された連発式の村田銃に統一された。海軍は軍艦二八隻と水雷艇（魚雷を装備した小型艦艇）二四隻を所有する。低賃金で働く農村出身の女工たちが生み出した生糸や綿布を輸出して得た外貨によって購入された。農村出身の兵士と女工に支えられて日本は清国と戦ったのである。

豊島沖海戦に出動したのは長州出身の坪井航三少将を司令官とする海軍第一遊撃隊であった。陸軍第一軍の司令官は山県有朋で、ソウルに入ると第一軍の全将校に、「万一如何なる非常の難戦に係はるも、決して敵の生擒《いけどり》する所となる可らず。寧ろ潔く一死を遂げ、以て日本男子の気象を示し、以て日本男子の名誉を全ふすべし」と訓示している。[4]「生きて虜囚の辱めを受けること勿れ」という、のちに東条英機陸相が全陸軍に布達した「戦陣訓」の原型はここにある。陸軍第一軍は京城から平壌をへて南満州に進撃する。薩摩閥の領袖である大山巌が率いる陸軍第二軍は遼東半島に上陸して、旅順と大連を占領した。

北京に危機が迫ると、清国は降伏し、アメリカの仲介で一八九五年四月十七日、下関条約に調印する。それによって宗主国であった清国は朝鮮の独立を認め、遼東半島・台湾・澎湖諸島を日本へ割譲するとともに、二億両（当時の日本円で三億一〇〇〇万円）の賠償金を支払うことになった。一万七〇〇〇人の日本兵が命を落とし（その多くは伝染病による病死者であった）、二億二二四七万円（当時の国の一般会計は約一億円）の戦費を使ったが、領土を増やし、戦費を凌ぐ膨大な賠償金も手にできた。日本人は勝利に酔った。

しかし、遼東半島の割譲には、満州の利害で日本と対立するロシアがドイツ・フランスを誘って反対してきた。天皇が宣戦布告でのべた「東洋の平和のために」を逆手にとって、日本は清国に返還せよというのである（「三国干渉」）。日本は要求を容れて、半島の返還に応じざるをえなかった。しかし、国内ではロシアの干渉への不満が高まり、「臥薪嘗胆《がしんしょうたん》」（仇をはらそうとして試練に耐えること）を合言葉に対露戦争に向かうことになる。

「臥薪嘗胆」の風潮のなか、高等小学校生であった荒畑寒村も、多くの少年がそうであったように、軍人になってロシアに一泡食わせようと思っていた。「私の燃えやすい心がこのような風潮に刺激されて、熱烈な忠君愛国主義に傾いたことはいうまでもない。私は大きくなったら海軍の軍人となって憎っくきロシアに必ず報復してやろうと決心を固めた」と回顧している。[5]そのため、海軍兵学校への進学を希望していた。そのような多くの少年たちのなかには、寒村の一歳年上の啄木もいた。

2　浄土真宗と日蓮宗の再興

島地黙雷と井上円了

近代化の波は仏教界にもおよぶ。その中心にいたのが浄土真宗本願寺派（西本願寺）の島地黙雷《もくらい》である。岩倉使節団の一員となってヨーロッパでキリスト教の現状を視察し、仏教の故地のインドも訪れた黙雷は、政府の祭政一致の宗教政策をつよく批判し、信教の自由と政教分離を建言した。一八九二（明治二五）年には盛岡市に隠退し、市内北山の願教寺の住職となる。

黙雷の養嗣子となって、願教寺の住職を継いだのが、西本願寺大学林（後の仏教大学）に学び、哲学館教授や帝国大学講師をつとめ、大谷探検隊の仏跡調査に随行もした島地大等《だいとう》である。盛岡中学と盛岡高等農林時代に願教寺で大等の『歎異抄』の法話を聞いた宮沢賢治は大等の著わした『漢和対照妙法蓮華経』によって日蓮宗に導かれることになる。

哲学館を創設し、教壇に立った井上円了は東京・江古田の哲学堂に住み、帝国大学で学んだ西洋哲学によって仏教を哲学的に基礎づけ、『真理金針』や『仏教活論序論』を著わして、仏教にこそ「真理」が認められると説く。さらに、「真理」である仏教は国家にとっても有用であると主張し、『仏教活論序論』では「護国愛理は一にして二ならず。真理を愛する情を離れて別に護国の念あるにあらず。国家を護するの念を離れて別に愛理の情あるにあらず」とのべている。仏教が「真理」という立場から、キリスト教と唯物論を排撃し、天皇制国家の擁護に立つ。

清沢満之

浄土真宗大谷派（東本願寺）の改革の先頭にたったのが清沢満之《まんし》である。真宗大谷派の僧侶から東京大学哲学科に学んだ清沢は東本願寺にもどり、教学の改革に狼煙《のろし》をあげた。真宗大谷派が経営をまかされていた京都府尋常中学校の校長に就任したが、中学校の経営が大谷派を離れると、京都大谷尋常中学校を設立する（校長には哲学科で一級下であった沢柳政太郎が就任）。しかし、二年におよぶ改革は挫折し、教団を離れる。

それを機に、清沢は、西洋哲学をふまえ、真宗の他力本願の信仰のもとで、自己の内面の徹底的な凝察と絶対無限者への帰依によって安心立命に達しようとする「精神主義」を唱えるようになる。「精神主義」の立場からは個人の内面に国家権力が介入するのを拒否し、国家の有用性とは別次元の仏教の近代化をすすめた。

一九〇一（明治三四）年に真宗大学（現大谷大学）が開校されると、教団に復帰、大学を東京の巣鴨に移して学監（学長）に就き、かたわら本郷に私塾「浩々洞《こうこうどう》」を開いて「精神主義」運動の拠点とした。清沢は一九〇三年に病没するが、真宗大学や「浩々洞」で清沢の教えをうけた暁烏《あけがらす》敏《はや》や多田鼎《かなえ》らの門人は機関誌の『精神界』を継承し、「精神主義」の普及につとめた。

京都の東本願寺の改革に東京から馳せ参じ、清沢に協力した帝国大学の学生に近角常観《ちかずみじょうかん》がいる。東京にもどり大学を卒業した近角は東本願寺のはからいでヨーロッパの宗教事情の視察に派遣されたが、帰国後の一九〇二年には本郷に求道学舎を設立し、青年たちに浄土真宗の教えを伝えた。

清沢満之や井上円了と交遊のあった仏教学者に、曹洞宗大学林や哲学館の講師を勤めた村上専精《せんしょう》がいる。東本願寺の教師学校に学んだ村上は、大乗仏教の経典は釈迦の説いたものではないとする「大乗非仏論」を唱えた。そのため真宗大谷派を追われた時もあったが、一九一七年に東京帝国大学に印度哲学科が開設されると初代教授に就任し、大谷大学の学長にもなった。

宮沢賢治の父の宮沢政次郎が発起人となって開催された「我信念講話」には暁烏敏、多田鼎、近角常観、村上専精も招かれている。

田中智学の国柱会

在家仏教運動家の立場で国家のための仏教を追求したのが田中智学《ちがく》である。江戸の医師の三男に生まれた智学は日蓮宗の学問所である飯高檀林（千葉県匝嵯市にあった）と日蓮宗大教院（芝二本榎、後の日蓮宗大学林、現立正大学）に学ぶが、一九歳のとき宗門を去り、一八八五（明治一八）年には立正安国会を創立して日蓮宗の布教活動を開始した。

智学は永遠の真理の法華経にたいする信仰のもと、悪世に生まれてきたことを自覚し、そこで生ずる苦難に敢然として立ち向かい、「仏国土建設」をめざした日蓮の思想を現代の日本に生かそうとする。「正法」（法華経）を立てれば、国は安泰であり、国難を避けることができるという日蓮の『立正安国論』を継承し、近代の天皇制国家を正当化するイデオロギーを提供しようとした。一九〇一（明治三四）年に著わした『宗門之維新』では、「それ本化の妙宗（日蓮宗）は、宗門のための宗門にあらずして、天下国家のための宗門なり、すなわち日本国家の応《ま》さに護持すべき宗旨にして、また未来における宇内人類の必然回帰すべき、一大事因縁の至法なり」とし、「『コーラン乎剣乎』はなおはなはだ緩弱也、すべらく『法華経は剣也』といえ』」とのべていた[6]。日本の海外侵略を正当化するスローガンとなる「八紘一宇」を造語したのも智学である。

一九一〇年には活動の本拠地を静岡県清水の三保（現静岡市清水区）の最勝閣におき、一九一四（大正三）年には会名を国柱会と改めた。その二年後には東京の上野桜木町（鶯谷）に国柱会館を設立した。島地大等の『漢和対照妙法蓮華経』に接して日蓮の教えに惹かれた宮沢賢治も、一九二〇年に国柱会に入会した。

高山樗牛──浪漫主義と法華信仰

帝国大学哲学科で井上哲次郎の教えをうけた高山樗牛は晩年に（といっても三二歳で病没するのだが）、国柱会の会員となった。

戊辰戦争で「賊軍」とされた山形庄内藩の藩士の子に生まれた高山樗牛は、福島中学（現安積高校）を中退、私立東京英語学校（官立の東京英語学校とは別、教師には志賀重昂がいた）から第二高等中学校に入学、在学中にゲーテの『若きヴェルテルの悩み』を訳して「ウェルテルの悲哀」として『山形日報』に連載した。それが坪内逍遙の注目するところとなり、『早稲田文学』に「文学者の信仰」を書いた。帝国大学在学中には『滝口入道』を『読売新聞』に連載する。卒業後二高教授となるが校長排斥運動に巻き込まれて辞任し、一八九七年五月には博文館の『太陽』の文芸欄主任（親友の姉崎正治は宗教欄主任）となると、六月号には「日本主義を賛す」を載せて、日本主義を称える一方で、内村らキリスト者をきびしく非難した。

一九〇〇年にニーチェの死に接すると、樗牛は反キリスト教主義のニーチェ哲学の紹介につとめ、「美的生活を論ず」を発表して浪漫主義を説き、超人主義を支持した。石川啄木はそのような樗牛に心酔したときもあった。田中智学から『宗門之維新』を贈られると、樗牛は日蓮の強烈な個性をニーチェの超人を重ねて理解するようになり、一九〇一年には国柱会に入会した。国柱会では宮沢賢治の先輩となる。しかし、「日蓮上人と日本国」では、「日蓮にとりて日本は大い也、然れども真理は更に大い也」とのべ、国家、民族を超越した永遠の真理に生きようとした。(7)

本多日生の顕本法華宗

日蓮宗の布教で田中智学とならぶ足跡を残したのが、智学の六歳年下の本多日生《にっしょう》である。第一期生として哲学館に入学した日生は、卒業後には京都の顕本法華宗(日蓮宗妙満寺派)の教務部長に就任する。顕本法華宗の改革に着手すると、反対派によって僧籍を剝奪されるが、一八九二年に上京、神田猿楽町に顕本法華宗弘通所を開き、日蓮宗の大衆布教にのりだす。三年後に顕本法華宗の僧侶に復帰して管長に就任すると教育活動に打ち込む。田中智学、三宅雪嶺、姉崎正治らを招いて講演会を開催し、日生じしんも各地に出張し、講演をおこなった。一九一〇年十一月十六日には盛岡中学での「日蓮と訓育」と題する講演会にも出向く。それを宮沢賢治は聴講したのである。

一九一二(明治四五)年四月には布教の拠点として浅草に統一閣を設立し、そこで日生は大衆にとって仏教の宗派の分立は意味がないとの考えから、日蓮宗(一致派)、不受不施派、日蓮正宗、顕本法華宗などに分かれている日蓮系教団の統一、さらに仏教全体の統一を説いた。その一方で、田中智学と同様、天皇制の擁護に傾き、日本精神の統一を唱えるようになる。(8)

しかし、顕本法華宗の統一閣からは新興仏教青年会を興した妹尾義郎がでた。彼は「私有なき共同社会」と主張して、資本主義を批判する。一高を中退したころ故郷の広島県で田中智学の著作に接し、上京して智学の門を叩くが、その態度に失望して統一閣を訪問し、日生に師事した。

3 キリスト教の日本化

内村鑑三と新渡戸稲造の日本論

日本のキリスト教にも日本化の動きが見られた。内村鑑三は第一高等中学校を辞めた後の一八九四（明治二七）年に徳富蘇峰の民友社から英文で『日本及び日本人』（*Japan and the Japanese*、後に『代表的日本人』*Representative men of Japan* に改題）を発表して、すぐれた日本人の国民性を世界に伝えようとした。その代表的な日本人としてとりあげられたのが、西郷隆盛、上杉鷹山、二宮尊徳、中江藤樹と日蓮。キリスト者の内村が仏教の日蓮を代表的な日本人としてあげ、「実に日蓮が、その創造性と独立心とによって、仏教を日本の宗教にしたのであります。他の宗教が、いずれも起源をインド、中国、朝鮮の人にもつのに対して、日蓮宗のみ、純粋に日本人に有するのであります」と書いている。その特徴には、「『仏敵』と呼んだ者には苛烈でありましたが、貧しい人たち、しいたげられた人たちに対しては、まことにやさしい人物でありました」、「実に日蓮が、その創造性と独立心とによって、仏教を日本の宗教にしたのです」といい、最後には「闘争好きを除いた日蓮、これが私どもの理想とする宗教者であります」と結んでいる(9)。戦闘的であることには同意できなくても、日蓮の主張と行動には賛同できた。内村は樗牛から批判されながらも、日蓮の評価という点では共通していた。『日本及び日本人』を発表した年には『国民之友』（九・十月号）に「日蓮上人を論ず」を書いている。

内村の札幌農学校の同級生で、おなじくキリスト者となった新渡戸稲造には、札幌農学校教授時代に病気療養でアメリカのカリフォルニアに滞在中の一九〇〇年に英文で出版した『武士道』(*Bushido: The Soul of Japan*)がある。そこで新渡戸は、日本の武士道はキリスト教にも優るとも劣らない日本固有の道徳であることを説いた。武士道の起源について「厳密なる意味においての道徳的教義に関しては、孔子の教訓は武士道の最も豊富なる淵源であった」とのべ、しかも、「君臣、父子、夫婦、長幼、ならびに朋友間における五倫の道は、経書が中国から輸入される以前からわが民族的本能の認めていたところであって、孔子の教えはこれを確認したにすぎない」[10]と見ていた。父祖たちが私塾や藩校で修めた儒教の五倫の教えは武士道の精神として明治の日本にも残されているというのである。日清戦争の勝利で日本への関心は高くなり、『武士道』はアメリカだけでなく各国語に訳されて、広く読まれた。

一八九七年に『万朝報』の英文欄の主筆になった内村は、一九〇二年に新宿・角筈の自宅で聖書講話会をはじめた。一高を追われたが、キリスト教の塾の教師としての道を歩む。清沢満之や近角常観が本郷で仏教の日曜講話をおこなっていたころである。新渡戸稲造も一九〇六年に一高の校長に就任すると、学校の近くに一軒の家を借り、生徒との談話の場として、人格教育を実践する。新渡戸はそこに集まった生徒たちに内村の塾を紹介した。そこで学んだ生徒・学生には柏会グループの前田多門、塚本虎二、高木八尺《やさか》、矢内原忠雄、三谷隆正・隆信兄弟、白雨会グループの坂田祐、南原繁、星野鉄雄らがいる。

内村は雑誌『聖書研究』も刊行し、その読者を中心に全国各地に聖書の研究のための「教友会」を組織して、キリスト教の布教に専念した。それは内村にとって、キリスト教を武士道の幹に接ぎ木することであった(『代表的日本人』ドイツ語版後記)。花巻にも「教友会」が生まれ、会員には賢治の小学校の教師であった照井真臣乳《まみじ》や賢治の花巻農学校の教師時代の友人だった斎藤宗次郎がいた。

キリスト教の日本化ということでは、同志社出身で主に本郷教会で活動した海老名弾正の言動が注目される。海老名はキリスト教を日本の神道とかさねて理解しようとして、キリスト教の神ヤハウェを『古事記』で最初にあらわれる天御中主神《あめのみなかぬしのかみ》と同一視した。

政府のキリスト教教育への干渉

キリスト教が日本化しても、反キリスト教の圧力はますます強くなった。

キリスト教教育もむずかしくなる。小崎弘通が社長（校長）であった同志社は、一八九六年に「普通学校」は高等普通学校に、「予備学校」は尋常中学校に改編されたのを機に、徴兵猶予の特権をうけることができるようになった。しかしこのとき両校での、キリスト教の授業は廃止された。この改革時に「予備学校」に在籍していた山川均は、自叙伝によると、この改革で尋常中学校の生徒になったのだが、下士官あがりの教官が担当する体操の科目が新設され、聖書の講義がなくなって、新しく倫理の科目が加えられたという。その倫理というのは、「教育勅語」についての講義で、しかもそれを担当したのは同志社に付設されている神学校の教師であった。神学校の教師がキリスト教の神と天皇の両者につかえているのを見て、キリスト教の信仰を疑うようになった、と山川は告白している。(11)皮肉にも、同志社の「教育勅語」の講義が社会主義者・山川均を生むことになったのである。

この教育方針の変更をめぐって学内は紛糾したが、一八九七年に社長となった横井時雄も小崎社長の路線を踏襲した。徴兵猶予の特権が失われれば生徒募集がむずかしくなる。経営のためには創設の理念にこだわりつづけることができなくなっていた。

一八九九（明治三二）年には文部省は訓令第十二号（宗教と教育の分離令）を公布して、私立学校におけるキリスト教の教育や儀礼を禁止した。それにしたがわないと、徴兵猶予の特権と上級学校進学のための特権を剝奪するというのだ。同志社は訓令第十二号を先取りしてキリスト教教育を廃止したのであるが、すべてのキリスト教系の学校は、特権を失ってもキリスト教教育をつづけるか、キリスト教教育を放棄して特権を維持するか、の選択を迫られた。明治学院や青山学院は中学校の資格を返上した。立教中学ではキリスト教教育は寄宿舎でのみ実施することにし、それによって徴兵猶予と上級学校進学の特権を失うのを避けた。

4　社会主義の台頭

徳富蘇峰にとっての労働・社会問題

大江義塾を閉鎖して一八八六（明治一九）年に上京した蘇峰は、翌年には民友社を創設して雑誌『国民之友』（旬刊）を発行した。その成功に乗って一八九〇年には念願の日刊紙『国民新聞』を発刊する。一昔前の福沢諭吉の人気をうけついだかのようであった。

軍事力は強化されたが、少しも改善されない労働者の生活に目をむけた蘇峰は、海外の社会主義を紹介し、平民主義の立場から労働者の生活の改善を唱えた。『国民之友』の一八九〇年一月号に載せた「平民的運動の新現象」では、労働者という「多数の弱者」は資本家という「少数の強者」に抵抗する「弱者の権」があることを指摘し、「弱者の権」を実現するには、「多数の連合」が必要であり、それには労働者は同盟罷工（ストライキ）をもって資本家に抵抗すべきであるとのべた。そして、翌年一月に東京府下で石工のストライキが発生すると、その意義を高く評価した。一八九二年十月号の「社会問題の新潮」では、知識人はストライキの弊害を論ずるのではなく、なぜそれが起こるかを研究すべきであると主張し、社会問題研究会を組織することを提案した。

中江兆民の仏学塾に学び民友社の社友となった酒井雄三郎も、フランス語の力を買われてパリ万博担当の農商務省の嘱託となって渡仏すると、『国民之友』や『国民新聞』に、一八九一年五月に第二回のメーデーを機として勃発したベルギー炭鉱のゼネストの紹介や、一八九一年七月のブラッセルで開催された第二インターナショナルに最初の日本人として出席したときの報告などを寄せている(12)。

社会主義に理解を示していた徳富蘇峰は一八九三年に、松陰を討幕のために戦った「革命家」と讃える『吉田松陰』を刊行する。そこで、「彼の一代は失敗の一代なり。然りといえども彼は維新革命における、一箇の革命的急先鋒なり。もし維新革命にして伝うべくんば、彼もまた伝えざるべからず」と讃えたが、松陰の生涯は「蹉跌の歴史」であり、明治維新は未完の革命なので、第二の維新が必要であるとも書いている(13)。そして、「第二の吉田松陰を要する時節は来たりぬ。彼の孤墓は、今すでに動きつつあるを見ずや」と結ぶ。

社会主義運動の成長

日清戦争に勝利して莫大な賠償金を手にした日本は軍備拡大と産業振興に着手し、それによって機械工業が飛躍的に発達する。市場が中国や朝鮮にも広がったことで、綿糸・綿布、生糸などの繊維産業の生産力が高まる。とくに、手動の繰糸器による座繰製糸から水力や蒸気力を動力とする器械製糸が普及することで均質な生糸を大量に生産できるようになって、アメリカへの輸出も増加する。綿糸・綿布の原料の綿花は中国、インド、アメリカから輸入せねばならなかったが、国産の繭を原料とした生糸は外貨獲得の王者であった(14)。

だが、国民の生活はよくならない。好景気は資本家の懐を潤しただけだった。工場労働者は苛酷な労働に従事させられながら、低賃金に押さえられる。農村の生活は都市以上に貧しい。疲弊した農村を離れて、農民は都市に流入する。繊維産業に従事する女子労働者も増加する。蘇峰が指摘していたように、労働者という「多数の弱者」と資本家という「少数の強者」のあいだの矛盾は激化する。

農村に浸透した自由民権運動が弾圧によって衰退したのにかわって、社会主義思想が日本にもたらされ、都市部で労働運動、社会運動が起こる。一八九七年には片山潜と高野房太郎により労働組合期成会が結成された。岡山師範を中退後渡米した片山はサンフランシスコでキリスト教に入信し、グリンネル大学教養学科やイェール大学神学部などで学びながら労働運動家との交流をもち、社会主義に目覚めた。長崎に生まれた高野房太郎も高等小学校を卒業した後、横浜で働きながら英語を独学して渡米し、サンフランシスコで在米日本人労働者を誘い、労働組合・職工義勇会を組織するなどの労働運動を経験した。

一八九八年には片山のほか、安部磯雄、西川光二郎、河上清によって社会主義の研究と啓蒙を目的とした社会主義研究会が結成され、サン＝シモン、ルイ・ブラン、ラサール、マルクスなどが研究された。『中央新聞』から黒岩涙香《るいこう》の『万朝報』に移っていた幸徳秋水も参加する。一九〇一年にはこれらのメンバーに『毎日新聞』（沼間守一の『東京横浜毎日新聞』を改題したもので、沼間の死後、島田三郎が社長に就任した。現在の『毎日新聞』とは別）の木下尚江らが加わって最初の社会主義政党である社会民主党が結成された。

「いかにして貧富の懸隔を打破すべきかは、実に二十世紀における大問題なりとす」とはじまる社会民主党の綱領は、ドイツ社会民主党の綱領（一八九一年のカウツキーが起草したエルフルト綱領）を範とした。具体的には、生産・分配を共有する社会主義、国法を尊重する民主主義、戦争を否定する平和主義、治安警察法や新聞紙条例の廃止、高等小学校までの月謝と教科書の無料化などをかかげていた。

幸徳秋水をのぞいてはすべてキリスト者で、当時、キリスト教の人道主義は社会主義に近い思想と考えられていた。安部は同志社卒、木下は東京専門学校卒、河上は一高中退、西川は札幌農学校中退、幸徳は中学中退で国民英学会卒で、帝大出身者はいなかった。

伊藤博文内閣は前年（一九〇〇年）に公布した治安警察法によって社会民主党に即座（二日後）に解散を命じた。

社会主義者・幸徳秋水

一九〇〇年八月、伊藤博文が御用政党の立憲政友会を組織すると、自由党の後身である憲政党は解党し、なだれをうって立憲政友会に参加した。自由民権運動の終焉であった。それに憤慨した中江兆民の意をうけた幸徳秋水は『万朝報』（八月三十日）に「自由党を祭る文」を載せ、自由と民権のために戦ってきた自由党の歴史を顧みながら、「嗚呼自由党は死す矣」と述べた。その翌年秋水は社会民主党に参加する。

自由民権運動から社会主義運動にむかった幸徳秋水は帝国主義戦争の本質を論じた『廿世紀之怪物帝国主義』を著わす。また『万朝報』には、古河鉱業足尾銅山の鉱毒事件で操業停止と被害農民救済をさけびつづけた田中正造を支持する記事を載せ、田中のために天皇への直訴文を書いている（田中正造は一九〇一年十二月十日の直訴の二カ月前に衆議院議員を辞職し、谷中村に入って、村の放水地化反対の運動に献身した）。

さらに一九〇三年には、マルクスとエンゲルスの『共産党宣言』、マルクスの『資本論』、エンゲルスの『空想より科学へ』をはじめ、ラサール、カーカップ、モリス、イリーなどの著作を参照して社会主義の「鳥眼観」をあたえた『社会主義神髄』を刊行した。そこで幸徳は、社会主義を孟子の「忍びざる心」をもって民衆の幸福につとめる「志士仁人」の政治と重ねて理解している(15)。幸徳を社会主義に導いたのは外来のキリスト教ではなく、伝統の儒教であった。幸徳じしんも「小生は儒教より社会主義に入り候」とのべている(16)。『社会主義神髄』の「付録」に載せた「社会主義と国体」では、社会主義は人民全体のためにするものであり、また君主の目的職掌も人民全体のためにつとめることにあり、明王賢主とよばれる人は民主主義者であり、一種の社会主義なのであって、したがって、社会主義は「国体」と矛盾するものではないと主張している。

5　日露戦争

『万朝報』も非戦論から主戦論へ

清国が日清戦争で敗れたのを機に、イギリスにつづいてフランス、ロシア、ドイツの列強も中国の分割競争に入ってくる。満州（中国東北部）から朝鮮をもうかがうロシアはシベリア鉄道を満州にまで延長する東清鉄道の敷設権、遼東半島の旅順と大連の租借権を獲得し、日本の大陸進出の前にたちはだかる。

　このロシアにたいして日本では「臥薪嘗胆」の声が静まらない。伊藤博文は日露協商の締結によってロシアに満州の経営権を譲るかわりに日本の韓国にたいする優越権を認めさせようと考えたが、山県有朋は日英同盟を締結し、ロシアとの開戦の準備をすべきであると主張し、「小山県内閣」と揶揄された桂太郎内閣が成立すると、対ロシア開戦の機を探る。

　一九〇三（明治三六）年六月には、東京帝国大学の戸水寛人《ひろんど》、富井政章ら七博士が桂首相に開戦をうながす意見書を提出する。ロシアの満州への進出を許せば、朝鮮半島が狙われ、朝鮮半島にロシアの勢力が及べば、日本が危うくなる、即時開戦せよ、との要求であった。日清戦争の勝利は自信過剰を生み、近代化に遅れたアジアの国々を侮蔑するとともに、ロシアを日本の発展を邪魔する国と見るようになっていた。「ロシア撃つべし」、ハーンがのべていたように、日本人は傲慢になっていた。「七博士の意見」は政府を柔弱として批判しているようであるが、それはロシアとの開戦を期していた桂首相の望むところであった。

　それでも、黒岩涙香の『万朝報』（一八九二年創刊）では、幸徳秋水は同僚の堺利彦とともに非戦論を展開する。『万朝報』の客員であった内村鑑三も、日清戦争義戦論を説いたのを後悔し、キリスト教の立場から日露開戦反対の論を張る。足尾鉱毒事件で田中正造を支援していた『毎日新聞』の島田三郎も非戦論を唱えた。

　だが、世論の大勢はしだいに主戦論に傾く。それに呼応して、嚶鳴社グループの有力者であった田口卯吉は主筆をつとめていた『東京経済雑誌』で「満州問題解決なくして商工業の発展はない」との見解を表明する。それまで中立の立場にたっていた『大阪毎日新聞』（『東京日日新聞』と合併して現在の『毎日新聞』となる）、『大阪朝日新聞』、『時事新報』も対露強硬論に変わる。徳富蘇峰も、「三国干渉」を契機としてきびしく攻撃してきた藩閥政府にも協力的になって、『国民新聞』も主戦論に立つ。それまでの民権論を覆して国権論に転換して、革命家として評価してきた吉田松陰を愛国思想家とみなすようにもなる。その観点から新版の『吉田松陰』を出版して、旧版を絶版とした。キリスト教の世界でも非戦論の内村鑑三は少数派であった。海老名弾正や小崎弘通ら日本のキリスト教の指導者も戦争協力の姿勢を明確にする。

『万朝報』の社内でも意見が対立したが、政府からの圧力も強まり結局、黒岩は主戦論に転向した。

『平民新聞』の発刊

そのため幸徳、堺、内村は『万朝報』を退社した。幸徳と堺は平民社を創立し、一九〇三年十一月から平民主義、社会主義、平和主義を標榜する週刊『平民新聞』を発刊する。そこで二人は非戦論を主張するとともに、社会主義思想の普及をめざした。平民社は社会主義運動のセンターとなる。『平民新聞』には『万朝報』の石川三四郎と『二六新報』の西川光二郎が入社し、安部磯雄、中江兆民、片山潜、木下尚江、田岡嶺雲、内村鑑三、中里介山らが寄稿している。安部磯雄は英文欄を受けもつ。画家の小川芋銭《うせん》と平福百穂《ひゃくすい》が挿絵を担当した。

『平民新聞』は一九〇五年一月の六五号で廃刊を余儀なくされたが、その間にも、たびたび発禁処分をうける。幸徳秋水が臨時軍事費予算案を批判する「嗚呼増税！」の論説を載せた号も、幸徳秋水と堺利彦がマルクスの『共産党宣言』を訳して（英語版からの重訳）載せた号も発禁となり、幸徳や堺には禁固や罰金刑が課された。

石川三四郎は一九〇四年十一月六日の『平民新聞』五二号に「小学教師に告ぐ」を掲載して、「国家は、国家のために人民の教育をせんとすも、人類として之を教育せんと欲せず。一国の民をつくらんことを欲するなり」と国家主義的な教育を批判し、「然り、もしこの国なる私欲野望を基礎とせる団体を脱して、博愛平等の上に建立せる一社会に入らば、人類の教育に何の衝突か之あらん。ただ人がため人を教育するは足るに至るなり」とのべる。さらに、「諸君が若し真に人の教育を完全にせんと欲せば、先ず社会の改造をせざる可らざる也、即ち社会主義を実現せしめざる可らざる也」という。教育の改革には社会の改革が欠かせないとの主張である。この号も発売禁止となり、発行人の西川光二郎と印刷人の幸徳秋水はそれぞれ七カ月と五カ月の禁固刑となった。

日露開戦とポーツマス条約

日露戦争も奇襲で開始された。一九〇四（明治三七）年二月八日に日本軍は仁川沖と旅順港のロシア艦隊を奇襲するが、宣戦は十日であった。啄木一八歳、賢治が八歳のときである。

総司令官は薩摩閥の大山巌、総参謀長は長州閥の児玉源太郎。日清戦争では一五万だった動員兵士は一〇九万人になり、働き盛りの男たちが徴兵された。日本は生糸の輸出で獲得した外貨をつかって最新鋭の戦艦一二隻をイギリスなどから購入するが、それだけでは足りない。戦費は日清戦争のときの二億円から一七億円（そのため外国債を発行）に増加し、幸徳秋水も『平民新聞』で指摘していたように、増税が国民に強いられた。将兵の犠牲も多かった。日清戦争での戦死者は約一万七〇〇〇人であったが、日露戦争では一一万にのぼった。

開戦後も『平民新聞』は戦争は帝国主義者の野望にしかすぎない、熱狂から目覚めよ、と訴えつづけた。内村鑑三も『聖書之研究』で非戦論を説く。木下尚江も戦争反対の論陣を張る。与謝野晶子は戦争がはじまると、半年前に出征した弟を嘆く反戦詩「君死に給ふことなかれ」を『明星』に載せ、そのなかで、「すめらみことは戦ひに／おほみづからは出でまさね」と詠んだ。

しかしこれらの反戦の声は戦争支持の熱狂にかき消された。「教育勅語」が公布されて一四年、「一旦緩急あれば義勇公に奉じ」という国家主義教育をうけた子どもたちが成人し、兵士となったのである。

ロシアでは戦争中の一九〇五年一月に、血の日曜日事件を発端として、政府に国会召集などの民主化を要求したゼネスト（総同盟罷業）が全国に波及し、ポチョムキン号の反乱も生んだロシア革命（第一次革命）が起こった。この革命は失敗だったが、ロシア政府は国会の召集など革命への対応に追われた。日本はロシアの革命に助けられたのである。

日本海海戦での勝利を機に一九〇五年九月、アメリカ大統領セオドア・ルーズベルトの斡旋でポーツマス条約に調印して、日露戦争は終結した。ロシアは日本の韓国での優越権を承認し、南満州鉄道の経営権と旅順・大連（関東州）の租借権を日本に譲渡、南樺太を割譲する。しかし、日清戦争のときのように賠償金は獲得できなかったことが判明すると、条約調印反対の運動が起こる。九月五日、東京の日比谷公園で開かれた国民大会（座長は河野広中）ではこれまでの国民への犠牲と講和条件への不満が噴出し、内相官邸や警察署や交番、それに条約を支持した国民新聞社が焼打ちされた。

対露強硬策を唱えた東京帝国大学の「七博士」たちも条約調印に反対し、戦争継続を唱えた。これにたいして久保田文相は国民を煽ったとして七博士の処分を山川健次郎総長に要求、それを受けて山川健次郎総長は戸水寛人教授を休職処分にした。これにたいして法科大学教授会は「学問の自由」と

「大学の独立」を理由に全教授・助教授の辞職をもって抵抗する。結局、山川総長と久保田文相は辞任し、戸水は復職、教授・助教授は辞職を撤回して事件は決着した（「戸水事件」）。帝国大学にはまだ自治の侵害にたいする抵抗力があった。

漱石と蘆花の日露戦争

戦後処理には不満が残っても、ナショナリズムは高揚する。一九〇五（明治三八）年十一月に日本は韓国を保護国とし、漢城（現ソウル）に総監府を設置した（初代総監には伊藤博文が就任するが、山県によって朝鮮に追いやられたのでもあった）。満州については、南満州の鉄道の経営や鉱山や炭鉱の開発のために南満州鉄道株式会社（満鉄）をつくり、その守備のために軍隊を駐屯させる（一九一九年に関東軍となる）。日露戦争の勝利で日本人の多くは、日本は「世界の一等国」となったと思った。

だが、勝利を冷静にみていた者もいた。一九〇七年に東京帝国大学の講師を辞し、朝日新聞社員となった夏目漱石は、翌年の一九〇八年に書いた『三四郎』に登場する第一高等学校の広田先生の口を借りて戦争を批判した(17)。主人公である第五高等学校生徒の小川三四郎は日露戦争の勝利で日本が「世界の一等国」になったと信じていた人間であったが、帝国大学に入学するために上京する汽車のなかで、同席した髭の男（じつは第一高等学校の広田先生）から「こんな顔をして、こんなに弱っていては、いくら日露戦争に勝って、一等国になっても駄目ですね」と言われて驚く。三四郎は「これからは日本も段々発展するでしょう」と言うが、この髭の男から返ってきた言葉は「亡びるね」であった。大胆な戦争批判を聞かされた三四郎は、「熊本でこんなことを口に出せば、すぐに擲《なぐ》られる。悪くすると国賊取扱《こくぞくとりあつか》いにされる」と思うのであった。

日露戦争の開戦を支持していた徳冨蘆花はトルストイの『我ら何を為すべきや』を読み、その人道主義に感動してトルストイ訪問を思い立ち、一九〇六年四月四日に横浜を出発した。トルストイ宅では、イギリスの『タイムズ』紙（一九〇四年六月二七日）に掲載（日本では『朝日新聞』と『平民新聞』に翻訳されて転載）されたトルストイの日露戦争批判をめぐって水掛け論に終わったが、ロシアを旅行をしてみずからの浅見に気づく。蘆花が日露戦争後のロシアで見たのは悠々と生活しているロシア人、そこには敗戦国を見ることはできなかった。シベリアをまわり十二月に帰国した蘆花は青山学院で「眼を開け」と題する講演をし、第一高等学校では「勝利の悲哀」と題する講演をおこなった。第一高等学校では、「一歩誤らば爾《なんじ》が戦勝は即ち亡国の始ならん、而して世界未曾有の人種的大戦乱の原《もと》とならん。是爾が発展々々と足を空に心を浮かしてから騒ぎに妄動すべき時ならんや」とのべ、「醒めよ、日本。眼を開け日本」と警告した(18)。

6　幸徳秋水と「大逆事件」

無政府主義者となった幸徳秋水

日露戦争中の筆禍事件で禁固五カ月の刑をうけて巣鴨刑務所に収監された幸徳秋水は、獄中でヘッケルの『宇宙の謎』、ドレーパーの『宗教と科学の闘争史』、エンゲルスの『フォイエルバッハ論』、クロポトキンの『田園・製造所・工場』を読破した。無政府主義者のクロポトキンは『田園・製造所・工場』で無政府主義の視点から分業を批判し、工業と農業の結合、精神労働と肉体労働の統一の可能性を論じていた。この本を契機に、幸徳は、あらゆる権力と権威を否定し、個人の自由を実現させる社会を追求する無政府主義《アナーキズム》の思想に目覚める。

幸徳は日露戦争終結直前に出獄、一九〇五（明治三八）年十一月には渡米して、半年あまりサンフランシスコに滞在し、その間、ロシア生まれの無政府主義者フリッチ夫人宅に居候しながら、アメリカの無政府主義者との交流を深めた。イギリスに亡命中のクロポトキンとも連絡をとり、『麺麭の略取』の翻訳権も取得する。

どちらも最終的には自由な社会をめざしながら、マルクス主義は、革命は党中央の指導によって遂行されるとしたのにたいして、クロポトキンは、革命は自由な人間の意志のもとに惹き起こされるべきものと考えた。自由な社会という点では老荘思想に通うが、無為自然の老荘思想とは異なり、無政府主義には革命論がある。その革命論は人間の意志を全面的に肯定する点で、孟子の性善説に近い。孟子は仁政に背いた為政者を討伐して放逐するという革命論を説いていた。そうしてクロポトキンは選挙による議会の設立よりも、ロシア革命に見られた労働者によるゼネストや戦艦ポチョムキンの反乱のような直接行動による社会改革を評価した。

幸徳も、帝国議会は支配の道具でしかなく、普通選挙さえも革命を阻害するものであると見て、ゼネストの有効性を強調した。無政府主義の理論と運動をとおして天皇も批判の対象となる。(19)

大杉栄と荒畑寒村

幸徳秋水の思想に導かれて社会主義運動に参加したのが大杉栄と荒畑寒村である。

大杉栄は名古屋陸軍幼年学校を放校された後、東京の本郷教会で海老名弾正の説教を聞いて、洗礼をうける。しかし、日清戦争がはじまると戦争祈禱会を催して、忠君愛国の説教をし、軍国調の賛美歌を歌わせる海老名に失望してキリスト教を離れる（キリスト教の神を記紀の天御中主神と同一視する海老名は、日清戦争の強烈な支持者となっていた）。大杉は東京外国語学校フランス語科に入学し、一年生のとき『万朝報』で足尾銅山の鉱毒事件と知り、非戦論に共感して幸徳秋水・堺利彦の平民社の活動に参加する。[20]

荒畑寒村は高等小学校を卒業後、海軍兵学校入学のため攻玉社中学進学を希望したが、家庭の経済事情でかなえられず、横須賀の海軍工廠で見習工として働いていた。そのとき、横浜の海岸教会のジェームズ・バラから洗礼をうけ、そこで内村鑑三を知る。それから『万朝報』の読者となって、平民社の旗揚げに出会い、その主張に共鳴してみずから平民社の横浜支社を創立した。[21]二人のアナーキストの思想的な入口はキリスト教の教会であった。

無政府主義に傾斜した大杉は、「一犯一語主義」（投獄されるたびに一カ国語をマスターする）をモットーに語学の勉強に励み、クロポトキンの『一革命家の思出』、ダーウィンの『種の起原』、ファーブルの『昆虫記』を翻訳した。荒畑は田中正造を知り、足尾鉱山の鉱毒事件を素材にした『谷中村滅亡記』を書く。

議会かゼネストか

治安警察法によって禁止された社会民主党の運動は平民社に受け継がれていたが、日露戦争後の一九〇六年一月、堺利彦や西川光二郎らによって、社会民主党を継承する政党として日本社会党が結党された。そのときの首相は中江兆民とも親交のあった自由主義者の西園寺公望で、西園寺内閣（内相は原敬）は「国法のゆるす範囲内」での活動をおこなうことを条件に結党届けを受理した。機関紙は平民社の『平民新聞』を受け継いだ（このとき週刊から日刊となる）。山川均や片山潜や幸徳秋水のほか、大杉栄や荒畑寒村も活動に加わった。

この時期、労働運動も活発化した。直接行動もおこなわれた。一九〇七年二月四日から足尾銅山で、三日間にわたって三六〇〇人の坑夫と農民が蜂起して事務所を焼き、ダイナマイトで石油庫・火薬庫を破壊するという足尾争議が発生したが、それに呼応するかのように、各地の炭鉱、鉱山、造船所、工場、電鉄砲兵工廠、海軍工廠などでも労働争議が頻発する。闘争も激しくなり、ストライキも発生する。

そのようななか、一九〇七年二月十七日には第二回の日本社会党大会が開かれた。来賓のなかには徳冨蘆花もいた。普通選挙運動をめぐる論争では、田添鉄二が労働者・農民の階級的自覚をうながすためにも議会中心の政策を重視すべきであると主張したのにたいして、幸徳秋水は直接行動論を説いた。幸徳は足尾銅山の鉱毒問題を例に引き、田中正造を最も尊敬すべき人物と認めながら、田中が議会で二〇年ものあいだ叫んで、足尾銅山にたいしてどれだけの打撃をあたえることができたか、と疑問を呈し、十数日前に坑夫と農民が蜂起した足尾争議を評して、「暴動はわるい。然しながら議会廿年の声よりも三日の運動の効力のあったことは認めなければならない」とのべた[22]。議会をとおしての改革を主張する社会民主主義を否定し、ゼネストによる革命を唱えたのである。

議論の結果、普通選挙の是非については党員の自由とする、との妥協案が通ったが、全体として幸徳秋水を支持する者が多かった。大杉栄、荒畑寒村ら無政府主義者だけでなく、マルクス主義者の堺利彦、山川均らも幸徳の直接行動論を支持した。それにたいして、田添鉄二をはじめととして、片山潜、西川光二郎らは議会主義を主張した。中間派には石川三四郎、山口孤剣《こけん》らがいた。しかしながら、日本社会党の活動はそれが最後となった。大会直後の二十二日に治安警察法が適用されて日本社会党も禁止される。「安寧秩序に妨害ありと認む」との理由からであった。『平民新聞』も発禁となる。

「大逆事件」の前触れ

一九〇七（明治四〇）年十一月三日の天長節の日に、幸徳秋水も滞在していたサンフランシスコにおいて、在住の邦人のあいだで反天皇キャンペーンが発生すると、そのキャンペーン資料が在米中の東京帝国大学教授の高橋作衛から同僚の穂積陳重《のぶしげ》に送られ、それが弟の穂積八束《やつか》から社会主義者・無政府主義の動向に目を光らせていた元老山県有朋に伝えられた。山県有朋ら政府の首脳部は、サンフランシスコでの反天皇キャンペーンの背後には前年にサンフランシスコで活動していた幸徳秋水がいると見て、無政府主義者の動きを警戒していた。

そのさなかの一九〇八年六月、筆禍事件で獄にあった山口孤剣の出獄歓迎会で一部青年が「無政府」「無政府共産」と記した赤旗を翻し、革命歌を歌って街頭デモをして警察と衝突した。そのとき歓迎会に参加していた大杉栄、荒畑寒村のほか、堺利彦、山川均も逮捕された。寒村と面会するために神田警察署におもむいた管野すが子までも捕まる。官吏抗拒罪と治安維持法違反で、大杉、荒畑、堺、山川らは二年六カ月から一年の禁固の罪に処せられた。管野すが子は無罪で、釈放される。

山県ら元老はその事件（「赤旗事件」）の直後、西園寺内閣を社会主義運動の取締りが不徹底であると攻撃して、総辞職させ、代わって山県直系の桂太郎に組閣させた（第二次）。

この「赤旗事件」のとき故郷の土佐の実家で『麺麭の略取』の翻訳をしていた幸徳秋水は官憲によ

って二四時間監視され、実家の薬屋と酒屋の商売が支障をきたすような状況であったが、そのため逮捕を逃れた。だが、東京の同志から事件の連絡をうけると、『麺麭の略取』の翻訳を急いでかたづけ、八月に上京する。淀橋町柏木に居を定めて、平民社とした（一カ月後に巣鴨に転居）。ここでも官憲は幸徳を監視しつづけた。

夏目漱石は『三四郎』についで一九〇九年六月から『朝日新聞』に連載した『それから』のなかで、二四時間監視される身の幸徳について、つぎのように書いている。「平岡〔主人公〕はそれから、幸徳秋水という社会主義の人を、政府がどんなに恐れているかということを話した。幸徳秋水の家の前と後に巡査が二、三人ずつ昼夜張番《はりばん》をしている。一時は天幕《テント》を張ってその中から覗《ねら》っていた。幸徳が外出すると、巡査が後を付ける。万一見失いでもしようものなら非常な事件になる。今本郷に現われた、今神田に来たと、それからそれへと電話が掛って東京市中大騒ぎである」[23]。

一九〇九年一月三十一日に平民社から出版した『麺麭の略取』は発売禁止となった。だが、幸徳は一、二カ月前に自費出版のかたちで刊行し、同志に配布していた。石川啄木もそれを手にしたと推察されている。

「大逆事件」

翌年の一九一〇（明治四三）年六月一日、官憲に監視しつづけられていた幸徳秋水が湯河原の天野屋旅館で『通俗日本戦国史』を執筆していたところを明治天皇暗殺計画の容疑で逮捕された。その三日後には無政府主義者の「大逆事件」として新聞の記事になり、国民はやっと事件を知る。すでに五月二十五日に全国各地の社会主義者・無政府主義者が同じ容疑で検挙されていたが、このときには新聞報道は一切禁止されていた。

その年の十二月十日にはじまった大審院（いまの最高裁に相当）での特別裁判は、非公開で、弁護側の証人は一人も認められなかった。適用された法律は刑法七三条（大逆罪）の「天皇、大皇太后、皇太后、皇后、皇太子又は皇太孫に対し危害を加へ又は加へんとしたる者は死刑に処す」で、危害を「加へた者」だけでなく「加へんとしたる者」、つまり教唆や幇助したとされた者にも適用された。有罪になれば、死刑である。

平沼騏一郎主任検事（後首相）は、幸徳秋水を首謀者として二四名が全国的な連絡をもって天皇暗殺を企てたとし、「被告人は無政府主義者にして、其の信念を遂行する為大逆罪を謀る、動機は信念なり」との論告をおこなった。翌年の一月十八日に、二四名に死刑の判決が下される。二名は爆発物取締規則違反で有期刑となった。翌日「聖恩」ということで死刑の判決をうけた者のうち高木顕明や崎久保誓一ら一二名が無期に減刑された。が、幸徳秋水、新村《にいむら》忠雄、宮下太吉、奥宮健之《おくのみやけんし》、古河力作、大石誠之助、内山愚堂、森近運平、成石勘三郎、新見卯一郎、松尾卯一太、管野すが子の一二名は、判決後の六、七日目に死刑が執行された。幸徳は四〇歳であった。

事件の真相

弁護人の一人であった平出修《ひらいでしゅう》は事件について、「大逆事件意見書」のなかで「もし予審調書そのものを証拠として罪悪案を断ずれば、被告の全部は、所謂大逆罪を犯すの意志と之が実行に加はるの覚悟を有せるものとして悉く罪死刑に当たって居る。併し乍ら調書の文字を離れて静に事の真相を考れば、本件犯罪は、宮下太吉、管野スガ、新村忠雄の三人によりて企図せられ、稍実行の姿を形成して居るだけであって、終始此の三人者と行動していた古河力作の心事は、既に頗《すこぶ》る曖昧であった。幸徳伝次郎（秋水）に至れば、彼は死を期して法廷に立ち、自らの為に弁疏の辞を加へざりし為、直接彼より何物も聞くを得なかったとは言へ、衷心大に諒とすべきものがある」とのべた(24)。

この平出修の見方は真相に近い。推定されるのは長野県明科の職工宮下太吉が、明治天皇の暗殺計画をもって、幸徳と同棲していた管野すが子（本名スガ）、幸徳宅で書生同様にしていた新村忠雄と連絡を取りながら爆弾の研究をすすめていたということだけである。幸徳は計画を知らされたが、それに参加するとは言わなかった。しかし検察は、幸徳が土佐から上京のおり、医師の大石誠之助と熊野川で遊んだことを天皇暗殺の密議とみなし、大石の関係者の成石勘三郎、熊本の松尾卯一太、新見卯一郎と森近運平と奥宮健之らを共謀者にしたてあげた。さらには、皇太子襲撃を吹聴していた内山愚堂とその関係者も一味として、幸徳を首魁とする「大逆事件」にでっち上げたのである。

現在の研究では、宮下、管野、新村以外は無実、すくなくとも大逆罪にはあたらないというのが定説となっている。社会主義者・無政府主義者を一網打尽にしようとする政府の政治的策謀であった。警察権力と懐柔策で自由民権運動を葬った山県有朋は配下の桂太郎をつかって、幸徳秋水を抹殺し、社会主義運動をも撲滅しようとしたのである。

幸徳秋水の陳弁書

幸徳秋水は獄中から、磯部四郎、花井卓蔵、今井力三郎の三弁護士あてに陳弁書（手紙）を書き送り、そこで、検察側の無政府主義＝暴力革命という論理（「動機は信念なり」）の誤りを衝き、無実の多数の同志を救おうとしている。その主張のポイントはつぎのような無政府主義の本質を説明したところにあった。

無政府主義は無為自然を理想とする老荘思想と同様の一種の哲学であり、その本質は圧政を憎み、暴力を否定するところにあり、仁愛の精神による相互扶助の社会建設を目指すところにある。直接行動とはいっても、それは労働者が議会を介さずに直接運動するということで、暴力革命と解するのは誤りである。けっして暗殺主義でない。平生革命運動をおこなっていたといっても直ちに天皇暗殺にむすびつけるのは残酷である。むしろ、テロリストが生ずるのは政府の圧政のためで、言論・集会・出版の自由を失ったとき、あるいは富豪の横暴による「哀民飢凍の状」を見るにしのびなく、合法的手段では対抗できず、やむをえず暴挙にでるのである。

その主張には、F・G・ノートヘルファーものべているように、あらゆる束縛からの解放を願う老荘思想とともに、孟子の革命を肯定する政治思想が読みとれる[25]。前述の『社会主義神髄』にも認められるように孟子は、仁を失い暴政に走る為政者には民の声にもとづく天命が下り、「革命」が起こるとのべていた。

当時朝日新聞社の校正係であった石川啄木は、文学仲間でもあった弁護士の平出修から幸徳の陳弁書を借用し、それを筆写している（一六四頁）。

徳冨蘆花と三宅雪嶺の演説

この裁判たいしては、片山潜の尽力で、海外からも日本政府に抗議があったが、それが日本の裁判に影響をあたえることはなかった。徳冨蘆花は幸徳秋水らの助命のために桂首相と交流のあった兄の蘇峰に「何卒御一考、速やかに桂総理に御忠告奉願候」との手紙を書く。だが、蘇峰は動こうとはしなかった。蘆花はそれ以上のことはできなかったが、刑が執行されてまもない二月一日におこなわれた一高弁論部主催の講演会で、幸徳秋水らを擁護し、政府を批判する「謀叛論」と題する講演をおこなっている。当時、一高弁論部には三年生の河上丈太郎（のち日本社会党委員長）、河合栄治郎（のち東京帝国大学教授）、鈴木憲三と一年生の矢内原忠雄（のち東京大学学長）がいたが、彼らが蘆花の自宅をたずねて講演を依頼したのである。

そこで蘆花は安政の大獄で刑死した吉田松陰から説き起こし、明治維新の偉業について、「所謂志士苦心多しで、新思想を導いた蘭学者にせよ、時局打開を事としてた勤王攘夷の処士にせよ、時の権力者から云えばみな謀叛者であった」といい、今回の大逆罪で処刑された一二人を、「彼等は乱臣賊子の名を受けてもただの賊ではない。志士である。自由平等の新天地を夢み身を献げて人類の為に尽くさんとする志士である」と称えた。その一方で、「忠義立てして謀叛人一二名を殺した閣臣こそ不忠不義の臣である」と断じ、「諸君、我々は人格を研くことを怠ってはならぬ」と結んだ。

蘆花は、元老の山県有朋を「不忠不義の臣」、幸徳秋水こそが「志士」とした。幸徳はマルクスとならんでドイツの社会主義運動の創始者であったラサールを、「血性男児の本領を最も遺憾なく発揮した」革命家として吉田松陰に比していた(26)。蘆花はその幸徳秋水こそが吉田松陰に比されるとした。

講演会は超満員で、その聴衆のなかには、東京帝大一年生の南原繁もいた。蘆花の講演を問題視した文部省は一高校長の新渡戸稲造をよびつけたが、彼は講演会を主催した生徒をかばい、みずからが譴責処分をうけることで問題を決着させた。

東京大学哲学科卒で、井上円了らと日本主義のグループ政教社を結成して評論活動をしていた三宅雪嶺も、山県一派の暴政を批判した。足尾鉱毒事件では政府と古河財閥を非難し、「田中正造の行動を高く評価していた。大逆事件についても政府をきびしく批判する。二月六日に国学院で開かれた「大逆事件講演会」では井上哲次郎や渋沢栄一が社会主義を攻撃したのにたいして、雪嶺は「四恩論」の演題で「大逆事件」を論じ、無政府主義者を極端に迫害したことが天皇暗殺の不祥事件を惹き起こしたとして政府当局を批判した。講演会に出席した代議士からの雪嶺攻撃もあったが、聴衆からは「雪嶺先生万歳」の掛け声が発せられたという。[27] 新聞は「大逆事件」の真相に沈黙していたが、国民は事件の真相を正しく感じとっていた。

「冬の時代」──『近代思想』の発刊

「大逆事件」のとき「赤旗事件」で獄中にあったため難を逃れた大杉栄、荒畑寒村、山川均、堺利彦は出獄してからも活動を控えねばならなかったが、一九一二（大正元）年十月には大杉栄と荒畑寒村が編集人となって雑誌『近代思想』を発刊した。社会主義・無政府主義の宣伝はできないが、哲学、文学、科学などの面から近代の思想を論じようとして、大杉は文明批判、荒畑は文芸批判をおこなった。執筆の常連には堺のほか、文学では啄木の文学仲間の土岐哀果や若山牧水が詩歌を載せた。

それに対して政府は、「大逆事件」を最大限に利用し、社会主義者・無政府主義を極悪者と宣伝し、幸徳秋水らの処刑後には警視庁に社会主義者・無政府主義者の取締りを専門とする特別高等警察（特高）を設置する。「冬の時代」（木下尚江）の到来である。

日本の保護国となった韓国では「新聞法」、「学会令」、「私立学校令」、教科書検定規定などが施行されて断圧体制が強化される。それにたいして反日運動が起こり、一九〇九年には伊藤博文がカトリック教徒の独立運動家安重根《アンジュングン》によってハルビン駅頭で暗殺された。これを機に日本政府は韓国に憲兵隊を送り、「大逆事件」が起こった一九一〇年には併合してしまう。日清戦争で清国から独立させた朝鮮を日本の植民地としたのである。その統治のために設置された総督府は一九一一年に「朝鮮教育令」を勅命として定め、教育の目的は「教育勅語」にもとづき「忠良なる国民」の養成にあると規定した。そのため、日本語には朝鮮語や漢文よりも多くの授業時間が割かれ、歴史と地理も日本史と日本地理が中心となった。

7　孫文と魯迅と辛亥革命

魯迅の来日と宮崎滔天

日清戦争に敗れた清国からは、康有為がすすめる近代化政策で日本へ留学生が送られていた。一九〇二（明治三五）年には六〇〇名ほどであったが、一九〇六年には一万名を数えるまでになる。一九〇五年に科挙制度が廃止されたことも拍車をかけたといわれる。

魯迅もこの時代の留学生であった。南京の陸師学堂付属の鉱路学堂を卒業して一九〇二年に技術者志望の官費留学生として来日する。日本語を学ぶために弘文学院（嘉納治五郎の設立、新宿西五軒町に所在）に入学し、神田にあった清国学生会館にも出入りしていた。そのころ、アジア人の解放をめざしていた宮崎滔天が、一八九七年に来日して清朝打倒の運動に奔走していた孫文に会い、弘文学院で魯迅と席をならべていた黄興《こうこう》に引き合わせ、そこで、革命的秘密結社の光復会が結成される。魯迅はそのような革命の空気のなかで過ごしたのだが、一九〇四年に仙台医学専門学校（現東北大学医学部）に入学する。

その年に日露戦争が勃発する。『藤野先生』によると、仙台医専の授業中に日露戦争で日本軍の活躍ぶりを報ずる幻灯を見せられたが、そのなかにロシア軍のスパイを働いたかどで日本軍に捕らえられた中国人が銃殺される場面があった。教室の日本人学生たちが「万歳」の歓声をあげるなか、このようなみじめな中国人の姿に接して、魯迅はこのまま医学の道を歩みつづけることができなくなる。中国人は体よりも心を直さねばならないと考え、翌年第二学年の終わりに仙台を離れる。

もちろん、魯迅が『藤野先生』で書き残したかったのは、日本語の十分でない魯迅のためにノートを毎週赤インクで真っ赤になるほどまで添削をしつづけてくれた解剖学教授・藤野厳九郎への謝恩であった。製本をして大切にしていたノートは、引越しのときに失われしまったのだが、藤野先生が仙台での別れのさいに「惜別」と書いて渡してくれた先生の写真は今でも部屋の東の壁に掛けてあった。そして、仕事に倦んで怠けたくなるときには、先生の写真に目を遣ると、たちまち良心と勇気があたえられ、「『正人君子』〔魯迅の敵たち〕の連中に深く憎まれる文字」を書きつづけた。(28) 藤野厳九郎は敦賀県坂井郡村（現あわら市）の出身で、福井中学から愛知医学校（のち愛知県立医学校、現名古屋大学医学部）に学んでいる。父は大阪の緒方洪庵の適塾に学んだ医師で、橋本左内とも交流があった。

宮崎滔天や藤野厳九郎のような日本人もいたが、日本に親しみをもって来日した多くの中国人留学生は日本人の冷淡さと傲慢さに深い傷を負い、反日派になって帰国したという。(29) そして日本人はアジア人にたいしてますます傲慢になっていく。

孫文と魯迅の儒教

日露戦争終結直後の一九〇五（明治三八）年八月、東京で孫文を総理、黄興を副総理として、清朝打倒・共和制確立を目的とする秘密結社・中国同盟会が組織された。やはり日本に亡命し、法政大学に学んだ宋教仁も宮崎滔天のあっせんで会員となる。魯迅も関わっていた光復会も合流する。その御膳立てをした宮崎滔天は中国同盟会の活動を支援するために革命評論社を設立し、雑誌『革命評論』を刊行した。

そこで、孫文は民族主義・民権主義・民生主義の三民主義による共和制国家の確立を提唱した。国内の漢・満・蒙・回（ウイグル）・蔵（チベット）の民族が平等に参加する民族主義（「五族共和」）と政治的には民主制をめざす民権主義と経済的な平等の実現を目標とする民生主義である。

民権主義について孫文は、「中国人のすぐれた頭脳や才知からいうと、民権のほうがずっと適していた。だから二千余まえ、孔子、孟子は民権を主張している。ただ、そのときは実行不可能と考えられていたにすぎない。外国人は中国人を、アフリカや東南アジアの野蛮人と同様にみているので、民権に賛成しないが、それはまったく誤りで、中国の進化は欧米にくらべてずっと早く、民権の議論も数千年以前にすでにあったのである」（『三民主義』一九二四年刊）とのべていた[30]。民権主義は孔子や孟子にさかのぼれるというのである。

この民権主義の見方は大江義塾で蘇峰の父の一敬から儒教の教えをうけていた宮崎滔天にも理解しやすかったにちがいない。仏学塾の中江兆民も儒教を重視し、学僕であった幸徳秋水に『孟子』を学ぶことをすすめた（五七頁）。その幸徳は自由民権運動から社会主義運動にむかったが、幸徳は「小生は儒教より社会主義に入り候」とのべている（八六頁）。

革命評論社には、仙台医専を退学して東京にもどっていた魯迅の姿も見られた。今では文学の道を歩む魯迅は『吾輩は猫である』を読み、『虞美人草』の連載された『朝日新聞』を購読し、漱石の住んでいた本郷の家を弟の周作人らと借りるほどの漱石ファンであったが、世俗を離れた境地に遊ぶ「低徊趣味」（高浜虚子の評）の漱石の生き方には同意しなかった。文学は中国社会の改革に結びつくものでなければならないと考えていた。その点で魯迅は清朝の支配イデオロギーであった儒教のきびしい批判者であって、処女作の『狂人日記』では、「正人君子」連中が支配する封建社会に奉仕してきた儒教を攻撃している。ただ、ここで注意しなければならないのは、魯迅の攻撃する儒教は主従関係を正当化する支配の道具としての儒教であって、ほんらいの儒教を否定しているのではない。文学仲間の茅盾《ぼうじゅん》は、魯迅こそが、侮辱され損害をこうむったものを愛し、搾取者と圧迫者を憎んでいた「仁者」、ほんとうの儒教の追求者であったとのべている(31)。竹内好《よしみ》が魯迅のモラルの中核は「原始孔子教の精神」にまでさかのぼれるというのは、この意味においてである(32)。魯迅は、民権主義に孔子と孟子の思想を見る孫文と対立するものではなかった。

辛亥革命

一九一一年十月十日に武昌（現在の武漢、揚子江と漢水の合流点）で軍隊が蜂起すると、全中国に潜伏していた中国同盟会の会員と革命派の軍隊が呼応し、一カ月の間にほとんどの省が清朝から独立した。一九一二年一月一日には南京を首都に孫文を臨時大総統とする共和国・中華民国の建国が宣言された。辛亥革命である。このとき、中国同盟会は大衆政党の国民党に改組された。

しかし、三月には孫文は革命政府の維持のため宣統帝（溥儀）の退位を条件に清朝の登用した袁世凱に大総統の座を譲った。ところが、国会議員選挙で国民党が圧勝すると、袁世凱は刺客を送って国民党の事実上の党首であった宋教仁を暗殺し、一九一三年には北京に首都を移して初代大統領となり、国民党を解散させる。一九一三年七月国民党は袁世凱政権の打倒をめざして武装蜂起（第二革命）するが、失敗する。孫文と黄興は日本に亡命して、再起を期す。このときにも宮崎滔天は献身的な協力をしている。

辛亥革命の二年前に帰国した魯迅は、故郷の紹興府中学堂で博物学の教師をしているときに辛亥革命に出会い、生徒を率いてデモに参加している。革命後は山会初級師範学校の校長をつとめ、北京が首都になると、魯迅も北京に移り、政府の教育部（文部省に相当）に勤務する。そこで、共和制になっても中国の民衆の意識は以前と変わらないことを認識させられた魯迅は、民衆を自覚した人間に高めねばならない、と考えるようになる。『阿Q正伝』では雇われ農夫である阿Qの生き方を通して中国社会の病根を暴露し、辛亥革命を批判している。

8　学校の拡大と整備

帝国大学の増設——戦争と財閥が大学をつくる

日清・日露戦争の勝利は日本の工業をいちじるしく発展させた。それによって技術者や事務員の需要は増大し、産業界や国民からの要望を背景にして各種の学校が増設された。

一八九七（明治三〇）年には、関西にも帝国大学をとの声に応え、日清戦争で手にした賠償金約三億円の一部を使用して京都帝国大学が設立された。戦争の勝利が第二の帝国大学を生んだのである。初代総長は一高校長をつとめた木下広次で、第三高等学校の工学部を理工科大学に、おなじく第三高等学校の法学部をもとに法科大学に改編し、医科大学を新設する。

日露戦争後の一九〇七年には、新設の理科大学と札幌農学校の昇格した農科大学からなる東北帝国大学が創設される。東北地方にも大学が生まれた。政府は日露戦争には多額な戦費を要し、賠償金を手にできなかったので乗り気でなかったが、古河財閥の寄付と宮城県および北海道庁の支援で設立の運びとなった。古河財閥の寄付については、足尾鉱山の鉱毒事件にたいする非難を和らげるために原敬首相が進言したのだといわれる。初代総長には京都府尋常中学校や二高、一高の校長を歴任した沢柳政太郎《まさたろう》が就任した。

さらに一九一一年には、工科大学と医科大学なる九州帝国大学が設立された。工科大学を新設し、京都帝国大学の分科大学であった福岡医科大学を九州帝国大学医科大学とした。ここでも古河家からの寄付金がつかわれた。総長には東京帝国大学の総長から明治専門学校(のちの九州工業大学)総裁になっていた山川健次郎が就任した。

ドイツの大学をモデルとしたのだが、哲学を中心におくフンボルトの大学像からはほど遠かった。日本の帝国大学は「国家の須要に応する学術技芸」の大学であった。明治国家は官僚だけでなく、企業のための人材も必要としていた。その結果、足尾鉱毒事件でも渡良瀬川の水質の分析で農科大学助教授古在由直(のち東京帝国大学総長)が被害農・漁民から尊敬されつづけたのを数少ない例外として、帝国大学とその出身者の多くは国家と企業の側に立っていた。そのような帝国大学について木下尚江は「帝国大学を破壊せよ」で、「政府に隷属」する「優柔軽薄の才子」を期待するような帝国大学は不用であると断じた。(33) 三宅雪嶺も「奴隷根性と義務心」で「青少年は学校にて服従の美徳を教えられ、絶えて独立を奨励せられず、独立心を憎む官吏が教育を監督し、独立心を憎む教員が授業を担当しては、性来独立心に富む者の外、強者に対して唯々諾々たるべく、其の成長して事に当るも、能く現在の趨勢を変ずべく思われず」とのべた(34)。

中学校・高等学校・専門学校も増設される

一八九九(明治三二)年には、それまで一府県一校であった中学校の制限が解除され、新しい尋常中学が設置されるようになる。岩手県ではただちに一関、福岡、遠野などに中学校が設立された。各地の中学校から、拠点都市につくられた高等学校に入学し、そこから帝国大学に進学するというルートが確立した。帝国大学の拡大に応じて、第一から第五までの高等学校に加えて、一九〇九年までに岡山、鹿児島、名古屋に第六から第八までの高校が増設された。鹿児島高等中学校造士館は第七高等学校造士館として再興された。

官立の商業・工業・医学・農業の専門学校も増設される。東京商業学校は一八八七(明治二〇)年に専門学校としての高等商業学校となり、そこに付設された外国語学校は一八八九年に独立して専門学校の東京外国語学校となった。加えて、神戸高等商業学校が設立された(そのため東京の高等商業学校は東京高等商業学校と改称された)。一九〇五年には、山口、長崎、小樽にも高等商業が設立される。山口高等商業学校は山口高校からの改組であった。

東京工業学校と大阪工業学校は一九〇一年に東京高等工業学校と大阪高等工業学校と改められて、専門学校となった。その後、京都、名古屋、仙台、秋田(鉱業)、米沢などに工業系の専門学校が設立される(盛岡高等工業の設立は一九三九年)。

一九〇一年には一高の医学部を千葉医専(医学専門学校)、二高の医学部を仙台医専、三高の医学部を岡山医専、四高の医学部を金沢医専、五高の医学部を長崎医専として独立させた。三高の工学部と医学部は京都帝大の理工学部と法学部の母体となり、五高の工学部は熊本工業高等学校となる。

魯迅が一九〇四年に入学した仙台医学専門学校は、一九一五（大正四）年には改編されて東北帝国大学医科大学となる。このとき、魯迅を教えた藤野厳九郎は退職して、妻の実家のあった福井県三国町で開業医となる。一九一九年には仙台高等工業専門学校を母体にして東北帝国大学工学部が増設される（この年から帝国大学は分科大学制から学部制にもどる）。

農業関係では、北海道の札幌農学校につづいて、一九〇二年には盛岡高等農林学校が開設された。宮沢賢治も学んだ学校である。農学科、林学科、獣医学科からなり、校長には東京帝国大学農科大学教授の玉利善蔵が就任した。その後、鹿児島、上田にも農業関係の専門学校が生まれる。

一九〇三年には「専門学校令」が公布される。官立、公立、私立の専門学校の増加に応じて、法的に制度化することが必要となったのである。「高等の学術技芸を教授する学校」と規定され、入学資格は中学校もしくは高等女学校の卒業者で、修業期間は三年以上とされた。帝国大学につぐ「学術技芸」の学校とされたのである。高等学校に相当する予科のほか研究科・別科をおくことができるとされた。高村光太郎は東京美術学校の予科に入学し、盛岡高等農林学校に入学した宮沢賢治は卒業後研究科の研究生となった。

この「専門学校令」によって、ただちに、東京外国語学校、東京美術学校、東京音楽学校なども「専門学校令」にもとづく官立の専門学校とされた。官立の新潟医学専門学校が誕生し、公立の学校では京都府、大阪府、愛知県の医学校も医学専門学校となる。

私立の専門学校も「専門学校令」にしたがって、文部省に申請し、認可をえた。そのとき、私立の専門学校にも「大学」という呼称を許したので、慶応義塾大学部、法政大学、専修大学、明治大学、早稲田大学、東京法学院大学（現中央大学）、立教大学、日本大学、国学院大学、哲学館大学（現東洋大学）、関西大学など、「大学」を称する専門学校があらわれた。ただ「大学」と称していても、法的には専門学校で、正式の大学は帝国大学だけであった。同志社専門学校、台湾協会専門学校（現拓殖大学）、京都法政専門学校（現立命館大学）、青山学院専門科、東北学院専門などは「大学」をつかっていない。一九〇一年に創設された日本女子大学校も一九〇四年に専門学校となった。東京物理学校は専門学校にならなかった（専門学校となるのは一九一七年）。

とくに法律系の専門学校が目立つが、法学教育で出発した専門学校も法曹人の養成から、その目的を産業界の発展で必要となった事務系のサラリーマンの供給に拡大するようになる。官学の比重が技術者養成におかれたのにたいして、私学は事務系の人材を送り出した。

仏教関係では、真宗大学（現大谷大学）、仏教大学（現竜谷大学）、日蓮宗大学林（現立正大学）、曹洞宗大学林（現駒沢大学）、古義大学林（現高野山大学）、天台宗大学（現大正大学）、新義派大学林（のち豊山大学、現大正大学）、浄土宗高等学院（現大正大学）などが専門学校としての認可をうけた。「大学林」は古くからの僧侶の養成機関の呼称であったが、「大学」の名もつかわれるようになる。

私立の医学関係の学校では、東京慈恵会医院医学専門学校、東京歯科医学専門学校、日本歯科医学専門学、東京女子医学専門学校が生まれた。官・公立のほか私立の医学専門学校の卒業生には無試験で医師の免状があたえられた。

私学も専門学校という権威を得たが、それは国家主義教育に組み込まれることを意味した。一九〇二年におこった「哲学館事件」はそれを象徴する出来事であった。文部省の視学は、哲学館教授中島徳蔵の倫理学の試験問題「動機が善ならば弑逆《しいぎゃく》（主君や父を殺すこと）は許されるか」の設問に「許される」との学生の答案があったのを捉えて、哲学館には反国家的な教育が認められるとし、中学校と師範学校教員の無試験検定の資格を取り消し、その年の哲学館の卒業生の検定を不合格とした（この年に最初の無試験検定者が出るはずであった）。中島徳蔵も哲学館教授を辞職せねばならなかった（中島は一九〇五年に復職、のち学長に就任する）。文部省は専門学校に対して生殺与奪の権を手にしたと考えたのである。しかし、『万朝報』『朝日新聞』『毎日新聞』『中国民報』などの新聞は事件を報道し、文部省の措置を非難した。大学の機関誌の『慶應義塾学報』や『早稲田学報』も文部省を批判する見解を発表した。[35]

文学活動——文芸雑誌の隆盛

最初の大学である東京大学（のち帝国大学、東京帝国大学）設立のねらいは科学技術の移植と官僚養成教育にあった。それでも、東京大学文学部（帝国大学文科大学）からは哲学者の井上哲次郎、井上円了、桑木厳翼、評論家の三宅雪嶺や高山樗牛、宗教学者の姉崎正治（嘲風）、文学者の夏目漱石、上田敏、坪内逍遙らが育った。森鷗外は東京大学医学部の出身であった。

一八八四（明治一七）年には井上哲次郎、井上円了、三宅雪峰ら東京大学哲学科の教員と学生によって『哲学雑誌』が発行された。帝国大学二年生であった夏目漱石も編集委員となった。一〇年後の一八九四年には帝国大学文科大学の関係者によって雑誌『帝国文学』も生まれた。発起人のなかには、哲学科教授の井上哲次郎のほか、当時は学生であった高山樗牛をはじめ、姉崎正治、上田敏、桑木厳翼らがおり、彼ら学生たちの発表の場となった。日本主義的傾向がつよい評論や海外の思想や文学の紹介に比重がおかれたが、漱石の短編『倫敦塔』はここに発表された。

しかし、高山樗牛や姉崎正治の執筆の舞台は博文館から発行された雑誌『太陽』となる。『太陽』は高山が編集に当たり、姉崎が宗教欄の執筆を担当して、もっとも人気のある総合雑誌となった。田山花袋や上田敏らも寄稿する。

漱石は一九〇七年に東京帝国大学英文科と一高の講師を退職して朝日新聞社に入社し、『朝日新聞』に小説を連載するようになるが、漱石の自宅の漱石山房には古くからの弟子である寺田寅彦、鈴木三重吉、森田草平、小宮豊隆、野上豊一郎、阿部次郎、安倍能成のほか、芥川龍之介、久米正雄、成瀬正一、和辻哲郎、江口渙、内田百閒ら帝国大学の学生たちも出入した。漱石は教師を辞めたが、漱石山房は文学の私塾であった。

私学にも新しい動きが現われる。帝大出身で東京専門学校の教授になった坪内逍遙が一八九一年に発刊した『早稲田文学』は、東京専門学校で逍遙の教えをうけた島村抱月によって一九〇六年に復刊された。そこで抱月は自然主義を唱え、島崎藤村の『破戒』を自然主義文学の模範として激賞をする。こうして『早稲田文学』は自然主義の牙城となる。

慶応義塾の文学科も、低迷を脱するために一九一〇年には永井荷風をむかえた。荷風は高等商業学校付属外国語学校を中退後、横浜正金銀行（のちの東京銀行）のニューヨーク支店、リヨン支店勤務をへて、『あめりか物語』や『ふらんす物語』で文名を高め、文学科の教授に推された。荷風は『三田文学』を発刊し、『早稲田文学』の自然主義に対抗して反自然主義を主張した。浪漫主義の流れにあり、耽美主義とよばれた。

文学はもともと在野的なものである。この時代に詩歌の世界で華々しい活動をつづけていたのが、与謝野鉄幹によって一八九九年に設立された浪漫主義のグループの新詩社である。与謝野鉄幹・晶子夫妻の自宅も文学の学校となった。一九〇〇年には森鷗外、上田敏、薄田泣菫《すすきだきゅうきん》、蒲原有明《かんばらありあけ》らの賛助のもとに詩歌を中心とする文芸誌『明星』を発行し、そこには投稿欄の「新詩社詠草」をもうけ、新人の発掘につとめた。『明星』第三巻五号には盛岡中学五年生であった石川啄木の短歌も掲載された。

実業学校も拡大

一八九九（明治三二）年には「実業学校令」も公布され、工業学校、農業学校、商業学校などについての規定が定められた。日清戦争後の工業の拡大は大量の技術者・技能者を求めるようになり、各地の地域産業と密着した各種の実業学校が設立されたが、入学資格、就業年限、教育内容が一様でなかったので、それを統一しようとするものであった。入学資格については、小学校卒業でよく、中学校卒業が条件となった専門学校と明確に区別されるようになる。「専門学校令」が制定される以前には専門学校も高等小学校からでも入学できたのだが、「専門学校令」によって小学校から入学できるのは実業学校だけとなった。さらに、農業学校と商業学校は甲種と乙種に分けられ、甲種は高等小学校卒業以上、乙種は尋常小学校卒業が入学資格とされた。甲種は専門学校への入学の資格があたえられた。文部省の規定はつねに学校の区別化・差別化を志向していた。宮沢賢治の勤務するようになる花巻の郡立稗貫農学校は乙種であったが、賢治の在職中の一九二三（大正一二）年に甲種の県立花巻農学校に昇格した。

実業教育を目的としながらも、修身・読書・作文・数学・物理・化学・図画・体操などを必修とし、地理・歴史・経済・外国語なども加えることができるとした。実業教育だけでなく、修身も普通教育も必要とされていたのである。そのため教員には専門学校出身者のほか師範学校の卒業生も採用された。さらに、「実業学校令」が公布された一八九九年には「実業学校教員養成課程法」が制定され、東京帝国大学、高等商業学校、東京高等工業学校に実業教員の養成課程が設けられ

高等師範学校も増える

師範学校は別扱いで、「専門学校令」よりも早く、一八九七年に公布された「師範教育令」によって、各府県に一校以上の師範学校を設置できるようになる。高等小学校から入学する課程のほかにも、中学校と高等女学校から入学する課程も設けられ、給費生のほかにも、私費生も認められた。尋常師範学校もたんに師範学校と称されるようになった。

一九〇二年には広島高等師範学校（現広島大学）が設立された（東京の高等師範学校は東京高等師範学校となる）。師範学校、中学校、高等女学校などの中等教育の拡大にともなう措置である。一九〇〇年には高等師範学校に統合されていた女子高等師範学校が分離・独立したが、一九〇八年には奈良女子高等師範学校（現奈良女子大学）が創設された（女子高等師範学校は東京女子高等師範学校となる）。両校とも女子師範学校と高等女学校の教員の養成を目的とした。

「学制」の制定いらい小学校・中学校・高等学校・大学、それに専門学校と実業学校、師範学校が整備されたが、その一方で国家主義教育の体制が確立する。そのような時代に石川啄木は小学校・中学校の教育をうけ、小学校の教壇に立ったのである。

第五章　教師・石川啄木

1　啄木の受けた教育

渋民村と渋民小学校

石川啄木は一八八六（明治一九）年岩手県岩手郡日戸村《ひのと》（後玉山村日戸、現盛岡市）に生まれた。本名は一《はじめ》。啄木の父の一禎《いってい》は日戸村の曹洞宗常光寺の僧であったが、啄木の生まれた翌年、隣の渋民村（のち玉山村渋民、現盛岡市玉山区）の宝徳寺の住職となる。母親とサダとトラの姉とともに啄木も渋民に転居、二年後には妹ミツも生まれる。一禎は歌稿「みだれ芦」を残している歌詠みで、寺には歌仲間が出入りしていたため、五七調の歌は啄木の子守唄となっていた。

渋民の集落は盛岡から北上川を北に二〇キロメートルほどさかのぼったところで、東には姫神山が、西には岩手山が望める。明治の中ごろまでは旅籠や商店の並ぶ奥州街道に沿った宿場町であったが、一八九〇年に盛岡まで開通した日本鉄道（のちの東北本線）が、翌年、啄木が小学校に入学した年に北に延長され、隣村に好摩駅が開設されると街道の利用者が減り、宿場町の賑わいは失われた（渋民駅ができるのは戦後の一九五〇年）。稲作に適する土地は少なく、しかも、しばしば冷害や旱魃に襲わ

▲図７　渋民小学校（石川啄木記念館に移築）

◀図６　石川啄木（1908年）

れた。

啄木が学び教えた渋民尋常小学校は学制公布の翌年一八七三年、岩手郡では最初の小学校として父の一禎が住職をつとめることになる宝徳寺内に設立されたが、その後、民家での仮校舎での授業の時代をへて、一八八四年に二階建ての新校舎が集落の中ほどに新築された。

啄木が渋民尋常小学校に入学した一八九一年は「教育勅語」公布の翌年にあたる。当時は四年制で、教員は小田島慶吉郎校長以下正教員の沼田逸蔵と代用教員の秋浜善右衛門だけ、全生徒あわせて百名ほどだった。啄木の入学は学齢よりも一歳早い。年上の友だちと一緒に学校へ行きたいと父にせがみ、学齢より一年早く満五歳で入学したという。高村光太郎もそうだったが、当時はそれほどうるさくなかったので、一歳前の入学がみとめられた。しかも、入学日は四月一日ではなく五月二日であった。

啄木は学齢前の入学であり、しかも病弱だったので、とくに目立つ生徒ではなかったが、最終学年の四年生では首席の成績をえた。「神童」とよばれたのであろう、後に、

そのかみの神童の名の

かなしさよ
ふるさとに来て泣くはそのこと

（『一握の砂』）

と詠っている。

啄木が在学中には渋民小学校には高等科がなかった。そこで、啄木は盛岡にある母方の伯父宅に寄寓して盛岡市立高等小学校（現中橋中学校）に通った。啄木のクラスで高等小学校に進学したのは、啄木と大地主の子の金矢信子のみ、渋民小学校で成績を競った工藤千代治は高等小学校に進まず渋民村役場の書記となった。

小学の首席を我と争ひし
友のいとなむ
木賃宿かな

（『一握の砂』）

は工藤を詠ったものである。工藤は書記として勤めながら、知人から譲り受けた宿屋も営んだ。その後、工藤は収入役、助役から渋民村長となる。

盛岡高等小学校では仁王小学校から進学した伊東圭一郎と親しくなった。鈴木舎定《いえさだ》から求我社を引き継ぎ自由党代議士となった伊東圭介の子である。圭介は圭一郎が一一歳のときに死亡して、母子家庭であった。

高等科二年になると、啄木は伊東圭一郎と一緒に学校の授業終了後に盛岡中学校受験の補習のための学術講習会（のちの予備校江南義塾、現江南義塾盛岡高等学校）に通う。ここには、盛岡中学で英語の勉強会・ユニオン会の仲間となる阿部修一郎や小野弘吉もいた。塾長の菊池道太はとくに漢籍に通じていた。

盛岡中学への入学――啄木も軍人志望だった

一八九八（明治三一）年啄木は盛岡中学校に入学した。啄木の入学の成績は一二八名中一〇番、伊東圭一郎が一一番であった。盛岡中学の創立は一八八〇（明治一三）年なので、啄木は一九期生となる。

校長は五代目の多田綱宏で、東京大学理学部卒であった。幾何・物理・英語を教えた瀬戸虎記も東京大学出たての新人教師（のちに新渡戸稲造の後任として第一高等学校の校長）で、英語の教師には、東京大学からイギリス、アメリカに留学し、社会主義を研究した斯波貞吉がいた（のち『万朝報』主筆）。漢文と倫理を担当した猪川静雄は元作人館教授で、仁王小学校、盛岡師範学校をへて盛岡中学の教諭となった。代数を担当し、一年から三年まで啄木のクラスの担任であった富田小一郎は、作人館から宮城英語学校をへて東京大学予備門に入学したが病気で中退し、その後、東京大学文学部選科に学んでいる（選科生時代には私立成立学舎の教師で、その教え子には盛岡藩士の子で、東京帝国大学物理学科教授となった田丸卓郎がいた）。多彩な教師陣であった。

富田先生は啄木にはもっとも親しめた教師であったが、学内でいちばんこわい教師でもあった。啄木も、

図８　盛岡中学校（白堊校とよばれた）

よく叱る師ありき
髯《ひげ》の似たるより山羊と名づけて
口真似《まね》もしき

（『一握の砂』）

という歌を残している。

そのような盛岡中学は軍人志願の多い中学だった。最上級の五年生には海軍大将から海相、首相となった米内《よない》光政がいた。南部藩士の父が早世して母子家庭であった米内は、夏休みには県庁で働いており、そのためか、海軍兵学校の受験にさいしては富田先生から数学の特別の講義をうけている。米内と同学年には海軍中将となる八角《やすみ》三郎が、四年生には海軍少将となる小森吉助と本宿直次郎がいた。三年生の先輩が海相となった及川古志郎であった、父は医師で蔵書家で、子どものときから漢文の素読を授けられ、文学少年だったが、海軍志望であった。盛岡は内陸の地なのに、海軍兵学校への進学希望者が多かった。海がなかったから海に憧れたのだろうか。盛岡中学の校歌の曲は軍艦マーチであった（一九〇八年仮制定）。

啄木の一級上の二年生には陸軍大将から陸相となった板垣征四郎がいた。板垣の父は作人館の教授であった。板垣は二年生で仙台幼年学校に入学したこともあって啄木との付合いはなかったようである。

啄木もこのような先輩がいた盛岡中学に入学すると軍人志望のグループの素養団に参加する。後年病床にあった啄木は、このころの自分を思い起こして、

軍人になると言い出して
父母に
苦労させたる昔の我かな

（『悲しき玩具』）

と詠った。そんなこともあって海軍志望の及川古志郎に可愛がられた。

文学仲間の中へ――徳富蘇峰との出会い

及川古志郎は文学好きで、同学年の金田一京助、田子一民（のち衆議院議長）らと回覧雑誌『反古《ほご》袋《ぶくろ》』を出していた。そのような及川からの紹介で、啄木は与謝野鉄幹が主宰する新詩社（一八九九年結成）の同人であった金田一京助を知り、新詩社の社友となる。また、金田一の一級下の野村胡堂とも出会い、俳句と短歌の手ほどきを受ける。

盛岡中学を支配していたのは軍人熱と文学熱、その二つの渦中にいた啄木は軍人志望から文学志望に変わる。短歌への関心は歌詠みだった父からの影響も見逃せないが、学友からの感化が大きかった。啄木は新詩社の詩や短歌がそうであったように、文学の精神を恋愛と空想の世界への憧れとみる浪漫主義の歌を詠んでいた。

一九〇〇（明治三三）年の三年生の秋、啄木は同じクラスの古木《こぎ》巌と回覧雑誌『三日月』を発行し

た。金田一、野村、瀬川深、猪狩見龍らが同人となった。古木巌について、啄木は、

蘇峯《そほう》の書を我《われ》に薦《すす》めし友早く
校を退《しりぞ》きぬ
まづしさのため
（『一握の砂』）

と詠っている。古木からはそのころジャーナリズムの寵児となっていた徳富蘇峰を教えられた。すでに権力への批判者から国家主義的な言論人に転じていた蘇峰であるが、啄木の蘇峰への関心は強かった。古木は五年生の九月に退学した後、岩手郡太田村（現盛岡市）の尋常小学校の代用教員をつとめ、日本鉄道の車掌となる。

同人誌『三日月』は三号まで出て、瀬川深の主宰する『五月雨』と合併し、『爾伎多麻《にぎたま》』になる。『爾伎多麻』は国学院出の国語教師秋山角弥の命名であった。『爾伎多麻』を母体にして啄木は短歌会の「白羊会」を結成し、同人には野村、瀬川、猪狩、古木のほか、小林茂雄、岡山儀七、金子定一らがいた。ここで発表した啄木の短歌が『岩手日報』に載る。啄木の文学デビューである。

文学に熱中するようになったころであろうか、啄木は学校の近くにある不来方《こずかた》城址（盛岡城跡）に出かけることもあった。

不来方のお城の草に寝ころびて
空に吸はれし

十五の心
　　　　　　　　　　　　　　　　（『一握の砂』）

そんなこともあって担任の富田先生にきびしく叱責され、「つよく叱る師ありき」の歌も生まれたのだろう。

ユニオン会

そのころ教員のあいだでは地元の教師と外来の教師との確執が高じて、一九〇一年、瀬戸虎記や斯波貞吉らが退職し、それに三、四年生が反発してストライキに突入した。三年生の啄木のクラスも級長の阿部修一郎を先頭にしてストライキを支持する。啄木も参加した。このストライキの責任をとって校長は休職し、教員の二三名中一九名までもが退職、休職、転任した。啄木の担任の富田先生も八戸中学に転任となった。

英語は担当者がいなくなり、授業がなくなったので、啄木は級長の阿部修一郎、副級長の小野弘吉、伊東圭一郎、小沢恒一をさそって、英語の勉強会のユニオン会を結成する。毎週土曜日の夜に持ち回りで会員の部屋に集まって、学校で使用していた『ロングマン・リーダー』よりも程度の高い『ユニオン・リーダー』を読む。しかし、しだいに政治や思想の討論会となり、夜遅くまで天下国家の議論に気焔をあげるようになる。

伊東圭一郎は徳富蘇峰の『国民新聞』の愛読者であったが、『万朝報』に変わる。『国民新聞』は御用新聞化し、『万朝報』では幸徳秋水らが活躍していた。阿部修一郎は『太陽』の高山樗牛に関心をもっていた。小沢恒一は民友社関係のものや高山樗牛の評論を読み、また、文学・恋愛談を得意とした。小野弘吉は聞き上手だった。啄木も一九〇〇年に新詩社が創刊した『明星』などの小説を評したが、阿部と小沢の影響から樗牛を論ずるようになる。

このころの啄木を惹きつけたのは、社会主義を弱者の思想と退け、ニーチェの超人（天才論）を説く浪漫主義者の樗牛であった。『太陽』一九〇一年十一月号には「天才をめぐるいくつかの断想」を載せ、ニーチェの「人道の目的は衆庶平等の利福に存ぜずして、却て少数なる模範的人物の産出に在り。其の如き模範的人物は即ち天才也、超人（ユーベルメンシュ）也、即ち其れ無数の衆庶が育成したる文明の王冠とも見るべきもの也」という文を紹介している。樗牛にとっての天才とは、たとえば、釈迦、イエス、プラトン、ミケランジェロ、ゲーテ、バイロン、ナポレオン、日蓮らであった。

でも啄木は、社会の問題に無関心な少年ではなかった。一九〇一年十二月十日に田中正造が天皇へ直訴したのを機に盛り上がった足尾銅山鉱毒事件についても、

夕川に葦は枯れたり血にまどふ民の叫びのなどや悲しき

の歌を残している。

一九〇二年一月には、新聞店の東北堂で配達のアルバイトをしていた小野弘吉の斡旋で、ユニオン会のメンバーは『岩手日報』の号外（八甲田山雪中遭難事件）を売り、二〇円ほどの義捐金を学校の近くにあった内丸の盛岡浸礼《バプテスト》教会（現内丸教会）に寄託して足尾銅山の鉱毒に苦しむ災害民に送っている。(1)

盛岡中学には朝敵の汚名を晴らそうとする立身出世主義者がいた一方で、反権威の文学を志向する

者もいた。ストライキ、自主的な学習、社会正義への熱情をふくめて、求我社以来の自由民権思想の空気が流れていたように思われる。

啄木とキリスト教

啄木の周辺にはキリスト教の空気も存在した。一八八〇年には盛岡の内丸にプロレスタントの浸礼教会と四ツ家にカトリックの天主教会が設立された。キリスト教の信者であった文学仲間の伊東圭一郎と瀬川深が内丸の浸礼教会に通っていた関係で、義捐金もそこに寄託したのだろう。だが、啄木がキリスト教の信者となることはなかった。伊東圭一郎や瀬川深とキリスト教の信仰をめぐって論争をすることもあったようだ。啄木は、

神有りと言ひ張る友を
説きふせし
かの路傍《みちばた》の栗の木の下《もと》

（『一握の砂』）

という歌も作っている。

一八九二年に設立された私立盛岡女学校（現盛岡白百合学園高校）はカトリック系の女学校であった。そこには、小学校の同級生の金矢信子、啄木の妻となる堀合節子、渋民小学校での同僚の上野《うわの》さめ子が進学した。

三歳下の妹の光子（本名ミツ）も盛岡女学校に進んだ。このころの光子の回想によると、兄の啄木

は「これを読め！」とぶっきらぼうに言って、一冊の聖書を手渡してくれたという。(2)光子は学資がつづかなくなり、卒業まぎわになって退学し、姉トラの住む小樽のメソジスト教会で受洗して名古屋にあった聖公会の営む婦人伝道師の養成学校・聖使女学院（名古屋市東区白壁にあった）に入学した（光子はのちに司祭の三浦清一と結婚し、賀川豊彦から児童養護施設の愛隣館を託され、その経営にあたる）。
そのような妹を啄木は、

クリストを人なりといへば
妹の眼がかなしくも
われをあはれむ
（『悲しき玩具』）

わが村に
初めてイエス・キリストの道を説かれし
若き女かな
（『一握の砂』）

と詠っている。
の「若き女」とは渋民小学校で同僚となる上野《うわの》さめ子である。啄木はさめ子にも、キリストも人間であると言っていたのだ（『渋民日記』三月五日）。だが、人間としてのイエスには敬意を示す。さめ子にキリストは人間だと説いた三日後の日記には、「千古の大教育者クリストの一生は渾然たる大詩篇を成して居るではないか」（『渋民日記』三月八日）と書いている。

そもそも宗教については、「真の宗教とは、教説や教論の意味ではなくて、その人の人格に体現せられたる表示の謂である。その証拠にも、その宗教史は必ず信仰堕落の記録であるのではないか」（明治三七年八月三日、伊東圭一郎宛）との見方をしていた。人間キリストと同様に、仏教の創始者の仏陀やイスラム教の創始者のモハメットも高く評価する。

そのような意味で無宗教の啄木であった。一九〇四（明治三七）年一月一日の日記には「我は仏徒に非ず。又基督教徒に非ず。然れども世の何人にも劣ることなき真理の愛僕なり。信者なり」と記していた。

盛岡中学を退学

ストライキのあった年の一九〇一年四月、多田校長に代わり、村山弥久馬校長が会津中学から赴任してきた。高等師範出の管理重視の校長であった。大目に見られていたカンニングには厳罰が待っていた。その年の七月の期末試験は広い体育館で実施され、奇数番と偶数番では異なる問題がだされたという。

それなのに啄木は怠けがちになる。学校も休みがちになる。そんな啄木に友人も忠告をしてくれた。

師も友も知らで責《せ》めにき
謎《なぞ》に似る
わが学業怠るの因《もと》

（『一握の砂』）

翌年の五年生ときの四月と七月の試験では不正行為を行なったとして啄木は学校当局から譴責処分をうける。しかし、『明星』第三号（十月一日）には啄木の歌がはじめて載った。

血に染めし歌をわが世のなごりにてさすらひここに野に叫ぶ秋

この歌を決意の表明であるかにように、一九〇二年十月二十七日付けで退学、十月三十日に上京する。

啄木は進学を断念したが、仲間の多くは上級学校に進んだ。及川古志郎が海軍兵学校に入ったほか、金田一京助と田子一民は二高、野村胡堂は一高に入学した。ユニオン会では、小沢恒一が東京専門学校に、小野弘吉が七高（造士館）に、阿部修一郎は古河鉱業の給費生となって東京高等工業学校に入った。伊東圭一郎は代用教員をへて、幸徳秋水も学んだ東京の国民英学会に入学した。文学の仲間では、一級下の岡山儀七が二高、瀬川深が六高、小林茂雄と猪狩見龍は仙台医学専門学校に合格する。二年後輩の金子定一は中退したが、上京して陸軍士官学校の受験に備えていた。

2　詩集『あこがれ』の出版

上京

盛岡中学を退学した啄木は、上京して小石川区小日向町（現音羽町）に下宿を定める。一高生となっていた野村胡堂は啄木を心配して編入できそうな中学校を探してくれたが、うまく入れるような中学校は見つからなかった。正則英語学校高等受験科の入学書書類を取り寄せてもくれた。正則英語学校は、一高教授で国民英学会の講師であった英語学者の斎藤秀三郎が一八九六年に神田錦町に設立した学校である。しかし、通学した気配はない。学歴などを否定して生きることを決意していたのだろう。樗牛からニーチェの天才主義（「超人論」）を学んでいた啄木である。文学で身を立てようと、新詩社に出入りし、与謝野鉄幹・晶子夫妻の知遇を得ることができた。啄木には新詩社が文学の学校となる。そこで、鉄幹から歌が奔放すぎると指摘され、また、新体詩を開拓するようにとの助言をうけた。文学者として生きることのきびしさも諭された(3)。

新詩社の集まりには、相馬御風、高村光太郎、吉井勇、北原白秋、木下杢太郎、平出修らが顔を出し、同人誌『明星』に作品を載せていたが、啄木が高く評価していたのは高村光太郎である。一九〇二年十一月九日の新詩社の集会で高村光太郎にはじめて会った。その後、高村光太郎宅を訪ねたが、光太郎は会ってくれなかった。戦後花巻に隠棲した光太郎は『暗愚小伝』で世間知らずだった自分のことを回想している（三四一頁）。

上京翌月には、神田の古本屋でシェークスピア、イプセン、ゴーリキーなどの英書を購入している。麹町の大橋図書館（『太陽』を出していた博文館社長大橋佐平が自邸内に建てた私立の図書館）の「連用求覧券」も買って通い、イプセンの「ジョン・ガブリエル・ボルクマン」の翻訳に励む。盛岡中学の終わりごろには、学業を怠たり、カンニングで処分をうけた啄木だが、根は勤勉な啄木であった。

新しき本を買ひ来て読む夜半《よは》の

そのたのしさも
長くわすれぬ
（『一握の砂』）

就職活動をしなかったわけではない。同じく盛岡中学を退学して東京・神田の日本力行会で働きながら夜は私立成城中学に通っていた後輩の金子定一も気遣ってくれ、日本力行会の仲間を介して金港堂の編集部への就職を探ってくれた。その紹介状をもって金港堂を訪れたが、うまくいかなかった。

日本力行会というのは仙台神学校（のちの東北学院）を卒業してキリスト教の牧師となった島貫兵太夫《ひょうだゆう》が苦学生を救済するため神田に設立した団体である。後には海外移住の事業にも拡大し、国連事務次長の新渡戸稲造も顧問として支援していた。また私立成城中学は、牛込原町（現新宿区原町）にあった幼年学校・陸軍士官学校への進学希望者に予備教育をしていた中学校である（宇垣一成、鈴木孝雄、金谷範三、南次郎、松井石根ら陸軍大将も当校出身）。中国からの留学生も多かった。のち、沢柳政太郎が校長に就任し、成城小学校を設立して独立した。金子はその後、成城中学を卒業、代用教員をへて陸軍士官学校に入学し、陸軍少将になる。

「ワグネルの思想」

就職もかなわなかった啄木は体もこわす。内臓だけでなく神経もやられた。一九〇三年二月には渋民の宝徳寺へ戻り、ニーチェとも交流のあったロマン派の作曲家ワグナーの研究に没頭するようになる。樗牛とともに『太陽』の編集に携わり、東京帝国大学で宗教学科を創設した姉崎正治が『太陽』（一九〇二年二、三月号）に載せた「高山樗牛に答ふるの書」のワグナー論に接したのがきっかけだった。

体が回復した啄木は、丸善で購入しておいた英書のリッジイ『ワグナー』(*Wagner*)を精読して、『岩手日報』に一九〇三年五月三十一日から七回にわたり「ワグネルの思想」を連載する。連載はその序論の段階で打ち切りとなったが、芸術の意義を大宇宙の神秘との融合・交感にあるとするワグナーの思想をニーチェやトルストイと比較しながら、国家論、社会主義、キリスト教との関連にも言及して論じる壮大な論稿となる予定であった。

連載は打ち切られたが、啄木のワグナー熱は冷めない。その年の秋には一高に在学中の野村胡堂へ「大いなる意志は単に自己拡張のみではなく、更に自他を融合し、外界を一心に摂容する」(野村長一宛、一九〇三年九月二十八日)といったワグナー称賛の手紙を送っている。さらに、翌一九〇四年二月にはワグナーへの共感を語る姉崎正治の『復活の曙光』(一九〇四年)を購入して、盛岡を訪れた姉崎に会う機会をえる。それを機に姉崎と横井時雄とが共同で創刊した『時代思潮』に寄稿するようになる。

すでに世を去った高山樗牛への憧憬も衰えない。啄木には「樗牛は我らが思想上の恩師であるし、且つ日本史上に、尤も高価な血と涙を以て記された偉人の一人」(小沢恒一宛の手紙、一九〇四年三月十日)であった。なお、浪漫主義にどっぷりと浸かった啄木であった。

啄木の日露戦争

渋民への帰郷中の一九〇四(明治三七)年二月二日、啄木と堀合節子は婚約する。啄木は渋民小学校での同級生であった金矢信子が住んでいた盛岡の金矢家別邸に出入りしており、そこで信子の盛岡女学校の同級であった節子と知り合ったのだ。節子は盛岡女学校卒、節子の父の堀合志操は元盛岡藩士で岩手郡役所の官吏であった。その八日後の二月十日に日露戦争が起こった。多くの国民がそうであったように啄木も開戦に歓喜した。一九〇四年二月十一日の日記には、

新紙伝へて曰く、去る八日の夜日本艦隊旅順口を攻撃し、水雷艇によりて敵の三艦を沈め、翌九日更に総攻撃にて、敵艦六隻を捕拿し、スタルク司令官を戦死せしめ、全勝を博したり、と。何ぞそれ痛快なるや。又朝鮮巨済島方面にも開戦ありたる者と云ふ。予歓喜にたへず、新紙を携へて、三時頃より学校に行き、村人諸氏と戦を談ず。真に、骨鳴り、肉踊るの慨あり。

としたためている。スタルクは日露開戦時のロシア太平洋艦隊司令官で、旅順が奇襲攻撃をうけた責任で解任させられたが、戦死はしていない。

一九歳の啄木は愛国主義者であった。二月十日には野村胡堂に、「そこの辻、こゝの軒端には、農人眉をあげて胸を張り、氷を踏みならし、相賀して hei! ho! の野語勇ましくも語る。酔漢樽をひつさげてザール〔ツァーリのドイツ語形〕の首級に擬し、村児群呼して『万歳』の土音雷の如し。愛す可き哉、賀すべき哉」と渋民の歓喜を伝える。

『岩手日報』の「戦雲余録（二）」（一九〇四年三月四日）では、『万朝報』で非戦論を展開していた幸徳秋水や堺利彦について、「今の世には社会主義者など、云ふ、非戦論客があって、戦争が罪悪だなど、真面目な顔をして説いて居る者がある」と言い、「かかる時に因循として剣を抜かずんば、乃ち彼等の声明は平和の福音でなく、寧ろ無気力の鼓吹である」と痛烈に批判している。多くの浪漫主

義者がそうであったように、啄木も天皇制国家を是認し、日露戦争を支持していた。

盛岡中学から陸軍士官学校や海軍兵学校に進学した先輩たちも卒業して日露戦争に従軍した。卒業後三年目の米内光政は海軍少尉となり、水雷艇の隊員として出征した。及川古志郎は卒業の翌年、海軍少尉として巡洋艦の隊員となった。板垣征四郎は卒業の年、歩兵第四連隊付で従軍する。啄木は彼らのことをどう考えていたのだろうか。よく分からない。文学の先輩でもあった及川の名さえも日記や書簡には見られない。

渋民村の若者も多数徴兵された。その一人で戦死した故郷渋民の大工の子を、啄木は、

意地悪の大工の子などもかなしかり
戦《いくさ》に出《い》でしが
生きてかへらず

（『一握の砂』）

と詠っている。日露戦争で渋民村では三七人の命が奪われた。

同級生が世に出してくれた処女詩集『あこがれ』

長詩「愁調」五篇が『明星』（一九〇三年十一月一日）に載る。与謝野夫妻からは才能を認められ、励まされ、作詩に精力的に励む。森鷗外に、「有明は泣菫に優り、啄木は有明に優る」といわせる。『明星』のほかにも『時代思潮』『帝国文学』『太陽』などにも発表した。

一九〇四年十月三十一日、啄木は上京し、詩集の出版に奔走する。幸いにも、小田島書房からこれ

までに発表された詩をまとめた『あこがれ』を翌年五月に出版できた。上田敏が序詩「啄木」を書き、与謝野鉄幹が跋文を載せ、啄木は「此書を尾崎行雄氏に献じ、併せて遥に故郷の山河に捧ぐ」との献辞を記す。啄木一九歳、処女詩集であった。

『あこがれ』の評価は芳しくなかった。有明や泣菫の模倣との批判もあった。だが、新詩社の同人の平出修は「今の最も新しき詩風の中にありて、啄木の詩は極めて明晰なるものなり」(『明星』明治三八年七月号)と、批判に反論した。

処女出版は高等小学校の同級生の小田島真平とその次兄の尚三の好意で実現できた。尚三は日露戦争で召集を受け、どうせ死ぬのなら郷土の詩人のためにと、一三歳から貯めておいた金二五〇円を提供してくれたのだ(その後、小田島尚三は戦地から無事帰還した)。大金である。すぐ後で紹介するように、啄木の渋民小学校での月給が八円だから、二年半分の給料に相当する。真平も数十円を提供してくれた。出版してくれたのは長兄の嘉兵衛であった、盛岡中学を中退した嘉兵衛は出版社の大学館に勤務しながら、かたわら自分で小田島書房を経営していたのである。定価五〇銭、初版五〇〇部で、再版も五〇〇部できた。

『あこがれ』を出版でき、渋民へ戻る途中の一九〇五年五月、仙台に立ち寄り、一〇日間滞在して、盛岡中学の友人で仙台医専の学生であった小林茂雄と猪狩見龍に会い、旧交を温める。猪狩が『あこがれ』を手にしている三人の記念写真が残っている。

このとき、小林と猪狩の同級生にはただひとりの留学生の魯迅がいた(一〇三頁)。小林らも魯迅と一緒に藤野先生の解剖学の講義を受けていたはずである。魯迅のことも話題になったであろうが、早く世を去った啄木は魯迅の作品に接することができなかった。

3　「日本一の代用教員」

渋民村の変化――「文明の暴力」の侵略

日露戦争が終わった翌年の一九〇六（明治三九）年二月、啄木は母校の渋民小学校の代用教員への就職が内定する。岩手郡役所につとめる妻節子の父の堀合忠操の運動によるもので、郡視学の平野喜平に依頼して実現した。

詩集『あこがれ』を出版した啄木は張り切っていた。「あゝ、大きい小児を作る事！　これが自分の天職だ。イヤ、詩人そのもの、の天職だ。詩人は実に人類の教育者である」（『渋民日記』三月八日）と宣言する。張り切っていたが、渋民にもどった第一日目の日記には「渋民は、家並み百戸にも満たぬ、極く不便な、共に詩を談ずる友の殆ど無い、自然の風致の優れた外には何一つ取柄の無い野人の巣で、みちのくの広野の中の一寒村である」（同、三月四日）とも記している。

一軒の農家を借りて啄木一家の生活がはじまる。父の一禎は前年一月、宗費滞納などの理由で宝徳寺住職を罷免されており、少年時代を過ごした宝徳寺にはもどれなかった。月給八円、つつましい生活しかできない収入だが、それでも、一般の農民と比較すれば文句はいえなかった。それが日露戦争に勝って一等国となったという日本の現実であった。

生活の貧しさだけでない、農村にあった自然の美しさも破壊された。「自然の風致」の良さを記した四日後の日記には、故郷の空気の清浄を保つには、日に増る外来の異分子共を撲滅するより外に策がない。清い泉の真清水も泥汁に交わって汚水に成る。自然の平和と清浄と美風とは、文明の侵入者の為に刻々荒されて、滅されて行く。

（同、三月八日）

とある。農村に残されていた最後の取り柄も失われた。啄木はそれを「外来の異分子共」の農村への侵略によると考える。「文明開化」をスローガンに進めてきた明治の近代化がもたらした都会の文明による農村文化の破壊と見た。

文明の暴力はその発明したる利器をを利用して、駸々として自然を圧倒して行くのだ。かくて純朴なる村人は、便利といふ怠惰の母を売りつけて懐を肥す悧巧な人を見、煩瑣な法規の機械になり、良民の汗を絞つて安楽に威張つて暮らして行く官人を見、神から与へられた義務を尽くさずにも生きる事の出来る幾多の例証を見た。かくて美しい心は死ぬ、清浄は腐れる、美風は荒される、遂に故郷は滅びる。

（同）

近代化は真面目に働く人間の汗を絞り取る生き方を蔓延させ、日本の美風を失わせる。工業と商業を振興させたが、農業は破壊し、鉄道の敷設は拍車をかけた。啄木の目はそのような近代化によって荒廃し貧困化した農村の現実にむけられ、「文明の暴力」を告発する。

その現実を詠った歌も多数のこされている。そのなかには、

百姓の多くは酒をやめしといふ
もっと困らば、
何をやめらむ。
（『一握の砂』）

という一首もあった。

「文明の暴力」の主体が明治政府に擁護された資本家であること、社会主義者たちが明治政府や資本家と闘いはじめているのを既に啄木は知っていた。啄木の就職の内定した一九〇六年二月には西川光二郎、堺利彦らによって日本社会党が結成され、日本社会党の指導で三月十五日に一六〇〇余人の市民が東京市庁と電鉄会社に押しかけ、それが軍隊と警察の出動で鎮圧されたのを新聞で知った啄木は、三月二十日の日記に、

余は、社会主義者になるには、余りに個人の権威を重じて居る。さればといつて、専制主義的な利己主義者になるには余りに同情と涙に富んで居る。所詮余は余一人の特別な意味に於ける個人主義者である。然しこの二つの矛盾は只余一人の性情ではない。一般人類に共通なる永劫不易の性情である。自己発展と自他融合と、この二つは宇宙の二大根本基礎である。

と記す。「文明の暴力」を糾弾はしても、社会主義者にはなれない。といって利己主義者にもなれない。その矛盾のなかに生きているとの自覚を吐露する啄木であった。

天皇制も当然のものであった。翌一九〇七年の元旦には渋民小学校での四方拝に出席して、「君が

代」を歌い、「聖上陛下は誠に実に古今大帝者の中の大帝者におわせり」、「陛下の赤子の一人たるを無上の光栄とす」と日記に書く（この日には校長の「教育勅語」の捧読も聞いているはずである）。ただし、そこでは、「人が人として生くる道唯一つあり。曰く自由に思想する事之なり」ともののべていた。

渋民小学校

渋民小学校は正式には渋民尋常高等小学校で、尋常科四年と高等科三年からなる。啄木が小学生のときには高等科はなかったが、啄木の卒業した三年後に高等科が設置された。教員は四名、啄木のほか盛岡師範出の遠藤忠志校長と、検定で資格をとった秋浜市郎先生と、啄木が「わが村に／はじめてイエス・キリストの道を説かれし」と詠った盛岡師範女子部出身の上野《うわの》さめ子先生で、上野先生がこの年の九月に転勤になると、同じく盛岡師範女子部出身の堀田秀子先生が赴任する。そのほかに小使いさんがいた。

啄木は尋常科二年生の担任で、尋常科一年生は上野先生、三・四年生は秋浜先生、高等科は遠藤校長が担当した。三・四年と高等科は複式学級であった。四人の教員によって輪番でつけられていた「学校日誌」によると、全校生徒数は二八三名、うち尋常科が二一五名（男子一〇三名、女子九一名）で、啄木のクラスは六〇名余り。高等科は六八名（男子五七名、女子一一名）であった。渋民小学校に高等科のなかった啄木の小学生のときには、高等科へ進学したのは啄木と金矢信子だけだったが、高等科が設置されて半数程度が進学するようになっていた。ただ、女子は少なかった。啄木は高等科の地理や歴史や作文の授業ももった。遠藤校長が高等科の授業を持ちたいという啄木の希望を容れてくれたのである。

義務教育の尋常科でも欠席する生徒が多かった。啄木の担当日であった一九〇六年四月十八日の「学校日誌」によると、尋常科の欠席数は七八名、率にすると三五パーセントであった。男女別に見ると、男子二三パーセント、女子五七パーセント、女子の欠席率の高さが目立つ。前年に東北を襲った凶作も影響していたのだろう。(4)

三、四年生になると生徒の数が少なくなるので複式学級となった。といっても、複式学級は珍しくない。寺子屋がそうであった。荒畑寒村の学んだ横浜の私立旭小学校でも教室は衝立で仕切られ、一人の教師が掛け持ちで教えている。(5)

代用教員の啄木の月給が八円というのは全国的に見ても安いほうだろう。花袋が一九〇九年に発表した『田舎教師』の主人公である代用教員の林清三は一一円である。だが、正規の上野先生でも一二円、遠藤校長は一六円(のち一八円)だった。岩手県の小学校教員の給与は他県のと比較しても安かった。それに前年の東北を襲った凶作の影響もあって遅配の月もあった。

地域以上に小・中・高・大学の教員の格差が大きかった。身分や年齢や性別や出身学校での差もある。夏目漱石と同時に松山中学の教師となり、『坊っちゃん』のモデルといわれる同志社普通学校出身の弘中又一は助教諭で月給は二〇円であったが、「坊っちゃん」の月給は四〇円となっている。中学校教師の給与は小学校の二倍以上(時代がくだるとこの差は縮小する)、盛岡中学の教師を見ると、啄木の恩師の富田小一郎は五五円である。

夏目漱石の月給は別格の八〇円。六〇円の校長よりも高い。前任の外国人教師並みの特別支給であった。漱石は第五高等学校に移ると、一〇〇円に増え、東京帝国大学の講師のときには一高講師と兼任で、あわせて年俸一五〇〇円、月給に換算して一二五円となる。それでも、子沢山の大家族、夏目家の借金の返済、実家への仕送りもあって、余裕があったわけではなかった。漱石の前任者であった外国人教師ハーンの月給は四五〇円だった。

『吾輩は猫である』で「猫」は「教師というものは実に楽なものだ。人間として生まれたら教師となるに限る」と言っているが、それは「猫」の主人の中学教師「苦沙弥《くしゃみ》」先生の日ごろの生活ぶりを観察していてのことである。(6) 漱石の周囲には「苦沙弥」先生のような教師が多かったのだろうが、その一方で啄木のような教師もいた。教師といっても人さまざまであった。

宝徳寺の住職を罷免された父の復帰工作のためにも啄木は渋民に留まる必要があった。一家を支えてきた寺からの収入が途絶え、父母と妹を養うには啄木が定職に就かねばならない。啄木には渋民で代用教員以上の職が見つかるはずもなく、八円の月給にも我慢をしなければならなかった。

自主性が教育の基本——「日本一の代用教員」

経済的にはもっとも恵まれない啄木であったが、四月の新学期に教壇に立った感激を、「自分は、一切の不平、憂思、不快から超脱した一新境地を発見した。何の地ぞや、曰く、神聖なる教壇、乃ちこれである」(『渋民日記』一九〇六年四月二十四日)と書いている。就任早々足を怪我し、全治一週間と診断されたが、休まない。「生徒が可愛いためである。あゝ、この心は自分が神から貰つた宝である。余は天を仰いで感謝した」(同、四月二十五日)、「余は余の在籍中になすべき事業の多いのを喜ぶものである。余は余の理想の教育者である。余は日本一の代用教員である。これ位うれしいことはない」(同、四月二十八日)と記して、抱負と自負と喜びをあらわしていた。情熱をもって教育にとりくむ。

教え子の田鎖清によると、裏の山の竹薮から竹を切って鞭をこしらえても、一時間で台なしになってしまうほどの熱のこもった授業であった。血相をかえて生徒を怒るときもあるが、すぐに笑顔にもどったという。

啄木の授業の特徴は自由教育を追求したところにあった。すでに教育勅語体制の下、一九〇四(明治三八)年に修身、国語読本、日本歴史、地理、翌年には算術、図画、理科の国定教科書が使用されるようになり、「教授細目」にもとづく画一的教育が強いられる時代となっていたが、啄木はそれに従おうとしない。『渋民日記』(四月二十四日―二十八日)には、「教授上に於ては、先ず手初めに、修身算術作文に自己流の教授法を試みて居る。文部省の規定した教授細目は『教育の仮面』にすぎぬのだ」とある。

啄木はみずからの教育理念と工夫にもとづいた教育を実践した。教育は自発的行為でなければならない、という考えからである。教え子の一戸完七郎も、啄木先生は教科書にかまわず、いろいろなことを補足し、小学校以上のことを教えてくれた、とのべている。生徒に歌をつくらせて、それを学校にもってこさせた。作文もつくらせた。教師の自発性とともに、子どもの自発性を重んじた。そして子どもの歌や作文を丁寧に添削してやった(7)。渋民の石川啄木記念館には啄木が赤インクで手を入れた一戸完七郎の「綴方帖」が展示されている。生徒のほうに題を出させ、啄木先生が作文をして、黒板に板書をした、との証言もある(8)。

啄木の課外授業と自宅学校

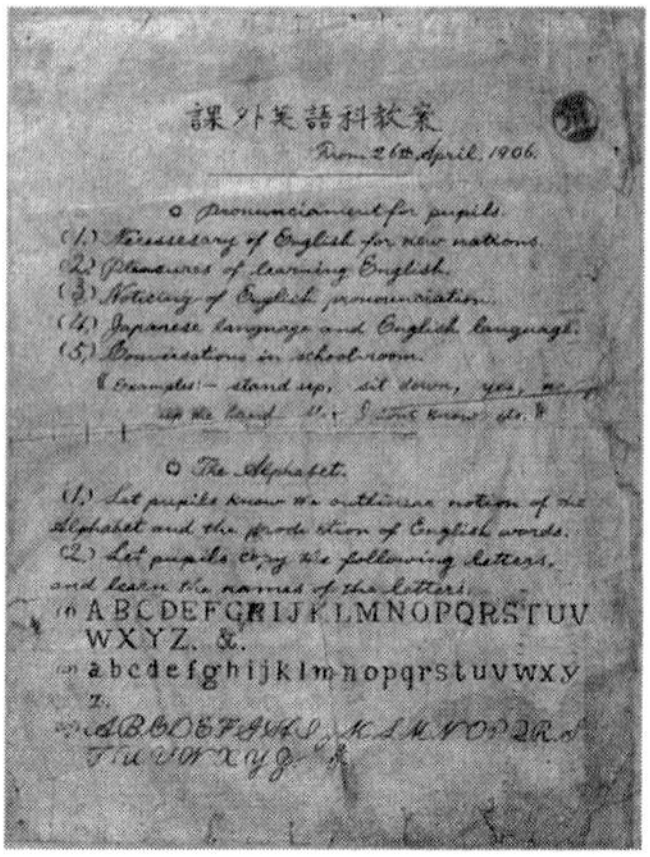

図９　啄木が作成した「課外英語科教案」

正規の授業だけではない。四月二十六日から放課後を利用して、希望する高等科の生徒を相手に英語その他の特別授業をおこなっている。英語は中学校用の『ナショナル・リーダー』を使った、会話重視の授業であったという。(9) 渋民小学校に残されている「課外英語科教案」には、授業の目的と課程をのべた「宣言」とともに「アルファベット」と「発音」がまとめられている。会話重視の授業は二、三時間もつづいたが、生徒はすこしも飽くことがなかったという。集まった生徒は二〇数名、その数は日を追って増えた。

教え子の佐藤奨吉によると、啄木は偉人伝が好きだったようで、放課後にもナポレオンや日蓮の話を聞かせることがあった。(10) ナポレオンも日蓮も高山樗牛のあげる天才で、『渋民日記』に書かれた小説の構想のなかに、「◎法華経の新行者―今日蓮。（これはまだ研究を要す）」（八月中）とある。

啄木だけでない、生徒にも熱意があった。みんな勉強をしたがっていた。啄木にとっては「最も愉快な時間」、「自分の呼吸を彼等の胸深く吹き込む喜びは、頭の貧しい人の到底しりうる所でない」とも書いている（同、四月二一日）。

学校の近くにあった啄木の自宅も教室となる。夕方に訪ねてくる子供たちには読方や綴方や算数をはじめ偉人の伝記・逸話を話してあげた。十月からは自宅で「朝読」をはじめ、男女二〇人ほどの子供たちが夜のまだ明け放れぬうちからやってきた。節子が女学校のとき購入したバイオリンを弾いて、子供たちに唱歌を歌わせることもあった。啄木が仕事で忙しいときには滝沢村立篠木小学校の代用教員の経験もある節子が相手となった。村の青年たちも訪ねてくるようになる。彼らにはヨーロッパ文明の話や日本の外交の話をした。自宅はあたかも寺子屋であり私塾であった。啄木のほとんど全生活が教師だった。

中学中退の啄木には徴兵猶予の特典は関係がない。一九〇六年四月二十一日に休暇をとって沼宮内町で徴兵検査をうけたが、丙種合格、徴兵は免れた。「自分を初め、徴兵免除になったものが元気よく、合格者は却って頗る銷沈して居た」（同、四月二十一日）と記している。かつて海兵志願だった石川少年の面影はどこにもない。いや、啄木だけでない、農村の青年も本心では徴兵は嫌だったのだ。

生徒が主役の送別会

翌一九〇七年の三月二十日には啄木の発案で生徒による卒業生の送別会が挙行された。生徒による送別会は開村以来のことで、接待係、余興係、会場係、会計係などすべての役を生徒が担当し、来客の招待状も生徒から送られた。開会の辞での「紳士、貴女諸君」とはじまった生徒の司会の呼びかけに戸惑ったが、来客たちも喜んでくれた。在校生の送別の言葉があり、独唱があり、啄木の二年生のクラスの生徒の合唱がつづいた。

啄木の指導があったが、生徒の自発性を生かそうとしたもので、啄木は送別会でも生徒が主体であるべきだと考えたのである。ふだんでも生徒に歌をつくらせ、作文を書かせたようにである。

卒業生を送り出す「別れ」の歌は啄木が作詞した。

一

心は高し岩手山
思ひは長し北上や
ここ渋民の学舎《マナビヤ》
むつびし年の重なりて

二

梅こそ咲かね、風かほる
弥生二十日《ヤヨイハツカ》の春の昼
若き心の歌ごゑに
わかれのむしろ興《キョウ》たけぬ

三

ああわが友よ、いざさらば
希望《ノゾミ》の海に帆をあげよ、
思ひはつきぬ今日の日の
つどひ永久《トワ》の思出《オモヒデ》に

転勤した上野先生の後任として採用された堀田秀子先生のオルガンと啄木のヴァイオリンの伴奏で、

高等科の女子生徒が合唱した。

啄木は、多忙な教師の仕事のなかでも、文学者であることを忘れなかった。新学期がはじまって二カ月後の一九〇六年六月には農繁休暇を利用して上京し、「夏目漱石、島崎藤村の二氏だけ、学殖ある新作家だから注目に値する。アトは皆駄目。夏目氏は驚くべき文才を持って居る。しかし、『偉大』がない。島崎氏も充分望みがある。『破戒』は確かに群を抜いて居る。しかし、天才ではない。革命の健児ではない」（「八十日間の記」）と批評をして、七月三日には「雲は天才である」を起稿する。翌月ひとまず筆をおいたが、十一月には手を入れている。在職中に「面影」と「葬列」も脱稿する。「葬列」は『明星』に掲載された。詩作もつづけ、それを函館の文芸結社の苜蓿社《ぼくしゅくしゃ》が一九〇七年一月に創刊した雑誌『紅苜蓿《べにまごやし》』に寄せている。

4　北海道の「漂泊」

函館での教師・記者・文学

啄木も渋民小学校を離れるときがきた。送別会のあった十二日後の一九〇七（明治四〇）年四月一日に辞表を提出する。檀家との関係が修復されず、父の宝徳寺への再任がかなわなかったことがはっきりしたのが最大の理由であったようだ。「日本一の代用教員」である自負を抱きながらも、このまま代用教員であることはできないとの自尊心も働いたにちがいない。岩本武登助役や畠山亭学務委員からは留任を勧告されるが、高等科の生徒を誘って校長排斥のストライキを決行する。それは遠藤校長の学校管理への反発というよりも、国家権力に追従して沈滞をつづける日本の教育界への憤りからの行動であったと思われる。四月二十一日に免職の辞令が出された（遠藤校長は転任となる）。助役や学務委員からは引き止められているが、宝徳寺の檀家の反対で父の再任がならなかったこともあって、啄木には村から追われたとの気持が強かったのだろう。のちにそのときの胸中を詠んだのが、

石もて追わるるごとく
ふるさとを出《い》でしかなしみ
消ゆる時なし

（『一握の砂』）

である。

一九〇七年五月四日、新天地の北海道に旅立つ。『紅苜蓿《べにまごやし》』に寄稿をしていた縁で函館の苜蓿社《ぼくしゅくしゃ》の関係者が暖かく迎えてくれた。ちょうど、『紅苜蓿』を主宰していた函館の靖和女学校の国語教師大島経男（野百合）が郷里の静内に帰るため、『紅苜蓿』の編集をひきつぐことになる。大島は靖和女学校の国語教師の後任に推薦してくれたが、中学校中退ということが災いして実現しなかった。

それでも、苜蓿社の同人で当時函館東川尋常小学校に勤務していた吉野白村の紹介で、六月には函館区立弥生尋常小学校の代用教員の職を得た。生徒数一一〇〇名、教員一五名。尋常小学校であるが、規模は大きい。月給も増えて一二円。「函館の青柳町こそかなしけれ」の青柳町に新居をかまえ、函館日日新聞社の遊軍記者（特定の部署につかない記者）にもなれた。早速「月曜文壇」と「日々歌壇」を新設した。生活は安定するかにみえた。だが、八月二十五日の大火で弥生尋常小学校も函館日日新

聞社も焼失し、函館生活は三カ月で終わる。『紅苜蓿』も七号で終刊となった。
この時期の学校の授業の記録も失われ、啄木の教育活動ははっきりしない。日記「函館の夏」（九月六日記）には「七月中旬より予は健康の不良と或る不平のために学校を休めり、休みても別に届を出さざりき、にも不拘校長は予に対して始終寛大の体度をとれり」とあって、精勤をした様子がない。啄木の教授法にたいする提言も規模の異なる弥生小学校では受け容れられなかったと見られる。(11)
精勤した様子はないが、同僚教師の橘智恵子への熱い思いは『一握の砂』の二二首もの歌となった。

わかれ来て年を重ねて
年ごとに恋しくなれり
君にしあるかな
（『一握の砂』）

もそのひとつ。函館は心の休まる土地であった。苜蓿社の主要メンバーの宮崎郁雨は啄木を支えつづけてくれ、啄木の義妹の堀合ふきと結婚する。三年後の宮崎郁雨への手紙で「おれは死ぬときは函館へ行って死ぬ」（一九一〇年十二月二十一日）と書くことになる。

小樽から釧路へ

啄木は無職となった。しかし、九月には道庁につとめる苜蓿社同人の向井夷希微《いきび》が、友人で札幌の北門新報社につとめる小国露堂《おぐにろどう》の紹介で北門新報の校正係に就職でき、二週間後にはその小国が啄木を小樽に創設された小樽日報社に記者として推挙してくれた。小国は岩手県宮古町（現宮古市）出身で社会主義の信奉者であった。小樽日報社社長の白石義郎は福島県東白川郡笹原村（現塙町）出身で、自由民権運動に身を投じ、一八八九年の総選挙では河野広中についで二位で当選したが、衆議院議員を辞職し、釧路支庁長となる。その後、釧路町長、そして北海道議会議長となり、新聞の経営にも当たった。

この小樽日報社で啄木は詩人の野口雨情と同僚になる。雨情は茨城県磯原村（現北茨城市）の出身で、叔父の野口勝一は福島県三春に広中と一緒に民権結社の三師社を設立した自由民権家で、衆議院議員を三期つとめた。雨情は処女作『枯草』を出したが売れず、早稲田大学での師であった坪内逍遙の勧めで渡道し、道内の新聞社を転々としていた。啄木はそのような雨情と意気投合した。二人は同僚と一緒になって官僚的な主筆の排撃に走るが、それに失敗し、雨情は退社する。

その後も社会主義者の小国露堂との交際はつづく。

平手もて
吹雪《ふぶき》にぬれし顔を拭《ふ》く
友《とも》共産を主義とせりけり

（『一握の砂』）

の「友」とは小国のことである。雪のなかを札幌から小樽にたずねてくれたのである。

そのころ社会主義者西川光二郎が小樽での社会主義演説会で「何故に困る者が殖ゆる乎」と「普通選挙論」と題する講演をおこなっている。啄木もそれを聴き、閉会後の茶話会にも出席、西川と知己となる。しかし、啄木はその日（一九〇八年一月四日）の日記に、西川の講演には「何も新しい事はない」とし、「今は社会主義を研究すべき時代は既に過ぎて、其を実現すべき手段方法を研究すべき時代になって居る。尤も此の運動は、単に哀れなる労働者を資本家から解放すると云ふではなく、一切の人間を生活の不条理なる苦痛から解放することを理想とせねばならない」と社会主義への理解とともに疑問を投げかけていた。

小樽日報社に残った啄木も事務長と対立し、退社するが、白石義郎社長の厚意で、社長の経営するもうひとつの新聞社の釧路新聞社に編集長格で就職できた。月給は二五円となった。妻子を小樽に残したまま、釧路にむかう。

啄木が白石義郎に伴われて「さいはての駅」の釧路に降り立ったのは一九〇八（明治四一）年一月二十一日であった。着任すると、啄木は紙面を一新し、時事論文欄「雲間寸観」で健筆をふるい、詩歌の投稿欄「釧路詞壇」には変名を用いて啄木じしんの歌を並べ、花柳界記事「紅筆《べにふで》だより」まで書く。『釧路新聞』は売上げを伸ばし、競争紙の『北東新報』を圧倒する。

そんな日々を、

こほりたるインクの罎《びん》を
火に翳《かが》し
涙ながれぬともしびの下《もと》
（『一握の砂』）

と追憶するのだが、「紅筆《べにふで》だより」の取材がきっかけで、花街にも足を運ぶようになり、酒も覚え、芸者遊びも知る。唄も踊りも群を抜き、短歌もつくる芸妓の小奴とも親しくなる。そんな小奴との思

い出を詠んだ、

よりそひて
深夜《しんや》の雪《ゆき》の中《なか》に立つ
女の右手《めで》のあたたかさかな

（『一握の砂』）

という歌もある。小奴満一七歳、啄木二二歳のときだった。

編集長格で新聞をつくれた啄木は水を得た魚のようであった。しかし、釧路にも安住できなかった。ここでも主筆との確執が生まれた。東京への憧憬も強まる。とうとう一九〇八年四月、啄木は妻子を函館の宮崎郁雨に託して上京する。この年の暮れに小奴は東京に啄木をたずねて上京し、啄木に案内されて東京見物をしている。

非戦論者となった啄木

開戦のとき熱狂的な日露戦争の支持者であった啄木は、日露戦争が終わったときにはその批判者となっていた。渋民小学校教に在職中に『盛岡中学校校友会雑誌』第九号（一九〇七年三月）に寄せた論考「林中書」では、日露戦争の勝利に熱狂する日本人を「人は『日本は一躍して世界の一等国になった』といふ。誠にお芽出度話である」といい、また、日本の軍隊はロシアの軍隊に勝ったが、文明という点での勝利ではなかったとして、今の日本は「哀れなる日本」であるとのべている。夏目漱石の『三四郎』にも見られる日露戦争観である（九一頁）。一九〇八年九月十六日の日記には、一九〇四年の日露開戦直後に『岩手日報』で幸徳秋水らの非戦論を批判したことについて（一三二頁）、「無邪気なる愛国の赤子、といふよりは、寧ろ無邪気なる好戦国民の一人であった僕は〝戦雲余録〟といふ題で、何といふことなく戦争に関した事を、二十日許り続けて書いた」と自己批判している。

亡くなる前年の一九一一年のことであるが、啄木は四月二十四日から五月二日にかけて『平民新聞』に載ったトルストイの日露戦争批判論「爾曹《なんじ》悔改めよ」の訳文を写し取り、その解説「日露戦争論（トルストイ）」を書いている。その解説によると、啄木は購読していた『時代思潮』（一九〇四年九月号）に掲載された「爾曹悔改めよ」の原文を読んでいるのだが、そのときにはトルストイの論文の趣意は朧気にしか分からず、戦争を支持していたことについて、「予も亦無造作に戦争を是認し、且つ好む『日本人』の一人であったのである」と反省し、七年前のトルストイの論文を写し取るのである。啄木には「今や日本の海軍は更に日米戦争の為に準備せられている」と思われた。日露戦争に勝って日本は旅順に関東都督府をおき、半官半民の南満州鉄道（満鉄）を設立したが、アメリカはこのような日本の満州権益の独占に異議を申し立てている。

日本は韓国支配もつよめた。戦争中の一九〇五年には韓国を保護国とし漢城（現ソウル）に統監府をおき、一九〇七年には軍隊を進駐させた。一九一〇年八月には韓国を併合して植民地とし、朝鮮総督府をおいた。それにたいして、啄木は、

地図の上朝鮮国にくろぐろと墨をぬりつゝ秋風を聴く

と詠んだ。日本への併合によって半島が朱に塗られたとき、啄木はその地図の上に墨を塗る。祖国を

失った朝鮮の人々への同情心であり、大逆事件を引き起こした明治国家権力への批判でもあった。

5　啄木の教育論

「雲は天才である」――教育の基本は自主と愛と自由

啄木は、渋民小学校に勤務してすぐの一九〇六（明治三九）年四月に「教育の事に一種の興味をもって居たのは一年二年の短かい間でない」（『渋民日記』一九〇六年四月十一日―十六日）とのべていたように、教育にたいする関心は以前からのものであった。そのような啄木がみずからの教育観をのべたのが小説「雲は天才である」である。漱石の『坊っちゃん』に刺激をうけ、『渋民日記』に書き留めた教育の実践記録を材料にして書かれた。題は『吾輩は猫である』にヒントをえた。『坊っちゃん』と同様に、学校の同僚を批判・風刺するが、「雲は天才である」では批判は政府の文教政策にむけられる。

主人公の代用教員新田《あらた》耕助は、師範出の古山先生から、つぎのように告げられる。

新田さん、学校には、畏くも文部大臣からのお達しで定められた教授細目といふのがありますぞ。算術国語地理歴史は勿論の事、唱歌裁縫の如きでさへ、チアンと細目が出来て居ます。私共長年教育の事業に従事した者が見ますと、現今の細目は実に立派なもので、精に入り微を穿《うが》つ、とでも云ひませうか。彼是十何年も前の事ですが、私共がまだ師範学校で勉強して居た時分、其頃で早や四十五円も取っていた小原銀太郎と云ふ有名な助教諭先生の監督で、小学校教授細目を編んだ事がありますが、其時のと今のと比較して見るに、イヤ実にお話にならぬ、冷や汗です。で、その、真正《ほんとう》の教育者といふものは、その完全無欠な規定の細目を守つて、一毫乱《いちがう》れざる底《てい》に授業を進めて行かなければならない、若しさもなければ、小にしては其教へる生徒の父兄、また月給を支払つてくれる村役場にも甚だ済まない訳、大にしては我々が大日本の教育を乱すといふ罪にも坐する次第で、完たく此処の所が、我々教育者にとつてもつとも大切な点であらうと私などは、既に十年の余も、——此処へ来てからは、まだ四年と三ケ月しか成らぬが、——努力精励して居るのです。

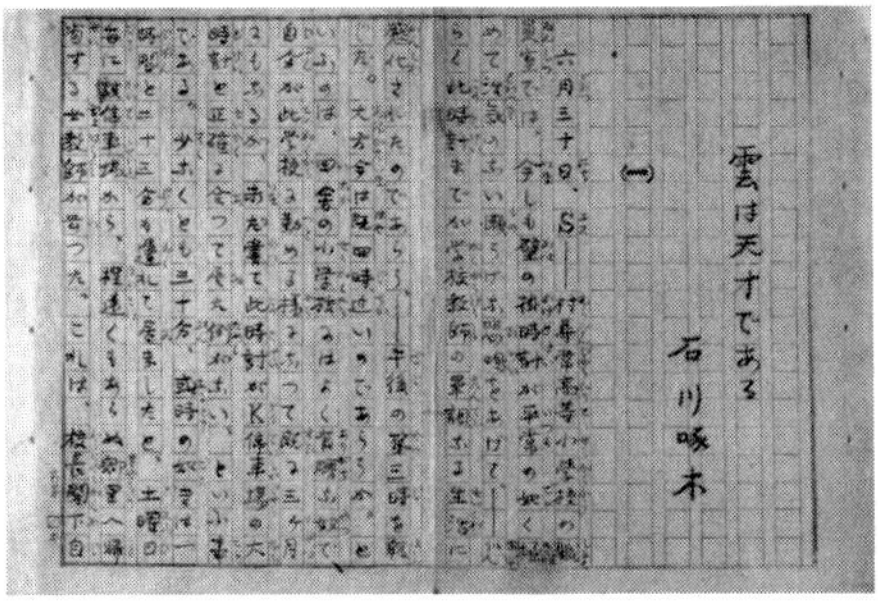
図 10　「雲は天才である」の原稿

新田先生はそれに反発し、放課後に自主的な教育を試みる。啄木が実践したようにである。ほんとうの教育は文部大臣の定めた「教授細目」にあるのではない。教授細目は「教育の仮面」にすぎない（一四一頁）。

授業だけでない。「職員室の一隅に児童出席簿と睨み合いをし乍《なが》ら算盤を珠をさしたり減《ひ》いたり、過去一カ月間に於ける児童各自の出欠席から、其総数、其歩合を計算して、明日は痩《やせ》犬の様な俗吏の手に渡さるべき所謂月表なるものを作らねばならぬ」。なぜ欠席児童が多いのかから議論をするのではなく、要求される数値の計算に追われる。

「教授細目」や「月表」に振り回されてはならないと考える新田

先生は、

「自主」の剣《つるぎ》を右手《めて》に持ち、
左手《ゆんで》に翳す「愛」の旗、
「自由」の駒に跨がりて、
進む理想の路すがら、
今宵生命の森の蔭
水のほとりに宿かりぬ。

といった校歌をつくり、生徒に歌わせる。教育の基本は自主と愛と自由にあるというのだ。

「林中書」の教育論──「何処までも『人間』を作る事」

前述したように、『盛岡中学校校友会雑誌』の「林中書」は後輩にむけた啄木の教育論であった。日露戦争の勝利を「学制」いらい三〇年の教育の成果と見る教育家の論を「愚論」と切り捨て、「規定の時間内に規定の教材を教へれば、それで教育の能事了れり」としている教育の現状を糾弾する。「雲は天才である」の古山先生のような、国定教科書と「教授細目」で生徒の教育にあたる教師への批判である。

そして教育の最高目的は、「天才を養成する事である。世界の歴史に意義あらしむる人間を作る事である」と主張する。啄木の「天才」とは人間らしい人間のことで、教育の真の目的は「決して、学者や、技師や、事務屋や、教師や、商人や、農夫や、官吏などを作る事ではない。何処までも『人間』を作る事である」とものべる。

現実の日本の教育は、「凡人製造を以て目的として居る」のであって、教師は「一切の学科へ同じ様に力を致せと強《し》ふる教育者、――ツマリ、天才を殺して、凡人といふ地平線に転輾《ころが》つている石塊《いしころ》のみを作らうとする教育者」となっている、という。「日本の教育は、人の住まぬ美しい建築物である。別言すれば、日本の教育は、『教育』の木乃伊《ミイラ》である。天才を殺す断頭台である。我等の人生と無関係な閑天地である」と断ずる。そして、「『教育』の足は小学校である。木乃伊《ミイラ》へ呼吸を吹き込むには小学校からするのが一番だ」とのべ、「予は願くは日本一の代用教員となって死にたいと思ふ」と結ぶ。

『渋民日記』でも教育論を展開する。「あ、、大きい小児を作る事！　これが自分の天職だ。イヤ詩人そのものの天職だ」、あるいは「芸術の人は汎く一般人類の教育者である」、「教育は芸術の司配者ではなく、寧ろ芸術の一含蓄である」（三月八日）とものべている。啄木にとって教育は文学の創作活動と同一のもので、生徒を育てることは詩をつくることに通ずる。「詩人のみが教育者である」（四月二十四日―二十八日）とものべている。

北海道での記者時代にも、『小樽日報』（明治四〇年十一月）には「小学校教師に望む事」と題して、「学科の教授法《おしへかた》」の巧拙よりも、子どもに人格《ひと》としての大きい深い感化を与へ」ることの大切さを説いている。そこでは、渋民小学校での体験からであろう、貧しい家庭の子どもへの気遣いを促しており、いつも、自分をふくめ、貧しい者の味方であった。

6　朝日新聞校正係

浪漫主義から自然主義へ

これまでの啄木はある特定の宗教を信仰したり、特定の政治思想を支持することはなかった。『あこがれ』や『一握の砂』の詩や歌に見られるように、浪漫詩人であり、浪漫歌人であった。高山樗牛の天才主義にあこがれ、「大なる詩人」としての人生を夢見ていた。国の教育のあり方を批判しても、革命を主張するような啄木ではなかった。個人主義者の啄木であった。

しかし、北海道で漂泊の生活をしていたころから浪漫主義の詩風に疑問を抱くようになる。渋民の教師生活と北海道での記者生活が社会の現実に目をむけさせたのであろう。小国露堂や西川光二郎との出会いもあり、社会主義についても学ぶ。日露戦争後に風靡した自然主義にも心を惹かれるようになる。空想よりも現実、肉欲の描写も厭わない。伝統や形式を退け、虚飾を去って、現実世界と自己の内面をありのままに描こうとする。啄木の心を支配していた高山樗牛の天才主義の熱は冷め、与謝野夫妻、泣菫や有明の歌や詩からも離れる。

一九〇八（明治四一）年四月に上京した啄木は、東京帝国大学を卒業して海城中学の教師となった金田一京助が下宿していた本郷菊坂の赤心館に転がり込む。そこで「漱石の虞美人草のゆき方ならアレ位のものを二週間で書ける」と宮崎郁雨宛の手紙（五月十一日）で大言壮語した啄木は、赤心館で「病院の窓」「母」「天鵞絨《ビロード》」など自然主義の潮流を意識した六作品を脱稿する。しかし、これらの小説はどこにも載らず、一銭にもならなかった。

啄木は赤心館の下宿代を滞納する。金田一京助は蔵書を売り払い、啄木の滞納分を支払って、九月には啄木とともに本郷区森川町（現文京区本郷六丁目）の蓋平館に移った。それでも啄木は小説に専念し、「鳥影」が『東京毎日新聞』に五九回連載され、一回一円の稿料が入った。新詩社の同人であった東京毎日新聞記者の栗原元吉の紹介によるものだった。しかしながら反響らしい反響はなく、単行本として出版しようとしたが実現しなかった。

翌年の一九〇九年一月には、廃刊となった『明星』に代わって、『スバル』が発刊される。平出修の出資を得、森鷗外を顧問格にして、啄木のほか北原白秋、平野万里、木下杢太郎ら若手が中心であった。編集は交替制とされたが、新聞で腕を磨いた啄木が実務の頼りとされた。啄木はここにも小説を発表し、平野万里編集の創刊号には「赤痢」を掲載する。「足跡」が発表されたのは啄木が編集を担当した第二号である。

朝日新聞校正係――漱石との出会い

啄木は生活のための就職活動もしなければならなかった。一九〇八年九月二十一日の日記に、「国民新聞の徳富氏へ履歴書を書いて送ってやった。無論駄目とは思ふけれど」と記している。そのとおり駄目だった。それにしても、御用新聞となっていた国民新聞社に本気で就職をしようとしていたのだろうか。

それから半年後の一九〇九年三月、朝日新聞社に校正係として就職できた。郷里の大先輩であった朝日新聞編集長の佐藤北江（真一）の力添えによるものである。北江は盛岡中学の前身の岩手中学の第一期生で、中退して自由民権運動の結社・求我社の学塾の行余学舎に学び、『岩手新聞』（『岩手日報』の前身）、『めざまし新聞』（星亭の発行した自由党系の新聞『自由燈』の後身）で働き、『めざまし新聞』が大阪朝日新聞社に買収されて『東京朝日新聞』となると、その編集長となった。啄木はまたしても郷里の知己に助けられたのである。翌年誕生した長男に啄木は真一と名づけている（生後二三日で死亡したが）。

月給は二五円で、超過勤務手当もついた。こうして東京での生活の基礎ができた。六月には本郷区本郷弓町（現文京区本郷二丁目）の喜之床の二階に間借りをする。六畳と四畳半の二間だけだが、家族もむかえることができた。

啄木は漱石が『朝日新聞』に連載した小説『それから』や漱石が主宰する「朝日文芸欄」の校正も担当することになり、漱石とも交流が生まれた。朝日新聞社の社員であった二葉亭四迷の全集の校正にも関わり、担当編集者が退社すると編集にもたずさわるようになる。一九一〇年九月には、「朝日歌壇」が新設され、社会部長であった渋川玄耳の厚意で、その選者となった。十二月には処女歌集となった『一握の砂』を東雲堂から刊行した。現在の生活の感慨と、渋民と北海道時代の回想を詠った歌がおさめられている。すでにその何首かを紹介する機会があったその扉の献辞には、「函館なる郁雨宮崎大四郎君／同国の友文学士花明金田一京助君／この集を両君に捧ぐ」とある。

「時代閉塞の現状」――自然主義批判

浪漫主義を離れて自然主義を評価するようになっていた啄木だが、朝日新聞社につとめるころには自然主義にも批判的な目を向けるようになる。一九一〇年一月に書かれた「一年間の回顧」では自然主義の理論的な旗手であった島村抱月をとりあげて批判し、同年二月の「性急《せっかち》な思想」では、自然主義を「旧道徳、旧思想、旧習慣のすべてに対して反抗を試みたとまったく同じ理由において、この国家という既定の権力に対しても、その懐疑の鋒尖を向けねばならぬ性質のものであった」とのべて、国家権力との対決心を欠落させているのをやり玉にあげる。人生の苦悶や哀感を描き、現実にけちをつけはするが、その現実の改革に手を貸さない文学を鋭く難じたのである。

自然主義批判の本格的な論文が一九一〇年八月に書かれた「時代閉塞の現状（強権、純粋自然主義の最後及び明日の考察）」である（『朝日新聞』の「朝日文芸欄」に寄稿したのだが、掲載されなかった）。時代は道徳心を喪失し、売春婦が増加し、犯罪は激増する現実を前に、社会の理想も方向も失われ、出口が見えない。「時代閉塞」の状態にある。ところが、長谷川天渓や山田花袋らの自然主義者たちは、それをもたらしている国家権力との対決に向かおうとしない。

> 斯くて今や我々青年は、此の自滅の状態から脱出する為に、遂に其「敵」の存在を意識しなければならない時期に到達してゐるのである。これは我々の希望や乃至其他の理由によるのではない。実に必死である。我々は一斉《せい》に起《た》つて先ず此時代閉塞の現状に宣戦しなければならぬ。自然主義を捨て、盲目的反抗と元禄の回顧を罷《や》めて全精神を明日の考察――我々自身の時代に対する組織的考察に傾注しなければならぬのである。

青年たちは「時代閉塞」を生み出している国家＝強権にたいして無関心であってはならない、国家＝強権と対決し、「明日の考察」にむかわねばならないというのである。ここで「明日の考察」というとき、啄木の意識には社会主義や無政府主義の革命が存在していたのは疑いない。そう考える啄木にとって、自然主義だけでない、中学生の啄木を魅惑した高山樗牛も過去の人間であった。

さうして其思想が魔語の如く（彼がニイチエを評した言葉を借りて言へば）当時の青年を動かしたにも拘わらず、彼が未来の一設計者たるニイチエから分れて、其の迷信の偶像を日蓮といふ過去の人間に発見した時、「未来の権利」たる青年の心は、彼の永眠を待つまでもなく、早く既に彼を離れ始めたのである。

すでに、青年たちは過去の日蓮の偶像に走った樗牛に訣別している。啄木も過去を清算する。

「時代閉塞の現状」の教育論

上京後も啄木は教育を考えつづける。小説「足跡」（『スバル』第二号）は「雲は天才である」と同様に渋民小学校時代の体験に即して書かれてものだが、そこでは、「教育者には教育の精神をもって教へる人と、教育の形式で教へる人と二種類ある」とのべている。もちろん、前者でなければならない。そして、「今の社会を改造するには先ず小学教育を破壊しなければいけない」とし、そのために「人を生まれた時の儘《まんま》で大きくならせる方針を取れや可いんです」という。『渋民日記』での「大きい小児を作る事！」である。

それは、教育とはその人間の生まれながらの本性を発達させる、真の子どもを完全に育てなければならないとするもので、『エミール』でルソーが説く教育論に通ずる。ルソーの教育思想の実践者がペスタロッチであるが、「足跡」には、師範女子部の寄宿舎の壁に掲げてあったペスタロッチの肖像の話がでてくる。

「足跡」は自然主義文学の牙城であった『早稲田文学』三月号で「誇大妄想狂の主人公を書くのは好い、作者まで一緒になってはたまらない」との手厳しい批判をうけたが、「時代閉塞の現状」でも日本の教育を論じる。ニーチェや樗牛に訣別した啄木の心は「詩人」とか「天才」からも離れる。教育は社会的問題、「時代閉塞」の問題となる。

青年の教育についていえば、それが富裕な父兄をもつものの特権となっており、大多数のものは中途半端で教育を受ける権利を奪われている。しかも大学の卒業生の半分は就職ができず、下宿でごろごろしている。

教師についても、「雲は天才である」でのべたのとなにも変わっていない。

此処に一人の青年があって教育家たらむとしてゐるとする。彼は教育とは、時代が一切の所有を提供して次の時代の為にする犠牲だといふ事を知つてゐる。然《しか》も今日に於ては教育はたゞ「今日」に必要なる人物を養成する所以に過ぎない。さうして彼が教育家として為《な》し得る仕事は、リーダーの一から五までを一生繰返すか、或は其他の学科の何《いづ》れも極《ご》く初歩のところを毎日々々死ぬまで講義する丈の事である。若しそれ以外の事をなさむとすれば、彼はもう教育界にゐることは出来ないのである。

啄木は「『今日』に必要なる人物」の養成に陥っている今日の教育を「次ぎの時代」のための教育に変えねばならないと考える。そこでなさねばならないのは「明日の考察！」である。「足跡」では、社会の改造のためには教育の改造が必要であるとのべていたが、教育の改造のためには社会の改造が必要である。「時代閉塞の現状」に宣戦しなければならないのである。

碓田のぼるものべているように、啄木の教育論は石川三四郎が日露戦争のさなかに『平民新聞』に書いた「小学教師に告ぐ」をうけつぐものであった[12]（八九頁）。石川も日本の教育が「人のため」でなく「国家のため」の教育となっていることを批判し、理想の教育を実現するには社会の改造が必要であると主張していた。小学校教師は社会主義運動に身を投じなければならない。

7　啄木と「大逆事件」――社会主義・無政府主義へ

「大逆事件」との遭遇

一般読者は一九一〇（明治四三）年六月四日の新聞で幸徳秋水の逮捕と「大逆事件」をはじめて知ったのだが、啄木は一九〇九年六月から『朝日新聞』に連載された漱石の『それから』の校正を担当しており、その記述を通じて知った、昼夜見張られている幸徳秋水につよい関心をいだくようになっていた（九七頁）。一九〇九年十月に書かれた啄木の原稿「断片」には、「私は漱石氏の『それから』を毎日社にゐて校正しながら、同じ人の他の作品を読んだ時よりも、もっと熱心にあの作に取り扱われてある事柄の成り行きに注意するやうな経験を持つていた」とある。

こうして「大逆事件」に接した啄木は、社会主義を基礎から学ばねばならないと考え、社会主義と社会の変革についての文献の渉猟・耽読をはじめる。一九〇九年二月に手にした幸徳秋水訳のクロポトキン著『麺麭の略取』も読む（九七頁）。『東京朝日新聞』（一九一〇年八月四日）には、

耳掻けばいと心地よし耳を掻くクリポトキンの書《ふみ》を読みつつ

という一首が見られる。労働者を虐げられた状態からいかに解放させるかを論じたこの書物が、啄木の関心を国家権力にむけさせるひとつの契機となって、「時代閉塞の現状」が生まれ、啄木を社会主義・無政府主義に向かわせる。(13)

社会主義関係の書物については、北海道時代の友人・西川光二郎の紹介で知った、神田区中猿楽町（現千代田区神保町）でミルクホール「豊生軒」を営んでいた藤田四郎から借用できた。啄木の自宅のある本郷弓町から藤田四郎のところまでは歩いてゆける距離であった。死後の啄木の行李には、久津見蕨村の『無政府主義』、幸徳秋水の『廿世紀之怪物帝国主義』『社会主義の神髄』『平民主義』、片山潜・堺利彦の『日本の労働運動』、田渕鉄二の『経済進化論』、堺利彦・森近運平の『社会主義概要』、千山万水楼主人（河上肇）の『社会主義評論』、J・モーレー（柴山由太訳）の『社会と主義』、北一輝の『純正社会主義の哲学』『純正社会主義の経済学』（『国体論及び純正社会主義』の分冊）、クロポトキンの *The Teror in Russia*（『ロシアの恐怖』）などが残されていた。「国禁」の本が多い。藤田から借りたものもあったろう。それらの書物に親しんだ時期の歌であろう、

赤紙の表紙手擦れし
国禁の
書《ふみ》を行李の底にさがす日
（『一握の砂』）

という一首がある。

「日本無政府主義者陰謀事件経過及び附帯現象」

啄木は「時代閉塞の現状」を書いたころから体の不調を訴えるようになっていたが、「大逆事件」の真相究明に奔走する。幸運なことに、『明星』と『スバル』をとおして親しく、神田区北神保町（現千代田区神田神保町）に事務所を開いていた弁護士の平出修が事件に連座した高木顕明と崎久保誓一の弁護を担当していた。『明星』を主宰していた与謝野鉄幹が被告の一人の大石誠之助の甥の西村伊作と友人であったことから、高木顕明や崎久保誓一に平出を紹介したのであった。

若い平出修の弁護は情熱と真剣さが滲み出たものであった。高木と崎久保だけでなく幸徳秋水も、感謝の言葉をのこしている。幸徳は「熱心な御弁論感激に堪えない」と謝し、大石誠之助は「思想史の資料として其真相をつきとめ置かるゝの責任は、貴下を措いて何人も之にあたる人無之」と弁護を高く評価していた。そのような平出修だから事件の真相を残そうとする啄木にも積極的に協力をしてくれた。

一九一一（明治四四）年一月三日に啄木は平出事務所を訪問し、幸徳秋水が獄中で書いた「陳弁書」（幸徳の担当弁護士への書簡）を借りる。啄木はそれを二日間で筆写し、平出の意見も聴くことができた。日記には、平出修は「若し自分が裁判長だつたら、管野すが、宮下太吉、新村忠雄、古河力作の四人を死刑に、幸徳大石を無期に、内村愚童を不敬罪で五年位に、そしてあとは無罪にする」と語ったと記している。前章で掲げた平出の「大逆事件意見書」にも符合する（九八頁）。

それから二週間後の一月十八日、啄木は判決の結果を朝日新聞社で聞く。その日の日記には、「今日程予の頭の昂奮してゐた日はなかつた。さうして今日程昂奮の後の疲労を感じた日はなかつた。二時半過ぎた頃でもあつたらうか。『二人だけ生きる〳〵』『あとは皆死刑だ』『あゝ二十四人！』さういふ声が耳に入つた」、「夕刊の一新聞には幸徳が法廷で微笑した顔を『悪魔の顔』とかいてあった」と記している。翌十九日の日記には「朝に枕の上で国民新聞を読んでたら俄に涙が出た。『畜生！駄目だ！』さういふ言葉も我知らず口に出た。社会主義は到底駄目である。人類の幸福は独り強大なる国家の社会政策によってのみ得られる。さうして日本は代々社会政策を行っている国である。と御用記者は書いてゐた」とある。

二十二日には啄木は平出修に手紙で心境を次のように伝えた。「僕はあの日の夕方位心に疲労を感じた事はありませんでした。さうして翌日の国民新聞の社説を床の中で読んだ時には、思わず知らず『日本は駄目だ』と叫びました。そうして不思議にも涙が出ました。僕は決して宮下やすがの企てを賛成するものではありません。然し『次の時代』といふものについての一切の思索を禁じようとする帯剣政治家の圧倒には、何と思ひ返しても、此儘に置くことは出来ないやうに思いました」。「次の時代」への思索を蹂躙し、「明日の考察」をする若者を抹殺する帯剣政治家を激しく糾弾している。

啄木は日曜日であった一月二十三日と二十四日の夜をつかって、「大逆事件」にかんする新聞記事と要約と切り抜きを「日本無政府主義者陰謀事件経過及び附帯現象」にまとめた。この仕事について日記には「後々への記念のためである」とも書いているように、主観的な評価よりも事件を記録することに主眼があった。そのなかには前年の一九一〇年八月四日の「文部省は訓令を発して、全国図書館に於て社会主義に関する書籍を閲覧せしむる事を厳禁したり。後内務省も亦特に社会主義者取締に関して地方長官に訓令し、文部省は更に全国各直轄学校長及び各地方長官に対し、全国各種学校職員若しくは学生、生徒にして社会主義の名を口にする者は、直ちに解職又は放校の処分を為すべき旨内訓を発したり」という記事が含まれている。「大逆事件」以降、政府は教育の場から社会主義を徹底して締め出そうとしていた。

啄木が「日本無政府主義者隠謀事件経過及び附帯現象」をまとめた一九一一年一月二十四日に、幸徳秋水以下一一名の死刑が執行された（管野すが子は翌日）。この日の日記には「社へ行つてすぐ、『今朝から死刑をやつている』と聞いた。幸徳以下十一名のことである。あゝ何といふ早いことだろう。さう皆が語り合った」と書く。

翌二十五日にも平出事務所に出向き、幸徳秋水、管野すが子、大石誠之助らの獄中書簡を借用して読んだ。翌日に裁判所に返す予定の書類を一日のばしてもらい、新聞社から帰るとすぐに平出事務所に出向き、夜中の十二時までかかって、七〇〇〇枚にも及ぶ裁判書類を読んだ。

8　啄木最後の仕事

『樹木と果実』――「世の教師」啄木

体調のすぐれなかった啄木であるが、平出修から「大逆事件」の資料を借りた一〇日後、読売新聞社につとめる歌人の土岐哀果《ときあいか》（善麿）に会い、雑誌『樹木と果実』を共同で刊行することを決める。堺利彦や大杉栄や荒畑寒村とも交流のあった哀果は、前年に歌集『ＮＡＫＩＷＡＲＡＩ』を出版し、啄木は『朝日新聞』（八月三日）にその書評をしている。二人は意気投合し、雑誌発行の話となった。

誌名は啄木の提案で、二人の名から一字ずつとった。発刊は三月一日とされた。啄木二五歳、哀果二七歳の時である。

雑誌の発行は啄木の念願であった。平山修には「僕は長い間、一院主義、普通選挙主義、国際平和主義の雑誌を出したいと空想してゐました」、「かくて今度の雑誌が企てられたのです。『時代進展の思想を今後我々が或は又他の人々が唱える時、それをすぐ受け入れることの出来るやうな青年を百人でも二百人でも養って置く』これがこの雑誌の目的です」（一九一一年一月二十二日）との手紙をだしている。

二人は毎日のように会い、刊行の準備をすすめた。『スバル』と『創作』には広告も載せた。ところが、啄木は二月一日に東京帝国大学付属病院で慢性腹膜炎と診断されて、四日には大学病院の青山内科に入院せねばならなくなった。医学部を卒業したばかりの木下杢太郎も診察してくれ、「入院は必要だが、胸には異状がない」と言ってくれた（杢太郎は一九〇八年新詩社を脱退して北原白秋、山本鼎、石井柏亭らと「パンの会」を興した）。

『樹木と果実』の刊行の準備は入院中にも進められた。函館時代に苜蓿社の同人であった大島経男への手紙でも、「表面は歌の革新といふことを看板にした文学雑誌ですが、私の真の意味では、保証金を納めない雑誌として可能の範囲に於て、『次の時代』『新しき社会』といふものに対する青年の思想を煽動しようといふのが目的なのであります」（一九一一年二月六日）とその抱負を語っていた。政治雑誌の出版は難しくなっていたが、歌の雑誌を装って、日本の将来を託さねばならない青年ために教育の場をつくろうとしたのである。学校を離れても啄木には教師の心が息づいていた。

新しき明日の来るを信ずといふ
自分の言葉に
嘘はなけれど——

（『悲しき玩具』）

という歌もある。啄木は「新しき明日」の可能性は若者の教育にあると信じていた。「余は詩人だ。詩人のみが教育者である」（『渋民日記』一九〇六年四月二十四日—二十八日）との信念を抱きつづけ、なお、「世の教師」であろうとした。

『樹木と果実』の刊行のために啄木の病室をたずねた土岐哀果は

その後《のち》の、われらの事業の成行きを
訪ひ来ては語る、
さびしき病室。

（『黄昏に』）

と詠っている。

啄木には入院はゆっくりと仕事も読書もできる機会であるとの気持もあった。哀果には「但し痛くはないのだから結局入院した方が書けるだろうとも思ってゐる、勉強も出来るだらうと思ってゐる」（一九一一年二月一日）と便りをしていた。じっさいに哀果から借りたクロポトキンの英書『一革命家の思い出』（*Memoiors of a Revolutionarist*）も熱心に読んだ。哀果も啄木から本を借りることがあったようだ。哀果には、

わが友の寝台の下の
鞄より
国禁の書を借りてゆくかな
（『黄昏に』）

との歌もある。啄木はカバンに「国禁」の本を詰め込んで入院したのである。

小康を得ると啄木は退院を懇願し、三月十五日に退院した。自宅で療養しながら、啄木は精力的な活動を再開し、『樹木と果実』の発刊に全力をあげたが、印刷屋の倒産にも遭い、刊行は困難となった。小型版にして発行しようとした哀果の提案に、啄木はそれでは「一個の小さな歌の雑誌にすぎぬ」として、四月十八日に発刊を断念した。

A LETTER FROM PRISON

『樹木と果実』の発刊を断念したあと啄木は、平出修から借りて筆写した幸徳の「陳弁書」（一六四頁）をもとに、「A LETTER FROM PRISON」をまとめることに全力をあげる。「大逆事件」の真実を世に残したいという熱い想いからである。無政府主義の本質を説明し、無実の罪に泣く獄中の青年たちを救済しようとするために書いた幸徳秋水の「陳弁書」を本文として、それに啄木による1から5までの注記「EDITOR'S NOTES」が付された。

注記には、啄木の「大逆事件」にたいする認識、社会主義と無政府主義についての見解、国民の反応が見られ、その4では無政府主義者のなかからなぜ往々にしてテロリズムが発生するのかについて、クロポトキンの見解をつぎようにまとめている。

> 熟誠、勇敢な人士は唯言葉のみで満足せず、必ず言葉を行為に翻訳しようとする。言葉と行為の間には殆ど区別がなくなる。されば、暴政抑圧を以て人民に臨み、毫も省みる所なき者に対しては、単に言語を以てその耳を打つのみに満足されなくなることがある。ましてその言語の使用までも禁ぜられるやうな場合には、行為を以て言語に代へようとする人々の出て来るのは、実に止むを得ないのである。

つづけて、無政府主義と暗殺主義を混同する愚を指摘してくれたクロポトキンの自伝『一革命家の思い出』の一部を英文のまま掲載している。

社会主義と無政府主義

「時代閉塞の現状」には明確な社会主義への賛意のことばは見られなかったが、「大逆事件」との遭遇を契機に社会主義の文献の読書と思索を重ねた啄木は社会主義の支持者となり、そして、無政府主義《アナーキズム》に共感をしめしている。一九一一（明治四四）年一月に盛岡中学校の文学仲間であった瀬川深に宛てた書簡では、「僕は長い間自分を社会主義者と呼ぶことを躊躇してゐたが、今ではもう躊躇しない、無論社会主義は最後の理想ではない。人類の社会的理想の結局は無政府主義の外にはない」とのべている（一九一一年一月九日）。そして、「君、日本人はこの主義の何たるかを知らず唯その名を恐れてゐる、僕はクロポトキンの著作をよんでビックリしたが、これほど大きい、深い、そして確実にして且つ必要な哲学はない、無政府主義は決して暴力主義でない、今度の大逆事件は政府の圧迫の結果だ」とのべ、「然し無政府主義はどこまでも最後の理想だ、実際家は先ず社会主義者、若しくは国家社会主義者でなくてはならぬ」と付け加える。六高から京都帝国大学医学部に進学していた瀬川は、そのころでも本心を語ることのできる友人であった。

『悲しき玩具』になると、啄木には短歌はタイトルどおりに「悲しき玩具」でしかなくなるのだが、平明ながら空想よりも現実をうけとめて、みずからの思想を詠う歌が多くなる。

友も、妻も、悲しと思ふらし——
病みても猶、
革命のこと口に断たねば

（『悲しき玩具』）

『一握の砂』から『悲しき玩具』には、浪漫主義から社会主義へという啄木の思想の変化の足跡がみとめられよう。

『呼子と口笛』

退院後には詩作にもつとめ、一九一一年六月には、北原白秋から贈られた詩集『思い出』に刺激されて長詩「はてしなき議論の後」の九篇の詩がなった。それは第二詩集『呼子と口笛』の稿となる（生前には出版できなかった）。うち六編は幸徳秋水らへの同情と哀惜を詠ったものであった。「大逆事件」で彼らを処刑した国家権力への告発である。とくに、詩作のために参考にされたのが、クロポ

トキンの『一革命家の思い出』であった。『呼子と口笛』の第一編は、「はてしなき議論の後」と題されて、

われらの且つ読み、且つ議論を闘はすこと、
しかしてわれらの眼の輝けること、
五十年前の露西亜の青年に劣らず。
われらは何を為すべきかを議論す。
されど、誰一人、握りしめたる拳《こぶし》に卓をたたきて、
'V NAROD!'と叫び出づるものなし。

と詠いはじめる。「革命の思想」は語られても、農村に入り、虐げられた農民を解放しようとする者はいない。『呼子と口笛』のモチーフは思想と行動の乖離にある。第二編の「ココアのひと匙」には、

われは知る、テロリストの
かなしき心を——
言葉とおこなひとを分ちがたき
ただひとつの心を、
奪はれたる言葉のかはりに
おこなひをもて語らむとする心を、

われとわがからだを敵に擲《な》げつくる心を――
しかして、そは真面目《まじめ》にして熱心なる人の常に有《も》つかなしみなり。

とある。ロシアでナロードニキの青年や学生は、思想と行動を一致させて、「ヴ・ナロード」（人民のなかへ）と叫んで、農村に入り、そこから社会の改革にむかわんとした。

日本の農村の窮状に心を痛めていた啄木は農民とともに社会の改革をめざしたナロードニキに共感をしめす。クロポトキンを読んでいたころの啄木の日記には、「それから岩手県にかへつて『農民の友』のいふ週刊新聞を起こすことを想像した」（一九一一年五月七日の日記）との記述もある。このころに書かれたと思われる「農村の中産階級」では、近代の科学技術が農業を破壊してきたという世界的な現象が日本にも及んでいるとし、日本での農業の振興策にも言及しようとしていたが、議論は中断の形になっている。日本の農村経済を破壊し、小学校にも通えない、通っても欠席の多い子どもたちを生み出した「文明の暴力」をきびしく指弾していた渋民小学校の教師時代の心を失っていない。

議論はあっても、人民のなかに飛び出して行動に立ち上がる者はいない。ロシアには、クロポトキンの『一革命家の思い出』にもとりあげられていたように、皇帝アレクサンドル二世を狙撃して失敗し、処刑されたカラコーゾフのようなテロリストの青年がいた。啄木は「ココアのひと匙」で、「われは知る、テロリストの／かなしき心を――」と詠ってテロリストに理解をしめす。クロポトキンはテロに賛成するのではないが、テロも止むを得ないときがあると述べていた。啄木はそんな「かなしき心」をもって「大逆事件」で絞首台の露と消えていった者たちを悼む。「はてしなき議論の後」は「幸徳秋水ら〝逆徒〟への鎮魂歌《レクイエム》」でもあった[14]。

市内電車のストライキ

一九一二（明治四五）年の新年を迎えて啄木は、暮れからの三八度を超えた熱が下がらなかったが、東京市電の労働者のストライキに強い関心を示している。一月二日の日記には、「新聞によると、三十一日に始めた市内電車の車掌、運転手のストライキが昨日まで続いて、元旦の市中はまるで電車の影を見なかつたといふ事である。明治四十五年がストライキの中に来たといふ事は私の興味を惹かないわけに行かなかつた。何だかそれが、保守主義者の好かない事のどん〳〵日本に起って来る前兆のやうで、私の頭は久し振りに一志《ひとし》きり急がしかつた」とある。労働運動の盛り上がりに「新しき明日」への希望を見ていた。

翌二日には「市中の電車は二日から復旧した。万朝報によると、皆交通の不便を忍んで罷業者に同情してゐる。それが徳富の国民新聞では、市民が皆罷業者の暴状に憤慨してゐる事になつてゐる。小さい事ながら私は面白いと思つた。国民が、団結すれば勝つといふ事、多数は力なりといふ事を知つて来るのは、オオルド・ニツポンの眼からは無論危険極まる事と見えるに違ひない」と記す。啄木はストライキという直接行動も支持する。団結が勝利への道なのである。

啄木の最期

教育と労働運動に「新しき明日」を見ていた啄木だが、貧困と病苦に自分の明日の生活の見通しが立たない。医者の往診も頼めず、滋養物どころか米も買えない。母カツも結核であるとの診断をうける。

そのような啄木に漱石の門下生の森田草平は漱石夫人の見舞金一〇円を持参してくれた。一月二十九日には佐藤北江が、朝日新聞の社員から集めた三四円四〇銭を届けてくれた。啄木はその金で翌日には原稿用紙を買いに出かけ、帰りがけにクロポトキンの英書『ロシア文学の理想と現実』(*Ideal and realities in Russian literature*)を二円五〇銭で買っている。「新しき本を買い来て読む夜の」の心持ちであったろう。でも、高熱がつづく。『ロシア文学の理想と現実』をどれだけ読むことができたであろうか。

日記も中断するようになり、二月二十日が最後となった。啄木の病も回復しないのに、三月七日には同居していた母カツが死去する。葬儀は土岐哀果の厚意で浅草にある哀果の兄の等光寺で執り行なわれた。

三月三十一日に金田一京助が見舞いにかけつけてくれたが、その五日後の四月五日には重篤となる。若山牧水や哀果の奔走で第二歌集『悲しき玩具』の出版の契約がなり、四月九日、その稿料の二〇円が東雲堂から支払われた。四月十三日、妻節子、父一禎、牧水に看取られて啄木は歿する。二六年二カ月の人生であった。

葬儀は佐藤北江、金田一京助、若山牧水、土岐哀果らが中心となり、等光寺でおこなわれた。会葬には、朝日新聞の同僚のほか夏目漱石、森田草平、相馬御風、人見東明、木下杢太郎、北原白秋、佐佐木信綱らが参列した。法名は啄木居士。遺骨はいったん等光寺に埋葬されたが、妻の節子は九月に、函館に移り住んでいた節子の実家に帰り、翌年三月に、遺骨を函館の立待岬に改葬した(一九二六年、宮崎郁雨によって、「東海の/小島の磯の/白砂に/われ泣きぬれて/蟹とたわむる」の歌を刻んだ「啄木一族の墓」が建立された)。

死後の啄木

土岐哀果の献身によって、『悲しき玩具』は啄木の死の二カ月後の六月二十日に東雲堂から出版された。哀果は一九一三（大正二）年に、大杉栄と荒畑寒村によって発刊された『近代思想』をひきつぐ形で、『樹木と果実』にかけた啄木の意志をつぎ、文芸思想誌『生活と芸術』を創刊する。[15]そこに哀果は、啄木の「はてしなき議論の後」と短歌を掲載した（一巻一〇号）。哀果も、

石川はえらかったな、と
　おちつけば、
　しみじみとして思うなり、今も。
（『街上不平』）

「おい、これからも頼むぞ」と言ひて死にしこの追憶をひそかに怖る
（『雑音の中』）

といった歌を載せた。哀果と金田一京助は『啄木遺稿』を東雲堂から刊行し、それによって『朝日新聞』に掲載できなかった「時代閉鎖の現状」がようやく日の目をみる。哀果の編集で新潮社から『啄木全集』全三巻が出版されるのは一九一九（大正八）年である。

平出修は啄木の歿した五カ月後の九月に「大逆事件」の被告の弁護を打算から断わった高名な弁護士の江木衷を題材にした小説「畜生道」を、十月には湯河原の天野屋に滞在した幸徳秋水と管野すが子を扱った「計画」を『スバル』に発表した。[16]さらに翌一九一三年には「大逆事件」の判決を批判する「逆徒」を『太陽』に発表した。啄木の志をついで事件の真相を世に残そうとしたのである。「逆

徒」は発禁処分となる。

一周忌は与謝野鉄幹、佐藤北江、北原白秋、金田一京助、西村陽吉が発起人となり等光寺でおこなわれた。北原白秋、斎藤茂吉、日夏耿之助、宇野浩二、岡邦雄ら六一名が出席し、平出修、相馬御風、伊藤左千夫の談話があった。その翌月には函館に移り住んだ節子も結核で亡くなる。啄木、母、節子とも結核に冒され、世を去った。この一周忌で啄木を語った平出修も翌一九一四年三月に亡くなる。

二周忌も土岐哀果が発起人となって等光寺でおこなわれ、このとき窪田空穂と秋田雨雀につづいて挨拶に立った荒畑寒村は、忠君愛国の所有者であった少年啄木が社会の矛盾に目覚め、社会主義者となったことを語り、啄木の晩年の詩編は寒村ら無政府主義者の感情に合致していたと述べた。そのとき、会に出席していた軍服帯剣の青年将校が立ち上がり、荒畑氏の意見を受け容れることはできない、石川君は断じて社会主義者ではない、と語りはじめた。盛岡中学の後輩の文学仲間で、陸軍士官学校に進み、将校となっていた金子定一であった[17]。

啄木の死の三カ月後の一九一二（明治四五）年七月三十日には明治天皇が歿した。時代は大正の世に変わる。

第六章　大正デモクラシーの時代

1　大正デモクラシー

第一次世界大戦とロシア革命

日露戦争から一〇年後の一九一四（大正三）年、ドイツ・イタリア・オーストリアの同盟国とイギリス・フランス・ロシアの連合国が戦う第一次世界大戦が勃発すると、日本は日英同盟を理由にドイツに宣戦し、ドイツがアジアの根拠地としていた山東省の青島《チンタオ》やドイツ領の南洋諸島を占領した。大隈内閣（第二次）は山東省のドイツ利権の継承、南満州と東部内蒙古の利権の強化、満鉄の九九年延長などをふくむ「二十一ケ条の要求」を袁世凱政府に突きつけ、呑まさせる。

ロシアでは大戦最中の一九一七年、労働者と農民と兵士からなるソヴィエト（労兵会）がツァーリの専制政治を打倒して、ロマノフ王朝を廃し（三月革命）、ソヴィエトのなかでナロードニキ（アナーキスト）の流れをくむ社会革命党がメンシェヴィキ（マルクス主義政党の社会民主労働党の温和派）と手をむすび社会革命党のケレンスキー内閣を組織した。クロポトキンもケレンスキー内閣を支持する。しかし、レーニンとトロツキーの指導する急進派のボリシェヴィキ（社会民主労働党）は武力でケレンスキー内閣を打倒する。革命後の議会選挙で社会革命党が第一党となると、レーニンはクーデターで議会を閉鎖して、ボリシェヴィキ（一九一八年ロシア共産党と改称）の一党独裁政権を樹立し、社会主義国のソヴィエト連邦を打ち立てた（十月革命＝ロシア革命）。啄木が歿して五年後のことであった。

このとき、大隈内閣をついだ寺内正毅《まさたけ》内閣はアメリカ・イギリス・フランスとともにロシア革命に干渉して出兵（日本は他国の一〇倍の七万人を派兵）するが、志願兵からなる赤軍の抵抗にあって三〇〇〇人の死者と二万人超える負傷者を出し、撤兵している（シベリア出兵）。この間、一九一九年にはロシア共産党を中心とした国際組織のコミンテルン（共産主義インターナショナル）が結成され、世界革命の達成にのりだした。

大戦は一九一八年十一月、連合国の勝利に終わる。パリ平和会議で結ばれたベルサイユ条約によって、敗戦国のドイツはすべての植民地を失い、巨額の賠償金を課せられた。ドイツ国内では大戦の敗戦と同時にウィルヘルム二世のドイツ帝国が倒されるドイツ革命が起こり、翌年一月には、社会民主党とローザ・ルクセンブルクらの指導するドイツ共産党との対決で社会民主党が勝利してワイマール共和国が樹立され、民主主義を尊重し経済秩序の社会化の方向をしめしたワイマール憲法が発布される。

一九二〇年には、ベルサイユ条約にもとづき国際平和と紛争解決のために国際連盟が創設された。戦勝国の日本は常任理事国となり、東京女子大学の学長であった新渡戸稲造が事務次長に就任する。このような国際環境のなかで日本は大正デモクラシーの時代を迎える。

民主化運動――天皇機関説と護憲運動

明治が大正に変わる一九一二年は、病床の啄木が日記に記したように、東京市電のストライキとともにはじまったが、政治の世界でも新しい動きが見られた。この年の三月に東京帝国大学法科大学助教授の美濃部達吉は『憲法講話』を刊行し、大日本帝国憲法の解釈について、統治権は法人である国家に属するのであって、天皇はその最高機関として、法律上の制限と議会や内閣などの他の機関の輔《ほ》弼《ひつ》をうけながら統治権を行使するという天皇機関説を主張した。同僚教授の穂積八束や上杉慎吉の唱える天皇主権説を否定し、大日本帝国憲法を前提としながらも、天皇の権限を限定し、議会の地位をできるだけ高めようとする憲法解釈で、普通選挙による議会政治を基盤とする政党内閣を法的に正当化し、元老によって首相が選出される超然内閣を退けるものであった。

そのようななか、この年の十二月に政党に支持されて成立した西園寺内閣が元老の山県有朋が背後に控える陸軍の横槍で倒されると、立憲政友会の尾崎行雄や立憲国民党（憲政会の分裂で生まれた民党系の党）の犬養毅らの政党人や新聞記者たちが「閥族打破、憲政擁護」をスローガンに護憲運動（第一次）に立ち上がる。天皇機関説の観点から憲法を護り、議会が選出する政党内閣制の樹立を要求する運動であった。

徳富蘇峰の『国民新聞』のような御用新聞を別にして、ほとんどの新聞が護憲運動を支持し、一九一三年二月十日には数万の民衆が国会（当時は日比谷にあった）を包囲して、元老山県の意をうけて成立した桂太郎内閣（第三次）打倒をさけぶ。これらの反対運動で桂内閣は退陣するが、政党内閣の実現は一九一九年に成立する原敬内閣まで待たねばならなかった。

吉野作造の民本主義

大戦後の一九一六（大正五）年、同じ東京帝国大学法科大学の助教授吉野作造は、民衆にできるかぎりの権限をあたえ、民衆本位の政治を追求すべきとする民本主義を唱えた。「人民の、人民による」のではないが、「人民のための政治」である。さらに、吉野は「人民のための」政治は「人民による」議会中心の政体で実現されるべきとして、民本主義の運動は普通選挙法の制定と政党内閣制の実現にむかうべきとした。民本主義も護憲運動や天皇機関説に共通して、大日本帝国憲法を民主的に解釈しようとした。国会開設を要求した自由民権運動の水脈は民本主義にも流れていたようである。

宮城県古川町（現古川市）生まれ、宮城県第一中学校から第二高等学校に学んだ吉野は、高校一年生のときに聴いた内村鑑三の説教には共感できなかったが、当地の尚絅《しょうけい》女学校の婦人宣教師アンネ・サイレーナ・ブゼルのバイブル・クラスに通い、バプテスト教会の中島力三郎から洗礼をうけた。東京帝国大学法科大学に入学後は、本郷教会で海老名弾正の活動に協力、また、キリスト教社会主義者の安部磯雄や木下尚江との交流で社会への関心を深めた。卒業後には清朝で権勢をふるっていた袁世凱に招かれ、長男の家庭教師にもなった。一九〇九年に帰国すると、法科大学助教授に就任する。

吉野の民本主義は天皇主権説と対立するのはいうまでもないが、社会主義からも批判された。しかし、民本主義は広い支持をうける。一九一八年に吉野は、民本主義運動の組織として東京高等商業教授の福田徳三や早稲田大学教授から朝日新聞社に入社した大山郁夫らと黎明会を組織する。そこには、新渡戸稲造、三宅雪嶺らも結集した。与謝野晶子も唯一の女性会員として参加した。

吉野の民本主義は東京帝国大学の学生の心を動かした。一九一八年には赤松克麿や宮崎竜介（宮崎滔天の長男）らの学生によって「人類の解放と日本の合理的改造」を目的とする東大新人会が組織され、河野密《みつ》、林房雄、志賀義雄、蝋山政道、中野重治、亀井勝一郎などが参加した。社会の改革をめざす学生の登場によって大学の新しい可能性が追求されはじめた。各地の大学にも似たような組織が生まれる。浅沼稲次郎は早稲田大学を中心とした学生運動の団体として「建設者同盟」を結成した。

政党内閣の実現——原敬首相

一九一七年の総選挙では立憲政友会が衆議院の第一党に進出する。そして、シベリア出兵のために起こった米騒動に軍隊を出動したことで批判を受け、寺内内閣が総辞職すると、代わって、最初の政党内閣となる原敬《たかし》内閣が成立する。

戊辰戦争から半世紀、敗者の賊藩であった盛岡の地からはじめて内閣総理大臣が誕生したのである。国民も「平民宰相」の出現を歓迎した（原敬の祖父は家老にもなった盛岡藩士だが、原敬は分家して平民となった）。作人館、法学校、仏学塾をへて、改進党系の『郵便報知新聞』の記者から官界にはいり、立憲政友会の創設に参画して西園寺内閣の内相もつとめた。

原は政策の柱のひとつとして教育の改善を掲げ、高等学校と大学の拡大をすすめる（一九三頁）。また、藩閥政治を抑えることを任務と自覚していたが、他方では社会主義政党の進出も警戒しており、野党の要求する普通選挙法案は退けた。選挙権を得るための納税額を引き下げただけであった。

第一次世界大戦後の民族自決の高まりは日本の植民地となった朝鮮にもおよんだ。日韓併合から九年後の一九一九年二月八日に東京の朝鮮人留学生が独立の宣言を発表し、三月一日には日本の強制で退位させられた李太王の葬式がおこなわれたソウルで、学生と民衆が「独立万歳」を叫んでデモ行進をはじめ、それが各地に波及して、二〇〇万人の参加にいたる（三・一運動）。総督府は憲兵隊、警察、軍隊を出動させ、四月には原内閣の日本政府も軍隊を派遣し、武力弾圧を加えた。吉野作造、宮崎滔天、民芸研究家の柳宗悦《やなぎむねよし》らが運動への理解を表明し、総督府の対応を失政と批判した。日本政府も学生と民衆の強い抵抗を無視できないと見て、「武断政治」から「文化政治」へ転換し、言論、出版、集会、結社の取締りを緩和した。朝鮮人による朝鮮語の新聞『東亜日報』『朝鮮日報』も創刊され、教育政策でも日本との同一化がはかられて、専門学校や師範学校が設置された（京城帝国大学の創設は一九二五年）。

原内閣は三年を超える長期政権となったが、一九二一年十一月四日に原敬は東京駅頭で大塚駅員の中岡艮一《ごんいち》によって刺殺される。

中国の民主化運動——五・四運動

中国では、独裁的な権限をふるう袁世凱大統領が一九一六年に病死すると、私的な軍事集団の軍閥が乱立し、政治は混乱する。この混乱のなか、北京大学の陳独秀、胡適、李大釗《りたいしょう》らの教授は雑誌『新青年』を発刊、清朝を支えていた儒教道徳を批判し、白話（口語）運動を展開した。三人とも元留学生で、胡適はアメリカに、陳独秀と李大釗は日本に留学している。魯迅も『新青年』への寄稿メンバーで、『狂人日記』もここに発表された。

第一次世界大戦終結後のパリ講和会議で「二十一ケ条の要求」の撤回要求が退けられると、一九一九年五月四日北京の学生は「二十一ケ条の要求」の撤回、反封建主義・反帝国主義の民主化運動に立ち上がる（五・四運動）。そのなかで、一九二一年には李大釗、陳独秀らがコミンテルンの指導のもとに中国共産党を創建し、『新青年』は中国共産党の機関誌となった。魯迅は政治体制を変えるだけでは社会の病根を排除できない、「国民性の改造」が必要であるとして文学活動に傾注する。

日本に亡命していた孫文も中国にもどり、秘密結社の中国革命党を大衆政党の中国国民党に脱皮させ、革命運動を開始する。一九二〇年には広東で革命政府を樹立し、ふたたび全国統一に乗り出した。一九二四年にはソ連と接触して、抗日戦遂行を目的に中国共産党員を国民党に入党させる「国共合作」を行ない、「連ソ・容共・労農扶助」の「新三民主義」のもとに、軍閥と軍閥の背後にいる帝国主義諸国の排除にむかう。「国共合作」で李大釗は国民党の中央執行委員に就任し、中央執行委員候補には毛沢東も名をつらねていた。

2 沢柳政太郎の自由教育

教育学者・沢柳政太郎

大正デモクラシーの風潮は教育にも影響をあたえ、自由教育の運動が起こる。その中心にいたのが東北帝国大学の初代総長にも就いた沢柳政太郎《まさたろう》である（二〇八頁）。一八八八年に東京大学文学部哲学科を卒業して、文部省に出仕した沢柳は五京都府尋常中学校、京都大谷尋常中学校、群馬県尋常中学校、第二高等学校、第一高等学校の校長を歴任し、一八九八年に文部省にもどると、普通学務局長として小学校授業料の無償化や小学校教科書の国定化、代用教員の制度化にあたり、一九〇六年に文部次官に就任すると、小学校の就学期間の六年延長、高等学校や専門学校や高等師範学校の増設、東北帝国大学と九州帝国大学の設置を指導した。東北帝国大学の総長になった沢柳は、教授の自由な研究環境と新しい教育体制づくりにつとめるとともに、新設の理科大学については、従来原則として高等学校の卒業者に限定されていた大学入学資格を高等専門学校卒業生や中等教員免許状所有者にも広げ、女性の入学もみとめる。教育内容にかんしても、本格的な専門家になるには、大学でも教養教育が欠かせないとして、科学哲学、教育学、工業経済学、外国語の修学を奨励した。

この間沢柳は、教育学の研究にも励み、一八九七年には日本で最初のペスタロッチ評伝『ペスタロッチ』を金港堂から出版した。ヘルバルトやアメリカの哲学者ジョン・デューイの教育論の研究にもあたる。外国の教育論の研究にもつとめたが、彼らの学説への追従を戒め、ヘルバルトの権威であった谷本富《とめり》を西洋の教育論の模倣であると批判している(1)。

「沢柳事件」と大学の自治

学生には自由で、広い視野からの学習を求める一方で、教員の意欲と資質には厳しい要求をする。大学教授は「絶えず研究を為しつつある学者でなければならぬ」、「独創的学説を樹立する事の出来るものでなければならぬ」、「学問の進歩に貢献する所の力あるもので無ければならぬ」、「偏《ひと》へに物質的欲望の満足に腐心するが如きは、勿論、大学教授たるもの、本分と両立せな《ママ》いと謂はねばならぬ」と主張していた。そして、「老来、精神衰憊して復た新研究に従事する当年の元気を消失したる場合は、是又屑《いさぎよ》く高踏勇退す可き時期であろうと思ふ」と言っている(2)。

京都帝国大学の総長となると、持論にしたがって、老齢の教授や売文に身をやつしている七人の教授に退職を勧告した。教育学教授の谷本富をふくむ七人はそれに応じた。しかし、法科大学教授会は、退職の対象者はいなかったのだが、学問の進歩のためには、教授の地位が総長の意向や政府や官僚の干渉で左右されるような不安定なものであってはならず、教授の任免の根拠となる学識や研究心を判断できるのは同僚の学者であるのだから、慣行となっているように大学教授の人事は教授会にゆだねられるべきとの「意見書」を総長に提出した。それを総長が拒絶すると、法科大学教授会は総辞職をもって対抗した。それにたいして、文相は法科大学教授会の主張を支持し、沢柳は辞職に追い込まれた（沢柳事件）。

教授会は東京帝国大学での「戸水事件」（九一頁）のときと同様な行動にでたのである。これを機に、総長も教授会の構成員の投票によって選出されることになった。教授会の自治は他の帝国大学にも波及する。

成城小学校の創立——「教員は愉快なる職務なり」

京都帝国大学総長を辞任した翌年一九一六年に沢柳は私立成城学校の校長に就任する。幼年学校・陸軍士官学校入学のための予備教育をおこなっていた学校で、啄木の後輩の金子定一も通学したが、大正期になって衰退していた。そこで沢柳を招いて立て直そうとしたのである。教育の根幹は小学校にあると考えていた沢柳は、付属の小学校を設置することを条件に承諾した。

沢柳はペスタロッチの研究者である長田新の意見を容れて、二高校長時代の教え子であった教育学者の小西重直（のち京都帝大総長）を顧問に、小西重直の京都帝国大学での教え子の平内《ひらうち》房次郎を主事に迎えて小学校を発足させた。創設にあたってかかげられた目標は、（一）個性尊重の教育、（二）自然と親しむ教育、（三）心情の教育、（四）科学的研究を基礎とする教育、の実現であった。画一主義と詰め込み主義を排し、子供の個性と自主性を尊重しようとするもので、そのためには少人数教育でなければならないとして、一クラスの児童数は三〇名に押さえた（一般の小学校の一クラスは七〇

図11　成城小学校（牛込時代）

図12　沢柳政太郎と児童と教職員（中央が沢柳政太郎校長）

名）。教育の内容では、低学年における修身科を廃止し、逆に自然科（理科のこと）を一年生から始め、そして「特別研究」と称する自由選択科目を導入した。教師は学びながら、教える。教師が楽しめる授業で、生徒も楽しめる。それでこそ「教員は愉快なる職務なり」である。

こうして成城学園は自由主義を基調とする「新教育運動」の拠点となった。沢柳政太郎は文部省の官僚として、啄木が批判をしていた「教授細目」も推進したのだが、それが、意図に反して強制力をもつことになり、現場の教師の創意工夫が生かされないと批判し、廃止すべきであるとのべている(3)。

成城小学校の教育の特徴を端的にしめすのが成城小学校の理科教師であった諸見里朝賢が結成した「理科教育研究会」で、そこでは児童中心、経験重視の理科教育への改善が打ち出されていた。研究会は月刊誌の『理科教育』を刊行し、研究大会を開き、国定の理科教科書の廃止を建議している(4)。

成城小学校の児童中心の自由教育の精神は新設の明星学園や玉川学園にも継承された。成城学園の幹事だった赤井米吉は一九二四年に明星学園を、主事であった小原国芳は一九二九年に玉川学園を創設した。

3 自由教育の広がり

私立学校での試み

沢柳らの自由教育運動に参加した羽仁もと子は、夫の吉一《よしかず》とともに一九二一年に東京・雑司ケ谷に自由学園を設立する。明治女学校高等科に学んだもと子は、創設されたばかりの私立盛岡女学校の教師を経て報知新聞の記者となり、吉一と社内結婚して退社し、吉一と『婦人之友』を創刊している。自由学園のモットーはキリスト教精神のもとでの「自労自活」の教育で、七年制の女学校であった。文部省の認可をうけていなかったため、なんの資格も得られなかったが、教育勅語も御真影の儀式もない教育が可能であった。学校名の「自由」は「ヨハネ福音書」八章三二節の「真理はあなたたちを自由にする」からとられた。

同じ年に、新宮市出身、「大逆事件」で死刑となった大石誠之助の甥で建築家であった西村伊作が文化学院を東京の神田駿河台に設立する。文化学院も文部省の認可をうけずに、中学校令や高等女学校令には縛られない自由な中等教育をめざし、中等教育では最初の男女共学の学校となる。与謝野鉄幹・晶子夫妻、画家の石井柏亭らが設立を支援し、教員としても協力した。最初の卒業生が生まれた一九二五年には文学部と美術部をもつ大学部が設置された。文学部長には与謝野晶子の後、菊池寛や佐藤春夫が就任している。

もっとも徹底した自由教育を実践したのは、東京・池袋に一九二四年に設立された池袋児童の村小学校である。野口援太郎、下中弥三郎、為藤《ためとう》五郎、志垣寛によって、社会改革は教育改革から、その教育も基礎は児童教育にあるとの立場から生まれた研究会「教育の世紀社」の実験校として設立された。

池袋児童の村小学校の校長となった野口援太郎は福岡師範から高等師範に学び、小学校や師範学校の教師へて一九〇一年姫路師範学校の初代校長となったが、兵営式の師範教育を否定した野口は一九一九年に姫路師範を退職する。沢柳政太郎が会長であった「帝国教育会」の専務理事として呼ばれ、その後「教育の世紀社」の結成に参加したのである。

野口の池袋の自宅を利用した「児童の村小学校」には教師と児童が自由に坐る大きな丸い机があるだけで、教壇も黒板もない。時間割といったものもない。子どもたちはそれぞれが自由な時間に登下校してよく、なにをどう勉強するかは子どもと先生の相談によって決められた。啄木の『教育』の足は小学校である」、教育とは「大きい小児を作る事!」(一五五頁)を実践したのである。そんなことから、野口は「日本のペスタロッチ」(下中弥三郎)とよばれた。

野口を教師として支えたのが岐阜師範出の野村芳兵衛である。野村は「教育の世紀社」に招かれた小砂丘忠義《ささおかただよし》と『綴方生活』を創刊し、綴方運動、生活教育のリーダーとなった(二八三頁)。

おなじ教育理念で、奈良女子高等師範学校付属小学校の教師であった桜井祐男は、兵庫県の芦屋に

図13　野口援太郎

図14　池袋児童の村小学校（1931年ごろ）

芦屋児童の村小学校を設立する。高知の小学校の教師であった上田庄三郎は、茅ヶ崎に設立された雲雀ケ岡児童の村小学校の校長に就任した。

国家主義教育を推進するために設立された師範学校に学び、その教育の現場にあった教師たちが自由教育の運動をすすめる。国家主義にもとづく統制教育の欠陥をよく知っている教師たちが国家主義教育を反省し、児童本位の自由教育の運動にとり組んだのである。

しかし、その経営と運営には困難がともなった。池袋児童の村小学校を見ても、生徒定員は六〇名で月謝は八円、常勤の教員は四名で給料は一律六〇円、生徒の確保は容易でなかった(5)。児童の村小学校は一九三〇年代には閉鎖を余儀なくされる。

師範付属小学校での試み

師範学校の付属小学校でも、教育の画一性を廃し、自発性と自主性を発揮させようとする自由教育がおこなわれた。その先鞭となったのが、宮城師範を卒業して明石女子師範附属小の主事となった及川平治である。デューイの教育論に学び、「教えただけ記憶せよ」の強制教育から子どもの自発的な学習意欲を引き出そうとして、「為すことによって学ばしめよ」とする「動的教育」の意義を強調し、実践した。

及川の自由教育は他の師範の付属小学校にも受け継がれた。奈良女高師附属小の木下竹次は生活即教育をモットーに子どもが独自に身の回りの現象への疑問から学習をはじめ、その疑問について図書で調べ、教師の指導で考え、そして独自な学習にもどる教育を試みたが、それを実現するには各教科を総合する「合科学習」が望ましいとした。千葉師範付属小の手塚岸衛《きしえい》は「自治と自学」をスローガンに学校改革運動にとりくんだ。全校をあげて生徒の能力に応じた学習をすすめるとともに、規則や校訓は廃し、朝礼を生徒の自治会的な集会に変えた。

この時代、師範学校の付属小学校には自由教育を実践する自由があった。一九二一（大正一〇）年六月に自由教育の啓蒙と推進のために開いた「八大教育主張講演会」には及川平治や手塚岸衛が演者として壇上に立っている。

『赤い鳥』の運動

同じころ、子どもの自発性を重んじ、純真無垢な子どもの心をゆがめることなく成長させようとする教育運動が、漱石の門下生である鈴木三重吉によってすすめられた。一九一八年に創刊された児童文芸雑誌『赤い鳥』を舞台にしており、そこには、有島武郎の「一房の葡萄」、芥川龍之介の「蜘蛛の糸」「杜子春」、西条八十《やそ》の「唄を忘れたカナリヤ」、北原白秋の「からたちの花」なども発表された。また、森鷗外・島崎藤村・有島武郎・小川未明・秋田雨雀らも児童むけの作品を掲載した。新美南吉や坪田譲治らの児童文学者も育つ。

『赤い鳥』には投稿欄が設けられ、そこでは毎号児童の作品が紹介された。鈴木三重吉は綴方を担当し、三重吉じしんが添削指導をした。詩や絵も募集し、詩は「学校は一種の牢獄」と考えていた北原白秋が協力し、絵は国定教科書にある手本の模倣の教育を否定し、自由画教育を進めた山本鼎《かなえ》が担当した。

真の自由教育とは

自発性と個性を尊重する自由教育は大正デモクラシーとペスタロッチやデューイの流行のなかで高揚した。だが、日本の歴史的な遺産をうけついだものでもあった。自発性や個性を重視した教育は江戸時代の私塾や自由民権運動の学塾の教育にもさかのぼれる。そして、それは明治の末に渋民小学校で国定教科書や「教授細目」にしたがわず独自の教育につとめた啄木の教育実践にも見ることができた。

しかし、私立の学校の自由教育にしても、師範学校の付属小学校の自由教育にしても、『赤い鳥』の運動にしても、比較的めぐまれた階級の児童のための教育運動であった点を見落としてはならない。たとえば児童の村小学校の月謝は八円、今日の金額では五万円以上であろう、一般の家庭で支払える額ではない。渋民村のような農村の子どもにはまったく無縁なものであった。上田庄三郎は一九三一年に、このような自由教育は教育の官僚支配を打破しながらも資本主義的再編成を根本的使命としていたのであって、それは「児童解放による教育のブルジョア化であり、学校の企業化であり、商品化である」と述べている(6)。それは上田みずからの児童の村小学校に対する反省でもあった。

4　高等教育の拡大

「大学令」の制定

大正時代になると、専門学校の大学昇格への要望の声が専門学校からだけでなく産業界からもあがる。「専門学校令」では専門学校に「大学」の呼称を認めていたものの、法的にはあくまでも専門学校であった。法的に正式の大学となるのは一九一八（大正七）年に公布された「大学令」によってである。一九一七年に寺内正毅内閣の岡田良平文相の諮問機関として設置された臨時教育会議は原敬内閣に引き継がれ、高等教育の拡大は危険思想の拡大をもたらすという山県有朋の反対はあったものの、財界代表者の支持もあって、「大学令」の公布にこぎつけた。それによって、帝国大学に加えて、官立の単科大学、公立の単科大学、私立の大学がみとめられるようになった。

官立では、一九二二年までに、東京高等商業学校（高等商業学校の改称）が東京商科大学に昇格したほか、医専がもとになって新潟、岡山、金沢、千葉、長崎医科大学の官立の単科大学六校が生まれた。一九二九（昭和四）年には東京高等工業学校も東京工業大学となり、大阪工業大学、熊本医科大学、神戸商業大学、東京文理科大学、広島文理科大学が誕生する。一九三一年には大阪帝国大学、一九三九年には名古屋帝国大学が設立される。公立では京都府立医科大学、大阪商科大学が生まれた。戦前最後の官立大学は一九四〇年の神宮皇学館大学（現私立皇学館大学）であった。

多数の私立の専門学校が大学となった。大正末までに、慶応義塾大学、早稲田大学、明治大学、法政大学、中央大学、日本大学、国学院大学、同志社大学、東京慈恵会医科大学、龍谷大学、大谷大学、専修大学、立教大学、関西大学、拓殖大学、立命館大学、立正大学、駒沢大学、東京農業大学、日本医科大学、高野山大学、大正大学が誕生し、昭和に入って東洋大学、上智大学、関西学院大学が生まれた。戦前最後の私立大学は一九三九年の藤原工業大学（一九四四年に慶応義塾大学工学部）であった。

大学の増加にともない、その予備教育をになう高等学校の増設も必要となり、大正末年までに、官立二五校、公立二校、私立四校の高等学校を数えることになった。大学には原則として高等学校から進学したが、「大学令」によって大学に高等学校の代わりに予備教育をおこなうための予科の設置も認められた。

「大学令」の公布とともに、宮沢賢治が学んだ盛岡高等農林学校でも大学昇格の運動が、学校、同窓生、県民をあげて展開された。佐藤義長校長は「あくまで大学昇格に勉め、成らずんば職をなげうち、再び杜陵《とりょう》〔盛岡のこと〕の地をふまず」との決意を公言し、在京して関係者への陳情運動をつづけた。その結果、一九二一（大正一〇）年の予算に計上される寸前までいったが、貴族院で審議未了となり、昇格はならなかった。佐藤校長は決意のとおり辞職した。(7)

東京文理大と広島文理大が生まれても、女子高等師範学校はなかなか大学に昇格できなかった。高等女学校への進学は拡大し、女子師範学校が増設されていたのにである。私立の女子大学も生まれなかった。日本女子大学校の正式な大学への昇格運動も実を結ばなかった。

大正初期にはわずか四校しかなかった大学（帝国大学）が大正末には三七校、戦前に四八校の大学が設立された。それだけの数の大学が生まれても、多くは東京と関西地区に集中した。私学を含めて大学も中央集権的であった。東北には東北帝国大学につぐ大学は設置されなかった。四国には大学は生まれなかった。沖縄には大学どころか、高等学校も専門学校もつくられない。師範学校があっただけである。

帝国大学の物理学研究

西洋の学問を移植のための教育の場であった東京大学（のち帝国大学）に学んだ後にヨーロッパに留学した日本人の手で西洋の学問についての研究がおこなわれるようになる。物理学の研究についていえば、その最初期の学生となり教官となったのが盛岡藩校・作人館に学んだ田中館愛橘であった。東京大学物理学科の第一期生で、卒業後は教授のC・G・ノットのもとで地磁気測定をおこない、イギリスとドイツに留学、帰国後は物理学科の教授となり、日本の地磁気学・地震学研究の基礎を築いた。国際的な緯度観測事業にも参加し、一八九九には岩手県胆沢郡水沢町（現奥州市水沢区）に水沢緯度観測所（現国立天文台水沢VLB観測所）を設立する。天文学を寺尾寿から、地球物理学を田中館愛橘から学び、初代所長となった木村栄《ひさし》は緯度変化の公式のZ項を発見する。日本で最初の国際的な科学の業績であった。

田中館に五年遅れて帝国大学物理学科を卒業した長岡半太郎もノットの地磁気測定に参加した。ドイツに留学し、帰国して田中館の同僚教授となり、磁歪（磁化による材料の変形）研究にとりくむ。長岡の指導をうけて講師となった本多光太郎は磁歪研究を継承し、新設の東北帝国大学の物理学科教授となってからも磁気学の研究をつづけた。東京帝国大学で本多光太郎講師の磁歪研究に協力したのが大学院学生の寺田寅彦である。漱石の『吾輩は猫である』に登場する大学院生水島寒月の研究テーマは「地球の磁気」であるが、そのモデルは寺田寅彦であるといわれる。

東京大学（帝国大学）の物理学研究は日本の地でも可能であった地磁気という古典的な研究からは

じまったが、世界の物理学は二十世紀をむかえて、光の本質や原子の構造の解明という問題に直面し、そこからプランクの量子論やアインシュタインの相対性理論が生まれた。それに注目する日本の物理学者も現われる。長岡は電子群が土星のように陽の電荷をもった核のまわりを回転するという原子模型論を提唱した。寺田寅彦はX線による結晶構造解析にもとりくむ。漱石が一九〇八年九月から『朝日新聞』に連載した『三四郎』に登場する帝国大学の野々宮先生の研究テーマも「光線の圧力の測定」という最新の物理学の研究であった。寺田によればこのテーマは、寺田が漱石にアメリカのニコルスという物理学者の「光圧の測定」にかんする実験の話をしたことで決められたという。(8)

東北帝国大学理科大学

東北帝国大学理科大学は数学科、物理学科、化学科、地質学科で発足した。発足時の物理学科の教授は本多光太郎、愛知敬一、日下部四郎太、助教授には陸軍砲工学校教授であった三〇歳の石原純が就任した。石原は学生時代、大学院生時代には長岡と助教授の田丸卓郎（元五高教授で寺田の師）のもとで学び、そこで相対性理論や量子論への興味をもち、砲工学校教授のときの一九〇八年九月には光学の入門書『美しき光波』（弘道館）を著わしている。その刊行は漱石が『三四郎』を掲載しはじめたのと同月で、漱石と寺田が野々宮先生の研究テーマの「光線の圧力の測定」について話しあったとき、店頭に出たばかりの『美しき光波』も話題になったものと想像される。石原は翌年相対性理論にもとづく光波の電媒質中の進行についての研究を数学物理学会で発表する。日本人による最初の相対性理論の研究であった。

東北帝国大学への赴任後の一九一二年に渡欧、ゾンマーフェルトに師事して量子論を学んでいたが、翌年にはチューリッヒにおもむきアインシュタインに会うことができた。伊藤左千夫に師事したアララギ派の歌人でもあった石原はその喜びを、

名に慕へる相対論《さうたいろん》の創始者《さうししや》に、
われいま見《み》ゆる
こゝろうれしみ
（『靉日《あいじつ》』）

と詠っている。

石原は帰国後も量子論と相対性理論という最新の理論物理学の研究に従事した。科学技術の教育にはじまった大学で、科学が科学として探求される。自然の内部にひそむ数学的な美しさを探求することの喜びを詠んだ歌には、

美《うつ》くしき
数式《すうしき》あまたならびたり。
その尊とさになみだ滲《にじ》みぬ。
（同）

がある。

東北帝国大学理科大学には沢柳総長の意向で科学論を教える「科学概論」の講座が設けられ、東京帝国大学で数学と哲学を修めた田辺元が講師として採用された。田辺は赴任後まもなく『最近の自然

科学』（岩波書店）を著わし、ポアンカレの『科学の価値』（岩波書店）を翻訳している。石原純にとって田辺は現代科学を哲学的な観点から議論できる同僚となる。数学科には京都帝国大学出身で数学史にも造詣のふかい林鶴一が就任し、助手には物理学校を卒業して林に指導をうけた小倉金之助がいた。林鶴一が私費で発刊する『東北数学雑誌』の編集には数学科の教授の藤原松三郎と助教授の窪田忠彦とともに、助手の小倉と物理学科の石原が加わっていた。科学についての哲学的・歴史学的な議論も交わせる大学となっていたのである。

だが、一九一七年に小倉は大阪医科大学予科（現大阪大学）の教授となり、大阪亜鉛工業の塩見政治が設立した塩見理化学研究所の研究員も兼任した。また田辺は、一九一九年に西田幾多郎の後任として京都帝国大学に迎えられて仙台を離れる。

石原じしんも与謝野晶子の門下生の歌人・原阿佐緒との恋愛をとがめられて、一九二一年八月には東北帝国大学を休職（のち辞職）し、原との生活を千葉県の保田町ではじめた（洋館の住居は西村伊作の設計）。石原は、その年の暮れには改造社から『アインスタインと相対性理論』を、岩波書店から『エーテルと相対性原理の話』と『相対性理論』を刊行し、改造社によるアインシュタインの招聘には仲立ちの役をつとめ、一九二二年の日本講演では通訳をつとめるなど、日本で沸騰する相対性理論ブームを牽引する役をになう。その後は岩波書店の科学雑誌『科学』や『理化学辞典』の編集を担当するとともに、啓蒙的な科学書を著わし、また、短歌もつくりつづけた。

研究所の設立

科学・技術振興のための研究所も設立される。一九一七（大正六）年には産業の発達を目的に理化学研究所（理研）が財団法人として創立された。一九二一年に三代目の所長に就任した大河内正敏が研究成果を産業に応用する事業で成功し、理研コンツェルンを形成、その利益が研究費にあてられた。研究体制では、教授・助教授・助手といった身分制をとらず、主任研究員制を採用し、物理学の長岡半太郎や本多光太郎、化学の真島利行、片山正夫、池田菊苗、生物学の鈴木梅太郎らが主任研究員として参加した（大学教授との兼任も認められた）。最初の女子帝大生となった黒田チカも東北帝大を卒業すると女高師の教授となり、理研では恩師の真島利行のもとで有機化学の研究をつづけた。

東京帝国大学電気工学科を卒業後、長岡半太郎から現代物理学を学んだ仁科芳雄は理研の研究員となると、一九二一年から六年間ラザフォードやボーアのもとで量子論や原子核物理学を修め、帰国後は理研の主任研究員として原子核物理学の研究を指導した。それによって理研は最新の物理学研究のメッカとなる。

大学にも研究所が生まれた。一九一八年には田中館愛橘の尽力で東京帝国大学に付属の航空研究所が生まれ、本多光太郎は一九一九年に東北帝大に鉄鋼研究所（のちの金属材料研究所）を設立する。民間の研究所では小倉が研究員に招聘された塩見理化学研究所もそのひとつである。一九一四年には北里柴三郎によって北里研究所がつくられ、倉敷紡績社長の大原孫三郎は大原農業研究所（現岡山大学資源生物研究所）と大原社会問題研究所（現法政大学大原社会問題研究所）を創設する。

私立大学の変質

私塾から発達した私立大学も「大学令」の第一条にしたがって、「人格の陶冶」とともに「国家思想の涵養」につとめねばならなかった。岡田文相は「大学令」を審議した臨時教育会議で、大学での教育が知育に偏るのを警戒していた。大学は増えたが、考える人間は必要がない、むしろ危険である、というのである。そのために国家による大学支配が強化される。「大学令」の第一八条では「私立大学の教員の採用は文部大臣の認可を受くべし」とされた。教育と研究の自由が制限される。それでも、専門学校は大学への昇格に努めた。

その結果、私学の性格は変質する。建学の精神はわきに置かれ、私塾の時代にあった独立の気概と私学としての個性を喪失してゆく。永井道雄が「私立大学は大学へ『昇格』することによって、独立の権威をかちえたのではなく、むしろ、国家の計画のもとに、産業社会に対応する職業機関となったのである」とのべているようにである(9)。

「自由大学」の運動

大正時代の自主的な教育活動で見落とせないのが長野県を中心とする教育運動である。長野県には教育の改善を目的とした研究会の信濃教育会が生まれ、武者小路実篤の白樺派の運動に共鳴した信州白樺派も個性重視の教育運動を展開した。『赤い鳥』に協力し、石井柏亭とも親交のあった画家の山本鼎は少年時代を過ごした小県郡神川村(現上田市)で自由画教育運動をはじめたが、それには信州白樺派の会員が協力していた。

各地に大学が誕生する時期、「自由大学」とよばれる自主的な教育の運動が見られた。一九二一(大正一〇)年に長野県の上田地方の青年たちによって信濃(のち上田)自由大学が開設された。開設の趣意は「学問の中央集権的傾向を打破し、他方一般民衆が産業に従事しつつ、自由に大学教育の機会を得んが為」であった。

それに協力したのが新潟師範・東京高等師範から京都帝国大学に進み、西田幾多郎に学んだ土田杏村《きょうそん》である。教育は労働と結びついた生涯にわたる自己形成であらねばならないとする土田は、成人教育は学校教育に従属するものではなく、逆に学校教育は成人教育に従属すべきとし、真の成人教育は官制の成人教育ではなく、自由大学であるとした。その信念から、師範と高等師範に学びながら、ついに学校の教師とはならず、野にある真の教師に終始した。

図15　土田杏村

信濃自由大学の教室には神職会議所の大広間がつかわれ、五日前後つづく夜間の講座が一年に五、六回開催された。哲学概論の土田杏村のほか、法哲学の恒藤恭《つねとうきょう》、文学論のタカクラ・テル、哲学史の出隆《いでたかし》らが協力した[10]。

信濃自由大学の影響をうけて生まれた伊奈自由大学の講師には、山本宣治、タカクラ・テル、水谷長三郎、新明正道らが呼ばれた。松本にも松本自由大学が開かれ、新潟県にも広まって、魚沼自由大学（堀之内村、現魚沼市）、八海自由大学（伊米ケ崎村、現魚沼市）が生まれ、群馬県にも前橋自由大学が生まれた。ここにもタカクラ・テルや出隆のほか、野口雨情、中山晋平、佐藤千夜子らが講師に招かれる。一九二五年には各地の自由大学の連絡組織が生まれ、機関誌『自由大学雑誌』も発行された。

5　社会主義と教育運動にたいする弾圧

アナ・ボル論争

第一次世界大戦後の日本は、ヨーロッパの列強が後退したアジアの市場へ綿糸の輸出を拡大させ、景気の回復したアメリカへ生糸の輸出も増加させた。製鉄、海運、化学工業、電力開発も活発化する。労働組合運動も高揚し、一九二〇（大正九）年五月二日の日曜日には第一回のメーデーが上野公園で開催され、そこでは、八時間労働制、失業の防止、最低賃金制、治安警察法第一七条（労働・農民運動にたいする規制）撤廃、シベリア派遣軍の撤収などが決議された。労働運動にも期待をかけていた啄木の死から八年後のことである。

日本でもロシア革命（十月革命）の影響は大きかったが、大杉栄にとってはレーニンの指導したロシア革命は労働者への裏切りでしかなかった。大杉は労働組合重視の無政府主義運動であるアナルコ・サンディカリズムの立場から、労働運動では組合の自由連合を主張し、直接行動を重視した。それにたいして、ボリシェヴィズム（マルクス主義＝共産主義）の堺利彦や山川均らは組合活動の中央集権主義と普通選挙運動を支持した。このアナ・ボル論争は一九〇七年の日本社会党大会での論争の再現といってよい。そのときは、アナーキストの幸徳秋水が説く直接行動主義が優勢であったが、今回の論争でも大杉栄の主張が多くの労働者の支持をえた。

そのような対立はあっても、一九二〇年には大杉栄、堺利彦、山川均のほか荒畑寒村、麻生久（新人会）、小川未明、加藤勘十らによって、あらゆる社会主義と労働運動の結合をめざす日本社会主義同盟が設立され、翌年には第二回大会が開催された。だが、社会主義の拡大を恐れた原敬内閣によって同盟は解散させられた。

一九二二年七月、山川均、堺利彦、徳田球一、佐野学、片山潜（在モスクワ）らはコミンテルン支部として日本共産党を非合法下に結成した。天皇制廃止、民主主義革命、侵略戦争反対などを党の方針に掲げた。しかし、翌年には治安警察法で幹部のほとんどが検挙され、壊滅状態となる。

大学の研究への攻撃も強まる。一九二〇年には東京帝国大学経済学部の研究誌『経済学雑誌』創刊号に掲載した助教授森戸辰男の「クロポトキン社会思想の研究」を穂積八束の弟子の上杉慎吉らが危険思想と喧伝し、編集発行名義人の助教授大内兵衛とともに新聞紙条例の朝憲紊乱《ぶんらん》罪（天皇制国家の基本を乱す罪）で起訴するという「森戸事件」が起こる。裁判では吉野作造、三宅雪嶺、佐々木惣一、安部磯雄らが特別弁護人となり、河上肇、長谷川如是閑らが擁護の論陣を張ったが、判決は有罪となり、森戸と大内は失職した。

新人会をはじめ、多くの大学・高校・高専に生まれた社会科学研究会などの学生団体も森戸と大内への支持を表明した。それらの運動から全日本学生社会科学連合会（学連）が結成される。それに反発する右翼学生の活動も活発化した。上杉慎吾の指導のもとに生まれた学生団体の興国同志会は森戸と大内を攻撃し、上杉は興国同志会を継承した七生会の指導者となった。類似の右翼の団体はその後も各大学に誕生した。

大杉栄の虐殺

大杉はファーブルの『昆虫記』の日本初訳などを完成させた後、一九二二年十二月、ベルリンでの国際アナーキスト大会に出席するために日本を脱出するが、途中一九二三年五月、パリ郊外でのメーデー集会で演説したときに逮捕されて、翌月日本に強制送還される。日本での活動を再開していた九月十六日には、内縁の妻で婦人解放運動家の伊藤野枝（辻潤の妻であった）と七歳の甥の橘宗一とともに、東京憲兵隊本部に連行され、甘粕正彦憲兵大尉と二名の憲兵によって虐殺された（甘粕事件）。幸徳秋水が「大逆事件」で処刑されてから一二年後であった。それより半月前、九月一日の関東大震災直後には、暴動を起こしたとの流言がもとで、六〇〇〇名余りの朝鮮人が虐殺された。社会主義者の川合義虎と平沢計七が東京・亀戸署内で軍隊の手で殺される事件も起こった（亀戸事件）。

甘粕事件は軍法会議で甘粕個人の判断による殺害とされ、懲役一〇年の判決をうけた。しかし、甘粕が真犯人なのか、上層部の関与はなかったのか、事件には疑問が多い。甘粕は恩赦により三年で出所してパリに留学し、その後関東軍のもとで暗躍する。「満州国」がつくられると日本の警視総監に相当する警務長官や満州映画の理事長を歴任した。二名の憲兵は上官の命令に従っただけとの理由で無罪であった。

「大逆事件」や甘粕事件に憤ったアナーキストの難波大助は、一九二三年十二月二十七日、車で帝国議会の開院式にむかう途中の摂政宮裕仁親王（のちの昭和天皇）を狙撃する（虎ノ門事件）。弾はそれ、摂政宮に怪我はなかったが、難波は翌年十一月三日に大逆罪で死刑の判決をうけ、十五日に執行された。難波大助の父は山口県選出の現職の衆議院議員難波作之進であった。

普通選挙法と治安維持法

社会主義運動が弾圧されるなかで一九二四年、山県直系の清浦奎吾《けいご》内閣に反対する憲政会・政友会・革新倶楽部（普通選挙実施、軍部大臣現役武官制廃止を掲げ犬養毅、尾崎行雄、島田三郎らが結成）からなる護憲三派が護憲運動（第二次）を展開する。護憲三派は一九二五年の総選挙で「普選即行」をスローガンに掲げて圧勝し、憲政会の加藤高明が組閣した。加藤は公約にしたがって普通選挙法を制定する。二十世紀にはいってからの普通選挙運動がようやく実をむすんだのである。納税額に関係なく二五歳以上のすべての男子が選挙権を有することになった（ただ婦人には選挙権は認められず、朝鮮と台湾の植民地では選挙が実施されなかった）。

普通選挙法の成立を契機に、労働運動と農民運動が高揚し、これらの運動を背景にして一九二五年には農民労働党（浅沼稲次郎書記長）が結成されたが、加藤内閣は共産党と関係があるとして結党直後に解散を命じた。それによって、翌年には左派勢力を除外した労働農民党（労農党、杉山元治郎委員長）が結成された。しかし、党の内部で左派勢力が巻き返すと、右派の社会民衆党（安部磯雄委員長、赤松克麿書記長）が分裂し、さらに中間派の日本労農党（麻生久委員長）も結成された。その後労働農民党の委員長には左派の大山郁夫早稲田大学教授（朝日新聞社から早稲田大学に復帰した）が就任する（その結果、左派の労働農民党、中間派の日本労農党、右派の社会民衆党の鼎立となる）。

普通選挙法を制定した加藤内閣は、「国体」の変革や私有財産制度を否定する結社を組織することは犯罪であるとして、それを取り締まることを目的とする治安維持法を同時に公布する。普通選挙の施行で社会主義運動、共産主義運動、労働運動が高まるのを警戒したのである。コミンテルンの影響も恐れていた。法案に反対したのは革新倶楽部の尾崎行雄、清瀬一郎ら一八名だけで、逓信相であった犬養毅は賛成にまわる。

大日本帝国憲法は言論・出版・結社の自由をみとめていたが、あくまでも法律の範囲内で、治安維持法によって自由はきびしく制限された。天皇制廃止を掲げた日本共産党は非合法的な活動しかできなくなる。共産主義の運動だけでなく、すべての政治運動と社会運動が対象となった。

「川井訓導事件」

自由教育運動への攻撃も開始される。臨時教育会議で大学の拡大を認めながら、私大を含めた国家主義教育を推進した岡田良平が一九二四(大正一三)年六月に文相に再任されると、その二カ月後の八月には地方長官会議において、学校劇を非難するとともに、自由教育批判の訓示をおこなった。この訓示の翌月に「川井訓導事件」が発生する。

同年九月、東京高等師範学校教授樋口長市が臨時視学として松本女子師範付属小訓導の川井清一郎の修身の授業を視察したとき、川井は副教材に森鷗外の『護持院ヶ原の敵討』をつかった授業をおこなっていた。国定教科書不使用として、樋口は川井をきびしく詰問・叱責した。翌日には梅谷長野県知事が付属小を訪れ、主事に命じて川井に始末書を書かせた。川井は休職処分、退職を余儀なくされる。比較的教育の自主性が容認されていた師範学校の付属小学校にもきびしい眼がむけられるようになる。樋口はかつては自由教育のホープで、三年前に東京で開かれた「八大教育主張講演会」では及川平治や手塚岸衛とともに自由教育の推進について講演したが、いまや高等師範学校教授として自由教育の弾圧者に変身していた。

これに対して川井訓導擁護のキャンペーンをはったのが信濃教育会で、機関誌『信濃教育』では事件を詳細に報告するとともに、長野出身の大学関係者を中心とする知識人に質問状を送り、その回答を掲載した。そのほとんどが川井訓導を支持し、東北帝大教授の阿部次郎は樋口長市の言動についてをなしている人である」と回答している。

「芝居を見るように明かで、言葉を費すだけ野暮です」といい、校長主事の態度を「蛇に睨まれた蛙のようだと思います」と皮肉る。沢柳政次郎は国定教科書といえどもそれは一つの教具にすぎないとし、その点で川井訓導は、「少なくとも教科書の奴隷ではない。真の教育者たらんとの心掛けと努力をなしている人である」と回答している。

「陸軍現役将校学校配置令」と学生運動の弾圧

普通選挙法と治安維持法を定めた加藤内閣は一九二五(大正一四)年四月、「陸軍現役将校学校配置令」を公布し、中学校以上の学校では正課として軍事教練を取り入れることが「強制」された。配属将校の指揮のもと、戦闘帽とゲートルを着け、中古の三八式歩兵銃をかついでの陸軍式の歩兵訓練である。小学校での「教育勅語」につづいて「軍人勅諭」の暗誦もおこなわれる。野外での実戦訓練もあった。官立・公立の男子校では「強制」、私立の学校では「申請」によるとされたが、申請しないですますほど度胸のある学校はなかったであろう。

「陸軍現役将校学校配属令」の公布されたこの年の十月に「小樽高商軍教事件」が起こる。小樽高等商業学校に配属された鈴木一平少佐が、無政府主義者と朝鮮人による暴動を生徒隊が在郷軍人とともに鎮圧するとの想定のもとに野外での軍事教練をおこなおうとしたのにたいして、朝鮮人労働者、労働組合が抗議に立ち上がったのである。鈴木少佐も謝罪して中止となったが、小樽高商の学生は学校当局に抗議し、それを機に軍事教練反対は全国にひろがった。

それにたいする当局の弾圧もはげしくなる。一九二五年十一月十五日に京都府警は同志社大学の構内に貼られた軍事教練反対のビラから京都帝大生と同志社大生三三名を検束し、文書を押収した。このときは証拠不十分で釈放された。しかし、捜査は司法省の手で継続され、一九二六年一月十五日から京都帝大、同志社、東京帝大、慶応義塾、大阪外語、関西学院、三高の学生・生徒のほか、卒業生、退学生をふくむ三八名の学連の活動家が治安維持法などで検挙され、起訴された（「学連事件」）。「治安維持法」適用の第一号となった。被告人には岩田義道、野呂栄太郎、鈴木安蔵、林房雄、石田英一郎らがいた。このとき、京都帝大の河上肇、同志社大学の山本宣治、河野密、関西学院の河上丈太郎、新明正道も家宅捜索をうける。それが理由で山本宣治は退職を余儀なくされた。

一九二八（昭和三）年四月には東京帝大の新人会が、ついで各大学の社会科学研究会が解散させられた。河上肇、九州帝大の向坂逸郎、東京帝大の大森義太郎らも大学を追われる。翌年に学連は自主的に解散する。他方で、右翼学生の団体の動きが活発化する。東京帝大の右翼の団体の七生会は軍事教練を支持した。

キリスト教系の私立の学校も現役将校の配属をうけいれた。一九三二（昭和七）年のことだが、カトリック系の大学である上智大学で配属将校が予科の学生を靖国神社に引率したさい、カトリックの信者の学生二名が参拝を拒否すると、軍は配属将校を引き上げるとの威嚇にでた。配属将校の引き上げは、徴兵猶予などの特権が剥奪されることにつながり、大学の存立を危うくさせる大問題であった。

上智大学を管轄する天主公教会（カトリック教会）東京教区長は、文部省にたいして神社が宗教施設か否かについての見解をもとめ、文部省から神社参拝は教育上の理由からおこなわれるのであり、敬礼は愛国心と忠誠の表現であるとの回答をえると、上智大学は「信教の自由」を根拠に参拝を拒否する理由はないとし、それ以後、神社参拝を受け容れた。こうしてすべての学校が国家主義・軍国主義の体制に組み入れられていった。大正デモクラシーも既に遠去かっていたのである。

最初の普通選挙――労農党の進出

治安維持法はただちに施行されたが、普通選挙法による総選挙は延期される。ようやく一九二八（昭和三）年に実施されるが、当局からのすさまじい選挙干渉がおこなわれた。しかし、無産政党は分裂選挙であったが、全体で一五名の議席を獲得した。労農党からは京都府の水谷長三郎と山本宣治が当選し、予想以上の結果であった。水谷長三郎と山本宣治は伊奈自由大学の講師をしていた。

それに驚いた政府は労農党を支援したとして徳田球一、志賀義雄ら共産党関係者を治安維持法違反容疑で検挙した（三・一五事件）。さらに、労農党も解散させた。道府県にも設けられた特別高等警察（特高）を大幅に増やすとともに、この年の一九二八年のうちに緊急勅令で治安維持法の最高刑を死刑に変更した。

日本の「暗黒時代」（美濃部達吉）の到来であった。「冬の時代」の後、つかの間の明るさが見られたが、よりきびしい暗黒の冬が到来した。啄木のいう「時代閉塞」は深まる。学生運動も弾圧され、学生の純粋な批判も窒息させられた。十五年戦争の布石は打たれていたのである。十五年戦争を語る前に、大正時代を教師として生きた宮沢賢治をとりあげねばならない。

第七章　教師・宮沢賢治

1　賢治の受けた教育

宮沢家と浄土真宗

宮沢賢治は、一八九六（明治二九）年八月二十七日、岩手県稗貫《ひえぬき》郡花巻川口町（現花巻市）で質屋と古着屋を兼ねていた宮沢商店の長男として誕生した。日清戦争の終わった翌年である。賢治の誕生の二年後には妹のトシ、五年後には妹のシゲ、八年後には弟の清六、一一年後には妹のクニが生まれた。

花巻は盛岡の南約三〇キロメートルほどのところに位置する。街の東を流れる北上川は渋民を流れる北上川とくらべてだいぶ広くなる。支流の瀬川と豊沢川が北上川に流れ込み、街は二つの支流の間に発達した。古くは稗貫氏の支配にあった花巻は、江戸時代には南部藩領となり、城代（二万石）が稗貫・和賀郡を治めた。城は街の北東部、瀬川沿いにあった。花巻は城下町として、奥州街道の宿駅として発展し、宮沢商店は街の中心、奥州街道に面していた。啄木の生まれた渋民を走る道をまっすぐに南下すれば賢治の生家の前に辿り着く。

一八九〇（明治二三）年には東京の上野から伸びてきた日本鉄道が盛岡まで開通し、街の北西部に花巻駅もつくられた。四年後には花巻駅からは遠野を通り仙人峠まで岩手軽便鉄道（現釜石線）が敷かれる。大正時代には花巻温泉行の鉄道と大沢温泉、鉛温泉をへて西鉛温泉まで鉄道が開通した。

宮沢家は浄土真宗の家、それも熱心な信者であった。父の政次郎は仲間と夏期仏教講習会（我信念講話）を開催し、清沢満之の門下生の近角常観や哲学館・曹洞宗大学林講師の村上専精や二高教授の杉谷泰山らを講師に招いた。同居していた政次郎の姉は朝夕に親鸞の「正信偈《しょうしんげ》」（『教行信証』の末尾にある偈、浄土真宗のエッセンス）を唱えており、それは賢治の子守唄だった。僧侶の子でありながら、五七調を子守唄として育った啄木とは対蹠的といってよい幼・少年時代をすごしたのである。

花巻川口小学校

賢治は日露戦争の勃発する前年の一九〇三（明治三六）年、花巻川口尋常高等小学校に入学した。担任は一年生の菊池竹次郎、二年生の平野八十八、三、四年生の八木英三、五年生の照井真臣乳《まみじ》、六年生の谷藤源吉と変わった。菊池竹次郎は賢治が六年生のとき校長となる。代用教員であった八木は賢治たちにマーローの『家なき子』やアンデルセンの童話を読んで聞かせた。童話との最初の出会いである。八木は賢治の四年生の担任を最後に東京専門学校に進学し、後に花巻高等女学校の教師となる。照井真臣乳は内村鑑三の門下生のキリスト者で、賢治が後年に親交をもつようになる伊藤宗次郎と信仰の友であった。

浄土真宗との縁もつづく。賢治が小学四年生（一〇歳）のときには、大沢温泉で開かれた夏期仏教講習会に妹のトシとともに連れてゆかれた。講師は清沢満之の弟子の暁烏《あけがらすはや》敏で、『歎異抄』の講義であったらしい。賢治は侍童として、暁烏を身近に世話する役をつとめてもいる。父の政次郎と暁烏との交流はその後もつづき、宮沢家に宿泊をする機会も多かった。翌年の大沢温泉での夏期仏教講習会にも参加する。講師は清沢満之の弟子の多田鼎であった。

小学校ではつねに全甲、四年生のころからは鉱物や昆虫の採集に励む。とくに鉱石が好きで、「石っ子賢さん」とよばれていた。

盛岡中学校

賢治は一九〇九（明治四二）年に盛岡中学に入学する。啄木の一一年後輩だった。入学すると寄宿舎の自疆《じきょう》寮に入った。夏期仏教講習会への参加もつづけ、大沢温泉で開かれた二年生のときの講師は祥雲雄悟、盛岡市内の願教寺でおこなわれた三年生のときの講師は住職の島地大等であった。小学生のときには暁烏敏や多田鼎に接し、中学生になってからは島地大等の法話を聞いており、賢治は幼くして日本の仏教界を代表する人物に出会っていたのである。

中学でもあいかわらず鉱石や植物の採集に熱中する。三年生のときには岩手山の東南にある鬼越《おにごり》山に登り、

鬼越《おにごり》の山の麓の谷川に瑪瑙《めのう》のかけらひろひ来りぬ

といった歌を残している。体操の授業では鉄棒の逆上がりもできず、兵式体操ではゲートルの巻き方もうまくできなかった賢治だが、山歩きは得意だった。

天体観測にも熱をあげ、星座早見盤をつかって星を観測していた。一九一〇年五月、中学二年生であった賢治は、夕刻西の空を巨大な尾をもって出現したハレー彗星を観測したと思われる。二二歳ごろに書かれた最初期の童話の「双子の星」には「突然大きな乱暴ものの彗星」が登場し、彗星は「双子の星」をだまして乗せるが、やがて「彗星は尾を強く二、三遍動かしおまけにうしろをふり向いて青白い霧を烈しくかけて二人を落としてしまひました」とある。

ハレー彗星が接近したのと同じ五月に「大逆事件」の検挙がはじまり、翌年には幸徳秋水らが処刑された。賢治が四年生のとき父にあてた手紙には「又そろそろ父上には小生の主義などの危き方に行かぬやう危険思想などはいだかぬやうにと御心配のことゝ存じ候／御心配御无用に候　小生はすでに道を得候。歎異妙の第一頁を以て小生の全信仰と致し候　もし尽《ことごと》くを小生のものとなし得ずとするも八分迄は得会申し候　念仏も唱へ居り候。仏の御前には命をも落すべき準備充分に候」（一九一二年十一月三日）とあるのは、「大逆事件」を意識してのものであろうが、一人の浄土真宗の信者となったかのような文面である。

二年生のときに盛岡中学の先輩の石川啄木の『一握の砂』が刊行されると、賢治はそれに影響をうけて、三行詩の形の短歌をつくりはじめた。そのなかには、『一握の砂』の「不来方のお城の草に寝ころびて／空に吸われし／十五に心」をパロディ化した、

城跡の
あれ草にねて心むなし
のこぎりの音風にまじり来

との歌もみられる。賢治の「城跡」というのは盛岡の不来方城跡ではなく、花巻城跡のこと、「のこぎりの音」は賢治がイギリス海岸と名づけた北上川の河岸の近くにあった製材所から流れてきた騒音である。

啄木に触れた賢治の文章は残っていないが、『一握の砂』のほかに、『岩手日報』や『盛岡中学校校友会誌』で啄木の作品に接していたと考えられている。でも、雑誌などへ投稿したり、校内の会誌に発表した形跡はない。短歌制作は一九二一年までつづくが、根っからの文学少年というわけではなかった。むしろ仏教書や哲学書に耽るようになる。

四年生のとき舎監排撃のストライキで四、五年生全員が退寮となり、賢治は曹洞宗の寺である清養院に下宿し、五年生に進級すると浄土真宗の徳玄寺に移る。九月には曹洞宗の報恩寺で参禅して、丸坊主になった。このころから学業は怠けがちとなる。啄木と似ているのだが、賢治の場合には父の意向で上級学校への受験をあきらめねばならなかったことが最大の原因である。成績は下降し、八八名中六〇番で卒業した。操行（学習態度のこと）は丙であった。

それでも卒業後父からの受験許可がおりると、受験勉強にはげむ。

盛岡高等農林学校農学科第二部

一九一五（大正四）年に賢治は盛岡高等農林学校農学科第二部に入学した。一九〇二年の開学のときには農学科、林学科、獣医学科であったが、一九一三年に農学科は第一部と第二部に分かれた（一九一八年には第二部は農芸化学科として独立）。第一部で農学の生物学的、経済的な教育・研究がおこなわれたのにたいして、第二部では、鉱物、地質、土壌、肥料、農具、土地改良、農産製造、物理、気象、化学、食品化学、細菌など、農学の理化学的、技術的な教育・研究がめざされた。この年の入学者は学校全体で八九名、そのうち第二部は一二名、賢治は第二部の首席であった。規則にしたがって賢治も寄宿舎の自啓寮に入った。同年、花巻高等女学校の第一期生であった妹のトシはこの年卒業し、日本女子大学校家政学科に入学した。宮沢家は同時に二人の子どもを遊学させることになったのである。

賢治の指導教官は関豊太郎教授で、帝国大学農科大学出身、開設まもない一九〇五年に盛岡高等農林学校の教授に着任し、火山土壌、コロイド化学の専門家で、冷害をもたらすヤマセの研究もおこなっている。一年生の七月には第二部の同級生全員で関豊太郎の指導で盛岡周辺の地質を調査し、九月には関の引率で林学科とともに埼玉県にまで足をのばし、秩父、長瀞、三峰の地質を調査している。授業のための地質の調査はもとより、賢治は日曜日には一人で鉱物標本の採集に出かけた。高等農林に入学しても、「石っ子賢さん」はつづいていた。むしろ本格化した。

賢治の学習のための座右の書となったのは、一九一五年に刊行されたばかりの片山正夫著『化学本論』であった。東京帝国大学卒業後、ドイツ留学し、一九〇七年に東北帝国大学教授となった片山正夫はこの一〇〇八ページにもなる大著のなかで、エネルギー論、気体論、速度論、界面化学、電気化学、原子分子論などを論じていた。賢治はこの書から最新の物理化学の知識を得ることになる。

ドイツ語の勉強のために東京にでかけたこともある。啄木は渋民小学校の教師のときドイツ語を独学しているが、賢治もドイツ語の力は不十分と考えていたのであろう、二年生のとき夏休みを利用して上京し、麹町の旅館に投宿、神田区中猿楽町（現千代田区神田神保町）にあった東京独乙《ドイツ》語学院の独乙語夏期講習会に八月一日から三十日までのあいだ通っている。そのときの様子を寮の同室の友人であった保阪嘉内《かない》に伝えた八月十七日の手紙には、

独乙語の講習会に四日来し又見えざり支那の学生

をふくむ二〇首の短歌も添えられていた。神田には清国学生会館もあり中国人留学生の街であったが、ドイツ語を習おうとする学生もいたのだ。

卒業論文は「腐植質中の無機成分の植物に対する価値」、リン酸とカリの植物への影響の研究で、羅須地人協会でおこなった肥料設計の基礎となる。卒業後は研究生となり、稗貫郡の土壌調査に従事した。研究生の修了にあたり、関教授からは助教授就任の推薦があったが辞退したという。

賢治の文学活動——短歌から童話へ

賢治は盛岡高等農林二年生のときはじめて『校友会会報』に短歌を発表し、その後も投稿をつづけた。『会報』には賢治たちの調査の報告の「盛岡附近地質調査報文」も載った。教員の投稿もあり、関教授も土壌学にかんする論文を寄せている。

三年生になると、賢治は友人の保阪嘉内や河本義行《よしゆき》らと文芸同人誌『アザリア』を創刊し、短歌や短編を発表した。保阪は、山梨県の甲府中学で山国の星空に魅せられた野尻抱影の教えをうけており、天文学についても語り合うことがあったろう。ところが、保阪は翌年三月に退学処分をうける。理由は示されなかったが、『アザリア』第五号に「社会と自分」と題して掲載された「ほんとうにでっか

い力。力。おれは皇帝だ。おれは神様だ。／今だ、帝室をくつがえすの時は、ナイヒリズム」といった文章が原因とみられている（ナイヒリズムはニヒリズムの英語形）。

賢治は終生、保阪と親交をつづけることになる。菅原千恵子は「銀河鉄道の夜」で溺れたザネリを助けようとして行方不明になったカンパネルラには保阪嘉内が投影されているとみている(1)。偶然のことだが、母校の鳥取県立倉吉中学の教師となった河本義行は、海水浴中に溺れた同僚を助けようとして溺死している。一九三三年七月、賢治の亡くなる二カ月前のことであった。

賢治はハイネやシラーの詩とともに、アンデルセンの童話やルイス・キャロルの童話にも親しむ。アンデルセンの童話は小学生のとき八木英三先生から聞かされていた。東京の講習会でドイツ語を修めた賢治はアンデルセンの『絵のない絵本』のドイツ語版を読破する。そうして盛岡高等農林在学中から童話を創作するようになった。『アザリア』に発表することはなかったが、「双子の星」や「蜘蛛となめくじと狸」（「洞熊学校を卒業した三人」の原形）といった最初期の作品は、研究生時代の夏休みに弟の清六ら家族に朗読して聞かせてやったという。

『漢和対照妙法蓮華経』との出会い

賢治は高等農林に入学してからも、夏期仏教講習会に参加する。その年の八月には願教寺で早朝におこなわれた島地大等による『歎異抄』の法話を聞いており、

本堂の
高座に説ける島地大等が

ひとみに映る
黄なる薄明

という一首も残している。

島地大等は天台教学の権威で、賢治が盛岡中学を卒業した年に『漢和対照妙法蓮華経』（明治書院刊）を編集・刊行していた。天台宗の根本経典である『妙法蓮華経』つまり『法華経』は釈迦が悟った「真理」（法）を説いた経典で、釈迦がこの世のすべての人間を救済するために死後に残してくれたとされている。賢治は刊行まもない『漢和対照妙法蓮華経』を書棚で見つけて読んだ。父の信仰上の友人から贈られたものである。

『法華経』で独自な一派を開いたのが日蓮である。親鸞の浄土真宗があの世の仏国土への往生を願ったのにたいして、日蓮はこの世を仏国土に化すという。しかしそのためには、待つのではなく、『法華経』の説く菩薩行の実践がもとめられる。日蓮はその行者で、それによって国難を克服しようとしたのだという。賢治は盛岡中学のとき顕本法華宗の本多日生の「日蓮と訓育」という講演を聴いたが（七八頁）、『法華経』に出会い、日蓮宗の世界を知ることになる。

賢治の高等農林の卒業に際して父の政次郎も、シベリア出兵が日程にのぼっているなか息子を戦場で失うことを恐れて、徴兵猶予がえられる研究生となることを希望した。賢治も父の希望する徴兵猶予を選び、四月から研究生となったが、四月二十六日には徴兵猶予を取り消し、徴兵検査を受ける。結果は第二乙種合格で、兵役は免除された。賢治の心は揺れ動いていた。そのとき、賢治の心をとらえていたのは『法華経』で、賢治は父への手紙で、「万事は十界百界の依て起る根源、妙法蓮華経に御任せ下され度候」、「その戦争に行きて人を殺すと云ふ事も殺さるゝ者も皆等しく法性に御座候」（一九一八年二月二十三日）とのべている。このとき賢治は戦争を「法」として肯定していたが、戦争と生と死の問題を法華経信仰にむすびつけ、浄土真宗の信者であった父に法華経の信仰を告白しているのである。

その翌年の一九一九年三月にトシの看病のために上京したおり、賢治は上野桜木町（鶯谷）の国柱会館で田中智学の講演を聞き、翌年十月には国柱会に入会した。入会によって『法華経』と日蓮への信仰が確かなものとなる。保阪嘉内あてに送った手紙で「今度私は国柱会信行部に入会致しました。即ち最早私の身命は日蓮聖人の御物です。従って今や私は田中智学先生の御命令の中に丈あるのです」（一九二〇年十二月二日）と伝えている。保阪にも日蓮宗の信仰を強く勧めたが、保阪は信者とならなかった。それでも、賢治はそれまで手から離さなかった島地大等の『漢和対照妙法蓮華経』を保阪に贈呈した。

一九二一（大正一〇）年一月には上京して、国柱会で働きたいと希望したが断わられた。しかし八月まで東京の本郷菊坂町に下宿して、午前は東大前の謄写版印刷所で大学の講義ノートの作成のための筆耕（ガリ切り）や校正の仕事をし、午後は上野図書館（帝国図書館）で読書、夜は国柱会で奉仕活動に励んだ。国柱会では幹部の講師であった高知尾智耀《たかちおちよう》に出会う。高知尾は東京専門学校在学中に高山樗牛の著作に接して日蓮の研究に打ち込み、磐城中学の教師をへて国柱会に奉職していた。賢治は二〇歳年長の高知尾から法華経世界での文学の役割を教えられる。後に、「雨ニモマケズ」の詩を記した手帳には、

高知尾師ノ奨メニヨリ
法華文学ノ創作
名ヲアラハサズ、
報ヲウケズ、
貢高ノ心ヲ離レ、

とあるように、賢治の童話は法華経布教のための創作で、文壇での評価にも関心がなかった。売るための創作ではなかった。文壇の動向に気を遣い、小説の売り込みに苦労をした啄木とは別の世界に生きていた。文学の立場を浪漫主義、自然主義、社会主義へとあわただしく変遷させた啄木とはちがって、賢治は終生「法華文学ノ創作」に専念する。

賢治は国柱会がもっていた「国体」や天皇制のイデオロギーからは解放されていたように見える。「私は田中智学先生の御命令の中にある」とは言ったが、賢治の心を支配していたのは智学というよりも、智学の説く「妙法」＝法華経であった。それに科学があった。賢治にとって真理とは法華経と科学で、『漢和対照妙法蓮華経』と『化学本論』が座右の書となる。

2　花巻農学校での教育と文学活動

稗貫農学校・花巻農学校教諭

高等農林卒業後三年目の一九二一（大正一〇）年十二月に賢治は、設立まもない稗貫《ひえぬき》郡立稗貫農学校の教諭となる。一九〇七年に開設された郡立蚕業講習所をひきついだ、修業年限二年の乙種の農学校であった。町の北、花巻城跡の近くにあった。校舎はコ字型の一部が茅葺きの建物で、グランドはテニスコート一面しかなかった。隣接して一九一一年に設立された近代的な洋風校舎の花巻高等女学校があり、そこの女学生からは「クワッコ大学」と冷やかされもした。

賢治が赴任したときには、新入の一年生が四四名、稗貫農学校の前身の蚕業講習所から進んだ二年生が一八名、計六二名であった。教員は賢治をふくめて、畠山栄一郎校長のほか、教諭の堀籠文之進と白藤慈秀《じしゅう》、教諭心得の奥寺五郎、そして実習を担当する助手の小川慶治と書記の高橋与五兵衛であった。奥寺は病気で退職して、代わりに遠野高等実科女学校から阿部繁が赴任した。非常勤では剣道の講師と校医がいた。畠山校長と堀籠先生は賢治とおなじ盛岡高等農林の出身、白藤先生は岩手師範出身、奥寺先生は岩手県蚕業学校出身、小川助手は蚕業講習所の出身であった。学校で教育学を学んでいたのは白藤先生だけである。

校長が最年長で、それでも三五歳、賢治は二二歳、若い教師の学校だった。畠山校長は賢治の指導教官であった関豊太郎教授と喧嘩をしたこともあるという豪快磊落な人物で、その校長の机は一般教職員と同じく職員室にあった。学問のことから世間話までが話題となるうちとけた雰囲気の職員室だった。同僚の阿部繁によると、浮世絵の収集家でもあった賢治の持参した春画の鑑賞会もあったという[2]。浮世絵は仙台に行ったおりに、東北帝国大学の北門近くにあった古本屋で求めたらしい。

一九二三年四月に県立花巻農学校となったときに、甲種の農学校に昇格する。校舎は日本鉄道の線路を挟んだ東の地に移され、二階建の新校舎となった。だが、校長の机は以前とおなじく職員室におかれていた。

図 16　郡立稗貫農学校（のち県立花巻農学校）

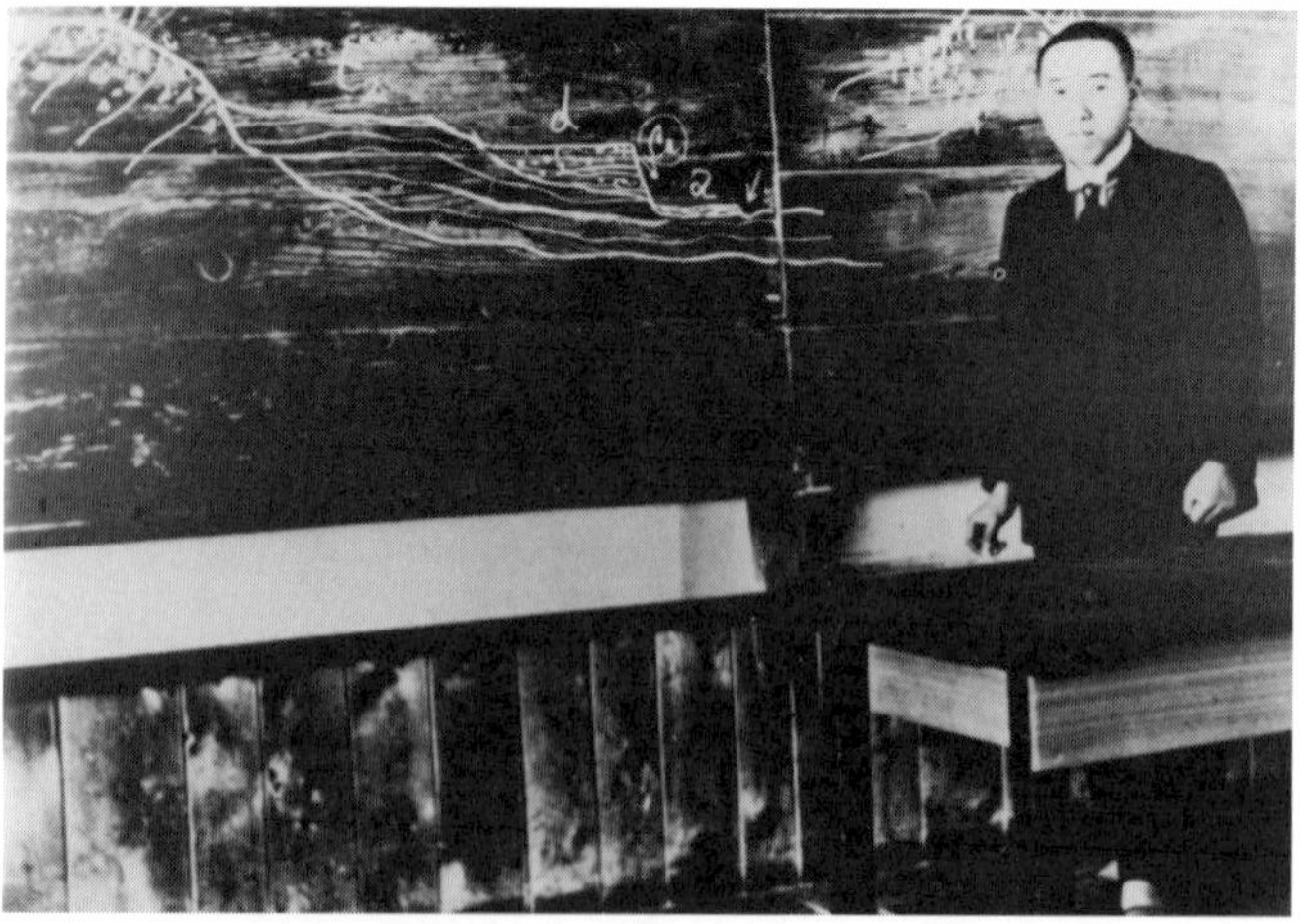

図 17　県立花巻農学校の教壇に立つ宮沢賢治

同僚と一緒に街の蕎麦屋の「藪屋」に出かけて一杯やるとき、賢治が飲むのはいつもサイダーだった。酒が飲めないわけではなかったが、飲んで騒ぐのは好きでなかった。月給は八〇円（翌年九〇円）、時代はくだるが啄木よりもずっと恵まれていた。奥寺五郎が病気で退職し、仙台の病院に入院したときには給料から三〇円を送金している。週末には見舞いにも出かけた。

賢治が担当した科目は英語、代数、化学、気象、作物、土壌、肥料のほかに実習を受け持った。担当科目が多いのは賢治だけではない。同僚も同じような科目数を受け持った。校長も修身と畜産と法制経済を教えた。

詩集『春と修羅』の出版

宿直は校長と教諭四人の交替となっていた。だが、賢治は同僚の代わりをつとめた。宿直代はでない。夕食を自宅ですませると、宿直室にもどる。そこにはよく隣の高等女学校の藤原嘉藤治《かとうじ》が訪ねてきた(3)。ふだんは詩と童話の創作の時間にあて、そこで多くの名作が生まれた。農学校に勤務して最初の二年間、一九二二年一月六日から翌年十二月十日までの日付がつけらた七〇編の詩は、『春と修羅・心象スケッチ』の題で一九二四年四月に自費出版された。啄木のいう「詩人は実に人類の教育者である」を実行していたかのようであった。印刷されたのは一〇〇〇部、売行きは芳しくなかった。

『春と修羅』（第一集）は「屈折率」からはじまる。

七つ森のこつちのひとつが
水の中よりもつと明るく

そしてたいへん巨きいのに
わたしはでこぼこ凍つたみちをふみ
向ふの縮れた亜鉛《あえん》の雲へ
このでこぼこの雪をふみ
陰気な郵便脚夫《きやくふ》
（またアラツディン　洋燈《ラムプ》とり）
急がなければならないのか

「七つ森」は盛岡の西、賢治がしばしば足を運んだ小岩井農場の近くにある、賢治になじみの森である。小岩井農場への道すがら眼に映る情景をとおして、みずからの心の内を写した心象スケッチである。「アラツディン　洋燈《ランプ》とり」というのはアラジンの魔法のランプのこと。
九番目の詩には詩集の題となった「春と修羅（*mental sketch modified*）」が載る。

いかりのにがさまた青さ
四月の気層のひかりの底を
唾《つばき》し　はぎしりゆききする
おれはひとりの修羅なのだ

と、自分を「修羅」と規定する一節がある。「修羅」は阿修羅ともいわれ、怒りをいだき闘争を好む鬼神である。仏教では全世界を地獄・餓鬼・畜生・修羅・人間・天上の迷界と声聞・縁覚・菩提・仏の悟界からなる十界に分け、修羅は人間と畜生の間に位置づけられている。前出の賢治が父に送った手紙のなかにあった「十界百界」の「十界」はこれにほかならない。十界がたがいに包み込むということから「百界」という見方が生まれた。
　全編がなった後に付された「序」には、

わたくしといふ現象は
仮定された有機交流電燈の
ひとつの青い照明です
（あらゆる透明な幽霊の複合体）
風景やみんなといっしょに
せはしくせはしく明滅しながら
いかにもたしかにともりつづける
因果交流電燈の
ひとつの青い照明です
（ひかりはたもち　その電燈は失われ）

と、「修羅」であるとされた自己についてのもうひとつの理解が示されている。自分の本質は有機体で、それは風景や他の人々もそうであるが、有機体という電燈に支えられた照明であるという。そこから理解できるように、賢治の精神の根底には仏教と科学が一体のものとしてあった。そこに賢治の詩の放つ独特の輝きがある。それでこそ、「有機交流電燈」は「因果交流電燈」ともよばれる。「ひかりはたもち　その電燈は失われ」も科学の言葉による仏教の本体と現象の比喩として理解されよう。そして、最後は、

すべてこれらの命題は
心象や時間それ自身の性質として
第四次延長のなかで主張されます

で終わる。

「第四次延長」というのは、アインシュタインの相対性理論の空間・時間的宇宙に倣って、人間の生きる世界を四次元時空としてとらえれば、人間の心象でもある時間は第四次元としてみることができるというのである。『春と修羅』の詩がつくられたのはアインシュタインの来日で相対性理論ブームが新聞や雑誌を賑わし、石原純らの著作が世に出た時期と重なる。賢治の作品には「アインシュタイン」も「相対性理論」の言葉も見いだせないが、アインシュタインの相対性理論ブームのなかで、賢治が「第四次延長」を用いたのは疑いない(4)。

ここに引用した部分にも「屈折率」「亜鉛」「気層」「交流電燈」「第四次延長」などと出てくるが、全編に科学用語がちりばめられている。その用語の意味がわかっても、難解な詩である。だが、賢治から『春と修羅』をプレゼントされた生徒の五内川佐《ごないかわたすく》は読んでも理解できなかったが、賢治先生が声

に出して読んでくれるとよく分かった、と回顧している[5]。

『春と修羅』の反響

『春と修羅』の売行きは芳しくなかったが、一部の詩人からは注目された[6]。ダダイスト詩人の辻潤は『読売新聞』（一九二四年七月二十三日）の「惰眠洞妄語」で、「この詩人はまったく特異な個性の持ち主だ」、「若し私がこの夏アルプスへでも出かけるなら私は『ツァラトゥストラ』を忘れても、『春と修羅』を携へることは忘れはしないだろう」と絶賛した。

中国・広東の嶺南大学（現中山大学）の学生であった草野心平に、一九二四年の夏に『春と修羅』が届いた。草野心平は福島県上小川村（現いわき市）に生まれ、磐城中学から慶応義塾に入学したが中退して嶺南大学に学んでいた。磐城中学の後輩で日比谷図書館につとめていた赤津周雄《かねお》から送られたのである。心平ははじめて読んだ賢治の詩に驚倒する。詩壇の「天才」とも激賞した。心平はプロレタリア詩人の原理《げんり》充雄《みちお》（一九三一年に検挙され、釈放された直後に死亡）や中国人の詩人の黄瀛《こうえい》（文化学院に学ぶ、母は日本人）らと謄写版の雑誌『銅鑼《どら》』を創刊（一九二五年）したころであった。心平は排日運動のあおりで帰国すると賢治を同人に誘い、賢治もそれに応じて、第四号から一三号までに「永訣の朝」「氷質の冗談」など一三編の詩を発表する。でも、賢治の生前には詩と書簡の交流だけに終わった。一九二七年に賢治を訪ねようと心平は赤羽駅のホームに立つが、新潟行きの列車に乗り、新潟に行ってしまったのだ。

『春と修羅』は心平から詩人の佐藤惣之助（「赤城の子守唄」「湖畔の宿」「人生の並木路」などの作詞者）に送られた。佐藤はその感動を新潮社から出ていた『日本詩人』（一九二四年十二月号）で「この詩集はいちばん僕を驚かした。何故なら彼は詩壇に流布されてゐる一個の言葉を所有してゐない。否《いな》かつて文学書に現れた一連の語彙《ごい》も持ってゐない。彼は気象学・鉱物学・植物学・地質学で詩を書いた」と書く。心平は『銅鑼』第六号の編集後記に「春と修羅は佐藤惣之助氏の激賞以外、一つの批評さへ見得なかった。—類例のない不思議な驚異です」と書いた。

このような高い評価も売行きとはあまり関係がなかった。最大の称賛者であった心平は賢治以上に無名であったからである。その後、『春と修羅第二集』や『春と修羅第三集』が書かれたが、存命中に出版されることはなかった。

賢治は心平を介して高村光太郎を知り、羅須地人会を設立した一九二六年の十二月に上京したとき、駒込千駄木の光太郎宅を訪問している。このとき光太郎は四三歳、一九〇五年に啄木が光太郎をたずねてから二一年経っている。

賢治は啄木と違って、中央の文学関係者との交友が少なかった。賢治が交りをもったのは盛岡中学の一〇年後輩で、盛岡在住の詩人で作家の森佐一（惣一、荘巳池《そういち》、第一八回直木賞受賞）で、賢治は盛岡中学生であった森の主宰した機関誌『貌』に詩をよせている。一九二五年には仙台生まれの詩人石川善助が森に連れられて賢治を訪ねている。石川は新宿・角筈の心平宅に下宿していたが、一九三二年、大森の側溝に落ちて不慮の死をとげる。病床の賢治は石川の追悼文を書いた。

晩年のことになるが、郷里の遠野を離れ仙台に住んでいた民話作家の佐々木喜善が何度か花巻を訪ねてきた。(7) 柳田国男の『遠野物語』の原作者であり、民話関係の著作が多い民話学者の喜善は賢治を高く評価しており、賢治も喜善を尊敬していた。賢治は喜善の「奥州ザシキワラシの話」をもとに「ざしき童子《ぼっこ》のはなし」を書いている。喜善は啄木とも交流があり、東大病院に入院中の啄木が喜善の病状を気遣う手紙も残されている。

3　賢治の教育論

「からだに刻んで行く勉強」

このような詩をつくりつづけながら、賢治は農学校の教育にも全力を注ぐ。賢治は教育の目的は生徒が将来自立できることにあり、だから、いつでもどこでも応用できる力を養うことが大切なのであって、丸暗記などでは役に立たない、と考えていた。

教え子の瀬川哲夫によると、賢治先生は授業を受けるにあたって、(一) 先生の話を一生懸命聞いてくれ、(二) 教科書は開かなくていい、(三) 頭で覚えるのではなく、身体全体で覚えること、そのかわり大事なことは身体に染み込むまで何回でも教える、という授業でのルールを話されたという。[8] 自立するための教育であるならば、地域性が重視されなければならない。賢治は教科書の内容は東京中心だから稗貫地方には合わない、と言っていた。[9] 啄木がそうであったが、賢治も教科書にはしたがわない、詰め込み主義的な教育を脱却した自前の教育をおこなおうとした。師範学校で正統的な教育学をうけていなかった二人は、自分で工夫をしなければならなかったのである。そこに教師・啄木と賢治の魅力があった。

代数のような講義でさえも教科書の説明にとらわれない。最初からは抽象的な方程式をあつかわず、学生の体験にもとづく応用問題からはじめて、それから公式、そのときには図式をつかった直感的な教授法を大切にした。

英語も賢治独特のもので、授業では日本語を使わせず、正確な発音を学ぶために蓄音機を教室に持ち込んでビクターが出していた英会話のレコードを聴かせた。英単語のシリトリをして単語を覚えさせたり、タゴールの詩を読ませることもあった(10)。

教科書を使わない賢治の授業では、話はその科目に限定されない。教え子の松田奎介は、賢治の授業はあたかも天馬空を駆けるかのように、地質、天体、宇宙、あるいは宗教、芸術、哲学、音楽の世界に広がり、生徒の心を自由の天地に解放してくれた、とのべている(11)。

生徒が自立するのを目標とした学校、だから、つねづね生徒に点数や成績の優劣などは気にしないようにと言っていた。それでも、教えることも学ぶことも真剣勝負でなければならない。詩「稲作挿話」のなかで、

これからの本統の勉強はねえ
テニスをしながら商売の先生から
義理で教はることでないんだ
きみのやうにさ
吹雪やわずかの仕事のひまで
泣きながら
からだに刻んで行く勉強が
まもなくぐんぐん強い芽を噴いて
どこまでのびるかわからない

それがこれからのあたらしい学問のはじまりなんだ

と書いている。教育は義理や義務ではない。教師も生徒もみずから進んで「からだに刻んで行く勉強」をしなければならない。

賢治の科学教育

わかりやすい講義につとめた賢治は野外授業を積極的に取り入れた。小学生のときから鉱物採集が好きで、中学生のときも山野の跋渉を愛好し、盛岡高等農林学校では関豊太郎教授のもとで土壌の調査・研究をしていた賢治である。賢治が「イギリス海岸」と名づけた泥岩から採集したバタグルミの化石は、東北帝国大学理学部地質古生物学科助教授の早坂一郎の注目を呼び、賢治は早坂の調査に協力している。その研究は『地学雑誌』（第二八巻四四四号）に掲載された。

賢治は土壌学の授業では、生徒が実地に調査した結果から白地図に地質の様子を塗りつぶさせた。高等農林のときに賢治が作成した「盛岡付近地質図」のようなものである。教室での土壌の説明を自分の眼で観察し、確認する。学校の近くの洪積層の観察が多かったが、「イギリス海岸」にも連れて行った。

この野外授業の体験をもとにした作品に「台川」がある。花巻の西北にある台山に発する台川（北上川に注ぐ瀬川の支流）では黒曜石、流紋凝灰岩、礫岩などさまざまな岩石が見られる。その専門的説明をするなかで、賢治は川を渡るための飛び石をつくってあげる。

この石は動かせるかな。流紋岩だかなりの比重だ。動くだらう。水の中だし、アルキメデス、水の中だし、動く動く。うまく行った。波、これも大丈夫。大丈夫。引率の教師が飛石をつくるのもおかしいが又えらい。やっぱりおかしい。ありがたい。うまく行った。

気さくな賢治先生の日々の姿を想像させる場面である。水の中では物体はその容積の水の分軽くなるというアルキメデスの原理を体得させる。

ふだんの授業だけでない。夏休みなどには希望する生徒を連れて岩手山に登った。啄木が渋民村から日々目にしていた「ふるさとの山」「おもひでの山」である。汽車で滝沢駅（当時は好摩駅のひとつ手前、今はその間に渋民駅がある）で下車し、一二キロメートルの道を歩いて山麓の登山口の柳沢に向かい、そこから標高二〇三八メートルの岩手山の頂上をめざした。柳沢か山中の山小屋で一泊する。帰りには小岩井農場に出て、田沢湖線の小岩井駅から花巻に戻った。

一九二四年には白藤先生と引率して北海道へ修学旅行に出かけている。農学校はじまって以来の本格的な修学旅行で、文字通り修学のための旅行であった。小樽では小樽高商の植物園、博物館を、札幌では札幌麦酒、帝国製麻、北海道石灰を見学した。北海道帝国大学では花巻出身の佐藤昌介総長の歓迎をうけ、賢治は答礼をしている。最後には苫小牧の製紙工場を見学した。

その一方で、賢治は体系化された科学の意義を否定はしなかった。最新の科学への関心も強い。そのころの中等学校ではイオン記号などは取り入れられていなかったのだが、片山正夫の『化学本論』を座右の書としていた賢治はイオン記号をつかった肥料学の授業をしていた。当時遠野実科女学校の教諭で賢治の公開授業に参加した阿部繁は、後に花巻農学校に転任したときに生徒に賢治の授業のことについて尋ねたが、少しも難しいとは思わなかったとの答えであったという。そのようなことで、「宮沢さんは、たしかにりっぱに学者と教授をかねた、えがたい大物だったと思われます」とのべている[12]。

『注文の多い料理店』――都会文明と競争主義の批判

『春と修羅』の出版（一九二四年）の八カ月後に童話集『イーハトヴ童話・注文の多い料理店』も自費出版する。そこには「注文の多い料理店」のほか「どんぐりと山猫」「月夜のでんしんばしら」「鳥と北斗七星」など九篇の童話がおさめられた。装丁と挿絵は岩手県立福岡中学校の教師であった菊池武雄が担当してくれた。発行部数は一〇〇〇部、そのうち二〇〇部を賢治が買い上げた。発行所は東京光原社となっているが、実際は盛岡の杜陵出版であった。売れなかった。童話ということからであろうか、書評で取り上げられることもなかった。

図18　童話集『注文の多い料理店』（1924年刊行）

「注文の多い料理店」は、「すっかりイギリスの兵隊のかたちをして、ぴかぴかする鉄砲をかついだ」二人の若い紳士が山猫の経営する西洋料理店で食事をしようとして、逆に料理にされそうになる話である。政府が移入しようとしていた西洋近代文明にたいする批判で、都会人にたいする風刺であった。童話集『注文の多い料理店』の広告ちらしにも、「糧に乏しい村のこどもらが都会文明と放恣な階級とに対する止むに止まれない反感です」と書かれていた。賢治は農村を犠牲にする都会という社会構造に目をむけている。

渋民小学校の教師だった啄木は日記で、農村を荒廃させる「文明の暴力」を告発、農村の文化を侵略する「外来の異分子共」を撲滅せねばならないと述べていたが（一七三頁）、賢治はこの啄木の告発を童話で語ろうとしたともいえる。近代化にたいする根源からの批判、それは東北の教師が避けることのできない課題であった。

「どんぐりと山猫」では、どんぐりたちが「頭のとがってるのがいちばんえらいのです」、「まるいのがえらいのです」、「大きなことだよ」とそれぞれ自分が優れていることを言い張る。こまった裁判官の山猫は一郎に相談、その進言にしたがって、「いちばんえらくなくて、ばかで、めちゃくちゃで、てんでなってゐなくて、あたまのつぶれたやうなやつが、いちばんえらいのだ」と申し渡す。形や大きさなどの特性は相対的なこと、優劣ではない、どんぐりには上下などはない、との判決である。教育における画一主義と競争主義への批判にほかならない。生徒の個性を生かす、それでこそ生徒はみな平等なのだ。童話集『注文の多い料理店』の広告ちらしには、「どんぐりと山猫」について「必ず比較されなければならないいまの学童の内奥からの反響です」とある。賢治も、点数などは気にしなくてもいいという精神で個々の生徒のもつ特性を生かす教育につとめた。

賢治は啄木のような教育を論じた文章は残していない。しかし、童話でもって教育のあり方をその根源的なところで語っていた。

「洞熊学校を卒業した三人」――立身出世主義批判

童話集『注文の多い料理店』には収められなかったが、おなじ時期の「洞熊学校を卒業した三人」

も、立身出世主義の信奉者であった洞熊先生の大きいことがよいことだとの教えを守った卒業生の惨めな末路を描くことで、競争教育を戒めようとしている。蜘蛛は巣を大きくして獲物をとりすぎ、それがもとで死に、他の動物を食べて大きくなったなめくじは土俵にまかれた塩でとろけてしまい、あまりに籾を食べすぎた狸も腹を破裂させて死んでしまう。

ここでは殺生の空しさも説かれているが、人間は殺生を避けられないことも真実である。童話の「なめとこ山の熊」の淵沢小十郎もそのような猟師である。家族を養うためには熊を殺し、肝と毛皮を売らねばならなかった小十郎は不必要な殺生はしない。捕らえた熊に殺すのを二年待ってくれといわれて解放してあげると、熊は言葉どおりに二年後に小十郎の家の前で息絶えていた。その小十郎はある日熊に殺されるが、小十郎は「お、小十郎おまへを殺すつもりはなかった」という熊の声を聞く。「洞熊学校を卒業した三人」も「なめとこ山の熊」も他の多くの童話と同様に生前には出版することができなかった。童話集『注文の多い料理店』の装丁と挿絵を担当してくれた菊池武雄は東京の四谷第六小学校の教師になり、ちょうど『赤い鳥』の挿絵画家であった深沢省三の家に宿をとっていたので、賢治の「タネリはたしかにいちにち噛んでゐたやうだった」の原稿を鈴木三重吉のところに持ち込んでくれたのだが、「こういうものはロシアにでも持っていったらどうか」との屈辱的な評とともに突き返されたという。『赤い鳥』からは坪田譲治、新美南吉らの新人作家が巣立ったのだが、賢治にはそのような機会は訪れなかった。『赤い鳥』には童話集『注文の多い料理店』の広告が掲載されただけであった。

生徒の生活指導

そのような詩や多くの童話をつくりながら、どうしたら生徒が理解できるのか、と授業の工夫をした。しかも、生徒の個性を尊重する。点数は二の次の授業であった。生徒も喜んで、それに応えた。

生活指導も賢治らしい。喫煙した生徒には直立不動の姿勢で立たせたまま、ニコチンの化学式を示し、ニコチンの害でネズミやヘビがどうなって死んでしまうかという話を聞かせたという。化学の教育でもあったのだ。『坊っちゃん』の生徒たちの真似だろうか、寄宿舎に泊まった賢治先生の寝床にマッチ箱に集めたノミを放した生徒もいた。賢治先生は坊ちゃん先生とはちがって、朝、ため息をつくだけだった。生徒を叱ることなく、諄々と諭すだけであった。でも、このような悪戯は珍しく、賢治先生にはどこか威厳があって、悪さはしにくかったという[13]。

賢治は体罰を好まなかった。あるとき、廊下をガンガン音をたてて歩いていた生徒を校長が殴ったが、生徒たちはその殴り方が感情的で一方的だということで怒りだし、全校ストライキということになった。そのときは賢治は校長に謝ってもらい、ストライキを止めた。賢治はストライキも嫌いであったようだ[14]。生徒を煽動して校長を追放しようとした啄木とはちがっていた。もっとも、盛岡中学校の生徒だったときには賢治もストライキに積極的に参加しているのだが。

演劇会と音楽会

賢治も課外指導をした。一九二三（大正一二）年に花巻農学校となり、新校舎が落成したときの記念行事として、賢治は演劇「植物医師」「飢餓陣営（戦争から生産へ）」を自作し、昼夜二日にわたって上演している。啄木は北海道での記者時代に文士劇をおこなっているが、賢治も演劇が好きだった。

翌年八月にも、「植物医師」「飢餓陣営」「ポランの広場」「種山ヶ原の夜」を上演した。役者は生徒で、生徒の性格をよく知っていた賢治は生徒にはまりの役をあてがったという。

ところが一九二四年に、岡田文相の学校劇禁止令が岩手県の学務部から県下の学校に通達され、賢治の演劇活動は断たれる。しかし、賢治は課外活動をやめなかった。生徒を集め、バイオリン、シロフォン、オルガン、琴、チェロ、ハーモニカ、口笛からなる室内楽団を結成する。賢治は、「精神歌」「行進歌」「応援歌」をつくる。この辺も、生徒総出演の送別会を開き、「別れ」という曲を作詞して、生徒に歌わせた啄木に似ている。

四方拝、紀元節、天長節の三大節には「教育勅語」の捧読式があり、賢治は「教育勅語」を校長に手渡す役をつとめた。そのような賢治が「教育勅語」をどう考えていたのか、「教育勅語」について語ったものは残されていない。それでも、「或る農学生の日誌」のなかで、修身を教える校長にたいして、だれも黙って下を向いているだけ、でも、「ききたいことは僕だってみんなだって沢山あるのだ。けれどもぼくらがほんとうにききたいことをきくと先生はきっと顔をおかしくするからだめなのだ」と書いていた。そこからは賢治の「教育勅語」たいする見解も読みとれる。

4　農民教育

岩手国民高等学校

「学校劇禁止令」が出された翌一九二五（大正一四）年には「陸軍現役将校配属令」が公布された（花巻農学校への配属については不詳で、賢治もそのことについて述べているところはない）。大正デモクラシーは急速に後退し、川井訓導事件や京都学連事件など、教育の統制と弾圧が強まる。一九二五年につくられ翌年『銅鑼』に寄せた「氷質の冗談」という詩では、「職員諸兄　学校がもう砂漠のなかに来ていますぞ」と詠いはじめている。

花巻農学校を会場にして一九二六年一月から三月までおこなわれた岩手国民高等学校は、将来地方自治にたずさわろうとする農業・農村指導者の養成を目的としていたが、皇国精神の涵養も狙いとしていた。校長となった県社会教育主事の高野一司は「皇国運動《やまとばたらき》」を日課として講じている。入学者は一八歳以上で、町村役場から推薦された三五名、全員が寄宿舎生活であった。

講師には師範学校、花巻高等女学校、花巻農学校の教師や県の役人など二一名が駆り出された。農村経営論、農業経営法などのほか、歴史、文学、科学、美術、音楽などの教養科目の講義、それに県庁や裁判所などの見学もあった。賢治の友人で花巻高等女学校教諭の藤原嘉藤治は音楽概論、賢治の小学校の担任で同じ花巻高等女学校教諭となっていた八木英三は近世文明史を教えた。水沢緯度観測所長の木村栄も緯度観測の話をしている。花巻農学校の教師は全員出動し、中野新佐久校長が花卉、堀籠文之進は植物病理、白藤慈秀は理想論、宮沢賢治は農民芸術を教えた。岩手県教育界あげての取組みであった。

そのような国策の教育の場でも賢治は賢治流に利用しようとした。夜には哲学や文学などにまでおよぶ討論会を開き、レコード鑑賞会も行なった。ある夜にはベートーヴェン百年祭と銘打って、ベートーヴェンのレコードを聞かせたという(15)。学習意欲の旺盛な生徒たちであったこともあって賢治は熱心に教えた。

「羅須地人協会」の設立

岩手国民高等学校が終了した直後の一九二六年三月三十一日、賢治は花巻農学校を依願退職し、花巻郊外の下根子にあった宮沢家別宅に移り、「羅須地人協会《らすちじん》」を設立する。「地人」とは農民のことで、農民とともに生きる道を選んだのである。「羅須」の意味は不詳。この時代に長野県や新潟県などで盛んになっていた「自由大学」が岩手県の地にも生まれたのでもある。

すでに前年の四月には友人に「わたしもいつまでも中ぶらりんの教師など生温いことをしてゐるわけには行きませんから多分は来春はやめてもう本統の百姓になります。そして小さな農民劇団を利害なしに創ったりしたいと思ふのです」と書いていた。賢治流の「ヴ・ナロード」であった。

そのような気持でいた賢治に最終的な決心をさせたのは、ひとつには、国民高等学校が開設された三カ月前の一九二五年十一月に豪快磊落な性格で賢治に理解のあった畠山校長が福島県立東白川農蚕学校（現福島県立修明高等学校）の校長に転出し、入れ替わって、東白川農蚕学校校長であった中野新佐久が校長に就任したことが関係しているとみられている。中野校長は几帳面な性格で、管理重視の校長であった。

もうひとつには、高等国民学校での体験で成人を相手に農業と芸術を一致させる教育の可能性が見えてきたのかもしれない。岩手県での国民高等学校の開催はこの年が最初で最後となったが、それは羅須地人協会にひきつがれたといえなくもない。もちろん、羅須地人協会は「皇国運動」などとは無縁であったが。

賢治の羅須地人協会は生活と教育の拠点となった。ふだんは夜に、農閑期には昼から農村の青年たちに土壌学や肥料学の講義と農事指導をし肥料相談にのり、クラシックのレコードを鑑賞する。室内

図19　羅須地人協会（県立花巻農業高校内に移築）

楽団も結成した。一人のときには畑仕事やエスペラントの勉強、詩作にあてた。賢治は「ドリームランドとしての日本岩手県」をエスペラント語風に「イーハトヴ」（イーハトーヴ、イーハトーブなどとも表記）と呼んでいたが、「イーハトヴ」の実現をめざしたのである。

羅須地人協会をはじめたばかりのころ、山形県の楯岡農学校を卒業して盛岡高等農林別科（一年コース）に学び、卒業を控えていた松田甚次郎が訪ねてきた。そこで賢治から岩手国民高等学校の話を聞いたのであろうか。加藤完治が一九二五年に農村青年指導者の養成を目的として友部町（現笠間市）に設立した日本国民高等学校にも学び、故郷の山形県最上郡稲舟村鳥越（現本庄市）にもどり農民演劇運動を起こした。一九三二年には農村青年の教育を目的とした最上共働村塾を設立する。賢治の精神は山形の地にも蒔かれ、実をつけたのである。

「農民芸術概論綱要」

岩手国民高等学校で農民芸術を講じた賢治は「農民芸術概論綱要」を作詩した。その「序論」は、

……われらはいっしょにこれから何を論ずるか……

おれたちはみな農民である　ずゐぶん忙しく仕事もつらい

もっと明るく生き生きと生活をする道を見付けたい
われらの古い師父たちの中にはさういふ人も応々あった
近代科学の実証と求道者たちの実験とわれらの直感の一致に於て論じたい
世界がぜんたい幸福にならないうちは個人の幸福はあり得ない
自我の意識は個人から集団社会宇宙と次第に進化する
この方向は古い聖者の踏みまた教へた道ではないか
新たな時代は世界が一の意識になり生物となる方向にある
正しく強く生きるとは銀河系を自ら中に意識してこれに応じて行くことである
われらは世界のまことの幸福を索《たず》ねよう　求道すでに道である

ついで、「農民芸術の興隆」「農民芸術の本質」「農民芸術の分野」「農民芸術の（諸）主義」「農民芸術の製作」「農民芸術の産者」「農民芸術の批評」が詠われ、つづく「農民芸術の綜合」では、

……おお朋だちよ　いっしょに正しい力を併せ　われらのすべての田園とわれらのすべての生活を一つの巨きな第四次元の芸術に創りあげようでないか……

まづもろともにかがやく宇宙の微塵となりて無方の空にちらばらう
しかもわれらは各々感じ　各別各異に生きてゐる
ここは銀河の空間の太陽日本　陸中国の野原である

青い松並　萱の花　古いみちのくの断片を保て
『つめくさ灯ともす宵のひろば　たがひのラルゴをうたひかわし
雲をもどよもし夜風にわすれて　とりいれまぢかに歳よ熟れぬ』
詞は詩であり　動作は舞踏　音は天楽　四方はかがやく風景画
われらに理解ある観衆があり　われらにひとりの恋人がある
巨きな人生劇場は時間の軸を移動して不滅の四次の芸術をなす
おお朋だちよ　君は行くべく　やがてはすべて行くであらう

と詠う。そして、最後の「結論」で、

……われらに要るものは銀河を包む透明な意志　巨きな力と熱である……

われらの前途は輝きながら嶮峻である
嶮峻のその度ごとに四次芸術は巨大と深さとを加へる
詩人は苦痛をも享楽する
永久の未完成これ完成である

理解を了へばわれらは斯る論をも棄つる
畢竟ここには宮沢賢治一九二六年のその考があるのみである

岩手高等国民学校での「農民芸術」の講義は一一回におよんだ。詳しい説明もあったが、生徒からは「正直いってよくわからなかった。だれもそうだったと思う」という回想も残されている。[16] このような詩をはじめて賢治先生から聞かされた高等国民学校の生徒には難しかったかもしれない。

賢治が願ったのは、「世界がぜんたい幸福にならないうちは個人の幸福はあり得ない」ということ、それはすべての人間の救済を説いた『法華経』の教えにほかならない。日蓮の仏国土である。「詞は詩であり　動作は舞踏　音は天楽　四方はかがやく風景画」は、農業が芸術となるということで、賢治の言葉ではイーハトヴの情景であった。仏国土のイメージにも重なる。

ここで詠われるのは、『春と修羅』の詩もそうであったが、この世界も科学と仏教が統一された世界である。「近代科学の実証と求道者たちの実験」と述べているようにである。

賢治と無政府主義

「座談会・宮沢賢治の価値」で鶴見俊輔は、賢治はクロポトキンの『田園・製造所・工場』を読んでいたとのべている。[17] 農村に小工場を設立し、精神労働と肉体労働の統一をはかることで、労働の苦痛から解放するという無政府主義者クロポトキンの意見は賢治の農村改革に示唆することがあったのであろう。

賢治の蔵書には、無政府主義者の石川三四郎が一九二五年に出版した『非進化論と人生』も含まれていた。『非進化論と人生』はベルギーの無政府主義者エリゼ・ルクリュが書いた『地人論』の部分訳である。そこで、賢治の「羅須地人協会」の「地人」はこの著書からとられたとの見方もある。[18]

無政府主義といえば、賢治は草野心平と交流があった。前述したように、『春と修羅』に感動した心平は賢治を『銅鑼』の同人に誘い、賢治はそれに応じて一九二五年いらい詩を発表しつづけたのだが、『銅鑼』には社会民主主義や無政府主義者のバクーニンやクロポトキンにかんする評論や翻訳論文が掲載されていた。賢治もそれを読み、その影響から、クロポトキンやルクリュへの関心を抱くようになった可能性は大きいようだ。

草野心平も無政府主義者の影響をうけ、アナーキスト詩人といわれるようになる。居を群馬県前橋に移した一九二八年にはじめて活字印刷で出版した第一詩集『第百階級』の序詞には、

蛙はでつかい自然の讃嘆者である
蛙はどぶ臭いプロレタリヤトである
蛙は明朗なるアナルシスト
地べたに生きる天国である

という短い詩を掲載している。[19] 心平はクロポトキンのめざした世界を「蛙の天国」に見た。三年後にガリ版印刷で出した第二詩集『明日は天気だ』には「十八歳のクロポトキン」を載せる。

賢治も心平も無政府主義者が最終的にめざした世界に心を惹かれた。それは賢治のイーハトヴや心平の「蛙の天国」に重なるものであった。

5　自己犠牲の精神

キリスト者・斎藤宗次郎との親交

日蓮宗の信者であった賢治だが、宗教的にも排他的ではなかった。キリスト教にも理解をしめしていた。「銀河鉄道の夜」の主人公のジョバンニとはヨハネのこと、銀河には「白い十字架」が立ち、賛美歌が流れ、列車には「カトリック風の尼」やキリスト教徒が乗り込むなど、キリスト教的な光景が展開される。

キリスト教の体験も少なくなかった。小学五年生のときの担任は内村鑑三の弟子の照井真臣乳《まみじ》であったし、盛岡中学に入ると、市内の四ツ家にあった天主教会（カトリック）のブジェー神父と交流があった。ブジェー神父を詠んだ短歌がいくつか残されている。

　ブジェー師よ
　かのにせものの赤富士を
　工藤宗二がもたらししとか

「赤富士」というのは北斎の浮世絵の「赤富士」のこと。賢治もそうであったが、ブジェー師も浮世絵収集の趣味をもっていた。

ブジェー師や
さては浸礼教会の
タッピング氏に絵など送らん

という一首もある。タッピングは盛岡中学の近くの盛岡浸礼教会《バプテスト》（啄木たちはここに義捐金を寄託した）の宣教師で、賢治が盛岡中学一年のときの英語教師であった。高等農林の学生のときには友人を誘ってタッピングが教会で開いていたバイブル・クラスに通ったのである。

花巻には内村鑑三の弟子がもう一人いた。照井真臣乳の友人で、小学校の教師であった斎藤宗次郎である。一九〇〇年に受洗したが、そのために退職を余儀なくされた熱血のキリスト教徒であった。徴兵検査にあたっては師にしたがって非戦論をのべるとの決意を内村に打ち明け、花巻に飛んできた内村に真理と真理の応用の別を説得されて、ようやくとりやめたこともある。

小学校を退職した斎藤宗次郎は新聞店の求康堂を開店して新聞配達をしていた。朝三時に汽車から降ろされる新聞を町中に配達する仕事を終えると、病人を見舞い、励まし、冬には通学路の雪かきをする。賢治が一九三一年に書いた「アメニモマケズ」は自己犠牲に生きようとした賢治の心を読んだものであるが、山折哲雄は宗次郎が念頭にあったと見ている。(20)

その宗次郎も仕事を終えるとよく花巻農学校の職員室に現われた。そこで、賢治と文学を語りあい、一緒にレコード鑑賞をしている。一九二六年三月四日に賢治は農学校を退職する旨を宗次郎に告げ、「農民芸術概論綱要」の「序論」を朗読し、批評をもとめている。

その後賢治が農学校を退職し、羅須地人協会をはじめたのに合わせるかのように、斎藤宗次郎は上京する。後半生を内村鑑三の側にあって無教会派の伝道活動に従事し、前田多門、矢内原忠雄、南原繁、高木八尺らを育てた、内村のキリスト教教育に献身的に協力した。賢治も宗次郎も公的な学校教育からは離れたが、私塾的な教育に生きたのである。

「自己犠牲」

「世界がぜんたい幸福にならないうちは個人の幸福はあり得ない」と詠う「農民芸術概論綱要」も「アメニモマケズ」にも衆生の救済を説く大乗仏教の精神が流れている。仏教では、釈迦の前世の姿である薩埵《さった》王子が餓死しかけた虎の母子を救うために自分の身を投げ出したという「捨身飼虎」の説話があり、賢治も童話の「二十六夜」でみずからの身を投げ出しで餓死に苦しむ親子を救う捨身菩薩を登場させていた。

「銀河鉄道の夜」でもケンタウル祭の夜、ジョバンニの親友のカンパネルラは川で溺れた同級のザネリを救い、自分は行方不明となった。そのなかでもジョバンニは、カンパネルラに「僕はもうあのさそりのやうにほんとうにみんなの幸のためならば僕のからだなんか百ぺん灼いてもかまわない」と言うと、カンパネルラは「うん。僕だってさうだ」と答えている。

死の一年前に発表した「グスコーブドリの伝記」も自己犠牲を語る。イーハトヴでは二年間冷害がつづき、ブドリの両親は食料を残して姿を消し、妹のネリは男に攫《さら》われてしまう。ブドリはクーボー博士の世話で火山局に勤務することができた。イーハトヴが大冷害に襲われると、カルボナード火山を噴火させることで地球の温度を上げることができるのを知ったブドリはみずからの命を捨てることで火山を噴火させ、イーハトヴの農民を救う。

賢治にとって自己犠牲は戦争の問題でもある。童話集『注文の多い料理店』に収められた「烏《からす》の北斗七星」では艦隊の戦闘が烏の戦いとして語られた。烏の大尉は敵の山烏を討つことを命じられ、烏の大尉は命じられたとおりに、全力をつくし、山烏を殺す。だが、烏の大尉は山烏を丁重に葬り、憎むことのできない敵を殺さなくてもいい世界となるように、そのためならば、「わたくしのからだなどは何《なん》べん引《ひ》き裂《さ》かれてもかまひません」と北斗七星のマヂエルの星に祈るのである。盛岡農林を卒業するとき父に、「その戦争に行きて人を殺すと云ふ事も殺さるる者も皆等しく法性に御座候」（二一九頁）と書いた賢治ではなかった。

労農党への支援

童話や詩を創作しながら、羅須地人協会では肥料設計や品種改良によって農民を助けるのだが、賢治の自己犠牲や献身だけでは農民の生活の窮状を救うことはできない。「農民芸術概論綱要」の世界と現実との乖離は著しい。農民が賢治を見る目もきびしくなる。

賢治の努力は報われない。農業労働が舞踏となる社会は夢のまた夢、この世で潤うのは資本家のみである。「なめとこ山の熊」で猟師の小十郎が荒物屋の旦那に熊の肝と毛皮を安く買いたたかれたように、労仂者が資本家に搾取される資本主義社会では、労仂者は貧しさから脱け出せない。賢治は社会主義に関心を寄せるようになる。

羅須地人協会が発足した四カ月後の一九二六（大正一五）年十二月一日に花巻で労農党（労働農民党）稗和支部が農民、教員、鉄道員、製紙工場工員など三〇数名の党員を集めて結成されると（党員には羅須地人協会に顔を出していた農民もいた）、賢治は稗和支部の設立を支援する。賢治は事務所を借用するさいに保証人となり、机や椅子を提供し、運営の経費も援助した。
一九二七（昭和二）年三月の「詩ノート」の「〔黒土からたつ〕」には、

きみたちがみんな労農党になってから
それからほんとのおれの仕事がはじまるのだ

としたためる。同じ年の詩「生徒諸君に寄せる」でも、コペルニクスとダーウィンとともにマルクスの名をあげて、

あらたな時代のマルクスよ
これらの盲目な衝動から動く世界を
素晴らしく美しい構成に変へよ

と詠っている。

一九一九（大正八）年には新潮社から『啄木全集』が刊行され、社会主義者としての啄木にたいする評価も定着、盛岡には労農党の横田忠夫らによって「啄木会」が設立された。賢治と親しかった労農党稗和支部執行委員の川村尚三は、「その会に花巻から賢治と私が入っていた、賢治は啄木を崇拝していた」とのべている。しかし、賢治は川村からレーニンの『国家と革命』の個人講義をうけたが、「これはダメですね、日本に限ってこの思想による革命は起こらない」と断定的に言い、「仏教にかえ

る」と翌朝からうちわ太鼓で町をまわった、という。[21] 啄木の影響で短歌をつくりはじめた賢治は、社会主義者となった啄木にも敬意を払っていたのである。

賢治は社会主義者とはならなかったが、それでも、一九二八（昭和三）年二月二十日に施行された普通選挙による第一回の総選挙にあたっては、労農党稗和支部に選挙活動のために謄写板一式を提供し、二〇円をカンパした。[22] 選挙の結果は、労農党の水谷長三郎と山本宣治が当選するなど、予想以上の躍進であったが、政府は共産党員の大検挙をおこない、四月十日には労農党を解散させた。賢治も花巻警察の事情聴取をうける。

そのころから、賢治の健康はすぐれなかった。羅須地人協会の活動も途絶えがちになる。講義は不定期にならざるをえなかったが、一九二八年も夏の旱魃のために賢治は農業指導に奔走せねばならなかった。八月には高熱をだし、両側肺浸潤の診断を受ける。賢治も結核に冒されていたのである。自宅に戻っての静養を余儀なくされ、羅須地人協会の活動も実質的に終わる。

6 法華経に生きた農民の教師

賢治の法華経

両側肺浸潤の診断を受けた賢治は死を意識せねばならなかった。「疾中」の「（一九二九年二月）」では次のように詠う。

われやがて死なん

今日又は明日
あたらしくまたわれとは何かを考へる
われとは畢竟法則の外の何でもない
からだは骨や血や肉や
それらは結局さまざまの分子で
幾十種かの原子の結合
原子は結局真空の一体
外界もまたしかり
われわが身と外界とをしかく感じ
これらの物質諸種に働く
その法則をわれと云ふ
われ死して真空に帰するや
ふたゝびわれと感ずるや
ともにそこにあるは一の法則のみ
その本原の法の名を妙法蓮華経と名づくといへり
そのこと人に菩提の心あるを以て菩薩を信ず
菩薩を信ずることを以て仏を信ず
諸仏無数億而も仏もまた法なり
諸仏の本原の法これ妙法蓮華経なり

帰命妙法蓮華経
生もこれ妙法の生
死もこれ妙法の死
今身より仏身に至るまでよく持ち奉る

「われ」という人間は原子の結合にすぎなく、その生と死を支配するのは科学の「法則」だが、その本源は法華経の「法」である。花巻農学校時代に書かれた『春と修羅』では、「おれはひとりの修羅」といい、「わたくしという現象は仮定された有機交流電燈」と詠っていたが、いまや、人間存在をより根源にもとめ、永遠の真理の「法」に生きようとする。

一九三一（昭和六）年二月、体調が回復したかに見えたので、大船渡線松川駅前にあった東北砕石工場（鈴木東蔵社長）に嘱託技師として就職する。石灰石を粉砕・加工して肥料の炭酸石灰を製造・販売する工場であった。羅須地人協会でおこなっていた肥料設計につながる仕事でもあった。花巻出張所も設置され、賢治は製造の改良と販売と宣伝を担当した。賢治は宣伝用のパンフレットを作成し、そのパンフレットをカバンに詰めて、岩手県内だけでなく秋田、宮城、福島にも出張している。九月二十日には上京するが、神田駿河台の八幡屋で発熱して花巻に戻らねばならなかった。再び病床に臥するようになった。このころから書かれた「雨ニモマケズ手帳」（「雨ニモマケズ」の収められた手帳）には、

三十八度九度の熱悩

肺炎流感結核の諸毒
汝が身中に充つるのとき
汝が五蘊の修羅
を化して或は天或は
菩薩或仏の国土たらしめよ

との書き込みがみとめられる。自己の救済に終わってはならない。この世を仏国土とせねばならない。すべての人々を救済せねばならない。賢治は、キリスト教や社会主義やアナーキズムや科学をも含み包んだ、法華経の信者であった。

賢治の最後

花巻へもどってからは病床の人間となったが、それでも高等数学の勉強にはげむ。なおも科学に生きる宮沢賢治であった。翌年の一九三二年には歩行もできるようになり、農民への農業相談もつづけていた。しかしながら、一九三三年九月二十日には急性肺炎で熱を出す。それでも、たずねてきた農民に正座しながら一時間も農業相談に応じている。最後まで農民の教師であった。

翌二十一日容態は一変し、喀血する。賢治は『国訳妙法蓮華経』を一〇〇〇部翻刻し、お経のうしろには「私の一生のしごとは、このお経をあなたのお手もとにおとどけすることでした。あなたが、仏さまの心にふれて、一番よい、正しい道に入られますように」と書いて友人知己に配ることを遺言して、永眠した。

葬儀は宮沢家の菩提寺であった浄土真宗の安浄寺でいとなまれた。二〇〇〇人が参列し、盛岡高農の上村勝爾、花巻農学校同窓会の小田中光三、友人の森佐一（荘已池）らの弔辞があった。遺体は同寺に埋葬された（一九五一年に日蓮宗の身照寺に改葬される）。

死後の賢治

賢治の死を高村光太郎のアトリエで聞かされた草野心平は、光太郎の工面してくれた旅費で宮沢家を初七日の日に弔問し、そこでうづ高く積まれた賢治の未発表の詩や童話に接する。量と内容に驚ろかされる。翌一九三四年一月に心平は同人誌『次郎』を「宮沢賢治追悼」号として発行する。そこには、佐藤惣之助、辻潤の文章が再録され、高村光太郎、萩原恭次郎、森佐一、菊池武雄、黄瀛《こうえい》、小野十三郎、尾崎喜八、高橋新吉、草野心平らが稿をよせている。[23]全集の出版も計画され、一九三四、三五年に文圃堂書店から『宮沢賢治全集』全三巻として刊行された。編集は横光利一、高村光太郎、草野心平、藤原嘉藤治、宮沢清六、装丁は高村光太郎が担当した。生前にはたった二冊を自費出版できただけだったのに、死後二年のうちに全集が出版されたのだ。

一九三五年四月には心平の編集で研究誌『宮沢賢治研究』が発刊された（翌年十二月までに五冊を刊行）。その創刊号に中原中也は『宮沢賢治全集』を薦める文「宮沢賢治全集」を寄せ、そこで「私はこれらの作品が、大正一三年頃、つまり『春と修羅』が出た頃に認められなかつたといふことは、むしろ不思議である。私がこの本を初めて知つたのは大正一四年の暮れであつたが、とまれ寒い頃であった《ママ》。由来この書は私の愛読書となつた。何冊か買つて、友人の所へ持つて行つたのであった」と書いている。賢治は知らなかったであろうが、詩人中原中也の心を動かしていたのである。中也は

「私自身が無名でさへなかつたならば、何とかしたでもあつたらうけれど、私の話を知名の人達はどう迂《う》つ闊《か》りとしてゐたものか。私の力説が足りなかつたのか」とも述べている(24)。

賢治の死後、草野心平の詩に変化がみられるようになる。一九三五年の詩集『母岩』では、時空的な広がりをもつ宇宙的世界が詠まれるようになる。アナーキズムへの接近でも賢治との共通点が見られるようになる。そのなかの一編「劫初からの時間の中で」では永遠の時間と無限の空間のなかで愛し合う「君と私」が詠まれる。

その後、賢治への評価は高まるが、時代は賢治の願いとは逆の方向に歩んでいく。賢治が病床にあった一九三一年に日本の軍部は満州事変を引き起こし、十五年戦争に突入した。賢治が死んだ一九三三年には、「教員赤化事件」で教育の改革にとりくんでいた多数の教員が検挙された。また、『蟹工船』で苛酷な労働条件に苦しみながら団結して立ち上がる労働者を描いた小林多喜二が治安維持法違反容疑で逮捕され、東京・築地署で拷問・虐殺された。

つぎの時代に教師・啄木と賢治の教育の精神はどう生かされたのか、生かされなかったのか。私たちは十五年戦争の時代の教育と戦後の教育の歴史を見ておかねばならない。

第八章　満州事変——十五年戦争へ

1　満州事変

昭和恐慌と農村の困窮

一九二九（昭和四）年十月にアメリカで起こった株価暴落に端を発した世界恐慌は、日本を深刻な不況に陥れた。輸出も輸入も減少して、生産活動は萎縮、倒産が続出する。物価が下がったが、それ以上に賃金も下がった。各地で小学校教員の賃金の減俸や未払いも見られた。それでも、職がある者は恵まれていた。失業者が増加し、大学や専門学校の卒業生の就職も難しくなる。一九三一（昭和六）年の大学の卒業者の就職率は三六・二パーセント、専門学校の卒業者の就職率は三七・四パーセントにまで減少した。(1) 小津安二郎監督の『大学は出たけれど』が一九二九年に封切られ、そのタイトルが流行語ともなる。

恐慌は子どもたちも苦しめた。『朝日新聞』（一九三〇年五月十三日）は、東京市外の小学校では弁当を持参しない児童のためにオニギリを用意したが、家で腹を空かしている妹のために持ち帰るので、半分しか食べない子どものことを伝えている。とくに、世界恐慌による生糸の値段が暴落し、農村の生活は困窮をきわめた。都会での失業者も帰農する。東北では凶作にも襲われる。凶作の激甚地の山村では非常食のヒエやアワも底をつき、ドングリや麩《ふすま》やヒエの糠《ぬか》までも食べねばならなかった。一九三四年十月の岩手県の欠食児童は二万四〇〇〇人、十二月には五万人を超えた（『朝日新聞』十月十二日—十一月一日）。この年の岩手県の娘の身売りは三二九八名を数えた。芸妓、娼婦、酌婦などとして身売りされたのである（『中央公論』一九三四年十二月号）。

賢治の一九三一年の作品「グスコーブドリの伝記」でも、イーハトヴは飢饉に襲われ、「そしてみんなは、こならの実や、葛《くず》やわらびの根や、木の柔《やわ》らかな皮《かわ》やいろんなものをたべて、その冬をすごし」さなければならなかった。ブドリの両親は子どもに食べものを残して姿を消し、ブドリの妹のネリは男に攫われてしまう。農民も労働者も問題は深刻化するが、啄木が最後に期待した社会主義運動は弾圧される。賢治が支援した労農党も解散させられた。労働運動も政治運動も先が見えなくなっていた。

そのようななかで満州事変が起こる。国債発行によって軍事費は膨張し、重工業を中心に産業界は活気づき、都市での失業者は減少する。それに、満州事変は国民の不満を外に向かさせる恰好の材料にもなった。しかし、農村は窮乏から立ち直れない。そのうえ、その農村からは農民の二、三男が徴兵されて大陸に送られた。

満州事変

中国の東北部の満州には奉天を基盤とする軍閥の張作霖が君臨し、華北の北京も支配していたが、大連、旅順、ハルビンなどの主要都市には南満州鉄道（満鉄）の権益を守るのを目的に日本の関東軍が駐屯していた。一九二八（昭和三）年六月、中国全土の統一をめざした蒋介石の北伐軍が北京から張作霖を追放したとき、関東軍高級参謀の河本大作大佐は根拠地の奉天にむかった張作霖と部下の乗る列車を爆破して暗殺した。張作霖の子の張学良は、ただちに関東軍に反撃をするのではなく、父の軍閥を継承して、蒋介石の国民党と連携し、満鉄に並行する鉄道を敷設して、満鉄の独占的支配を打破するという手に出た。

それによって満州の権益が脅かされるとの危機感を抱いた関東軍は一九三一年九月十八日、奉天近くの柳条湖の満鉄線路をみずから爆破し、それを中国軍の犯行と発表して、その日のうちに奉天、長春などの主要都市を占領する。自衛権の発動を口実とした謀略の行動で、天皇による宣戦布告はなされなかったので、「満州事変」とよばれた。日本を破局に導いた十五年戦争の発端であった。

若槻内閣は不拡大方針をとるが、関東軍の行動を制止しようとはしなかった。関東軍はその年のうちに、満州全域（奉天省・吉林省・黒竜江省）を占領し、翌一九三二年初頭には東内蒙古（熱河省）も支配し、三月一日には清朝最後の皇帝であった溥儀《ふぎ》を執政にかつぎ、長春を新京と改称して首都とする共和国「満州国」を建てる。

蒋介石の国民政府に帰属していた張学良の軍隊は、毛沢東の中国共産党との戦いに忙殺されていたので、そのときにも日本と全面的に対決するのを避け、関東軍にたいして抵抗を見せることがなかったが、上海の学生と労働者を中心にはげしい抗日運動が起こる。張学良には無抵抗を命じた国民政府も、国際連盟に提訴する。満州住民の自発的な行動である、との日本の主張は受け容れられず、一九三三年三月二十四日の連盟の臨時総会は、日本軍の撤退を勧告する決議案を四二対一（一は日本）で可決する。しかし日本は、常任理事国であったにもかかわらずその決議に従わず、首席全権の松岡洋《よう》右《すけ》は総会から退場、国際連盟を脱退した（新渡戸稲造は一九二六年に事務次長を退任していた）。

板垣征四郎と石原莞爾

満州事変の計画・実行と「満州国」の建国を指導したのは、盛岡中学で啄木の一級先輩の関東軍高級参謀板垣征四郎大佐と、賢治と同じく国柱会の会員であった関東軍作戦主任参謀の石原莞爾中佐である。石原が綿密な計画を練り、板垣が守備隊をつかって実行した。軍部の勢力は維新いらい権勢を誇っていた薩長閥から陸軍士官学校・陸軍大学校と海軍兵学校・海軍大学校に学んだ将校たちの手に移っていた。長く薩長閥の頂点に君臨していた山県有朋も政党内閣の成立で政治的権威を失い、一九二二年にこの世を去っていた。

板垣征四郎は、仙台陸軍幼年学校・陸軍士官学校をへて陸軍大学校に学んだ後、参謀本部員をつとめ、その間しばしば中国に出入りして中国通となり、一九二九年以降高級参謀として関東軍を指揮する地位にあった。石原莞爾は高山樗牛と同郷、「賊軍庄内」の山形県鶴岡出身で、庄内藩士の子に生まれ、庄内中学から仙台陸軍幼年学校・陸軍士官学校をへて陸軍大学校に学んだ。勤務した山形連隊の佐伯正悌《まさよし》大隊長との出会いから法華経と日蓮を知り、高山樗牛の著書によってその信仰を深めた。一九二〇（大正九）年四月には田中智学の国柱会の春季講習会に参加し、会員となった。宮沢賢治が入会したのと同じ年である。一九二三年からドイツに留学し、一九三一年に関東軍の高級参謀となる。

「満州国」の建国のスローガンとされた「王道楽土、五族協和」は、覇道（武力）を排して、仁徳を基本にした政治によって満州を安楽の地とし、満州人・蒙古人（モンゴル人）・漢人・日本人・朝鮮人の五民族が協力して、「楽土」と化そうというものであった。石原は法華経の「仏国土」を考えていたのである。「五族協和」は孫文が辛亥革命のときに唱えた「五族共和」からの借用で、石原らも「満州国」を共和制の国とした。しかし、五民族の協力というのはスローガンだけで、軍事力での支配であった。田中智学の「法華経は剣也」（『宗門之維新』）を地で行くもので、二年後には溥儀を皇帝とする「帝国」となった。

「王道楽土、五族協和」の現実

政府は生活に苦しむ農民に満州に渡れば広大な農地を手にできると宣伝し、開拓団を送り出す。一九三六年に設立された満州拓殖公社の手にした土地は日本の面積の半分以上であったが、その大部分はすでに中国人の耕作していた農地を略奪同然の安い価格で買い上げたものであった。「五族協和」とは逆のことがおこなわれたのである。中国の農民は反満抗日の武装団を結成して、それに抵抗したが、関東軍はそれをきびしく討伐し、一九三二年から一九四〇年の間に六万六〇〇〇人を殺し、一万一〇〇〇人を捕虜にした(2)。

その捕虜や政治犯の多くが、石井四郎軍医中将がハルビンの近郊に設立した関東軍七三一部隊の研究所で人体実験の犠牲となった。石井の兄が典獄をつとめる監獄には常時二〇〇人ほどの人体実験用の被験者が収容されていたという(3)。

満州開拓のために一九三七年には満蒙開拓青少年義勇軍が設けられた。その名のとおり軍隊的な性格をもつ青少年の開拓団であった。高等小学校を卒業したばかりの少年が茨城県水戸市の近くの内原町（現水戸市）にあった内原訓練所に集められ、二カ月間農業、武道、皇国精神の訓練と教育をうけ、満州に送り出された。内原訓練所は、日本国民高等学校校長の加藤完治が一九三五年に日本国民高等学校を内原町に移転し、そこに隣接して設立したもので、加藤が校長になった。「満州国」が存在した一三年間に開拓団として入植した日本人は三二万人にのぼるが、そのうち八万人が内原訓練所で訓練をうけた満蒙開拓青少年義勇軍であった。

2　北一輝の国家改造論

北一輝も『明星』の投稿者

国内では社会主義運動はきびしい弾圧で動きがとれなくなっていた。そのようなときに、軍部や民間右翼による「国家改造」の運動がはじまる。その指導者であったのが、啄木と同世代の北一輝である。北の革命思想が陸軍士官学校や海軍兵学校の生徒や卒業生に影響をあたえ、「国家改造」をねらったテロやクーデターを引き起こすことになる。

石川啄木よりも三歳年長、佐渡の両津湊町の酒造家の長男に生まれた北一輝も、一年早く湊尋常小学校で四年間学び、加茂高等小学校に入学、一八九七年には一県一校制の規制が解除されて新設された佐渡中学に進学する。三年生に特別進級するが、四年生で退学する。与謝野鉄幹・晶子の浪漫主義にあこがれて『明星』に短歌を投稿し、翌年の一九〇一年には採用される。そのころ啄木も『明星』を閲覧しているので、啄木の目にも止まったかもしれない。啄木と似たような少年時代をすごしたのである。

しかし、北の社会問題への目覚めは啄木よりも早かった。『万朝報』や『平民新聞』の読者となり、幸徳秋水や堺利彦の思想に関心をしめし、『佐渡新聞』（一九〇三年七月二十二日―三十日）には国体にかんする論文「国民対皇室の歴史的考察」と内村鑑三の日露戦争非戦論を批判する論文が掲載される。その翌々月の『明星』に発表した歌論の「鉄幹と晶子」は鉄幹にほめられたが、これを最後に『明星』を離れる。

『国体論及び純正社会主義』の出版

北一輝は眼病を患っていたために徴兵はされなかった。一九〇四（明治三七）年二二歳になったとき、上京して弟の昤吉（のち衆議院議員）が通っていた早稲田大学の聴講生となる。が、大学にはほとんど行かず谷中清水町（現池之端四丁目）の下宿から上野図書館（帝国図書館）に通って『国体論及び純正社会主義』の執筆に専念する。宮沢賢治も足を運んだ図書館である。半年間をかけて完成し、一九〇六年五月に五〇〇部を自費出版する。北が二四歳のときであった。

明治維新を民主革命と見、「五箇条の誓文」の「万機公論」の精神を継承した自由民権運動よって「大日本帝国憲法」が獲得されたとする北は、天皇主権説を退けて、国家の主権は天皇と議会（国民）にあるという一種の天皇機関説（国家主権説）を提唱する。天皇機関説といっても、美濃部達吉の説にそのまま従うのではない。「大日本帝国憲法」は法的には社会主義の存在を保証していると理解し、美濃部が憲法の解釈に終始したのにたいして、明治維新につづく第二の革命による国家改造が必要であるとした。それは普通選挙を実現させることによって、議会で民主的に経済組織を改廃し、社会主義社会を実現するのでなければならない、それこそが「純正」の社会主義、つまり科学的社会主義であるとした。安部磯雄たちによって結成された社会民主党が主張した社会民主主義に近かった（八四頁）。

発売一週間で発禁となるが、内容の一部を『純正社会主義の哲学』と『純正社会主義の経済学』の分冊本にして再発行する。啄木が読んだのはこの分冊本のほうであった。反響は大きく、福田徳三、河上肇、片山潜をはじめ、木下尚江、堺利彦などの社会主義者からも注目され、称賛もうける。それによって、幸徳秋水や堺利彦との交流も生まれ、幸徳秋水の湯河原の宿を訪問したこともある。そのため、当局からは要注意人物と見られるようになり、「大逆事件」では検挙もされた。

北はまた『国体論及び純正社会主義』を読んだ宮崎滔天から革命評論社に勧誘される。そこには、孫文や黄興、それに東京で文学の研究をしていた魯迅も出入りしていた。さらに、孫文が滔天の協力をえて東京で革命結社・中国同盟会を結成すると、北はそこに参加し、中国同盟会の幹部であった宋教仁の活動に協力するようになる。その関係で孫文を支援していたアジア主義者の内田良平が創立した黒竜会の編集部にも出入りする。そのころから北は、日中が協力してヨーロッパの列強をアジアから放逐し、アジアの独立を勝ち取るべきであるとの考えをもつようになる。

一九一一年十月十日の辛亥革命の報を聞いた北は十月末に上海に渡り、南京、武昌（現武漢）にも入り、革命をみずからの目で確かめる。中華民国の成立後国民党の指導者となった宋教仁が凶弾に倒れると、北は一九一三年に退去命令をうけて帰国し、一九一五年には辛亥革命の体験記『支那革命外史』をまとめる。謄写版で一〇〇部を刷り政界要人や言論機関に配布した。

そのころ北は毎朝『法華経』の誦経を欠かさないようになる。北の曾祖母と祖母は読経をなによりの楽しみとしていた浄土真宗の熱心な信者であった。この点、宮沢賢治と似たような環境にあった。しかし、母のリクは日蓮に心酔していた。少年の北の心には母から聞かされていた日蓮の記憶が蘇ったかのようである。

『日本改造法案大綱』の執筆

一九一六年、ふたたび上海に渡った北は、そこで中国の民衆が反日に転じたのを見て、日本みずからの革命の必要性を認識させられる。「大逆事件」から天皇の政治的威力を学び、辛亥革命からは軍隊による革命の可能性を教えられて、一九一九年には北は軍隊による革命のプロセスを説いた『日本改造法案大綱』を書き上げる。

そのなかで北は、天皇大権の発動によって一時的に憲法を停止して戒厳令を布き、軍隊のクーデターで軍閥、財閥、党閥などの特権階級を排除し、天皇を「平等の国民の上の総司令官」とする「一君万民」の国家を実現するべきとした。そうして生まれた国家では天皇制専制主義は廃絶され、華族制は廃止され、私有財産は制限され、自由を拘束する法律は撤廃されて、普通選挙が実施される。教育については、国民教育を国民の権利と規定し、その目的を「日本精華に基く世界常識を養成し、国民個々の心身を充実具足せしめて、各其の天賦を発揮得べき基本を作る」とし、期間は満六歳から一六歳までの一〇年、男女同一に教育するものとした。月謝、教科書を給付し、昼食は学校の支弁とし、画一的な服装も強制しない。英語は廃止し、エスペラントを課して第二国語とするなど、具体的な教育改革にも言及している。

『国体論及び純正社会主義』では普通選挙で選出された議会による改革を考えていたが、『日本改造法案大綱』では天皇大権の発動による軍隊のクーデターによる革命を唱える。北にとって天皇は革命の手段なのである。「天皇の国民」から「国民の天皇」へ、「支配の原理」である天皇は「革命の原理」に変えられたといってもよい。天皇を「革命の原理」として明治維新を実現させたが、いまや同じ原理で「昭和維新」を実行せねばならないというのである(4)。

さらに、北は革命の主力は武器をもった軍隊であるとする。しかし、兵士の大多数は農民なのだから、軍隊のクーデターによる革命は、農民による革命にほかならない、とみていた。

3　「国家改造」――テロとクーデターの時代へ

大川周明の猶存社と行地社

同世代の国家主義者に、北一輝とも交流のあった大川周明がいた。大川は山形の庄内出身で、庄内の先輩には高山樗牛がおり、庄内中学での三級後輩には石原莞爾がいた。熊本の五高をへて東京帝国大学で印度哲学を専攻、高楠順次郎や姉崎正治の講義をとり、大学の外では東北学院の押川方義の説教を聞いている。一九一九(大正八)年には北一輝らとアジアの民族解放と日本の国家改造をスローガンとした猶存社を興し、北から『日本改造法案大綱』の出版を託された大川は翌年、赤穂義士にちなんで四七部を謄写板印刷し、要路の人々に送った(国家改造にかんする部分は削除することで出版が許可され、一九二三年に改造社から伏せ字だらけの本として公刊された)。

しかし、大川は北と対立して猶存社を解散し、ファシズムをめざす行地社を結成する。そこに、陸軍士官学校を卒業するが三年で病気になり退役した西田税《みつぎ》が参加した。陸軍士官学校の在学中に『日本改造法案大綱』に接し、また熱心な日蓮宗の信者でもあった西田は、一九二六年に『日本改造法案大綱』の第三版を出版し、陸軍士官学校出身の青年将校向けに国家改造の教育に専念した。

テロとクーデターの時代であった。一九三〇(昭和五)年十一月には立憲民政党総裁から首相になり「協調外交」を唱えた浜口雄幸《おさち》が、右翼青年に狙撃されて重傷を負う。翌一九三一年年三月には、未遂に終わったが、橋本欣五郎陸軍中佐が「国家改造」を目的に、大川周明、小磯国昭陸軍軍務局長、赤松克麿社会民衆党書記長らと、クーデターで浜口雄幸内閣を倒して宇垣一成陸軍大将を首相とする内閣を樹立する計画を立てた（三月事件）。その計画には西田税も板垣征四郎も関わっていた。その年の九月に満州事変がおこった。十月には、これも未遂であったが、橋本欣五郎は大川と西田らとはかって陸海軍の部隊を動かし、若槻礼次郎首相らを暗殺して、荒木貞夫中将を首班とする内閣を樹立しようとした（十月事件）。三月事件も十月事件も「記事永久差止め」となって、一般国民には知らされなかったが、事件の存在を知る政治家には無言の圧力となった。

一九三二年には日蓮宗信者の井上日召《にっしょう》が一人一殺主義を唱えて組織した血盟団の団員によるテロが起こる。二月九日には小沼正が、浜口・若槻内閣の蔵相をつとめた井上準之助を射殺し、三月五日には菱沼五郎が三井合名会社理事長の団琢磨を射殺した（血盟団事件）。実行は二人だけであったが、その他にも、犬養首相、若槻前首相、幣原喜重郎前外相、元老の西園寺公望、三井財閥の池田成彬の殺害が計画されていた。

五・一五事件――農本主義者も参加

海軍将校のなかからも政府・財界要人の暗殺をねらったクーデター計画が生まれた。大川周明が資金を提供し、井上日召は収監中であったが、血盟団事件での検挙を逃れた血盟団員も加わった。西田税は時期尚早であるとして参加せず、陸軍青年将校も要請に応じず、参加したのは陸軍士官学校の生徒だけであった。そのかわり、民間からは農本主義者の橘孝三郎が水戸郊外の常盤村（現水戸市）に開いていた愛郷塾（後出）の塾生が別動隊として参加した。

一九三五（昭和一〇）年五月十五日、三上卓《たかし》中尉ら海軍将校四名と士官候補生五名からなる襲撃隊が首相官邸を襲い犬養毅首相（政友会総裁）を射殺した。話を聴こうという犬養に山岸宏中尉は「問答無用」と叫び、三上と黒岩勇少尉はピストルで犬養を撃ち死亡させた（五・一五事件）。

同時に、古賀清志海軍中尉や中村義雄海軍中尉らが牧野顕伸内大臣邸、政友会本部、警視庁を手留弾で襲撃した。血盟団員は丸の内の三菱銀行を手留弾で襲い、西田税宅を訪問して決起に反対していた西田を狙撃し瀕死の重症を負わせた。愛郷塾の塾生七名は六カ所の変電所を襲撃したが、機械の一部を損傷したのみで、東京の街を一瞬たりとも闇にすることはなかった。計画は杜撰、行動も中途半端であった。

彼らが襲撃現場に撒いた「日本国民に檄す」という檄文には、「政権、党利に盲《めし》ひたる政党と之に結託した民衆の膏血《こうけつ》を搾る財閥と更に之を擁護して圧政日に長ずる官憲と軟弱外交と堕落せる教育と、腐敗せる軍部と、悪化せる思想と、塗炭に苦しむ農民、労働者階級と而して群拠する口舌の徒と！／日本は今や斯の如き錯綜せる堕落の淵に既に死なんとしてゐる。／革新の時機！　今にして立たずんば日本は滅亡せんのみ。／国民諸君よ／武器を執つて！　今や邦家救済の道は唯一つ『直接行動』以外に何物もない」とあった。天皇制を問題にするのではない。悪いのは天皇の取り巻きとそれにつながる者たちで、彼らが天皇と国民を分断している。だから、「天皇の名に於て君側の奸を屠《ほうむ》れ」というのである。

石川啄木は「文明の暴力」による農村の荒廃を告発し、宮沢賢治は農村を再生しようと羅須地人協会を立ち上げてイーハトヴの実現をめざしたが、満州事変のころから、つまり宮沢賢治が世を去ったころから、農本主義運動が広がっていた。茨城県友部町に農村の幹部教育を目的とする日本国民高等学校と満蒙青年義勇軍のための内原訓練所を設立した加藤完治もその一人であった。この運動が国粋主義とファシズムと結びつき、資本主義と中央集権体制の否定となって国家改造運動とも連帯するようになっていたのである。

郷土主義を唱えていた権藤成卿《せいきょう》は、内田良平と黒竜会を結成し、血盟団とも関係しながら、反国家主義の立場から国家改造を指導しようとしていた。権藤と並ぶ農本主義者に愛郷塾の橘孝三郎がいた。橘は一高在学中に北一輝の『国体論及び純正社会主義』やアナーキストの石川三四郎の『西洋社会運動史』に接し、クロポトキンの思想に惹かれる。一高を中退をして故郷にもどって晴耕雨読の生活に入り、愛郷塾を立ち上げた。「大地主義」「兄弟主義」「勤労主義」をスローガンに掲げて都市文明を退け、資本主義と中央集権に反対する農本主義を実践を唱え、農村青年や学生・生徒を教育していた。

彼らは宮沢賢治と共通して農村の再生を志し、若者の教育に傾注したが、軍部や右翼と連携した国家の改造に赴く。賢治とは対極の方向を志向したのである。

4　教育も研究も「暗黒時代」に

「教員赤化事件」

満州事変の勃発以降、軍部と右翼が台頭する一方で、マルクス主義にたいする弾圧が強化された。共産党員だけでなく、共産党の支持者も治安維持法違反の廉《かど》で検挙された。一九三三（昭和八）年だけで四〇〇〇名以上が検挙され、京都帝大を追われた『貧乏物語』の河上肇も懲役五年の判決をうけて下獄した。『蟹工船』の作者の小林多喜二はその年の二月二十日に拷問・虐殺された。

教育への弾圧も拡大し、一九三三年二月四日には、九年前に「川井訓導事件」の起きた長野県で、教育労働者組合と新興教育同盟の関係者一三八名が治安維持法違反で検挙された。そのうち二八名が起訴され、一三名が服役、一一五名が行政処分された。教員のほかにも多数の検挙者がでたが、教員の数が多かったので「教員赤化事件」とよばれた。群馬県や茨城県でも多数検挙され、検挙者は一九三三年だけで一七府県、三三二名を数えた。あいつぐ弾圧で組織的な教育労働者の運動は終息する。

このとき、「川井訓導事件」では当局の批判者となった信濃教育会は、一八〇度態度を転換させて検挙された教員の非難に回る。そして、満蒙開拓青少年義勇軍の派遣にも積極的に協力し、派遣数は第二位の山形県を大きく引き離して全国一となった。

「滝川事件」と「天皇機関説事件」

自由主義的な研究も弾圧の対象となる。かねて慶応義塾大学予科教授で原理日本社を主宰する蓑田《みのだ》胸喜《むねき》らは「赤化教授」の追放を叫んでいたが、「教員赤化事件」の二カ月後には、鳩山一郎文相は講義や著書が共産主義的であるとして京都帝国大学総長に、滝川幸辰《ゆきとき》法学部教授の辞職を要求した。

沢柳事件で大学教員の任免は学部教授会の自治の問題であることを再確認した京都帝大の法学部教授会は、今回も鳩山文相の要求に抗議して全員辞表を提出した。京都帝大の学生の抗議運動も法学部から全学に拡大し、東京・東北・九州の各帝国大学でも京都帝国大学学生の抗議運動を支援する学生運動が起こる。文部省は滝川教授を休職処分とし、法学部教授会に対しては分断工作にでた。それによって、復帰した教員もいたが、佐々木惣一、末川博、恒藤恭ら教授会のメンバーの三分の二は辞職した。滝川幸辰の著書『刑法読本』は発禁となった。

ついで、『中央公論』などで軍の横暴を批判していた東京帝大法科大学教授の美濃部達吉が槍玉にあげられる。陸軍が美濃部達吉の天皇機関説を攻撃すると、呼応して東京帝国大学内部でも、同じ法科大学教授で「赤旗事件」でも登場した穂積八束の弟子の上杉慎吉が蓑田胸喜の『原理日本』誌上で美濃部を攻撃し、貴族院では在郷軍人の菊地武夫議員が貴族院議員であった美濃部達吉を「学匪」と非難、一九三五年二月十九日に不敬罪で起訴した。それにたいして美濃部は弁明の演説をした上で、「学説は変えず」の声明をだして貴族院議員を辞任する。

裁判は不起訴となる。しかし、美濃部は『憲法撮要』『逐条憲法精義』『日本国憲法ノ基本主義』の著作が発禁処分となり、帝国学士院会員などのすべての公職も退かねばならなかった。このときには、滝川事件のときとちがって、大学内でも外でも美濃部を擁護しようという運動はおこらなかった。美濃部を擁護者した数少ない者のなかに、京都帝大法学部の学生のときに「学連事件」で検挙されて、大学を去り、その後憲法史の研究者となっていた鈴木安蔵がいた。

天皇機関説についての論争は新しくない。法学者の内部では議論されており、天皇機関説は多数の法学者に支持されていた通説であった(一八〇頁)。じつは、岡田首相も天皇機関説の立場をとっていた。反天皇機関説者たちが絶対視しようとしていた天皇さえもが、それ(天皇機関説)でよいではないか、と言っていたということについては多くの証言がある。(5)

「国体明徴」運動

美濃部達吉を不敬罪で起訴はできなかったが、軍部と右翼の攻撃は収まらない。天皇機関説を支持していた岡田首相も、議会で「博士の機関説に賛成するものではありませぬ」と答弁せねばならなかった。一九三五年八月三日には、日本は「万世一系」にして「神聖にして犯すべからざる」天皇が統治する神国であるという「国体」のもつ意義を明らかにし、「政府は崇高無比なるわが国体と相容れざる言説に対し、断固たる措置をとるべし」とする「国体明徴に関する政府声明」を発表した。天皇機関説は国体の本義に反するとされたのである。それを政友会、民政党、国民同盟からなる議会が満場一致で可決する。議会重視にたつ天皇機関説の否定は議会の自己否定であったのはいうまでもない。

松田源治文相は運動の先頭に立って各学校に「国体明徴」を示達する。四方拝、紀元節、天長節、明治節（一九二七年に明治天皇誕生日が追加され、四大節となる）などの奉祝日に校長による教育勅語の捧読式に加えて、宮城遥拝がおこなわれるようになった。国史教科書の冒頭には、天照大神がわが子孫が治めるべき国としてニニギノミコトを地上に降したという記紀の「神勅」が掲載され、国民はニニギノミコトの曾孫にあたる神武天皇から昭和天皇までの全天皇名を暗唱させられた。

日中戦争直前の一九三七年五月に文部省は「国体」の意味と天皇に「絶対随順する道」こそが日本人の生きる道と説く『国体の本義』を発行し、学校に配布した。五年間に一〇三万部印刷されて、それは多くの中学校で修身の教材として使用され、高等学校や軍関係の学校の入試では必読書とされた(6)。

「思想善導」と国民精神文化研究所の設立

学生・生徒の思想対策も強化され、一九二七年には政府は全帝国大学に学生の思想指導・監督のために専任の書記官を配するなどして、学生・生徒がマルクス主義にむかうのを阻止しようとする「思想善導」に狂奔する。一九三一年には学生思想問題調査委員会を設置し、「学生生徒左傾ノ原因」と「学生生徒左傾ノ対策」を審議させた。

一九二九年に東京帝国大学の美濃部達吉は『帝国大学新聞』（十二月二日）で、「もしそのいはゆる思想善導が革命思想を絶滅せしめようとするにあるならば、それはすべての教育を禁□（一字不明）して、国民をして全く無学文盲たらしむるより外に途はない」と述べた。文部省は合理的な学問をすべて排除するしかないというのである。

そのために文部省は教員の再教育にも力を入れる。一九三二年には「国体」と国民精神を原理的に解明し、マルクス主義に対抗しうる理論の建設することが急務であるとして国民精神文化研究所を設立する。「国体」と国民精神を研究する研究部と、幹部教員の再教育と学生・生徒の思想矯正にあたる事業部からなっていた。研究面からの「国体明徴」の推進役となり、『国体の本義』の作成にも携わった。

一九三四年には国民精神文化研究所の下部機関として各府県に教員の講習のための国民精神文化講習所が設置された。この国民精神文化研究所で教育をうけた幹部教員が講習所において小学校教員に「国体明徴」の観点から再教育をおこなったのである。

「知育偏重論」

国家富強のためには科学教育を排除はできない。そこで、「国体明徴」運動を推進した松田文相は、科学は必要でも、国防と産業にむすびつくような科学に限定されねばならず、それ以上に徳育が重視されねばならない、と注文をつけ、知育偏重を批判する「知育偏重論」を唱えた。科学を深く学ばせると、天皇が「現人神」であることに疑問を抱かせ、体制の批判に走らせ、マルクス主義に目を向けさせるようにもなる。学問は「国体」を支える哲学と歴史と軍事技術に必要な科学だけでよい、というのである。

「知育偏重論」はかつて「大学令」を審議した臨時教育会議でも山県首相や岡田文相らによって喧伝されたことがある（二〇〇頁）。大学は増やすが、そこで学ぶ学生が科学的な精神を身につけるのは用心せねばならないというのである。

田辺元・小倉金之助・石原純と戸坂潤の反論

もちろん、「知育偏重論」に対する異議も唱えられた。京都帝大の哲学教授であった田辺元は『改造』（一九三六年十月号）に寄せた論文「科学政策の矛盾」で、松田文相の「知育偏重論」は「民をして依らしむべし知らしむべからず」とする反民衆思想であると非難し、実用的な科学の充実のためにも純粋科学が奨励されねばならない、と主張した。(7) 大阪医科大教授の小倉金之助も『科学的精神と数学教育』で、田辺の主張を支持し、知育偏重論を非難した。(8) そして、自然科学の極端な専門化がすすんだ結果、科学者じしんが自己の専門的研究が演ずべき社会的役割について無関心となっていると科学者の姿勢をきびしく批判した。

かつて東北帝大で田辺と小倉と同僚で、当時は岩波書店の嘱託となっていた石原純は、田辺と小倉の論文を承けて『科学ペン』一九三七年三月号に「社会事情と科学的精神」を書き、「知育偏重論」を攻撃した。そこで石原は、科学的精神を徹底することでのみ真の科学の振興は可能なのであるとし、「社会を正しく導かんために、社会科学の研究は絶対に必要である。それは自然を利用せんがために自然科学の研究を欠くことのできないのと少しも異なる処はない」と述べている。さらに、「かの喧ましい国体明徴の叫びや之に伴ふ日本精神発揚の声の盛んであるなかには、何かしら不気味な底流の渦巻いてゐるのは、蔽ふべからざる事実である」と「国体明徴」運動にも言及し、暗冥な空気が支配していた時代に批判の目をむけた(9)。

ただ、石原は、マルクス主義はもっともすぐれた社会科学の理論とみとめながら、マルクス主義では個々の社会の特殊形態が無視されていることに根本的な欠陥があるとみていた。同一の自然科学の法則にしたがいながらも多様な自然が出現したように、社会にも多様性が存在すると考えるのである。

在野の研究組織の唯物論研究会で事務長としてファシズムとそれを支える思想と闘っていたマルクス主義者の戸坂潤は、石原の論文が載った翌月の『科学ペン』一九三七年四月号誌上に、「現代科学教育論」を寄せ、そのなかで自然科学と社会科学をつらぬく科学的精神の形成がもっとも大切な科学教育であるとの論を展開した。「この科学的精神なるものは、所謂『科学』にだけ固有な精神ではなくて一切の事物に就いての科学的態度を意味するのであり、まして自然科学にだけ固有な精神でない、という事になる」とし、この点で、「今日の日本などで最も大事で必要なのは、寧ろ社会の歴史の認識に於ける科学的精神だ」と述べた。そこから、日本では「知育偏重論」も生まれるのだが、逆に、「科学的精神の教育こそが科学教育の目標でなければならぬのである」。「教育や啓蒙も亦、この精神を中心にして初めて意義を有つ」のであって、もし、科学的精神が欠落するとき、「教養とは尤もらしいが極めて退屈な文化人的ポーズに過ぎなくなるし、常識はただの無知と同じ事になる」と断ずる。マルクス主義こそが唯一の科学的な社会主義であるとの立場から「知育偏重論」を批判し、科学的精神と科学教育、とくに教養としての科学教育の意義を強調したのである(10)。

5　東北農村の疲弊と青年将校たち

二・二六事件──飢えた東北を救え！

一九三五年の五・一五事件に陸軍の青年将校たちは参加しなかった。しかし、陸軍士官学校を卒業した後、配属された現場にとどまり東北農村出身の下士官と兵士と行動をともにしていた隊付きの青年将校たちは、不況と凶作に苦しむ農村の惨状に心を痛めていた。給料の大半を除隊した農村の隊兵のために送付していた歩兵第三連隊中隊長の安藤輝三大尉のような将校もいた(11)。飢えた兵士の家庭を救え！　飢えた東北を救え！　そのためには都市の財閥が政治と癒着し、飽食をむさぼっている社会を根底から改革しなければならない。

クーデターは一九三六（昭和一一）年二月二十六日に実行された。栗原安秀中尉、磯部浅一元一等主計、村井孝次元大尉、香田清貞大尉、安藤輝三大尉、河野寿大尉、野中四郎大尉、対馬勝雄中尉、中橋基明中尉、田中勝中尉ら将校二二名は、第一師団下の歩兵第一連隊、歩兵第三連隊と近衛歩兵第三連隊などから下士官と兵士一四〇〇名を率いて決起した。安藤輝三大尉はその時機でないとして決起に慎重であったが、最後に決断した。農民運動との連携工作を模索していた渋川善助も決起部隊に加わった。渋川は会津中学出身で、陸軍士官学校に進むが卒業目前に教官と衝突して退学した。その後明治大学に学び、国家主義運動に関わっていた。実行連絡うけた西田税は反対せず、それは北一輝にも伝えられた。

「謹んで惟《おもんみ》るに我が神州たる所以は、万世一神たる天皇陛下御統帥の下に、挙国一体生々化育を遂げ八紘一宇は全ふするの国体に存す」とはじまる「蹶起趣意書」の主張は五・一五事件のときの「日本国民に檄す」と同趣のもので、農民と労働者を塗炭の苦しみにおとしめている「君側の奸臣軍賊を斬除」せよ、「尊王討奸」の主張である。そして実際に「君側」である政治首脳を殺害した。首相官邸や重臣の官邸・私邸を襲い、高橋是清蔵相、斎藤実内大臣、渡辺錠太郎教育総監らを殺害し（岡田啓介首相は人違いで義弟が犠牲となり難をのがれた）、陸軍省・参謀本部・国会などを占拠して、陸軍首脳に「国家改造」を迫った。

この蹶起に陸軍は混乱・動揺する。「蹶起の趣旨に就ては天聴に達せられあり」とはじまる陸軍大臣告示もだされたが、天皇は動かなかった。『日本改造法案大綱』がのべる「天皇大権の発動」による国家改造は起こらなかった。それどころか、天皇は重臣を殺傷されたことに激怒して、「断固討伐」を指示する。当時参謀本部作戦課長であった石原莞爾も鎮圧に動いた。蹶起部隊は反乱軍とされ、「逆賊」となった。討伐には第一師団、近衛師団のほか、第一四師団（宇都宮）の将兵が出動して、蹶起部隊は全員投降し、四日間にわたる蹶起・占拠の行動は無血のまま鎮圧された。野中大尉と河野大尉は自決する。決起には慎重であった安藤大尉は最後まで強硬論を主張し、自決をしたが未遂におわり、投降する。

クーデターの計画は甘かった。天皇への働きかけの予定もなかったし、皇居の占拠も実行されなかった。国民によびかけるために放送局や新聞社を抑えることもなかった。活字をひっくり返したり、「蹶起趣意書」の掲載を要求しただけであった。地方の軍隊は動かなかった。あらかじめ連絡をとることもなかった。渋川善助は事件が発生してから、青森の農民運動家淡谷悠蔵に農民の行動を促す要請をしているが、農民も動かなかった。なによりも、具体的な国家の改造構想が見られなかった。

河合栄治郎の二・二六事件批判

事件は人々にどううけとられたか。大学の教師も言論人も多くは沈黙を保ったが、東京帝国大学経済学部教授の河合栄治郎が一九三六年三月九日付けの『帝国大学新聞』に「二・二六事件の批判」を載せた。自由主義者としてマルクス主義もファシズムも排する河合は軍人のテロリズムを真っ向から糾弾し、それを生んだ温床には暴力を前にしての国民の無気力があるとも述べていた。河合は、「大逆事件」のとき徳冨蘆花の「謀叛論」の講演会を主催した一高弁論部の部員であった。

さらに河合は『中央公論』一九三六年六月号に「時局に対して志を言う」と題する論文を載せた[12]。青年将校たちが農村出身の兵卒の生活不安の訴えに接して、社会改革を考えた点はその哀情において掬うべきものがあるが、青年将校の引き起こした事件は全面的に否定されねばならない。そもそも、軍備拡張と生活の安定はどう調和するのか、「一君万民」にはどのような内容が盛られるべきか、知識と独断、実用主義と精神主義はどう統一されるべきか。それらの問題が混乱のままに放置されている。このような事件が起こったのも、一身の安逸をもとめる卑怯怯儒と事を起こすまいとする消極退嬰が沈黙の支配する世にしてしまったからにほかならず、その点で、責任を負わねばならないのは、議会政治家、新聞雑誌の言論機関、教育家であり、わけても教育家の責任が重大である。私も教育家の末席に連なる一人なので、忸怩たる思いである、と述べた。

啄木は「はてしなき議論の後」で「'V NAROD!'と叫び出づるものなし」と詠ったが、「はてしなき議論」をする者さえもいなくなった（一七二頁）。軍部の台頭で批判的な発言はより困難になり、言論の場である新聞でも発言は委縮し、沈黙する。それが発言をさらに困難にした。

日蓮宗と天皇信仰

満州事変を引き起こした石原莞爾も、二・二六事件の青年将校に影響をあたえた北一輝も、北の感化をうけた青年将校の磯部浅一、村中孝次、安藤輝三も日蓮宗の信者であった。血盟団を組織した井上日召は日蓮宗の僧侶となった。これらのことは何を意味するのか。

日蓮は、釈尊が永遠の真理（正法）を説く『法華経』に帰依することでこの世は仏国土と化する、日本は救われると唱えた。宮沢賢治は、すべての人が幸せになる理想郷「イーハトヴ」の出現を願い、その実現に努力をつづけた。石原莞爾は、賢治とはまったく別の手段で満州の地に「王道楽土」の仏国土をつくると唱えた。北一輝も、日本全体を北の考える理想的な社会主義社会に変えようとした。

そのような彼らには、日本や天皇とは何であったのか。田中智学の影響で日蓮宗の信者となった高山樗牛にとっては、「日蓮にとりて日本は大い也、然れども真理は更に大い也」であった。北一輝にとって天皇は革命のための手段であった（二六四頁）。西田や磯部、村中、安藤たちも天皇を超えた世界に生きていたのではなかったか。北、西田、磯部、村中が「天皇陛下万歳」を唱えず、安藤は「天皇陛下万歳」につづいて「秩父宮殿下万歳」を唱えたといわれるが、彼らは天皇を超えた『法華経』の真理に生きようとしていたのではなかったか。天皇を超えていた点でも宮沢賢治に通う。

軍国主義の強化

二・二六事件で危うく難を逃れた岡田啓介首相に代わって、首相には外交官出身で斎藤内閣と岡田内閣の外相をつとめた広田弘毅《こうき》が就任した。広田内閣は陸海軍大臣・次官を現役の将官に限定するという「軍部大臣現役武官制」を復活する。一九〇〇年山県有朋内閣は軍の政府への介入を容易にするため「軍部大臣現役武官制」を明文化したが、山本権兵衛内閣（第一次）は一九一三年に現役制を削除、退役軍人の任用を可能とした。それが旧にもどされたのである。それが軍部の政治介入に道を開くことになった。陸軍と海軍が大臣を送らなければ組閣ができないため、その内閣を倒すことができたからである。

広田内閣は、外交の面では、中・ソ・米・英を敵視し、華北五省に防共親日満地帯を建設して日本の勢力下におき、一方で、ヒトラー政権に接近して、のちの日独伊三国同盟の前提となった日独防共協定（つぎの近衛内閣のとき日独伊防共協定に拡大）を締結した。コミンテルンによる国際共産主義運動の波及に対抗するものであり、中国侵略にさいしてソ連を牽制しようとする狙いもあった。

日中戦争――石原と東条の対立

広田内閣、林銑十郎内閣をついで近衛文麿内閣（第一次）が成立した直後に、日中戦争（日華事変）が勃発した。一九三七（昭和一二）年七月七日、北京郊外の盧溝橋で演習中の日本兵が行方不明になったのを口実にして、中国攻撃を命じ、日中は全面的な戦争状態に入った。

このとき参謀本部作戦部長であった石原莞爾は戦線の不拡大を指示したが、現地の関東軍参謀長であった東条英機は拡大派であった。石原の部下であった参謀本部作戦課長の武藤章も東条を支持し、「石原閣下が満州事変でおこなわれたことを見習っている」と言って対中国強硬策を主張した。その後、石原は関東軍参謀副長となるが、東条と対立、罷免されて舞鶴要塞司令官に左遷された。このとき板垣征四郎は実戦部隊の師団長として参加している。

戦線の拡大につれて抗日運動も拡大する。日中戦争がはじまると、すでに蒋介石が指導する国民党は、延安を本拠地に毛沢東や周恩来が指導する中国共産党と抗日の民族統一戦線の「国共合作（第二次）」を実現していた。日本軍は全中国人を敵にせねばならなかった。

つづいて、日本軍は北京、天津、上海を占領し、一九三七年十二月には中支方面軍司令官松井石根を総指揮官とする日本軍が国民政府の首都である南京を攻略した。首都を占領すれば中国を降伏させることができると見ていたのである。「南京大虐殺」がおこったのはこのときだが、それでも中国は降伏しなかった。国民政府は本拠地を武漢に移し、武漢が占領されると、さらに揚子江をさかのぼった四川省の重慶に移して、国内の統一をすすめながら日本との戦いをつづけた。国際世論も中国を支持し、アメリカやイギリスは重慶に飛行機と飛行士を送り込んだ。毛沢東は抗日戦のさなかの一九四〇年、孫文の「三民主義」を継承した「新民主主義」を唱え、労農提携による民主勢力の結束を推進させた。

近衛内閣の外相だった広田弘毅はドイツの駐華大使トラウトマンの仲介により、蒋介石と和平交渉をすすめたが、議論が難航すると、交渉を打ち切る。そして、近衛首相は一八三八年一月、「国民政府を相手にせず」との声明を出し、重慶で蒋介石と対立していた汪兆銘を立てて南京に傀儡の新国民政府を樹立した（重慶から南京に遷都したと称した）。そして日中戦争の目的を日・満・華三国連帯による「東亜新秩序建設」と称して、新たな「一大王道楽土」の建設を強調した。国内に向けては高度防衛国家の樹立のための「国民精神総動員運動」を展開し、一九三八年には議会での議論をへることなく勅令だけで、国民生活も企業活動も統制できるとする「国家総動員法」を制定する。それによって戦争を終結させようとしたが、現実は泥沼化するだけであった。

矢内原忠雄も河合栄次郎も大学を去る

中国で毛沢東が社会主義への道を追求していたとき、日本の社会主義運動は瀕死の状態にあった。『日本資本主義発達史講座』を編纂して講座派の指導的学者であった平野義太郎や山田盛太郎らは共産党シンパ事件で東京帝国大学を去ったが、一九三七年十二月から翌年二月にかけて、山川均、荒畑寒村、加藤勘十、黒田寿男の社会主義者のほか、経済学説では講座派に対立する労農派の東京帝国大学教授大内兵衛、助教授有沢広巳、脇村義太郎、法政大学教授美濃部亮吉、東北帝国大学教授宇野弘蔵、九州帝国大学教授向坂逸郎らが、反ファシズムの人民戦線を結成したとして、治安維持法で検挙された。

キリスト者の矢内原忠雄も大学を去る。東京帝国大学経済学部で新渡戸稲造が担当していた植民地政策の講座を引きついだ矢内原は、『中央公論』（一九三七年九月号）に「国家の理想」を載せ、国家の理想は正義であり、正義とは弱者の権利を強者の侵害から守ることにあるのであって、国家が正義に背反したときには国民から批判されねばならないと主張した。それだけで『中央公論』は発禁処分となった。同じころ、矢内原は個人的な雑誌『通信』四七号の「神の国」に「日本の理想を生かす為に、一先ず此の国を葬つて下さい」と書くと、経済学部教授会からも辞職を迫られ、師の内村鑑三とおなじように教育の場を去らねばならなかった。(13) 国家へのどんな批判も許されない、それが国家のためであっても。理性の言葉が使えない時代になっていた。それでも、矢内原は『通信』を『嘉信』とあらためて刊行をつづけ、土曜学校を開き、アウグスティヌスやダンテの講義をおこなった。大学を離れても、師の内村とおなじように教師でありつづけたのである。

一九三八年五月には、皇道派のリーダーで、二・二六事件を機に予備役となっていた荒木貞夫陸軍大将が近衛内閣の文相になる。荒木文相は就任早速、東京・京都・東北・九州・北海道の各帝国大学の総長を召集し、総長・学部長選挙、教授人事を教授の多数決で決定する内規を撤廃するよう要求する。しかし、各大学の強い反対に荒木文相は断念せねばならなかった。まだ大学には抵抗力が残っていたのだ。

この年の十二月には、東京帝国大学総長に、戦艦長門や陸奥を設計し、大和の構想も立てた軍艦設計者で退役海軍中将であった平賀譲が就任した。平賀総長は、人格の完成を理想とした自由主義者の河合栄治郎を、河合と対立していた国家主義者の教授土方成美《せいび》と相打ちの形で休職に処する。河合はマルクス主義に批判的であったのだが、軍国主義にも批判的であったからである。

陸軍大将の文相に海軍中将の東京帝国大学総長、潤沢な予算が大学での軍事研究に投ぜられるようになっていた(14)。

6　生活綴方運動——教師・啄木と賢治の後継者たち

生活綴方運動の誕生

教育界も「暗黒の時代」にむかうなか、沈黙せず、教育の基本に立ち返り、真の教育を追求した小学校教師の運動があった。教科書の模範文による作文教育ではなく、生活体験をありのままに書くという文章表現を通して、社会にたいする真の認識を獲得させようとする「生活綴方運動」である。自由教育運動もそうであるが、「生活が教育する」というペスタロッチの教育学の影響をうけた運動であった。暗黒のなかに灯った教育の良心の光明であった。

その先駆者が京都府で小学校教師をしていた芦田恵之助である。高等小学校を卒業後、村役場に勤めながら得業生（代用教員）の資格をとって教壇に立ち、一八九八年に上京後は東京高等師範学校付属小学校の教師となると、明治の教育を支配していたヘルバルト流の教育学を批判し、随意選題による綴方を提唱して、「自己の想いを自己の言葉で」表現することによる人間形成を唱えた。代表的な著書に『綴り方教授』（一九一三年）、『読み方教授』（一九一六年）がある。

高知には高知師範学校出身の小砂丘忠義《ささおかただよし》がいた。在学中にはルソー、ニーチェ、ドストエフスキー、花袋、独歩、藤村に親しんだ文学青年の小砂丘は、一九一七年に卒業して母校の杉小学校の教壇に立つと、全教科において綴方教育を実践する。転勤をくりかえしながらも、高知師範学校の三年先輩の上田庄三郎らと教育評論の同人誌『地軸』を出すなどの教育改革運動にも取り組んだが、一九二五年に『教育の世紀』の編集者として招かれて上京し、一九二九（昭和四）年には池袋児童の村小学校（一八九頁参照）の教員だった野村芳兵衛らの協力をえて『綴方生活』を創刊した。創刊号（一九二九年十月）の創刊宣言「吾等の使命」では、「吾々同人は、綴方が生活教育の中心教科であることを信じ、共感の士と共に綴方教育を中心として、生活教育の原則とその方法とを創造せんと意企する者である」とのべ、各地域で生活綴方運動にとりくんでいる青年教師を励まし、結集をよびかけた。

野村が勤務していた池袋児童の村小学校は経営が行き詰まり、一九三六年に閉校を余儀なくされる。だが、野村はその前年に児童の村小学校の機関誌『生活学校』を発刊し、児童の村小学校閉鎖後も商業誌として刊行をつづけた。

図 21　『北方教育』創刊号（1930 年）

図 20　成田忠久

生活綴方運動がとくに盛り上がったのは恐慌と凶作に苦しむ東北の地においてであった。青年将校たちは武力による国家改造によって疲弊する農村を救済しようとしたが、青年教師たちは教育の場から社会の改革をめざす。秋田県生まれの成田忠久もその一人である。逓信省通信技術講習所を卒業後、第一次世界大戦に通信兵として出征し、帰還して秋田県の浜田小学校の代用教員となった。在職中は綴方教育に携わり、一九二五年に退職してからは、秋田市で豆腐屋を営むかたわら、一九二九（昭和四）年に県下の綴方教育の振興を目的とする北方教育社を設立し、翌年には同人誌『北方教育』を創刊した。創刊号（一九三〇年）にはつぎのような巻頭言がかかげられている。

一、北方教育は教育地方分権の潮流に依つて生まれた北方的環境に根底を置く綴方教育研究雑誌である。

二、吾々は方法上の観念的な概論や空説を棄て丶具象的な現実のなかに正路を開拓する事を使命とする。

三、「北方教育」は綴方教育のみならず児童の芸術的分野に対し清新潑剌たる理性と情熱とを以て開拓を進め、延いては教育全円の検討を意図するものである。

北方の地にあって、自主性と現実生活に立脚した教育の改革をめざす。同人には秋田師範出身の佐々木昂《たかし》、鈴木正之、佐藤忠四郎、加藤周四郎、高田師範出身の寒川《さがわ》道夫ら二一人がいた。『北方教育』が東北の教師にあたえた影響は大きく、一九三一年には千葉春雄が出版社の厚生閣から『教育・国語教育』を創刊した。千葉は宮城師範を卒業後、仙台市立木町通小学校と宮城県女子師範付属小学校に勤務し、綴方教育に励んでいたが、上京して教育ジャーナリストの道を歩んだ。翌年には仙台の教師を中心に『国語教育研究』も生まれる。

一九三四年には東北全域の教員が集まり北日本国語教育家連盟を結成し、機関誌『教育・北日本』を発刊する。本部は北方教育社におかれ、成田忠久が総務に就いた。北日本国語教育家連盟の結成には山形師範出身の村山俊太郎や国分一太郎も参加した。

賢治が羅須地人協会を設立した一九二六年ころから、東北地方の小学校では生活綴方教育の運動がひろがりはじめていたのである。

啄木と賢治を引き継ぐもの

綴方教育は、国語教育とちがって、「教授細目」にも国定教科書にも縛られないという有利さがあった。国分一太郎は後に「命令ずきな、さしでがましい支配階級や役人どもが、学校教育の面に、たったひとつ、不用意にも、おき忘れ、とりのこした奇妙な通風孔、そこから味わうことのできる自由の風を、わたしたちは吸いむさぼっていたのだった」と述べている(15)。

生活綴方運動はみずからの生活状況を観察するだけでなく、そこから出発して社会の改革をめざそうとした。迂遠のようであるが、国民の現実の生活と自覚から社会の改革を期待していたのである。

渋民小学校で自主的な授業にとりくんだ石川啄木の志は、東北の文学青年であった教師たちの生活綴方運動に継承された。上田庄三郎も啄木を「生活綴方運動の正統の先駆者」であったとのべている。(16) 教室では教科書は閉じさせ、自然を直に観察させる教師だった宮沢賢治も、生活綴方運動の精神を共有していたといってよい。

生活綴方運動も弾圧される

生活綴方運動は全国的な広がりを見せ、各地で研究誌を中心の研究活動が展開されていく。成田忠久の献身的な努力で発行されていた『北方教育』は経営難で一九三六年に終刊となるが、一九三五（昭和一〇）年に池袋児童の村小学校で創刊された『生活学校』は各地での生活綴方運動の交流の場となる。『生活学校』は児童の村小学校が一九三六年八月に閉校になってからも二年間発行されつづけた。

一九三三年には教育学者の留岡清男や心理学者の城戸幡太郎らによって、生活主義と科学主義をスローガンに雑誌『教育』が創刊された。この雑誌を中心して、一九三七年に教育学の専門家や生活綴方運動の教師によって教育科学研究会（会長城戸幡太郎）が結成され、そこに北方教育運動も合流する。『生活学校』も読者に教育科学研究会への結集をよびかけ、一九三八年八月号で終刊となる。

教育科学研究会が結成された一九三七年は日中戦争が起こった年だが、このころから当局のきびしい警戒の目が生活綴方教育にも向けられるようになる。徹底的な弾圧がはじまる一九四〇年には、二月に北方教育運動を推進してきた村山俊太郎が治安維持法違反容疑で検挙され、この年の暮れから翌年の春にかけて生活綴方運動に取り組んでいた教師たち約三〇〇人も検挙される。北方教育運動のメンバーのほとんどがそのなかにいた。教育科学研究会も一九四一年四月に解散となる。

第九章　太平洋戦争

1　板垣征四郎・米内光政・及川古志郎

板垣征四郎と米内光政と日独伊三国同盟

近衛文麿内閣（第一次）は一九三八（昭和一三）年「東亜新秩序建設」のスローガンのもとに、すべての人的物的資源を直接国家の統制のもとに置く国家総動員法を制定して、「国民精神総動員運動」を展開する。しかし、日中戦争の泥沼からは抜け出せない。そのときの陸相は板垣征四郎、海相は米内光政。板垣と米内は盛岡中学で後輩と先輩で、将校となってからも「征ちゃん」「米内さん」と呼び合う仲であった。陸軍次官には東条英機が就任する。陸軍士官学校では板垣の一年後輩（陸軍大学校では一年先輩）で、父の陸軍中将東条英教《ひでのり》が同郷の盛岡出身だったことからの抜擢であるといわれた。

海相の米内光政のグループには米内のもとで海軍次官をつとめた山本五十六《いそろく》や海軍省軍務局長となる井上成美《しげよし》がいた。この「北国トリオ」は親英米派、「海軍左派三羽烏」ともよばれた。山本は長岡中学から、井上は宮城第二中学から海軍兵学校・海軍大学校に進んだ。戊辰戦争から七〇年、朝敵・

賊藩であった北の地の軍人たちがもっとも深刻な時代をむかえた日本の陸海軍を動かすことになる。軍だけでなく、国の政治も動かすようになる。

しかし、ヒトラーのドイツから求められた日独伊三国同盟の締結について彼らの意見は分かれ、するどく対立する。板垣は三国同盟でヨーロッパで勢いのあるドイツを味方につけてソ連邦に対抗し、アメリカとイギリスを牽制して、アジアでの軍事的な勢力を拡大し、日中戦争を終結に導くべきであると主張した。それにたいして米内光政、山本五十六、井上成美は、日本がドイツに加担することはイギリスとイギリスを支援するアメリカとの深刻な対立をまねき、それは日中戦争の遂行にも支障をきたすと見て、三国同盟の締結に強く反対した。じじつ、日本は石油、鉄をはじめ、錫、亜鉛、ゴム、工作機械などをアメリカから輸入しており、そのための外貨獲得には生糸の輸出が最大の貢献をしていたのだが、その最大の輸出先がアメリカであった。満州は石炭と鉄を産出するが、石油は見つからない。これほどまでアメリカに依存している日本がそのアメリカを敵にできるのかというのである。

及川古志郎と日独伊三国同盟の締結

日独伊三国同盟締結問題は、「大逆事件」で「動機は信念なり」の論告をおこなった平沼騏一郎の内閣についで、一九三九年八月三十日に成立した陸軍大将の阿部信行内閣に引き継がれたが、決着をみなかった。日本はドイツ主導の世界戦略に振り回されていたのである。阿部内閣では板垣も米内も退陣し、陸相には畑俊六大将、海相には吉田善吾《ぜんご》中将が就任した。

阿部内閣成立の二日後には一五〇万のドイツ軍が突如ポーランドに進撃し、イギリスとフランスはドイツに宣戦布告した。第二世界大戦の開始である。イギリスとフランスにはベルギーやオランダが追従した。その月のうちに、独ソ不可侵条約を締結したソ連もポーランドに侵攻し、ポーランドはドイツとソ連に分割された。阿部内閣は第二次世界大戦に不介入の立場をとり、日独伊三国同盟の締結にも消極的であった。一九四〇年一月、米内光政内閣に代わったが、もちろん米内も三国同盟締結には反対であった。

ヨーロッパでは奇妙な睨み合いの時期がつづいたが、四月にヒトラーの電撃作戦で戦闘が再開され、六月十四日にパリは陥落する。日独伊三国同盟によって東南アジアのフランスやオランダの植民地を手に入れる機会が訪れたとする陸軍の主張を、米内首相は跳ね返した。だが、陸軍は畑陸相を辞表させ、その後任を推薦しないという手に出た。「軍部大臣現役武官制」によって、陸軍が現役の大臣を出さなければ、内閣を維持できない。米内内閣は総辞職を余儀なくされる。

七月に第二次近衛文麿内閣が成立し、陸相には陸軍の権力者となった東条英機中将が就任する。東条は三国同盟の締結を強力に要求した。阿部、米内内閣につづいて近衛内閣でも海相であった吉田善吾は締結に反対したが、その任に耐えられずに辞職し、その後任には盛岡中学で米内の後輩である及川古志郎が就任した。海軍兵学校・海軍大学校をへて海軍大将に昇進し、横須賀鎮守府司令官から吉田善吾の後任の海相に抜擢された。

海軍の内部も一枚岩ではない、中堅・少壮将校には主戦論者も少なくなかった。そのような空気のなかで、東条陸相をトップとする陸軍のつよい要求に、及川海相はそれまでの反対の態度を変えて三国同盟の締結に同意する。米内光政をはじめ、山本五十六、井上茂美らが体を張って阻止してきたが、ついに陸軍に屈服したのである。こうして一九四〇年九月二十七日、日独伊三国同盟は調印された。

軍国少年であった啄木を文学の道に誘った及川古志郎は大将となっても漢籍に親しんでいたというが、

「君子は豹変する」ということなのだろうか。

日独伊三国同盟の締結につづいて、日本は北部仏印（現在のベトナム・ラオス・カンボジア北部）に軍隊を進駐させた。アメリカ・イギリスが重慶に軍事品を供給するルートを遮断する狙いと、石油を産出する南の蘭印（オランダ領東インド、いまのインドネシア）に侵攻する布石にほかならない。アメリカが強硬策に出るのを覚悟しての行動であった。

一九四一年一月に東条陸相は「軍人勅諭」の戦場版といえる「戦陣訓」を全陸軍将兵に布達した。「生きて虜囚の辱めを受けず。死して罪禍の汚名を残すこと勿れ」で知られる「戦陣訓」の文案作成には東京帝国大学哲学科教授井上哲次郎、同倫理学科教授和辻哲郎や島崎藤村らが関わったといわれている。その前年には「武士道とは死ぬことと見つけたり」の『葉隠』が和辻哲郎の校注で岩波文庫で刊行されていた。

2　対米英開戦

真珠湾攻撃

一九四一（昭和一六）年十二月八日午前三時、空母から発進した三五〇機の爆撃機と五隻の特種潜航艇でアメリカ太平洋艦隊の基地となっていた真珠湾を奇襲攻撃する。停泊していた戦艦を撃沈し、飛行機を破壊し、一般市民六八名をふくむ二四〇二余名を死亡させた。日本側の損害は未帰還の飛行機が二九機（五四名）で、魚雷をつけて敵の戦艦に体当たりした五隻の特種潜航艇に搭乗していた特別攻撃隊員一〇名のうち九名は死亡した。彼らは「軍神」と称えられ、捕虜となった一名のことはひた隠しにされた。「戦陣訓」によれば、あってはならないことであった。

対米英戦を指揮したのは山本五十六元帥で、開戦には否定的であったがこの段に至っては反対しなかった。連合艦隊司令官も御前会議の決定には従わねばならない。なお日米交渉の成立に期待をもちながら、アメリカに対抗するには真珠湾の奇襲攻撃によってアメリカの戦意を喪失させるしかないと考え、その計画を綿密に研究したのである。

この攻撃は野村吉三郎・来栖三郎の両大使がハル国務長官に交渉打ち切りの最後通牒＝開戦の通告する一時間前に行なわれた。国際法の手続きを守り、奇襲ではあっても宣戦布告の後でなければならないと考えていた山本には痛恨事であった。

東南アジアでも日本軍は、真珠湾攻撃の一時間五〇分前に、マレー半島の東海岸のコタバルに上陸した。十二月十日にはマレー沖での戦闘機の爆撃でイギリスの主力艦船プリンス・オブ・ウェルズを撃沈し、年が明けると、マニラを占領し、ダグラス・マッカーサー大将の率いるアメリカ・フィリピン軍を降伏させた。

高村光太郎の歓喜

対米英開戦の日の朝七時、ラジオからは「本日未明、西太平洋方面において米英軍と戦闘状態に入れり」との大本営発表の臨時ニュースが流れた。「太平洋戦争」の開戦である。日本政府は日中戦争をふくめて「大東亜戦争」と称した。

日本のいたるところで「万歳」をさけぶ光景があった。文学者も開戦に歓呼の声をあげた。満州事変と日中戦争には侵略戦争であるとの後ろめたさがあったが、米英開戦はその重たい空気から解放してくれた。
高村光太郎は「十二月八日」と題して、

記憶せよ、十二月八日。
この日世界あらたまる。
アングロ・サクソンの主権、
この日東亜の陸海とに否定さる。
否定するものは、我らジャパン、
眇たる東海の国にして
また神の国たる日本なり。

と詠い、「真珠湾の日」では、

宣戦布告よりもさきに聞いたのは
ハワイ辺で戦いがあったといふことだ。
つひに太平洋で戦ふのだ。
この容易ならぬ瞬間に
私の頭脳はランビキにかけられ、
昨日は遠い昔となり、

遠い昔が今となつた。
天皇あやふし。
ただこの一語が
私の一切を決定した。

と開戦にたいする胸中を吐露する。(1) 抵抗するのでも、沈黙するのでもない。啄木も賢治も高く買っていた大詩人が戦争賛美の詩人となる。この年の八月には、「愛の絶唱」の詩集『智恵子抄』を刊行した光太郎の愛は、智恵子から国家へ乗り移ったかのようであった。
賢治の詩を高く評価し、その影響もうけた詩人の草野心平は、日本が汪兆銘を擁して南京に樹立した傀儡政権の新国民政府の宣伝部にいた。その地で米英開戦の日に「われら断じて戦ふ」と題した詩をつくっている。(2)

ああ遂ひに。
日本歴史二十七世紀の当初に於て。
遂ひに大きな爆裂はきた。
きのふまでの永い永いこけおどかしと圧迫に対し。
われらの敵愾は煮えくりかへる。
いまはもうたつた一人もたぢろがない。
たつた一人も躊躇しない。

栄えある祖国を護るために。
大亜細亜圏を護るために。
遂ひにわれらは起ちあがつた。
日本歴史第二十七世紀の当初に於けるこの猛烈な時間のなかで。
いまはもう。
たつた一人もたぢろがない。
たつた一人も躊躇しない。
われらの祖先の血に誓つて。
大亜細亜の未来に誓つて。
われらは遂ひに。
起ちあがつた。
いまこそ。
アメリカを撃ち。
イギリスを撃つ。
いまこそ。
アメリカを撃て。
イギリスを撃て。
紀元二千六百一年十二月八日　霙《みぞれ》ふる南京にて。

光太郎や心平だけでない。『短歌研究』（一九四二年一月号）は「聖戦の詔勅を拝して」の特集を組み、与謝野晶子、斎藤茂吉、土屋文明、北原白秋、土岐善麿ら日本を代表する歌人たちが開戦を詠った歌を寄せた。光太郎や啄木の歌の師であった与謝野晶子は日露戦争のときには出征した弟を気遣い、「君死にたまふことなかれ」と詠んだ。その晶子も、海軍大尉として太平洋戦争で出征する四男には、

水軍の大尉となりてわが四郎み軍《いくさ》にゆくたけく戦へ（『白桜集』）

という歌を贈る。晶子は満州事変のころからは軍の行動を擁護するようになっていたが、一九四二年に亡くなる。

啄木の最後の文学の友で、自由主義の歌人であった土岐善麿（一九一八年に哀果から本名の善麿にもどす）すらも日本の勝利を願い、

許しがたき不遜無礼を今こそは実力のもとに撃ちのめすべし

といった歌を寄せている。一九四〇年には反戦歌も見いだされる『六月』を上梓しているのにである。雑誌や新聞には戦争賛美の歌や詩があふれ、街には戦争を鼓舞する広告が乱れる。ラジオ嫌いで号外を見て開戦を知った永井荷風は、一九四一年十二月十二日の日記に「開戦布告と共に街上電車その他到処に掲示せられし広告文を見るに、屠《ほふ》れ英米我らの敵だ進め一億火の玉だとあり」と書いていた。(3)言論統制が強化される。一九四一年五月には治安維持法を改正して刑罰の対象を拡大、重罰化する。

とくに、治安維持法違反で刑期を満了した者、執行猶予判決を受けた者、刑期満了で出所した者、思想犯保護監察に付された者たちを拘禁できる予防拘禁制度が加えられ、それによって、開戦とともに、左翼関係者、戦争批判者が予防拘禁され、またスパイ容疑で逮捕された。さらに新たに「言論・出版・集会・結社等臨時取締法」が制定され、出版や集会・結社が許可制となったため、公けに戦争反対を表明することは不可能になった。

荷風は前出の文につづけて、「或人戯《たわむれ》にこれをもじりむかし英米我らの師困る億兆火の車とかきて路傍の共同便処内に貼りしといふ」と記す。このような落書や日記でしか意志を表現できなかった。それにも気をつけねばならなかった。いたるところで憲兵と警察の目が光り、投書と密告が横行するようにもなっていた。

そのようななかで、一高で新渡戸稲造の思想的な感化をうけ、東京帝国大学の学生時代には内村鑑三の聖書講義をうけ、東京帝国大学法学部教授となっていた南原繁は、

人間の常識を超え学識を超えておこれり日本世界と戦ふ（『形相』）

という歌を残している。

日本文学報国会と大日本言論報国会——会長は徳富蘇峰

文学者の活動を統制するだけでなく、戦争完遂のために文学者をことごとく「新体制」に組み込もうとして、一九四二年五月に日本文学報国会が設立された。菊池寛を中心に準備され、会長には徳富

蘇峰が就任した。高村光太郎は詩部会の会長となる。

会員は約三〇〇〇人、会員の名簿には永井荷風、中野重治、宮本百合子の名もあった。だが、荷風は日記に「菊池寛の設立せし文学報国会なるもの一言の挨拶もなく余の名をその会員名簿に載す。同会会長は余の嫌悪する徳富蘇峰なり。余は無断にて人の名義を濫用する報国会の不徳を責めてやらむかと思ひしがこれがかへって豎子《じゅし》〔子どものこと〕をして名をなさしむるものなるべしと思返して捨置くこととす」と書いている[4]。会員のなかには似たようなケースも少なくなかったようだ。

日本文学報国会が設立された翌一九四三年には大日本言論報国会が設立された。会員数は約一〇〇〇名で、会長は徳富蘇峰が兼任し、事務局長には海軍中尉から慶応義塾大教授と九州帝大教授を歴任した哲学者の鹿子木員信《かのこぎかずのぶ》が就任する。理事には、婦選運動のリーダーであった市川房枝、国家主義者の津久井龍雄らのほか、京都帝大文学部の高坂正顕《こうさかまさあき》と高山岩男《こうやまいわお》らが選ばれた。

高坂と高山は大学の同僚の西谷啓治、鈴木成高《しげたか》と、雑誌『中央公論』（一九四二年一、四月号、一九四三年一月号）で「世界史的立場と日本」という座談会をおこない、東アジアに日本を盟主とする秩序を築くことは世界史的な意義があるとして、「大東亜戦争」に合理的根拠をあたえようとした。これは単行本にもなり一九四三年に刊行される。高坂は『民族の哲学』（一九四二年）を、高山は『日本の課題と世界史』（一九四三年）を著わした。勇躍戦場に赴き、信念をもって「天皇陛下万歳」と言って死ねる哲学を若者に授けようとしていたのである。

科学哲学者も科学史家も動員

「知育偏重論」を批判した京都帝国大学の田辺元は、高坂正顕や高山岩男らとは一線を画していた哲学者であったが、一九三九年には人類・種族・個人といった社会的集合体を論じた「種の論理」を基礎に、国民は天皇と一体であるとの講演「歴史的現実」を京都帝国大学の学生におこなった。「一君万民・君民一体といふ言葉が表はして居る様に、個人は国家の統一の中で自発的な生命を発揮する様に不可分的に組織され生かされて居る、之が我が国家の誇るべき特色であり。さういふ国家の理念を御体現あらせられるのが天皇であると御解釈申し上げてよろしいのではないかと存じます」として、「具体的にいへば歴史に於て個人が国家を通して人類的な立場に永遠なるものを建設すべく身を捧げる事が生死を越える事である」と述べる。(5)「教育勅語」に哲学の意匠をほどこしたものである。講演は一九四一年四月に岩波書店から単行本『歴史的現実』(著作権は京都帝国大学学生課)として発行され、文部省推薦図書ともなり、学生によく読まれた。

一九三九年に母校の東京物理学校の理事長となった小倉金之助も、「現戦局下における科学者の責務」(『中央公論』一九四一年四月)で、いまや真理探究のための科学を云々するときではないのであって、「科学のための科学」などは認められるべきでない、軍人が国家に奉公するように科学者も国家に奉公せねばならない、と書く。そのためには、科学の統制も必要であり、軍部や企画院・文部省と科学者は協力しなければならない、とも述べ、「日本精神と科学精神とは、どんなことがあっても、対立的な形で考えられてはならないのである」、「わが日本の進むべき道は、今や、高度国防国家・東亜共栄国の建設のために、革新の一路を邁進するよりほかにない」と結んでいた。(6)当時校長は理研所長の大河内正敏だったが、ほとんど出校しなかったので、小倉が事実上校長兼務であった。

『科学』の編集主任であった石原純にはこのような国や軍部に迎合する態度は見られない。一九三九年には『科学教育論』を出し、科学がいたずらに実用に走るのを戒め、科学教育の本質は科学精神の育成であることを強調していた。[7] 太平洋戦争がはじまってからも、『科学』の巻頭言で基礎科学、一般教養、外国語教育の充実の必要性を説いていた。

唯物論研究会を主宰していた戸坂潤は西田幾多郎や田辺元をきびしく批判し、国体明徴運動やファシズムを糾弾し、科学的精神を掲げて「現代科学教育論」を書いた（二七四頁）。しかし、一八三七年の年末に戸坂らは執筆禁止処分になり、唯物論研究会も翌年一九三八年二月には解散を余儀なくされ、主だったメンバーで学芸発行所を創設し、雑誌『学芸』を発行したが、これらのメンバーも十一月には検挙され、『学芸』もその年の十二月号をもって終刊となる。

「寝言にも国の政治に口を出してはならぬ」

教育学の研究者も戦争遂行のための教育の研究と指導・普及に動員される。学生・生徒の「左傾の対策」と国体と国民精神の闡明を目的に設立された国民精神文化研究所は「国体明徴」運動を支え、『国体の本義』の編纂にたずさわった。しかし、一九四三年には研究所の役割を終え、前年に発足した国民錬成所と統合されて教学錬成所（初代所長は橋田邦彦）となり、もっぱら教員の再教育にあたる。

教師が教室で自主的な授業をおこなうなど許されなかった。国定教科書だけでなく、『国体の本義』やその精神を生活面で徹底できることをめざした『臣民の道』をそのとおりに教え、子どもたちを戦場に送りださねばならなかった。それを怠れば、教学錬成所での「再教育」が待っている。それだけでない、村山俊太郎や国分一太郎ら小学校教師がそうされたように、適用範囲が拡大した治安維持法違反として逮捕もされる。

一九二九年に師範学校を卒業して瀬戸内海の島の分教場につとめた女教師大石久子をとおして十五年戦争の時代の教育を描いた『二十四の瞳』で壺井栄は、

日華事変がおこり、日独伊防共協定がむすばれ、国民精神動員という名でおこなわれた運動は、寝言にも国の政治に口を出してはならぬことを感じさせた。戦争だけを見つめ、戦争だけを信じ、身も心も戦争の中へ投げ込めと教えた。そしてそのように従わされた。不平や不満は腹の底へ隠して、そしらぬ顔をしていないかぎり、世渡りはできなかった。

と述べていた。(8)

3 優勢だったのは緒戦だけ

仁科芳雄の戒め

開戦前に山本五十六は半年や一年は暴れることができても、戦争が二、三年と長引けば自信がもてないと言っていたが、理化学研究所の仁科芳雄も、真珠湾攻撃とマレー沖海戦の勝利で日本人が熱狂のうちにあった一九四二（昭和一七）年一月、「しかし敵〔米英〕は資源の豊富と、機械力の発達を誇る世界の二大強国であ」り、しかも日本は日中戦争で国力を消耗している、「したがって長期にわたって戦を続ければ我が国力は益々減退するに反し、かれはその資源と機械力とにより大軍備を整へ得るから、これによつて再び一戦を交へようと考へるであらう」と、日本人に自戒をもとめていた

（『朝日新聞』昭和一七年一月一日）。長いヨーロッパ留学の経験からの見通しである。

日本は緒戦の成功によって勝てるとの空気が支配し、ある段階で講和にもちこむという動きも生まれなかった。二人の予言どおり、アメリカは全産業を軍事力の増強に切り替える。真珠湾攻撃で甚大な損害をうけたが、工業力にものをいわせて、戦艦や飛行機を猛スピードで生産していった。一九四二年六月には国家プロジェクトとして原爆の開発が開始された（三二三頁）。さらに、アメリカ政府は真珠湾攻撃を「騙し討ち」と宣伝し、卑劣な日本との戦争に世界をむかわせる材料として最大限に利用した。

早くもミッドウェー海戦に敗北

開戦から半年もたたない一九四二年四月十八日、太平洋上の空母から飛び立ったアメリカ軍の爆撃機B25が東京、川崎、横須賀、名古屋、四日市、神戸を空襲した。死者は五三名であったが、威信を傷つけられた日本海軍は六月、山本五十六の指揮の下に海軍総力をあげ、ミッドウェー諸島でアメリカ軍の空母をおびき出して壊滅させる作戦にでた。しかし、日本海軍は致命的な敗北を喫する。狙いとは逆に、日本海軍は所有する航空母艦六隻のうち四隻と飛行機三〇〇余機を失い、多数のパイロットをふくむ三〇〇〇名の戦死者をだした。日本の緒戦の勢いは止められたのである。

大本営は日本軍は空母一隻喪失、一隻大破しただけで海戦に勝利したと発表し、新聞もその発表を検証することなく、そのまま記事にした。新聞からは批判精神も科学精神も失われていた。

兵士は弾薬と同様の消耗品で、兵を失っても新兵を補給すればよいとして、戦場には一家の働き手も送られた。岩手県江刺郡田原村（現奥州市江刺区）の農家の長男であった千田懿次もそうであった。

その千田が故郷に送った手紙が岩手県農村文化懇談会が編集した『戦没農民兵士の手紙』に見られる。(9)母への手紙には「いくらお国のためではありますが家の方も考えなくてはならないと思いました。学校行きませんからご安心くださ い」とあり、両親あての手紙には「また大工道具はどうなったか、見て下さい。もしさびている時はこまかい紙やすりでさびを取りグリースを付けて置いて下さい」とある。学校というのは軍隊内に設けられていた下士官志願のための学校のことで、ほんとうは学校にゆきたかったのだろう、勉強が好きだったのだろう。農家といっても小作畑二反の農家で、大工もしていた。千田もミッドウェー海戦で戦死する。

啄木にも日露戦争で戦死した級友の大工を詠んだ歌がある(一三三頁)が、今回は日露戦争のなん十倍もの悲劇がくりかえされたのである。『戦没農民兵士の手紙』には「岩手県岩手郡渋民村における戦争の傷あと」という地図が載っている。太平洋戦争でどの家から出征者が出、どの家の出征者が戦死したかをくわしく記したものである。いかに多くの家の者が徴兵され、戦死したかがよくわかる。

「玉砕」の戦いがつづく

アメリカ軍の本格的な反攻となった一九四二年八月の南太平洋のガダルカナルでは、日本軍は三万二〇〇〇人の将兵を投入したが、二万一〇〇〇人を失った。多くは餓死と病死で、ガダルカナルは「餓島」となった。大本営はその撤退を「転進」と発表する。一九四三年五月には、アメリカ軍は一万数百人の兵でもって日本兵二五〇〇人が守備する北のアリューシャン列島のアッツ島に上陸する。兵は「玉砕」したとされた。玉となって砕けるように、潔く命を捨てたとされたが、それはみずから選んだものではなかった。救援はできない、撤収のための艦船も差し向けることはできないとしてアッツ島を見捨てた大本営からの「玉砕して皇国の精神の精華を見せてくれ」との命令に従ったのである。見捨てられながら、アメリカ軍の捕虜にはなれない。全滅したはずであったが、それでも三〇人ほどが捕虜となった。

以後、太平洋の戦いではおなじような「玉砕」の戦いがつづく。日本全体が「玉砕」にむかっていた。国民の生活も破壊された。永井荷風は一九四三年十二月三十一日の日記に「今秋国民兵召集以来軍人の専制政治の害毒いよいよ社会の各方面に波及するに至れり。親は四十四、五歳にて先祖伝来の家業を失ひて職工となり、その子は十六、七歳より学業をすて職工より兵卒となりて戦地に死し、母は食物なく幼児の養育に苦しむ。国を挙げて各人皆重税の負担に堪えざらむとす。今は勝敗を問わず唯一日も早く戦争の終了をまつのみなり」と書いていた(10)。

一九四四年六月十五日にはアメリカ軍はサイパン島に迫る。日本軍も守備に全力をあげた。激戦が約二十日間つづいたが、最後の総攻撃にさいして、守備隊長の南雲忠一中将は「断乎進んで米鬼に一撃を加へ、太平洋の防波堤となり、サイパン島に骨を埋めんとする。戦陣訓に曰く『生きて虜囚の辱めを受けず』、勇躍全力を尽くして従容として悠久の大義に生きるを悦びとすべし」と訓示したという。戦死者二万一〇〇〇人、自決八〇〇〇人、南雲中将も自決した。民間人も断崖から身を投じて果てた。まさに「玉砕」であった。それでも九二一人が捕虜となった。七月七日、サイパン島はアメリカ軍に占領され、アメリカ軍の前線基地となる。

ここに至っても、新聞は全紙面が戦意高揚の記事で、『朝日新聞』(七月十九日)は「全員壮烈戦死」とあわせて、「神州護持決戦の機」と伝えるとともに、「決死の覚悟を喚起」し、「三千年来の闘魂を凝集」せよ、との東条首相の談話を載せる。同じ紙面で、開戦のとき「天皇あやふし」と詠った高村光太郎は「敵は調子に乗ってわが方の思ふ壺へ落ちこんでくる」と言う。大日本言論報国会会長の徳富蘇峰の言は「まさに戦争はこれからだ」であった。

さすがに、東条にたいする批判の空気が強まり、首相経験者からなる「重臣会議」は東条内閣を総辞職に追い込んだ。一九四四年七月二十二日、首相には小磯国昭が選ばれ、米内が現役復帰して副総理格の海相に就任し（現役でないと海相になれない）、国務（政府）と統帥（大本営）の一元化をはかるために「最高戦争指導会議」が設置された。米内の希望で海軍次官には井上成美が就任し、米内や井上は和平工作を模索し、米内の腹心の高木惣一海軍少将に命じて、終戦工作にあたらせた。が、本土決戦を主張する主戦論の陸軍の力がつよく、成功しなかった。

4 学校も戦場に

「行としての科学」

一九四一（昭和一六）年四月には、小学校の名称はドイツのフォルクス・シューレに倣って国民学校に変えられた。初等科六年、高等科二年、高等科も義務教育とされたが、実施は無期延長となった。「皇国の道に則る国民の錬成」が教育の目的に掲げられ、教育勅語を基本とした軍国主義教育を実施するとされた。管理の強化をはかるとして教頭職も導入された。

理科教育では実験や自然観察が重視された。そうでなければ、大和や武蔵のような航空母艦や零戦のような戦闘機もつくれない。それをうまく動かすこともできない。近衛内閣（第二次）の文部大臣には東京帝国大学の生理学教授で一高校長でもあった橋田邦彦が就任し、東条内閣でも留任して、一九四三年三月までその任にあった。

橋田は科学は「皇国の道」と統合されねばならないとして「行としての科学」を唱えた科学者である。「知育偏重論」の危惧した知育と徳育の対立は「主客未分」「物心一如」の「行」によって乗り越えられるとした。

しかし、学校では軍事教練や勤労動員の比重が増す。実験や自然観察の授業ではなく、銃の操作に熟練し、農作業や飛行機部品の製造に励まねばならなくなる。そのときには、軍事教練も勤労動員も「行学一体」、橋田のいう「行としての科学」であったのか。

学校は将兵養成の予備校に

太平洋戦争がはじまると徴兵の範囲は拡大し、徴兵の対象も甲種と第一乙種であったのが第二乙種、第三乙種にもひろがり、戦争末期には丙種の者まで召集された。「玉砕」につぐ「玉砕」で兵士が消耗され、強い近眼の人間も、片耳が聴こえない人間も、足の不自由な人も徴兵を免れることができなかった。この時代に生きていれば啄木も賢治も幸徳秋水も北一輝も徴兵されたであろう。朝鮮や台湾でも徴兵が開始され、徴兵年齢も二〇歳から一九歳に引き下げられた。

将校の増員も必要となる。陸軍士官学校、海軍兵学校をはじめ、陸海軍の各種の学校も定員を増やす。陸軍士官学校、海軍兵学校は平常時の数倍となる。中学校の教師は生徒に軍の学校の受験を強くすすめた。

『山びこ学校』で戦後生活綴方運動の旗手となった無着成恭《むちゃくせいきょう》も海軍兵学校に進学しようとしていた少年だった。曹洞宗の寺の子に生まれ、一九四四年、山形中学の五年生であった無着は海軍兵学校の受験を申し込む。が、自宅に届いた受験票でそれを知った父から、坊主の伜がなぜ人を殺す学校に入るのか、一億玉砕というのなら、それを見とどけ、一億人に引導を渡して、それから死ぬのが坊主の役目ではないのか、と諭されて、受験をあきらめた。それでも無着は父を「非国民」だと思った(11)。

一九四三(昭和一八)年には理工系と教員養成をのぞく大学と高専の学生の徴兵猶予が廃止された。十月二十一日に明治神宮外苑競技場で「出陣学徒壮行会」がおこなわれた。徴兵検査をへて十二月から入営がはじまり、一〇万人を超える学生が教室や研究室を去って戦地に赴いた。『週刊朝日』の学徒出陣号(十一月二十一日発行)には大阪帝大総長真島利行の「征け学徒諸子」や同志社大総長秋野虎次の「死生を超越せよ」といった激励の文が載る。

大学から文系の学生が消える。そのころには文系学部の入学定員は三分の一ほどに減らされ、その分理系の定員が増えていた。彦根・和歌山・高岡の高等商業は工業専門学校に改編される。志願者の減少で私立大学では文系の学部を維持するのが難しくなり、立教大学では一九四三年に文学部を閉鎖して、理科専門学校(現立教大学理学部)を設置する。青山学院では文学部と高等商業学部を明治学院に譲渡し、工業専門学校(現関東学院大学工学部)を設置した。翌年法政大学には航空工業専門学校(現法政大学工学部)が開設される。

西村伊作の文化学院は文部省令の学校ではなかったのだが、一九四三年、西村は天皇を冒瀆したとして不敬罪で拘禁され、学院は閉鎖命令を受けた。校舎は陸軍に接収された(戦後、連合軍の捕虜収容所となったが、一九四六年学院は再開される)。

陸軍士官学校や海軍兵学校の定員を増やしても、飛行士が足りなくなった。飛行士の消耗が多く、そのため速成の飛行士の養成が必要となり、海軍は中等学校三年生を対象にした甲種飛行予科練生

（予科練）を大量に募集した。都道府県ごとに海軍から志願者数が割り当てられ、割り当てられた都道府県は各中学校に人員を割り振った。しかし、期待したように応募者は集まらない。海軍大将の米内光政や及川古志郎を先輩にもつ盛岡中学でさえ募集に苦労していた。一九四四年七月一六日、松尾鉱山に勤労動員されていた盛岡中学三年生は夕食後食堂に集められ、内田辰雄軍事教官から、「予科練は軍の希望する人員にくらべて、現在まだ半分にも達していない」、「国家の重大時局に際して、予科練に志願しない者は国賊である！」との演説を聞かされた[12]。このようにして全国で二万八〇〇〇名が志願し、八割が合格した。

陸軍は国民学校高等科の卒業生も志願できる少年飛行兵を募集し、国民学校の教師は少年飛行兵の志願を薦めねばならなくなった。一九三九年に旭川市立高女を卒業して歌志内公立神威《かむい》尋常高等小学校に代用教員として就職し（翌年訓導）、戦争中は旭川市立啓明国民学校の教師であった三浦綾子も、自伝的な小説『石ころのうた』で、同僚の教師たちは少年飛行兵の募集ポスターの前で「国のために、飛行機に乗るんだ。そして敵をやっつけるのだ。以前は二十一にならなければ兵隊に行けなかったのに今は君たちの年齢でも行けるのだ。君たちはいい時代に生まれたのだ」と航空隊行きをすすめ、三浦じしんも小学三年生の生徒に「大きくなったらね、あなたたちも、み国のために死ぬのよ」と話したと語っている[13]。

国民学校の高等科では満蒙開拓青少年義勇軍行きも薦めた。成人男子の満州への入植が困難になると満蒙開拓青少年義勇軍の役割が重要になる。開拓だけでなく軍事的な任務を負わせられて、約三万人の少年たちがソ連国境に送られた。

一九三九年には兵役法の改正で教員にたいする免除措置も廃止され、教え子を軍の学校や満蒙開拓青少年義勇軍に送り出した教師も応召された。教育の現場は年輩教師と三浦綾子のような女性教師にゆだねられる。東京帝大でも南原繁の門下生で法学部の助教授だった三〇歳の丸山真男が、一九四四年に二等兵で召集され、朝鮮の平壌に送られた。

学徒動員も「教育の一環」

すでに一九三八年から中等学校以上の学校では夏休み期間中に数日間の農作業や土木作業に動員されていたが、太平洋戦争開戦の二年後の一九四三年八月には「学徒勤労令」が施行され、本格化した。十月には学徒動員は年間四カ月の実施となり、翌年には通年動員体制となった。一九四一年には中学校の生徒会や高等学校の校友会は「報国隊」という軍隊風の団体に改編されていたが、報国隊は学徒動員のための組織となる。

とくに、軍需工場への動員が多くなった。劣勢の戦いで撃墜される飛行機を補充するために新しい飛行機の量産が求められたのである。そこには中等学校や高校の生徒や学徒出陣をのがれた理学部や工学部の学生や師範学校の学生が動員された。東京帝国大学教授の海後宗臣や教育学者の宗像誠也らは学徒動員や勤労動員を「教育の一環」と位置づけていた。

山形中学五年生の無着成恭も一九四四年八月、同級の一三〇名とともに群馬県太田市の中島飛行機に動員された。山形中学の学徒動員は山形県の中学では最後の動員だった。それには三浦義人校長の「学生は勉強することが本分である。学生に飛行機の部品を作らせるよりも、しっかり勉強させる方が日本の将来にとって大切なんだ」という考えからであるが、五月に三浦校長が突然にやめさせられて、新しい校長が赴任した結果、学徒動員された、と無着たちは考えていた。(14)

太田の中島飛行機では、無着たちは工場長から「この工場は、名実ともに日本一の大工場なのだ。双発の銀河が二十五機、ゼロ戦というすばらしい戦闘機が四十機、毎日この工場から戦場に飛び立っているんだ」との訓示をうけた。それに無着も身を奮わせる。だが、与えられた仕事は空襲のときに飛行機を避難させるための掩蓋《えんがい》（大きな穴）を掘る土方作業と工場でのパイプを曲げたり切断したりする作業だった。朝は五時に起床、米が一割の混ぜ御飯の朝食を食べて、七時に出発、宿舎から一時間かかって飛行場に着くと、朝礼では皇居の遥拝や「軍人勅諭」の奉誦、点呼につぐ点呼で、夜勤もあった。防空訓練もあり、実際の空襲もあった。仲間も陸軍士官学校や海軍兵学校に合格したり、予科練に行ったりして、飛行場を去っていった。むなしい気分になったという。

無着たちは翌年の三月三十一日で山形中学の卒業となる。山形中学生としての勤労動員も終わる。彼らは仲間だけで三月三十一日の夜、太田の小金山で「卒業式」をやった。「仰げば尊し」は敵性がふくまれていたので歌わなかったが、「君が代」も歌わなかった。歌ったのは校歌だけだった。

無着は翌一九四五年四月に山形師範学校に入学する。この年の競争率は五倍半で、山形高校は二倍半、米沢工専が三倍半、徴兵猶予の優遇の可否が影響しているのは明らかだった。入学式はなかった。授業もなかった。ただちに勤労動員となり、四月八日から北山形の山形航空に駆り出された。七月一日になってやっと入学式があったが、その翌日からは校庭に防空壕を掘ったり、師範の講堂につくられた「家の光」の印刷工場の整備を手伝ったりした。八月になると羽黒山で立浪部屋の力士と一緒に松根油（松の根を乾留して得られる油が飛行機の燃料となった）のための松の根を掘る作業をした。(15)

「学徒勤労令」とともに女子むけの「女子挺身勤労令」も公布され、地域・職場・学校ごとに女子挺身隊が結成された。女学校の生徒も軍需工場や土木作業、農作業にかりだされ、上級生は男子と同様に遠方の軍事工場に派遣された。一九四四年になると「空き地利用要綱」が閣議決定され、生徒は校庭を掘り起こして耕地とし、食糧増産に励む。

空き家になった学校の教室や講堂は、「学校工場実施要綱」にしたがって、工場に提供された。山形師範の講堂は『家の光』の印刷工場となったが、山形高校は理科学研究所の仁科研がおこなっていた原爆開発のための六フッ化ウラン製造に使用された（三三二頁）。三浦綾子の勤めていた啓明国民学校も近くに据えられた高射砲中隊のための兵舎となった。

戦争末期には東京帝大に帝都防衛管区の司令部を置き、三〇〇〇名の将兵を収容するために本郷の校舎を接収したいとの申し入れがあった。が、一九四三年に死去した平賀総長をついだ内田祥三《よしかず》総長は、建築家で安田講堂の設計もし、そこでは学徒出陣の壮行会で学生を激励もしていたが、臨時学部長会議を開催し、軍の申入れを断わっている。強行はされなかった。

女子生徒のつくった風船爆弾

ほとんどが女子生徒の仕事となったのが「ふ号」作戦とよばれた風船爆弾の製造である。和紙をコンニャク糊で貼り合わせてつくった大型の風船（直系一〇メートル）に爆弾や焼夷弾を搭載し、太平洋の沿岸から偏西風を利用して飛ばしてアメリカ本土を攻撃しようとするものである。偏西風は神風であった。

日本で開発され、国産の物資でつくられたこの「兵器」の開発には、八木秀次（電気工学）、藤原咲平（気象学）、真島正市（物理学）、荒川秀俊（気象学）らの科学者が協力し、うまく偏西風に乗せて飛行させ、アメリカで落下させる仕組みが工夫された。製造には全国の製紙業者とコンニャク業者が動員され、和紙用のコウゾの皮むきやコンニャク糊づくりや巨大風船の糊張りに各地の女学校や国民学校高等科の女生徒が駆り出された。教室や講堂はその作業のための工場となった。

一九四四年十一月から翌年四月まで、福島県の勿来、茨城県の大津、千葉県の一宮から九〇〇〇個の風船爆弾が飛ばされ、約一〇〇〇個がアメリカに到達したと考えられている。戦果は一家六人の家族を死亡させただけだった。それでも、飛来する巨大な風船がアメリカ人を不安に陥れたのは確かである。

特攻隊――人間が兵器に

一九四四（昭和一九）年十月、オーストラリアに撤退したマッカーサーが率いるアメリカ軍がフィリピンのレイテ島に上陸するのを阻止しようと、大和、武蔵、長門の巨大戦艦を突入させ一大決戦に挑む。だが、制空権を失っていた日本軍は武蔵や多数の巡洋艦を失う。以後連合艦隊は組めなくなる。

打つ手のなくなった海軍が採用したのが、零戦に爆弾を搭載させて敵艦に体当たりするという神風特別攻撃隊、いわゆる特攻隊である。神風が吹かなければ、吹かしてやろうということなのであろう。「十死零生」、乗り込んだら生還の可能性はない、新たな「玉砕」戦術である。制空権だけでなく、理性も失っていた。とはいっても、真珠湾攻撃でも「十死零生」の特殊潜航艇を出撃させていたのだが。

特攻隊攻撃の指揮をしたのは第一航空艦隊司令官大西滝治郎中将であったが、大西の独断でおこなわれたのではない。一九四四年十月初旬、海軍の軍令部での会合で大西の「特攻」攻撃の提案に、統帥の責任者である及川古志郎軍令部総長は「涙を飲んで申し出を承認する。ただし、実行に当たっては、あくまで本人の自由意志によってほしい」と述べて了承した。そのときの海相は米内光政で、大西は海相に「特攻を行って、フィリピンを最後の戦いにしたい」と言い残してマニラに赴任した(16)。

沖縄の特攻隊

いよいよアメリカ軍が日本本土にもせまる。一九四五年三月にはアメリカの五五万人編成の艦隊がグアム島から沖縄に発進し、四月一日上陸を開始した。戦艦大和も動員されたが、沖縄に着く前、九州南方でアメリカの空母から発した飛行機の爆撃で沈没されてしまう。沖縄戦の海上戦でも頼りは特攻隊で、九州の知覧や鹿屋の飛行場から出撃した。六月二十二日まで一九〇〇の特攻隊機の攻撃がづいた。小型の戦艦ながら三四隻を撃沈させ、四九〇〇名のアメリカ兵を殺害している。

軍国教育の行きついた果てが特攻隊であった。戦力の科学的な分析は二の次、「軍人勅諭」の読誦《どくじゅ》と操縦技術の訓練だけで機上の人間となる。考えることを停止し、ただ死ぬことを目的とし、それが忠誠の証しとされた。保阪正康も「天一作戦と名づけられた沖縄特攻は、もとよりアメリカ軍の艦艇への体当たりを主眼としつつ、特攻作戦で一人でも多くの隊員を死なせることを目標とするかのようであった」と述べている(17)。

学徒出陣した学生の多くが特攻隊員となった。建前は志願でも、実際には拒否はできない。検閲された遺書では、特攻隊に選ばれたことを身の光栄と記す遺書が多いが、「私は明確にいえば自由主義に憧れていました。日本が真に永久に続くためには自由主義が必要であると思ったからです。これは馬鹿なことに見えるかもしれません。それは現在日本が全体主義的な気分に包まれているからです」

との両親あての「遺書」を残し、出撃前夜には「明日は自由主義者が一人この世から去って行きます」と結ぶ「所感」を書いた上原良司のような特攻隊員もいた。上原は一九四一年に慶応義塾大学経済学部予科に入学、一九四三年十二月に入営し、一九四五年五月十一日に嘉手納湾の米機動部隊に突入して戦死した(18)。

当時の慶応義塾大学学長は自由主義者といわれていた経済学者の小泉信三で、小泉も出陣する学生を激励し、上原良司が入営生活をしていたころ、雑誌『現代』(一九四四年十月号)の特集「如何にして米英を撃滅すべきか」に「あくまで戦い抜く」と題した稿を寄せ、「如何にして米英を撃滅すべきか。それは明白で平凡である。たゞ戦ふといふことだ。勝つ日まで戦ふといふこと、たゞこれのみである。智恵才覚は役にたたぬ許りか、或は却て邪魔になる。これ程の大戦争に何か奇妙な妙策があるかのやうに思ふこと、それが抑々間違いである。汗血塗炭、悪戦苦闘、それ以外に勝利の途はなく、ただ此中に勝利の途は必ず開ける」と書いていた。

学長は「智恵才覚は役にたたぬ」というが、学生の上原良司は自由主義の意義を根底から考え、無念の気持を抑えた「所感」を書いて飛び立った。上原が『現代』を読んでいたとしても学長から教えられることはなかったであろう。小泉信三だけではない、前にあげた大阪大学総長や同志社学長もそうであったが、出陣する学徒を鼓舞激励した学長や教授たちの言葉は虚しいものであった。官製の言葉で飾られた文章であった。

学長だけではない、教室で聞いた教師からも教えられることはほとんどなかった。出陣する学徒たちは死の意味をみずから考えねばならなかった。そのとき宮沢賢治を読みかえす学徒兵もいた。一九四三年十二月八日に入営した東京帝大経済学部二年生の佐々木八郎は『資本論』や『列強現勢史ロシア』（大類伸）を読んでいた学生であったが、「『愛』『戦』『死』」と題する文では、賢治の童話「烏の北斗七星」によって特攻隊員として死に向かう自分の気持を語っていた（二四八頁）。そこで佐々木は、「田辺元の哲学と一緒にされてはちょっと心外であるけれども、ここで我々は真に国民にして同時に世界人としてある事が出来るのである」として、「我々がただ、日本人であり、日本人としての主張にのみ徹するならば、我々は敵米英を憎みつくさねばならないだろう。しかし、僕の気持ちはもっとヒューマニスチックなもの、宮沢賢治の烏と同じようなものなのだ。憎まないでいいものを憎みたくない、そんな気持ちなのだ。正直な所、軍の指導者たちの言うことは民衆煽動のための空念仏としか響《ひび》かないのだ。そして正しいものには常に味方をしたい。そして不正なもの、心驕《おご》れるものに対しては、敵味方の差別なく憎みたい」としたためていた。(19) そのためにも、佐々木は経済学を学ばねばならないと考えていたのだ。しかし、一九四五年四月十四日に沖縄の海上で特攻隊員として戦死する。

沖縄戦争――学徒も地上戦に

読谷《よみたん》に上陸したアメリカ軍は一八万人、牛島満司令官の指揮する沖縄守備軍（第三十二軍）の任務は、できるかぎり長く抵抗をつづけることにあった。沖縄本島の日本軍の兵力は陸軍が八万六〇〇〇人、海軍は一万人。それでは足りないとして、一六歳から四五歳までの二万五〇〇〇人の現地召集の「防衛隊」を組織した。実際には一四歳から六〇歳までの沖縄住民が動員された。

それに学徒隊があった。大学はもとより、高等学校も高等専門学校もなかった沖縄では、師範学校（男子部・女子部）、中学校、工業・水産・農業・商業学校、高等女学校の生徒が動員された。教師も生徒と行動を共にした。師範学校（男子部）、中学校、実業学校の男子生徒一七八〇名は陸軍二等兵として鉄血勤皇隊に組み込まれた。学校での軍事教練が実戦にかわる。師範学校（女子部）と高等女学校の五四三人の女子生徒は陸軍病院の救急看護衛生班員として、傷病兵の看護だけでなく、炊事、水汲み、死体の処理にあたった。全体で五八一名が参加した。学徒隊への参加も志願とされたが、実態は強制で、参加を拒むものには有形無形の強い圧力が加えられた。それに、日ごろからの疑問を抱かせない徹底した軍国教育があった。

　戦力では劣る日本軍の第一線部隊はよく戦い、嘉数《かかず》の戦いを一六日間も持ちこたえ、首里に迫るアメリカ軍の南下を一月近くも遅らせたが、首里の司令部は一九四五（昭和二〇）年五月二十七日に陥落した。このときに勝負はついていたのだが、降伏しなかった。本土上陸までの時間を稼がねばならないため、降伏は許されなかったのだ。司令部が沖縄本島の最南端の摩文仁《まぶに》に移されると、学徒兵も南の海岸に移動させられた。

　以後、住民と学徒兵を巻き込んだ戦いとなる。空からは機銃掃射、海からは艦砲射撃、地上では銃と火炎放射器で迫るアメリカ軍にたいして、住民や学徒兵は竹槍や手榴弾でアメリカ軍に突撃するしかなかった。軍から手渡された手榴弾による集団自決も多発した。軍による強制もあった。隠れていた壕から日本軍によって追い出され、アメリカ軍の艦砲射撃に晒されて死んだ沖縄の住民もいた。戦争に非協力的ということで、あるいはスパイの疑いをかけられて日本兵に殺された住民もいた。沖縄の人々は、日本の軍隊はわれわれを守るのでないことを身をもって知った。[20]

　摩文仁の司令部もアメリカ軍に包囲され、六月二十三日未明には牛島司令官と長勇《ちょういさむ》参謀長は自決した。ところが牛島司令官は六月十六日に「爾今各部隊は、各局地における生存者中の上級者之を指揮し、最後まで敢闘し、悠久の大義に生くべし」との軍命令を出していた。将兵には降伏を認めないとの命令である。この命令に従って抵抗する者もあった。だが、戦闘を収拾すべき責任者は不在となり、沖縄戦は終結のしようのない戦いとなった。アメリカ軍が掃討戦に入り、沖縄戦の終了を宣言したのは七月二日。だが、一部の日本軍は散発的な抵抗を見せ、それは九月はじめまでつづいた。住民を巻き込んだ戦いで、一般住民の九万人が犠牲となった。それは県民の三分の一にあたった。日本軍の死者は約九万、アメリカ軍も約一万三〇〇〇人が戦死した。

学徒隊では男子生徒一八四八名のうち九四二名が死亡し、とくに犠牲者の割合が多かったのは通信隊に徴用された生徒であった。電話による通信網が寸断されたために、砲火のなかを伝令として飛び回らねばならなかったからである。ほとんどが通信隊に配属となった県立工業学校では動員生徒九四名のうち八五名が戦死した（大田昌秀『沖縄戦とは何か』久米書房）。

女子生徒も五九二名のうち三五六名が死亡した（同書）。陸軍病院に配属されていた女生徒は沖縄戦争が終わろうとしていた六月十九日に解散命令をうけたが、逃げ場もなくアメリカ軍の迫るなかで多数の犠牲者をだしている。沖縄師範学校女子部本科三年生の伊波園子も病院となっていた壕を出るが、逃げまどうだけであった。自決すべきかどうか煩悶していたところをアメリカ軍の銃弾で負傷し、それによってアメリカ軍兵士に救助された。(21) 教師の戦死も多かった。摩文仁の激戦で教え子に「勇気を振るい起こして生き延びよ」と諭したという沖縄師範学校長の野田貞雄も戦死した。

戦争に活路を開こうというのではない。太平洋の島々での戦いもそうであったが、本土への進攻を少しでも遅らせようとするための「捨て石」作戦であった。沖縄の住民と学徒は本土のために犠牲になったのだ。その犠牲は戦争が終わってもつづいている。

5　敗戦へ

無差別の都市空襲――南原繁も終戦工作に動く

沖縄戦のさなかにも、日本本土の都市の住民はマリアナ諸島のサイパン、グアム、テニアンの前線基地から飛び立つB29による空襲の犠牲となっていた。標的は軍事工場で、無着成恭の動員されていた太田市の中島飛行機もやられた。爆弾は民家にも落ちた。都市の学校では授業が困難となって、一九四四（昭和一九）年夏から大都市の国民学校初等科の三年から六年生の児童を農村地帯に集団疎開させた。奉安殿におさめられていた「御真影」と「教育勅語」も疎開された。

一九四五年になると、日本の木造家屋には焼夷弾攻撃が効果的と考えたアメリカ軍は、作戦を夜間低空の焼夷弾による無差別攻撃に変更する。三月十日未明には東京は約三〇〇機のB29によって三〇万発の焼夷弾が投下され、東部の下町を中心に二三万戸の家屋が焼失して、死者は一〇万人を超えた。子供、主婦、老人までもが猛火のなかで焼死し、空気を奪われて窒息死し、川に逃れて水死した。疎開していたが、卒業式に出るために東京にもどり、命を落とした六年生もいた。疎開をつづけて助かった生徒のなかには東京に残った両親を失い戦争孤児となった者も少なくなかった。命の助かった人々も住む家を奪われた。学校も商店も工場も病院も寺院も灰燼に帰した。

この空襲で麻布区市兵衛町（現港区六本木）にあった永井荷風の偏奇館も蔵書とともに焼失した。荷風のその日の日記には、「昨夜猛火は殆東京全市を灰になしたり。北は千住より南は芝、田町に及べり。浅草観音堂、五重塔、公園六区見世物町、吉原遊郭焼亡、芝増上寺及霊廟も烏有に帰す。明治座に避難せしもの悉く焼死す。本所深川の町々、亀戸天神、向嶋一帯、玉の井の色里凡て烏有となれりといふ」とある[22]。

前日、東京帝国大学法学部部長に選任された南原繁は辛うじて動いていた山手線で上野に出て、大学に出勤する。帰りは目白まで歩くが、本郷から小石川一帯は焼け野原で、まだ硝煙が消えず、道端には死体がコモをかぶったままになっていた。市民は戦争だからと諦観していると感じられた。

見のかぎり街は焼野となりにけりたたかひなればか人怪まず　（『形相』）

南原繁も国家の命令に背けと教えることはできなかった。学徒出陣する学生には、戦場にあっても「自分を完成すること」を放棄してはならないと諭すことしかできなかった。南原がおこなったのは極秘の終戦工作であった。内村鑑三の同門で、法学部内でももっとも信頼できた高木八尺と計画をねり、同僚の田中耕太郎、岡義武ら七教授の協力もえて、政府や軍部の要人に終戦を働きかけた。日露戦争のとき戸水寛人、富井政章ら七教授が日露戦争も開戦を要求したのとは逆に、南原らは太平洋戦争を終わらせようというのである[23]。

その後も東京の空襲はつづく。四月十三日の深夜十一時にはじまった空襲では、東京中央部が焦土と化し、五月二十四、二十五日には西部地区もやられた。防空体制の指導がゆきわたり、死者の数は減るが、東京の半分は焼け野原となった。「天皇あやふし」と詠った高村光太郎もあやうし！　四月十三日の空襲で智恵子と暮らした駒込林町の自宅兼アトリエも焼かれる。五月二十四、二十五日の空襲では目黒の土岐善麿の家も焼失した。

一九四五（昭和二〇）年四月からは医学部や国民学校初等科をのぞく学校の授業は停止となる。学生も生徒も工場や農村での勤労動員に駆り出された。空襲のさいに延焼を防ぐために都市の一部の家屋を排除して防火帯をつくる建物疎開の作業もあった。それには国民学校高等科の生徒も動員された。

B29による無差別攻撃は大阪、名古屋、横浜、神戸などの大都市を廃墟としたのにつづいて、地方都市も襲う。岡山市に疎開した永井荷風は六月二十九日の空襲に遇い、市内を流れる旭川に逃れて九死に一生をうる。高村光太郎は宮沢賢治の弟の清六が守っていた花巻の宮沢家に疎開するが、八月十日の花巻空襲でふたたび焼け出された。残っている主要な都市は、京都、奈良、金沢、新潟、長崎、広島くらいになっていた。

五月七日にはドイツが無条件降伏し、日本一国が連合軍と戦争状態にあった。それで日本が勝利できると考えるのは狂信的な人間だけであったろう。そのような狂信的な人間が政府と軍部のいたるところにいたため、南原の終戦工作はなかなか功を奏さなかった。

ふつうの教師には南原のような行動はできない。それでも、極限の状況のなかで教師らしい教師であろうと努力していた教師はいた。東京都本所区（現墨田区本所）の日進国民学校も一九四四年八月から西千葉に疎開していたが、六年生は翌年三月に東京にもどり、そこで三月十日の大空襲に会う。日進国民学校は全焼し、塩原美恵子が担任をしていた六年二組の女子生徒一四名が犠牲となった。五月には岩手県西磐井郡萩荘村（現一関市）に二度目の疎開となったが、そこで生徒たちは農業を手伝い、寺の空き地で野菜を栽培し、収穫した大豆からは豆腐をつくった。ニワトリとウサギも飼育し、先生のために藁草履もつくった。東京では経験のできなかった生活にねざす教育ができた。「お国のため」「天皇のため」の教育の意識に支配されていながらも、「教育とは生き抜くことを教えること」

であるとすれば、疎開での教育はそのことを目標にしていた、と塩原美恵子は『嵐の中の女先生』に記している。(24)

鈴木貫太郎内閣——米内光政の和平工作

一九四五年四月七日に鈴木貫太郎内閣が成立したとき、すでに首都はアメリカ軍による空襲で潰滅状態で、アメリカ軍は沖縄に上陸し、戦況は絶望的であった。

それなのに、なお主戦派が仕切っていた内閣は、男子は一五歳から六〇歳まで、女子は一七歳から四〇歳までからなる「国民義勇戦闘隊」の動員を基本とする「義勇兵役法案」を提案し、沖縄戦の終わった六月二十三日に公布した。銃後を守っていた主婦や老人までも本土決戦の盾にしようというもので、本土の沖縄化であった。「義勇」といっても強制の組織、「戦闘隊」といっても武器は各自で用意せねばならない。用意できるのは農具や竹槍しかなかった。「一億総玉砕」である。

海相を留任した米内光政は東郷茂徳外相とともに六月二十三日の「最高戦争指導会議」で、日ソ中立条約をたよりにソヴィエトを仲介とする和平工作を提言し、首相もそれに賛同して工作をすすめようとした。だがソ連は、二月のヤルタ会談で対日参戦を決めていた。

仁科研究室の原子爆弾開発

軍部には新兵器開発への期待があった。大河内正敏が所長をつとめる理化学研究所の仁科芳雄研究室は陸軍の依頼で一九四二（昭和一七）年十二月からウラン二三五を材料にして中性子による連鎖的な核分裂を利用する原子爆弾の製造をすすめていた。仁科研究室の研究テーマは当時最先端の科学である原子核物理学で、原爆製造に自信があったとは考えがたいが、仁科は陸軍の依頼を受諾した。

この「ニ号研究」とよばれた原爆の製造には竹内柾、山崎文男、杉本朝雄、田島英三、武谷三男、玉木英彦、福田信之、木越邦雄らが参加する。自然の根源の探求をめざす原子核物理学者や化学者が動員された。大学の研究室よりは規模は大きくても一研究室の仕事である。

それでも軍部や政治家からは「ニ号研究」への期待が集まった。東京帝国大学教授を六〇歳で退任して貴族院議員となっていた田中館愛橘は、マッチ箱ほどの原子爆弾で東京駅が吹っ飛ぶと、貴族院で演説し、その完成が間近いことを匂わせる発言をした。そのころ東京帝大の水島研究室で死者をだす爆発事故が起こると、各新聞はこの事故を「原子爆弾完成近し」の見出しでトップ記事とした。実際は原爆とは無関係の高周波絶縁体についての研究で起こった事故であった[25]。

第一の目標のほとんどは、ウラン二三八からなる天然ウランからわずか〇・七パーセントしか含まれていないウラン二三五を分離することであった。「ニ号研究」ではウラン鉱石から気体の六フッ化ウランに変え、熱拡散法によってウラン二三五を分離する方法が採用され、化学者の木越邦雄が担当した。施設を山形高校（現山形大学）に疎開して製造し、少量ながら六フッ化ウランが製造でき、それを理研の熱拡散筒で分離する作業をおこなったが、期待された成果はえられなかった。その上、熱拡散筒は一九四五年四月十三日の空襲で破壊されてしまった。山形高校のほうは空襲を免れたが、結局、一ミリグラムのウラン二三五も分離できなかった。

ウラン鉱石は軍が朝鮮から入手してくれたが、それも難しくなり、一九四五年四月から福島県石川町の石川鉱山で石川中学（現学法石川高校）の生徒一五〇名を動員してウランの採掘がおこなわれ、それは敗戦までつづけられた。石川中学はかつて河野広中が自由民権運動の石陽社を設立した石川町に一八九二（明治二五）年に設立された、石川義塾にさかのぼれる中学であった。偶然であるが、北方教育の指導者であった秋田の成田忠久は生活綴方運動で検挙された同人の救済活動のために東京で出版社を営んでいたが、出版統制でそれも困難となって戦時期を石川鉱山で働いていた。

海軍は原爆計画を京都帝国大学理学部物理学科の荒勝文策研究室に依頼した。この「F研究」とよばれた荒勝研究室による原爆開発では、「二号研究」と異なる遠心分離法が採用された。一九四五年七月二十一日に荒勝のほか湯川秀樹、坂田昌一、小林稔らによって討論会がもたれたが、原理的には可能でも、現在の技術力からは無理であるとの意見が多かった。それ以上の研究はなされなかった。

アメリカの原爆の製造とポツダム宣言

荒勝研究室が討論会をもった七月二十一日までにアメリカは原爆を完成させていた。すでに一九三九年八月にハンガリー人の亡命物理学者L・シラードがドイツから亡命したアインシュタインを誘ってルーズベルト大統領に原爆製造を進言したことにはじまるアメリカの原爆開発は、一九四二年六月にはマンハッタン計画として国家事業とされた。その間、一九四一年にはアメリカの化学者G・シーボークらが発見したプルトニウム二三九も核分裂することが明らかになる（日本の科学者は知らなかった）。それによってウラン二三八に中性子を照射してプルトニウム二三九を生成して、プルトニウム型の原爆を製造する研究もすすめられ、それにはイタリアからの亡命物理学者E・フェルミの開発した原子炉が利用できた。

マンハッタン計画では、物理学者のR・オッペンハイマーが所長をつとめるニューメキシコ州のロス・アラモス研究所に、ヨーロッパから亡命した多数の第一線の原子核物理学者が招かれた。テネシー州のオークリッジ工場では、ウラン型原爆用に熱拡散法とガス拡散法でウラン二三五の分離がおこなわれ、ワシントン州のハンフォード工場では、原子炉でプルトニウム型原爆のためのプルトニウム二三九が生産された。全体で六万人以上の研究者・技術者・労働者が動員された。

ポツダム会談がはじまる前日の七月十六日に、ロス・アラモス研究所の南、メキシコ国境に近いアラモゴードの砂漠でプルトニウム型の原爆の実験がなされた。結果は大成功で、砂漠は「千の太陽よりも明るく」（ロベルト・ユンク）なった。実戦用にはもう一発のプルトニウム型の原爆とウラン型の爆弾も準備された。仁科芳雄は原爆をつくれなかったが、「かれ〔米英〕はその資源と機械力とにより大軍備を整へ得る」（三〇一頁）との仁科の予想は間違っていなかった。

一九四五年四月に死去したルーズベルトを継いだトルーマン大統領は、ソ連の手を借りずに日本を降伏させたいと考え、日本への原爆投下に許可をあたえた。そして、同じ二十六日にはトルーマン大統領、イギリスのアトリー首相、中華民国の蔣介石主席が署名したポツダム宣言を日本に提示する（ソ連はこのときには抗日戦に参加していなかったので署名せず）。宣言は、日本軍の無条件降伏と軍国主義の除去、戦争犯罪人にたいする厳重な処罰、民主主義の復活強化、基本的人権の確立などを日本政府に課すものであった。

ポツダム宣言の提示にたいして、六月二十三日の「最高戦争指導会議」で決定したソヴィエトの仲介による終戦工作を期待していた日本政府は態度を表明しなかった。国民には、ポツダム宣言を「黙殺」し、戦い抜くとの声明を発表した。

広島への原爆投下――動員学徒の犠牲

アメリカは「黙殺」を拒否とうけとり、拒否を原爆投下の口実とする。一九四五年八月六日午前一時四五分（日本時間）にウラン型原爆を搭載したB29爆撃機がテニアン島を離陸し、八時一五分に広島市上空に到達して、原爆を投下した。ウラン二三五の核分裂で放たれた熱戦と放射線と衝撃波が広島の市民を襲った。

建物の中にいた者は倒壊した建物の下敷きで圧死し、外にいた者は火傷で焼死し、水をもとめて川に走った者は水死した。被害は爆心地からの距離、建物の内か外か、建物がコンクリートか木造かによって違いがあったが、爆心地から一キロメートル以内の屋外にいた人々はほとんどが犠牲となった。防火帯を設けるための建物疎開に動員された中等学校の一、二年生と国民学校高等科の生徒たちは、作業をはじめた直後に熱線と衝撃波と放射線を直接浴びた。爆心地から四、五〇〇メートルにある県庁付近で作業をしていた一八九一名の生徒のうち一八二一名が死亡した。全体では動員された生徒八三八七名のうち六二九五名が死亡した。引率の教師も一三三名が死亡した（広島平和記念資料館）。原爆投下から三時間後、爆心地から東南二・三キロメートルの翠町（現南区）に住んでいた中国新聞のカメラマン松重美人《よしと》は、自宅付近の京橋川に架かる御幸橋（現中区千代田と南区皆実町を結ぶ）の西詰交番付近で応急手当を受けている被曝者たちの凄惨な光景を写真に収めている。このよく知られた写真には爆心地方面での建物疎開に動員され、逃れてきた中学生や女学生の姿も写っている。

その御幸橋近くの平野町に住んでいた歌人の正田篠枝は、一九四七年に原爆の惨状を詠んだ歌集『さんげ』を出版した。GHQの検閲を逃れるため、広島刑務所の司法技官であった中丸忠雄が秘密出版の印刷をしてくれた(26)。原爆の犠牲となった生徒たちを詠んだ歌も多く含まれている(27)。

可憐なる学徒はいとし瀕死のきわに名前を呼べばハイッと答えぬ
臨終を勤労奉仕隊の学徒は教師にひたとだきつきて死にぬ
大きな骨は先生ならむそのそばに小さきあたまの骨あつまれり

（『さんげ』）

その年のうちに広島市民三五万のうち一四万人が死亡したと推定されている。なお一万名が行方不明であった。その後も外傷、火傷、そして放射線の障害により死亡者が増える。原爆による苦しみはかぎりなくつづく（正田篠枝も放射線障害による乳癌を発症しながら、反戦の運動をつづけ、歌をつくつづけたが、一九六五年に五五歳で不帰の人となる）。

それでもポツダム宣言を受諾しない

トルーマン米大統領は投下一六時間後に広島への原爆投下をラジオで発表し、日本が降伏しなければ、さらに原爆攻撃をおこなうと警告した。その内容はラジオ放送を傍受した同盟通信社から鈴木首相に伝えられた。米内海相ら和平派は終戦を主張し、外務省もアメリカはいくつ原爆をもっているかわからない、つぎの原爆が落とされるまえにポツダム宣言を受諾すべきであるとの意見であった。

しかし、陸軍は原爆であることを認めない。「水鳥の羽音に驚いて敗走した」平維盛のような真似をしてはならないというのである。そして、大本営参謀本部は検証のために理研の仁科芳雄を広島に向かわせた。飛行機で広島に飛び、原爆であることを確認した仁科は、飛行機で八日に東京にもどり、迫水常久内閣書記官長に「まさに原子爆弾に相違ありません。私ども科学者が至らなかったことは、まことに国家にたいして申しわけないことです」と報告する。(28) それでも陸軍はポツダム宣言の受諾を受け容れない。
アメリカに九〇〇〇個も飛ばされたた風船爆弾は六人の命を奪っただけだったのに、一発の原爆が一四万人以上の人間を殺害した。日米の科学の差はここまで開いていた。科学技術の差だけでない。戦争にたいする科学的思考の差においてもである。冷静な目をもった批判者の存在を許さなかった国家主義教育が、教師と生徒がみずから考え、みずからの意見を表明することを否定したのである。そのことが国民を最悪の道に導いた。

ソ連が参戦する

広島に原爆が投下された三日後の八月九日、ソ連は日本がポツダム宣言を拒否したことを理由に、対日宣戦を布告し、翌日には一七四万の兵が満州に侵入する。日本の降伏が間もないことを予知しての行動であった。それを迎える関東軍の多くは現地召集された中年男子の兵隊で、精鋭は南方に送られていた。

ソ連の侵攻がはじまると、一部の高級将校や官僚と家族は列車と車を手配し、いち早く日本に逃亡していた。七三一部隊は証拠隠滅のため、木造の建物と実験装置を破壊し、細菌弾を始末しただけでなく、人体実験用の捕虜を全員殺害し、焼いて埋めた。その上で、隊員は研究資料とともに列車で朝鮮に脱出し、幹部は平壌から飛行機で、他の隊員は釜山から上陸用船艇で日本に帰った。(29)

一方で一般の日本人住民は満州で敵軍のなかに取り残された。戦闘は八月いっぱいつづき、約二七万人の移民のうち約三分の一の七万八〇〇〇人が日本に引き揚げるまでに戦死、餓死、凍死した。自決した者も多かった。現地に残された女性や子どものなかには逃避行のあいだに肉親から離れ、残留孤児や残留婦人になった者もいる。

高等小学校の教師から「楽土」であると勧められて満州に渡った満蒙開拓青少年義勇軍の少年たちが最後に見、体験したのは、暴行・略奪・飢餓による死の地獄であった(30)。ソ連軍の捕虜となり、シベリアに抑留された者も多数いた。

長崎にも原爆投下――ようやくポツダム宣言を受諾

ソ連が参戦した八月九日の朝に開かれた「最高戦争指導会議」で鈴木首相は戦争終結の意志を表明し、米内海相からはポツダム宣言受諾を前提とすべきであるとの提言がなされた。しかし、受諾によって「国体護持」がなされるのかどうかはっきりせず、会議は結論が出せなかった。そこに、長崎に「新型爆弾」が落とされたとの報が入る。投下は午前十一時二分、プルトニウム型原爆であった。ただ、投下直後に長崎の被爆を調査した科学者にはプルトニウム型の原爆とはわからなかった。そもそも日本の原子核物理学者はプルトニウム型の原爆が開発されていたことはもちろん、その可能性についても知らなかった(31)。

長崎のプルトニウム型原爆の威力は広島のウラン型の原爆の一・五倍であったが、投下地が市街中心を外れたことや山のある地形などから死者は広島の約半数となった。その年のうちの長崎の死者は七万四〇〇〇人と推定されている。爆心地から五〇〇メートルの距離にあった城山国民学校（現城山小学校）では、三菱兵器の工場となっていた鉄筋コンクリート三階建ての校舎で作業中の教員、動員学徒、三菱社員一五一名のうち一三一名が死亡し、夏休みで自宅にいた生徒は一五〇〇名のうち一四〇〇名が犠牲となった。爆心地から七〇〇メートルの山里国民学校では防空壕を掘る作業をしていた教職員三二名中二八名が死亡し、在籍生徒一五八一名中一三〇〇名が犠牲となる。爆心地から五〇〇メートルの岡にあったメソジスト会設立の鎮西学院の鉄筋コンクート四階の校舎は三菱製鋼と三菱電気が使っており、学院の動員生徒をふくむ作業員一一八名のうち一〇三名が死亡した。学院の生徒と教職員全体では一四〇名が原爆の犠牲となった。爆心地から六〇〇―八〇〇メートルほどのところにあった長崎医科大学（現長崎大学医学部）では、木造校舎で授業中の一、二年生学生五八〇名中四一四名が死亡し、学生、教職員、医師、看護婦、患者全体での八九二名が犠牲となった。

二発目の原爆投下の報が入っても、「最高戦争指導会議」はポツダム宣言の諾否に結論をだせず、「聖断」にゆだねられた。九日午後十一時五〇分に皇居の地下防空壕で開かれた御前会議で、天皇は東郷外相に同意し、連合国に「国体護持」を希望として伝えることを条件にポツダム宣言の受諾が決定され、翌十日、中立国のスイスとスウェーデンをつうじてアメリカ・イギリス・ソ連・中国に伝えられた。連合国からの回答には「国体」の変更の必要性が明確にのべられていなかったことから、「事実問題として国体の変革を来すが如き虞《おそれ》は絶対に之れなし」と解釈して、十四日ポツダム宣言受諾を再確認した。

一般の国民は原爆のことも、「最高戦争指導会議」のなりゆきも知らされず、空襲におびえながら、本土決戦を覚悟していた。ところが、八月十五日正午、ポツダム宣言受諾の「玉音」がラジオから流れる。羽黒山で松根油用に松の根株を掘っていた無着成恭たちも、その日の朝、正午に重大放送があると知らされていたので一里の山道を下り、羽黒神社の社務所でそれを聞いた。「玉音」は聞きにくかったが、敗戦であることを教えられる。無着が「ちえっ。それじゃ道具を持って山を降りるんだった」と言うと、同級の国井僚二も、そのとおりだと言った。(32)

第十章　戦後の「新教育」――教師・啄木と賢治への回帰

1　戦争責任と反省

「国体護持」と「一億総懺悔」

「国体」は護持された！　それが政府の解釈であった。「玉音」でも、ポツダム宣言の受諾をみとめたが、「敗戦」という言葉は使われず、最後には、なお「国体」が護持されたことを宣べる。国破れても「国体」あり、であった。

それにあわせて天皇への謝罪となる。『朝日新聞』の一九四五（昭和二〇）年八月十五日の社説では、「あるはただ自省自責、自粛自戒の念慮のみである。君国の直面する新事態について同胞相哭し、そして大君と天地神明とに対する申し訳なさで一ぱいである」と記す。国民にたいしてではない。戦争の犠牲者にたいしてでもない。沖縄の地上戦や都市の無差別攻撃や広島と長崎への原爆投下で命を奪われた人々にたいしてでもない。満州で日本軍に見放されて命を失った人々にたいしてでもない。強制的に召集され犠牲となった兵士にたいしてでもない。もちろん、日本政府と軍部の仕掛けた戦争で命を奪われたアジアの人々にたいしてでもない。

それどころか、鈴木内閣をついだ東久邇宮稔彦《ひがしくにのみやなるひこ》首相は連合国軍の第一陣が日本に上陸した八月二十八日、敗戦の原因と責任についての新聞記者の質問に、「軍官民、国民全体が徹底的に反省し懺悔しなければならない」と答えた。この首相談話をとりあげた『朝日新聞』の八月三十日の社説は、「一億総懺悔の秋《とき》、しかして相依り相扶けて民族新生の途に前進すべき秋である」と締めくくる。半月前までの「一億総玉砕」が「一億総懺悔」となったのだ。

多くの兵士は命じられるままに戦った。学生たちも学徒出陣を強いられて戦った。銃後にいた住民は、女性までもが、本土決戦を覚悟していた。中等学校の生徒も女学生も国民学校の生徒も戦争完遂のために働いた。だれもが「欲しがりません勝つまでは」の標語を素直に受け入れ、貧しさに耐えた。家族や友人や恋人を失ってもその悲しみに耐えさせられた。そのような人々がなにを懺悔しなければならないのか。

流行語になった「一億総懺悔」は戦争責任の問題を拡散させる働きをした。未来にむけての反戦と平和の声は聞こえたが、戦争にたいして自己の責任を問う者は少なかった。戦争を推進した者、煽動した者にたいする追及も弱かった。

東京裁判

しかし、「国体護持」はなされたとはいっても、ポツダム宣言にしたがって、日本はダグラス・マッカーサーを最高司令官とする連合国軍に占領された。このとき、日本の領土は本州・北海道・九州・四国と周辺の諸小島に限られた（朝鮮半島北部・南樺太・千島はソ連軍が、朝鮮半島南部・琉球諸島と奄美諸島をふくむ南西諸島はアメリカ軍が占領し、台湾は中国に返還された）。

連合国最高司令官総司令部（GHQ）には「一億総懺悔」は通用しない。一九四五年九月からポツダム宣言の「戦争犯罪人に対する厳重なる処罰」の条項にもとづき、戦争犯罪容疑者の逮捕が開始された。陸相の阿南惟幾《あなみこれちか》大将と特攻隊を指揮した大西滝治郎中将は敗戦直後に自決し、戦犯容疑者の逮捕がはじまると、元陸相の杉山元《はじめ》、元首相の近衛文麿、元文相の橋田邦彦も自決した。太平洋戦争を始め、陸相を兼任し、参謀総長にもなって独裁的に戦争遂行を指導した東条英機は、逮捕直前にピストル自殺を図ったが失敗した。「死して虜囚の辱めを受けず」という「戦陣訓」の布達者は、生きて敵軍の虜囚となったのだ。一〇〇名を超える戦争指導者が手縄となり、巣鴨拘置所（スガモ・プリズン）に収容された。そのころ京都で栄養失調症の身であった（一九三七年に小菅監獄を出所）河上肇は、

次ぎ次ぎに拉致《らち》されてゆく高官の名を聞くだにも生ける甲斐《かひ》あり（『枕上浮雲』）

と詠っている。しかし、河上は京都の極寒の冬を乗り越えることはできず、翌年一月三十日には肺炎を併発して世を去る。

逮捕されたのは、軍人の東条英機、板垣征四郎、真崎甚三郎、荒木貞夫、松井石根や政治家の広田弘毅、東条内閣の商工大臣の岸信介や外務大臣の重光葵らのほかに、民間人の大川周明もいた。東久邇宮稔彦首相の兄の梨本宮守正王（元帥）や長く理化学研究所の所長であった大河内正敏も逮捕された。

言論人では、日本文学報国会と大日本言論報国会の会長であった徳富蘇峰は戦犯容疑者の指名をう

けたが、老齢で神経痛を患っているということで自宅拘禁処分となる。このとき蘇峰は、伊豆に流されながら再起をはかった源頼朝の伝記を執筆して臥薪嘗胆をよびかける。気力と筆力は衰えず、翌々年には自宅拘禁も解除されて、一九一八年にはじめていた『近世日本国民史』の執筆も再開し、一九五二年には全一〇〇巻を完成させる。大日本言論報国会事務局長の鹿子木《かのこぎ》員信《かずのぶ》も逮捕された。

極東国際軍事裁判（東京裁判）は、一九四六（昭和二一）五月三日に開廷された。一九四八年十一月十二日、種々の侵略戦争の共同謀議と遂行の罪状によって、東条英樹、土肥原賢二、広田弘毅、板垣征四郎、木村兵太郎、松井石根、武藤章の七名に死刑の判決がくだされた。橋本欣五郎や荒木貞夫ら一六名は終身禁固、東郷茂徳と重光葵は有期刑となる。死刑の判決をうけた七名は同年十二月二十三日に巣鴨拘置所で絞死刑に処せられた。

板垣征四郎は死刑に処せられたが、板垣とともに満州事変を指導した石原莞爾は逮捕も起訴もされなかった。実行者ではなく計画者であったこと、日中戦争には東条と対立して反対したこと、太平洋戦争中には予備役となっていたことなどが考慮されたのだろう。

首相をつとめ、太平洋戦争中には海相であった米内光政は戦犯に指名されなかった。海相として日独伊三国同盟に同意し、太平洋戦争中も大本営のトップにあった及川古志郎も、戦犯リストにあげられてはいたが、最終的には戦犯から外された。

だが、及川は海軍の仲間から責任を追及されることになる。一九四六年一月に元海軍幹部が集まった「特別座談会」の席で、井上成美は海相の及川古志郎が三国同盟締結に同意したことについて、米内内閣のとき陸軍が使ったのと同じように、海軍が海相を推薦しないという手段をとるべきだったと直接及川に問い質した。それにたいして、及川は海軍が三国同盟の締結を承認しなければ陸海軍が衝突する恐れがあったと弁明したが、井上は、「陸海軍相争うも、全陸海軍を失うよりは可なり。何故男らしく処置せざりしや」と面罵した。そして、及川を温厚篤実で闘争を好まない人間であったと弁護する者もいたが、そうであるならば「温厚篤実」は最大の悪徳であり、「闘争を好まない」というのであれば大臣就任を断固拒絶すべきであった、と述べている(1)。

広田弘毅は文官で唯一死刑となった。首相として「軍部大臣現役武官制」を復活させ、陸軍の内閣への関与に道を開き、「日独伊三国同盟」につながる「日独防共協定」を締結し、近衛内閣の外相としては、中国侵略の共同謀議にあたり、南京虐殺事件では、現地での指揮官は陸軍大将の松井石根であったが、外相として残虐行為をとめる措置をとらなかったという不作為の責任が問われたのである。

民間人の大川周明は免訴となった。開廷初日から前列に坐っていた東条英機の頭を掌で叩いたり、奇声を発するなどの奇行が目立ち、精神を病んでいるとの理由からである。ほんとうに精神を病んでいたのか、乱心を装っていたのではないのかとも見られている。

圧倒的に多くの戦犯は、捕虜虐待などによるB級と一般住民にたいする非人道的な行為によるC級の戦犯として裁かれた。中国、アメリカ、イギリス、オランダ、オーストラリア、フランス、フィリピンの七カ国が開いた四九の法廷で、五四〇〇余人が被告とされ、そのうち九三七人が死刑、三五八人が終身刑となった。その多くは捕虜にたいする虐待・殺人、住民の虐殺が問われた。石垣島の裁判では、沖縄戦においてアメリカ兵の捕虜を上官の命令に従って処刑した学徒兵が戦後二年たってから密告によって捕らえられ、死刑にされるという事例もあった。上官の命令でも罪は免れなかったのだ(2)。

横浜裁判では、九州帝大医学部で捕虜にしたB29の搭乗員八人を生体解剖した関係者が死刑の判決をうけた（のち有期刑に減刑）。その一方で、三〇〇〇人もの中国人やモンゴル人の捕虜を人体実験で殺害した七三一部隊の関係者は一人も起訴されなかった。郷里の千葉県に戻っていた七三一部隊の隊長の石井四郎はＧＨＱの尋問をうけたが、研究開発の情報をアメリカへ提供することを条件に起訴を免れたとみられている。

しかも、七三一部隊の研究者の多くは戦後、大学や製薬会社の要職に就いた。京都帝大医学部の講師から七三一部隊に参加、帰国後京都帝大に戻り、京都府立医大の学長となった吉村寿人は取材に答えて「君ネ、あれは戦争だったのですよ。いいですか。全ては国が悪いんです。国の責任ですよ」と居直る。人体実験の責任に苦しみ、「吾、吾が罪を知る」との遺書を残して戦後すぐに自殺した東京帝大助教授の飯島保のような医学者もいたが、例外であった(3)。

天皇の戦争責任

昭和天皇の責任が問題となったのはいうまでもない。東京帝大総長で貴族院議員だった南原繁も貴族院で天皇に退位を進言した。天皇周辺でも天皇の退位が議論された。大日本帝国憲法は天皇は「陸海軍の統帥者」であって、宣戦、講和、条約締結の権限は天皇の権限に属するとされており、天皇の出席のもとにおこなわれた御前会議で最終決定されたのであるから、戦争の最高責任者であるとの見方がなされたのは当然である。連合国内でも天皇は起訴されるべきとの声がつよかった。だが、大日本帝国憲法の規定では、天皇は神聖不可侵、責任は国務大臣が負うのであり、御前会議でも政府提案を承認するだけであって、天皇には法的な戦争責任はないとも見られた。微妙な問題をはらんでいた。

最終的に天皇は起訴されなかったが、これはマッカーサーの政治的判断によるものであった。マッカーサーは、天皇の国事への関与のほとんどは受動的なものであり、開戦についても輔弼者の進言に機械的に応じるだけであったとの理由から免責されるべきとし、他方で、もしも天皇を戦犯として追訴すれば、日本のゲリラ活動に対処するために一〇〇万の軍隊が不可欠となるとも述べていた。あの「聖断」に素直に従った日本人を見よ、である。

これらの処遇は同時に進行していた新憲法における天皇の地位の問題と一連のものであった。一九四六年一月一日には天皇の人間宣言がなされた。

公職追放と教職追放

GHQは一九四五(昭和二〇)年十月四日、特高警察の廃止、治安維持法と治安警察法の廃止とともに、全政治犯の釈放を要求した。その結果三〇〇〇人の政治犯が出獄した。一八年間獄にあった徳田球一や志賀義雄も出獄した。戸坂潤はすでに八月九日に、三木清は九月二十六日に獄死していた。

同年十月三十日にGHQは、軍国主義者や極端な国家主義者を教壇からの追放するよう求めた。それにもとづき、文部省は自由主義者との理由で解職・休職されていた教員の復職と軍国主義と極端な国家主義者の解職を通達する。東京帝大では大内兵衛、矢内原忠雄、山田盛太郎らが復職し、京都帝大の滝川幸辰、末川博、東北帝大の宇野弘蔵、服部英太郎、九州帝大の向坂逸郎、東京商科大の大塚金之助らも教壇に戻った。河合栄治郎は前年に亡くなっていた。逆に、東京帝大経済学部は大内兵衛らを教壇から追放するのに重要な役を果たした橋爪明男教授、難波田春男助教授らの退職を決定した。

翌年一月に日本政府によって戦争責任者の公職追放が指令された。対象は旧軍人、旧軍関係者、大政翼賛関係者、軍国主義や極端な国家主義の主唱者などである。組閣直前であった元文相の鳩山一郎も教師の大量処分や滝川事件の責任を問われて追放となった。大日本言論報国会関係では、戦犯容疑者であったが最終的には不起訴となった元会長の徳富蘇峰と元事務局長の鹿小木員信も公職追放となる。大日本言論報国会理事であった京都帝大文学部の高坂《こうさか》正顕と高山《こうやま》岩男も京都帝大から追放された。二人は『中央公論』で同僚の西谷啓治と鈴木成高とともに「大東亜戦争」を意義づけようとする座談会「世界史的立場と日本」をおこない、同じ趣旨から高坂は『民族の哲学』を、高山は『日本の課題と哲学』を著わしていた。

公職追放につづく教職追放では、各大学が総長・学長のもと各学部に教員で構成する大学教員資格適格審査委員会を設置し、全教員の適否について審議をした。京都帝大文学部では西谷啓治と鈴木成高が不適格との判定をうけた。高坂正顕と高山岩男はすでに公職追放となっていたので審議の対象となっていない。そうでなかったら、二人も不適格者の判定をうけていたにちがいない(4)。

こうして全大学の教員二万四五七二人のなかで八六人が追放された。この数は責任追及の難しさを物語っている。「極端な国家主義者国」が追放の対象とされたが、「極端でない国家主義者」との境界をどう引くのか、私心をはさむことなく同僚の責任をどこまで追及できたのか。そもそも審査委員として「適格」とみなされる教員がどれだけいたであろうか。

国民学校、中等学校の教員については、国民学校長、中等学校長、各種団体の長などから構成された都道府県教員適格審査委員会で審査され、五千数百人の教職員が追放された。大学と同様に、どこまで戦争責任の追及ができたのか、疑問が残る。しかも、「適格」とされた教員には「判定書」(のちに「教職適格確認書」)が交付されて、圧倒的多数の教師が「免罪符」を手にする。このようなことも自己の戦争責任と向き合う意識を薄める要因として働いた(5)。

しかし、学徒出陣や勤労動員から解放されて学校にもどった学生・生徒たちは独自に学校と教師の戦争責任を追及し、軍国主義的教員を追放し、学園の民主化をはかろうとした。水戸高校では、寮生が中心となって、安井校長の更迭、進歩的教員の復職、戦争中に軍隊的管理体制となっていた寮管理の改善をもとめて十月六日に同盟休校に入った。文部省との交渉に持ち込み、要求のほとんどを実現させた。十月八日には東京の上野高等女学校（現上野学園大学）でも、校長らが勤労動員の生産物を横流ししていたのに抗議して同盟休校に入った。以後、東京物理学校、静岡高校、佐賀高校などの学校が学長や校長や教員の排斥を求めて、学園の民主化運動に突入する。法政大学では国粋主義者の竹内賀久治総長とその取巻き教授の即時退職と城戸幡太郎、美濃部亮吉、阿部勇教授の即時復職を要求して同盟休校に入った。

教員の反省

戦争責任をもっともよく知っていたのは教師本人である。適格審査が開始される前に自主的に辞職した教師も少なくない。三浦綾子もみずからの過ちを反省して、七年間つとめた小学校の教師を一九四六年に退いた。前出の『石ころのうた』（三〇八頁）では「大きくなったらね、あなたがたも、みな国のために死ぬのよ」と教えた三浦は「わたしは生徒がかわくてならなかった。だが、一体生徒がかわいいとは、どんなことであるのだろう。かわいい子に、戦争で死になさい、と何の矛盾も感じずに説く教師に、真の愛情があったであろうか」と自分をきびしく責めた。

だが、全体としてみると、みずからの戦争責任を国家権力の責任に転嫁してしまう空気が蔓延していた。一九四七年に結成された日本教職員組合（日教組）が「教え子をふたたび戦場に送るな」とのスローガンを採択したのは一九五一年になってからであった[(6)]。

大学の教師も民主教育の必要性を説きはじめるが、戦争遂行に協力した過去にたいする反省を語る教育学者は少ない。その点で小倉金之助や宗像誠也は戦争中の言動を反省した少ない大学教師であった。戦後には民主主義科学者協会会長や日本科学史学会会長を歴任した小倉金之助は、東京物理学校理事長の時期に戦争への協力を説いたことについて、「われわれは臆病で、つよい独立心をもたず、権力の前に屈してしまった」と告白している。[7] 戦後日教組運動の先頭にたつことになる教育学者の宗像誠也は、一九五八年に書かれた『私の教育宣言』のなかで、戦争中に学生を戦地に送ることを煽動したことについて、「牢屋へ入れられる恐怖」からであり、その恐怖は「父母や妻子をのことを考えることによって倍加される」からとの釈明をしていた。[8]

戦後、原子核物理学者は原水禁運動・平和運動に熱心であったが、彼らが関わった原爆開発について語ることは少ない。原爆はつくれないと考えていたからであろうか。そもそも大学や研究所の研究者の戦争協力への責任意識は薄かった。戦後まもなく学術会議が実施したアンケート調査で、もっとも多くの研究者が、戦争中がもっとも自由な研究のできた時期であったと回答しているのだ。[9]

2　土岐善麿・高村光太郎・草野心平・石原莞爾の戦後

土岐善麿

石川啄木と思想を共有でき、啄木の死後には啄木の仕事を世に送ることにつとめた土岐善麿（哀果）は、戦争を賛美し、勝利を祈る歌をつくった愚かさを責めた。

このいくさをいかなるものと思い知らず勝ちよろこびき半年のあひだ　（『夏草』）

その自責から歌人としての戦後の出発にさいして、国家主義と軍国主義を批判し、反戦を唱えていた時代の土岐にもどる。

武力なき平和国家のなすわざを世界に誇るとき来たるべし　（『同』）

そのとき土岐は六〇歳となっていたのだが、他の文学者と比較すれば手垢のすくなかった土岐には文化・教育の仕事の声がかかった。ローマ字教育協議会会長、国語審議会会長に就任し、早稲田大学や大谷大学で教鞭をとり、日比谷図書館長にも就任した。

高村光太郎と草野心平

啄木も賢治も詩人として高く評価していた高村光太郎は花巻城跡の鳥谷崎神社で「玉音」を聞き、「一億号泣」（『朝日新聞』八月十七日）と題した詩をつくるが、十月には、花巻在の稗貫郡太田村に間口三間・奥行き三間しかない杉皮葺きの鉱山小屋を移築し、そこで農耕自炊の「自己流謫《るたく》」の生活に入った。灯火もなく、風呂もなく（のち村の人々の好意で風呂がつくられた）、冬の寒さはことのほか厳しかった。六三歳になっていた。翌春からは畑仕事をはじめ、キャベツ、ホウレンソウ、ナス、トマトなどをつくった。村の分教場で「美の日本的源泉」の連続講和をおこなうときもあった。「わが詩をよみて人死に就けり」は戦争を賛美する詩をつくりつづけた自分を責める詩である。(10)

爆弾は私の前後左右に落ちた。
電線に女の太腿がぶらさがつた。
死はいつもそこにあつた。
死の恐怖から私自身を救ふために
「必死の時」を必死になつて私は書いた。
その詩を戦地の同胞がよんだ。
人はそれをよんで死に立ち向かつた。
その詩を毎日読みかへすと家郷へ書き送つた。
潜航艇の艇長はやがて艇と共に死んだ。

そして、啄木と賢治のことを回想する。「彫刻一途」(『暗愚小伝』)では「いつのことだか忘れたが、／私と話すつもりで来た啄木も、／彫刻一途のお坊ちやんの世間見ずに／すつかりあきらめて帰つていつた」と東京の自宅を訪問してきた啄木を詠う。(11) 「啄木と賢治」では、啄木は「世の中にさきがけて社会主義と自由思想の真理をつかみ」、「日本古来の不自由な和歌といふものを啄木はまるで新しい自由なもの」にしたと言い、賢治は「自分をすてて人のために尽し、殊に貧しい農夫の為になる事を一所懸命に実際にやりました」と二人の詩人を評価して、「啄木といひ賢治といひ、皆誠実な、うその無い、つきつめた人でした」と結ぶ。(12)
「第四次の願望」では、食物というういちばん大切なものを生産する農業が一番哀れな状況におかれている資本主義を告発し、いまこそ農を芸術として生活しようとした賢治の「第四次の芸術」の実現を追求しなければならないと説く。芸術とはいっても外からもちこむものではない。農そのものを芸術に創りあげること、それには「銀河を包む透明な意志」が欠かせない、とする。賢治の郷里の鉱山小屋に住み、畑を耕し、村の人々ため講話、講演もする。老体の光太郎は農民とともに生き、農村に理想国を実現させようとしていた賢治になり切ろうとした。(13)

光太郎が太田村を離れるのは、青森県から依頼されて十和田湖に裸婦像を制作するために帰京した七〇歳のときである。「自己流謫《るたく》」の生活は七年間つづいた。

光太郎の友人の草野心平は一九四六年三月に中国から郷里の福島県上小川村（現いわき市）にもどると、その年の九月には花巻でおこなわれた第一四回賢治忌に参列し、太田村に光太郎を訪問した。その後もひんぱんに光太郎と書簡のやりとりをした。だが、心平じしんには戦争を煽る詩をつくったことへの反省はみられない。貸本屋「天山」を上小川村で開業するとともに、雑誌『歴程』を再刊した。一九四八年には東京に出て、居酒屋を営みながら、宮沢賢治や高村光太郎の紹介にもつとめ、文学活動を精力的に再開した。

石原莞爾

日蓮宗の信者の石原莞爾は一九四六年八月に故郷の鶴岡にもどり、高山樗牛の旧宅で生活した時期もあったが、その後、三〇数人の青年同志と酒田郊外の吹浦に移り、砂丘の開墾に従事する。石原の住んだ建物は八畳の部屋と六畳の土間だけのあばら家で、冬になると北風が吹きすさび、塀がないので、畳が持ち上げられるほどであったという。

そこで石原は『日蓮教教義入門』を執筆し、近くの農家の人々が押しかけて教育の場となった。石原は、教育は寺子屋的な個性重視、労働重視であるべきと考え、それを実行した[14]。質素生活、農工一体、都市解体を原則に新たな「楽土」の日本の建設にむかうべきであると主張し、砂丘の開墾につとめた。賢治に学ぶことがあったのだろうか、それはあたかも賢治の羅須地人協会であった。

石原は東京裁判では戦犯とならなかったが、酒田の出張法廷に証人としてよばれた。そこで石原はアメリカ軍による非戦闘の日本人にたいする無差別殺戮を糾弾し、トルーマン大統領の戦争責任を追及した。だが、十五年戦争の端緒となった満州事変を引き起こしたことにたいする反省は聞かれなかった。

3　戦後教育の出発

前田多門文相の訴え――純正な科学的思考を

一九四五（昭和二〇）年八月二十八日に文部省は休校となっていた学校の再開を通達した。その前日に東久邇宮稔彦内閣の文相に就任した前田多門はラジオ放送で国民学校の生徒にむかって、「国体護持」の立場から「教育勅語」の再読をすすめながら、先生の話すことを暗記するのではなく、「本当に自分の考えを煉る」ことの大切さを説いた。九月十日には学生に、「目先の功利的打算のための科学ではなく、悠遠の真理探究に根ざす純正な科学的思考や科学的常識の涵養」を基礎としなければならないと語りかけた。前田にとって「教育勅語」と科学教育とは両立したのである。文部省が九月十五日に発表した「新日本建設の教育方針」も、「国体護持」を強調しながら、科学的思考の大切さと民主主義の重要性を説くとともに、画一教育を排し、個性が尊重されるべきとした。

間借りの教室での授業であったり、午前と午後に分けた二部授業であったり、公園での青空教室であったりもしたが、空襲におびえる必要のない授業がはじまった。勤労動員も軍事教練もなくなり、教室での軍国教育も廃された。学校に明るさがもどった。

そのようななかで授業を再開できない学校もあった。一九四五年三月十日の東京大空襲で校舎が全焼した日進国民学校は再興できずに廃校となった。校舎が失われただけでなく、在校生の多くが命を奪われたからである。命の助かった生徒たちは焼け残った緑国民学校での合併授業となった。日進国民学校の教師だった塩原美恵子は渋谷の西原国民学校に転任となったが、西原国民学校も五月二十五日の空襲で焼けており、近くの中学校の教室を借りての授業であった[15]。

学徒動員や勤労動員から学生・生徒が戻った大学、高専、師範学校、高校、中学校、実業学校、高等女学校などでも、軍国主義教員の追放と学園民主化を求めながら、授業が再開された。十月一日に授業を開始した無着成恭の山形師範でも、軍国主義教師の追放を要求する生徒と校長との団体交渉があり、ストライキもおこなわれた[16]。

陸軍士官学校や海軍兵学校などの軍関係の学校は廃校となった。在籍生については、反対の声もあったが、官立の学校への編入の道が開かれた。山形師範の教室にも陸軍士官学校や海軍士官学校や予科練から編入した生徒が混じっていた。

ＧＨＱと教育改革

文部省も戦前の教育を反省し、その改善を唱えたが、抜本的な教育改革を推進したのはＧＨＱである。教育行政担当のためにGHQのなかに設置された民間情報教育局（CIE）は十月に成立した幣《しで》原《はら》喜重郎内閣にたいして、民主教育の徹底と軍国主義や超国家主義の普及の禁止、男女の教育の機会均等、神道と政治および教育との分離などを指令した。修身、日本歴史、地理の授業を停止し、その教科書を回収させ、『国体の本義』『臣民の道』の頒布も禁止した。それでも、「教育勅語」の廃止には触れられなかった。ただし、「御真影」は奉還させた。

さらにGHQはアメリカ本国に教育の専門家の協力を要請した。それによって翌年一九四六年三月五日に来日した米国教育使節団（団長ジョージ・ストッダート以下二七名）は「米国教育使節団報告書」を作成し、三月三十日に公表する。「報告書」は、中央集権的・官僚的な文部官僚に支配された少数の特権階級のための教育、教師中心・試験第一主義の画一的な教育を批判し、個人の尊重と個性の発達を基礎とする民主的市民の育成がはかられねばならず、そのためには教師の自由と自主性が保障され、子どもを画一的な教育から解放しなければならないとした。それまでの日本の教育が全面的に否定されたのである。

具体的な提言もなされた。学校制度については、教育の機会均等の観点から複線型の教育制度を単線型に改め、男女平等、六・三・三制の学校制度へ移行すること、教科内容については、教科書の国定制を廃止し、生活単元学習を採用して社会科を新設すること、教育行政の面では、文部省の権限を削減し、視学制度を廃止し、公選制による教育委員会を設置すること、高等教育については、大学を増設し、私立大学には財政援助する一方、帝国大学の特権を破棄し、女子にも門戸を開放すべきこと、自治と自由を確保するために自主的な大学の設置基準を設けること、教授会の自治を保障すること、専門教育偏重を打破するために一般教養教育が重視されるべきこと、などである。

米国教育使節団にあわせて日本側で設立された教育家委員会（委員長安倍能成、副委員長南原繁東大総長）も、平和主義にもとづく新日本建設の根幹となるべき国民教育の新方針を明示した「詔書」の必要性をのべ、自主的な教育のもとに批判的な精神をもった人間の育成が強調されるべきとした。教育家委員会も、文部省の権限の縮小、教育委員会の設置、六・三・三・四制の学校制度などを提案している。

文部省も一九四六年五月に「新教育指針」を発表して、個性の尊重と民主主義の徹底とともに、科学教育の重要性を強調する。科学教育にかんしては、過ちをくりかえさないためにも、科学的精神、つまり真実を愛する心の教育が必要であるとした。かつての文部省の「知育偏重論」を批判して、石原純や戸坂潤が訴えた科学的精神を文部省が唱えているのである。

教育家委員会や文部省を主導するようになる前田多門、安倍能成、南原繁、高木八尺、田中耕太郎らは、戦前教育を批判し、民主主義と科学主義を基本とする教育改革を支持、推進した。彼らの多くはキリスト者、新渡戸稲造の教え子や内村鑑三の門人たちである。戦争に敗れて新渡戸稲造や内村鑑三の精神がよみがえったのである。

こうして、「米国教育使節団報告書」の提言の多くは教育家委員会や文部省に受け容れられ、戦後の教育改革の指針となり、実現されてゆく。その具体的な改革を述べる前に「日本国憲法」と「教育基本法」の制定を見ておかなければならない。

4　「日本国憲法」と「教育基本法」——教育の目的は「人格の完成」

「日本国憲法」の公布——教育は国民の権利

戦後教育の理念を規定した「教育基本法」が制定される前に憲法が改正された。戦争に敗れても「国体」は護持されたとする政府からは大日本帝国憲法に代わる新しい憲法を制定しようとする動きは見られなかった。憲法の改正もＧＨＱが先導する。マッカーサーの進言で幣原内閣は国務大臣の松本烝治を中心とする憲法問題調査委員会を設置したが、委員会が一九四六（昭和二一）年二月にＧＨＱに提出した松本私案の「憲法改正要綱」は、大日本帝国憲法の基本点は変更せず、その運用によって民主化は可能というものであった。この松本私案は、社会党や共産党はもちろん、民主憲法を望む世論からも反発をうけた。ＧＨＱも拒否する。

一九四六年二月十三日にマッカーサーは国民主権、象徴天皇制、戦争放棄を軸としたＧＨＱの基本構想をつきつけ、これにもとづいて政府案をつくるよう日本側に命じる。政府は、三月六日にいたり、現行憲法のもとになる「憲法改正草案要綱」を発表した。「前文」で主権は国民にあることを宣言し、平和国家の建設にむかうことを誓うとする。第一条で天皇を「日本国の象徴であり日本国民の統合の象徴」とし、その地位は「主権の存する日本国民の総意に基く」とした。第九条で、「国権の発動たる戦争と、武力による威嚇又は武力の行使は、国際紛争を解決する手段としては、永久にこれを放棄する」と「戦争の放棄」を明記し、第二項では「前項の目的を達するため、陸海空軍その他の戦力は、それを保持しない。国の交戦権はこれを認めない」と「戦力の不保持」を付け加えた。

東京裁判では、議論の過程で、天皇制廃止を主張したオーストラリアや中国には「戦争の放棄」の条項を加えることで了解させた。こうして天皇の起訴は見送られた。

また新憲法は、主権は国民にあることを基軸とするものとなった。天皇の地位も「主権の存する国民の総意」（第一条）とされたのであり、あらためて、第一一条では「国民はすべての基本的人権の享有を妨げられない」、第一三条では「すべての国民は個人として尊重される」、第一四条では「すべての国民は、法のもとに平等であって、人種、信条、性別、社会的身分又は門地により、政治的又は社会的関係において、差別されない。華族その他の貴族の制度は、これを認めない」、第二五条では、「すべての国民は、健康で文化的な最低限度の生活を営む権利を有する」とうたわれた。すべての人間が法のもとに平等であるとの精神から、不敬罪も大逆罪も廃された。

基本的人権のもとに、思想・良心・学問の自由については、第一九条で「思想及び良心の自由は、これを犯してはならない」、第二三条で「学問の自由はこれを保証する」とされた。帝国憲法が条件つきだったのにたいして無条件で自由がみとめられた。帝国憲法には教育についての条項がなかったが、第二六条で「すべての国民は、法律の定めるところにより、その能力に応じて、ひとしく教育をうける権利を有する」と規定された。教育は義務ではなく権利であるとされたのである。

この政府案は枢密院をへて、一九四六年四月十日の総選挙で選ばれた帝国議会衆議院に提出された。天皇制の廃止をもとめた日本共産党をのぞく各政党は大体において支持できるとの態度であった。「国体護持」を叫んでいた勢力も、天皇の性格は変えられたにしても、天皇制が維持できたということで受け容れた。政府案は衆議院で六月から十月まで審議され、若干の修正をへて可決された。そして一九四六年十一月三日、明治節の日に公布された。

植木枝盛の「日本国国憲案」と鈴木安蔵の憲法研究

憲法の改正はマッカーサー主導ですすめられたが、日本側でも政党や民間から改正案が出されていた。日本自由党と進歩党という保守政党の案は帝国憲法に類似するものであったが、日本社会党は、主権は天皇と国民の両方にあるとする案を提出し、日本共産党は天皇制を廃止し、国民主権の共和国案を発表した。東京文理大助教授の稲田正次、弁護士の海野晋吉、政治家の尾崎行雄、岩波書店主の岩波茂雄らからなる「憲法懇談会」は、天皇に政治上の権利を残してはいるが、人権尊重と民主主義と平和国家の希求を強調する「日本国憲法草案」を政府に提出した。最後には削除されたが、社会党の憲法起草委員でもあった海野晋吉は「日本国は軍備を持たざる文化国家とす」との一条を入れることを提案していた[17]。大原社会問題研究所所長の高野岩三郎が鈴木安蔵《やすぞう》のほか、馬場恒吉、森戸辰男、岩渕辰雄、室伏高信らを集めて結成した「憲法研究会」は基本的人権の原則に立ち、天皇は「専ら国家的儀礼を司る」とする案を発表した。高野岩三郎が個人的に作成した憲法案は天皇制を廃止して大統領制を打ち出していた[18]。

そのなかで、GHQは「憲法研究会」の案に注目し、GHQ案の作成の参考にしたと見られている。憲法研究会の中心にいたのが一九二六年の学連事件で京都帝大を退学させられた鈴木安蔵である。在野の研究者として憲法史の研究にたずさわっていた鈴木は、基本的人権を強調していた植木枝盛の「日本国国憲案」を参考にして憲法研究会案を作成したと推察されている。「専ら国家的儀礼を司る」という天皇の権限の規定は「象徴」としての天皇から遠くない。戦争放棄の条項は政党の試案や「憲法研究会」案には見られなかったが、それでも、鈴木安蔵も第九条を支持した。植木枝盛も徴兵制には反対であり、陸軍の縮小を唱えていた[19]。戦争の悲惨さを体験した大多数の国民からは、戦争の放棄はいうまでもなく非武装も強く支持された。

「教育基本法」の制定

文部省は「教育勅語」の廃止には消極的であった。前田多門もラジオの放送で学徒に「教育勅語」の再読をすすめており、それは教育家委員会の見解でもあったのだが、新憲法が誕生すると、「教育勅語」にかわる新憲法の精神にふさわしい教育の原則を定めるべきとの意見が教育関係者から起こる。教育も国民主権と平和と民主主義が原理とされなければならないという世論も強くなる。

一九四六年八月には米国教育使節団の帰国にともない、活動を休止していた教育家委員会が拡大・改組されて教育刷新委員会（委員長は安倍能成、副委員長は南原繁東大総長、委員には田中耕太郎、務台理作、森戸辰男、城戸幡太郎ら四七名）が設置され、そこで教育理念、学制、教育行政のあり方が審議されることになる。「教育勅語」の捧読廃止を各学校に通達した上で、教育刷新委員会の手で憲法の精神にそった「教育基本法」の作成がすすめられる。

「教育基本法」は「前文」で、「日本国憲法」の理想の実現は教育の力をまつとして、教育の基本は個人の尊厳を重んじ、真理と平和を愛する人間の育成にあるとした。国民主権と平和主義を基調とする「日本国憲法」と一体のものでなければならないというのである。

第一条では教育の目的を「教育は、人格の完成をめざし、平和的な国家及び社会の形成者として、真理と正義を愛し、個人の価値をたっとび、勤労と責任を重んじ、自主的精神に充ちた心身ともに健康な国民の育成を期して行わなければならない」と述べる。審議の過程では、教育はほんらい人間のもっている可能性を発達させることにあると考え「人間性の開発」とすべきとの意見もあったが、最終的に「人格の完成」となった。「人間性の開発」によって「人格の完成」をめざすと考えられたのであろう。一高で南原繁や田中耕太郎らの師であった新渡戸稲造の人格主義教育を受け継いでいる。

その第二条では、「教育の目的は、あらゆる機会に、あらゆる場所において実現されなければならない。この目的を達成するためには、学問の自由を尊重し、実際生活に即し、自発的精神を養い、自他の敬愛と協力によって、文化の創造と発展に貢献するよう努めなければならない」とある。統制教育は全面的に否定され、学問と教育の自由が明確にうちだされた。それは自由民権運動の教育精神に通ずるものであった。GHQから民主教育が押しつけられたというのは否定できないが、それはかつて真の教育を願った日本人が追い求めていた教育でもあった。

つづけて、教育の機会均等、義務教育の無償、男女共学、教師の身分の保障、社会教育の奨励、政治的教養や宗教への寛容な態度の尊重があげられ、さらに第十条では、「教育は不当な支配に服することなく、国民全体に対し直接責任を負って行われるべきものである」と記す。戦前のように教育が権力に支配されてはならないことをあらためて強調している。

原案は衆議院と貴族院での審議をへて、一部修正のうえ一九四七年三月に成立した。すでに「教育勅語」の捧読は廃止されていたが、「教育基本法」の成立から一年三カ月後の一九四八年六月十九日になって衆議院で「教育勅語」を排除する決議がなされた。

5　六・三・三・四制

「学校教育法」

「教育基本法」の審議と並行して、教育刷新委員会は「米国教育使節団報告書」や教育家委員会の提言を下敷きにして「学校教育法」を審議する。それは一九四七（昭和二二）年三月三十一日に公布され、翌日から施行された。従来の差別的な複線型の学校制度にかわって、六・三・三・四制の単線型に改められ、普通教育九年が義務教育となった。男女の差別も撤廃された。国民学校初等科は小学校にもどり、高等科は独立して義務教育の新制中学校となる。渋民国民学校は渋民小学校と渋民中学校とに分かれた。それまでの中学校と実業学校は同格となって高等学校に統一された。それによって、盛岡中学校は盛岡第一高等学校、花巻農学校は花巻農業高等学校、花巻高等女学校は花巻第二高等学校となる。

改革のなかでもっとも劇的であったのが新制大学の設置である。一九四九年には従来の高等学校、専門学校、師範学校も就学期間四年の大学に昇格し、すべてが同格となった。これも「米国教育使節団報告書」の勧告を容れたのである。北海道、東京、大阪などでは複数校の新制大学が設置されることになったが、原則一府県一校、すべての県に大学が誕生し、全国で国立大学だけで六九校を数えた。

教員の養成についてはすべての大学に解放された。必要な教職の単位を取得すれば教員免許が与えられた。他方で、師範学校は学芸学部として大学の一角をしめるか、単独の学芸大学となった。教員養成を担いながら、学芸（リベラル・アーツ）、つまり教養教育の場と位置づけられた。東京高師は東京文理大と合併して東京教育大学となり、広島高師は広島文理大などと合併して広島大学教育学部となる。二校は学芸学部ではなく、教育学部とされた。東京と奈良の女高師は単独の女子の総合大学となった。ようやく国立の女子大が誕生したのである。だが、同時にすべての大学が女子の入学をみとめるようになった。

岩手県には岩手大学が誕生し、戦前には大学に昇格できなかった盛岡高等農林は岩手大学農学部となった。岩手師範は岩手大学学芸学部、一九三九年に創立された盛岡工専は岩手大学工学部となる。

公立、私立の新制大学も誕生する。東北地方では一九五二年までに公立では福島医科大学、私立では東北学院大学、東北薬科大学、宮城学院女子大学、岩手医科大学が生まれた。全国で、官・公・私立の大学の総数が一九四七年には四八であったのが、一九五二年までに二二〇となった。

新憲法によって学問の自由が保障され、学校教育法では、大学管理の責任組織として教授会が法的にみとめられ、教育公務員特例法では学長、学部長、教員の採用、昇任、降任、免職などは教授会などの大学の管理機関がおこなうこととされた。「沢柳事件」などで確立し、他の大学にも広がった「大学の自治」が新制大学すべてのものとなる。

一九四八年には「教育委員会法」が制定された。それまで教員の人事管理の実権を掌握して校長・教員を監視してきた視学制度を廃止して、住民の選挙で直接選ばれた都道府県の教育委員と市町村の教育委員が公立の小・中・高等学校の人事・予算を決定することになった。教育への不当な支配を排除し、国民全体に奉仕すべきとする教育基本法第十条の精神を現実化したものである。明治の「自由教育令」(一八七九年制定)でも公選制の教育委員会がおかれていたが、明治の教育委員会は一年で廃止された。

米軍に占領され、その軍政下におかれた沖縄県は、一九四六年には国民学校を移行した八年制の初等学校と中学校を移行した四年制の高等学校からなる八・四制で出発した。一九四八年には日本に一年遅れて小・中の九年が義務教育の六・三・三制となる。

沖縄師範は校舎と多くの教師・学生を失い、日本の統治を離れるとともに廃校となった。そのため、一九四六年一月には沖縄本島中部の具志川(現うるま市)に教員養成のための沖縄文教学校が沖縄外国語学校とあわせて設立される。琉球大学が首里城跡に設立されるのは一九五〇年で、英語学部、教育学部、社会科学部、農学部、理学部、応用学芸学部からなり、沖縄文教学校と沖縄外国語学校はここに吸収された。

新制大学の教養教育

新制大学では専門教育とともに、人文・社会・自然科学を中心とする教養教育がおこなわれることになった。これも「米国教育使節団報告書」の指摘にしたがったもので、アメリカの大学教育が工業化による専門偏重を反省して広い視野と自由な思考力を養うための教養教育を重視していたのを承けて、日本の新制大学にも導入すべきとした。しかし、アメリカの押しつけばかりとはいえない。戦後すぐに前田多門が「目先の功利的打算からではなく、悠遠の真理探究に根ざす純正な科学的思考や科学的常識の涵養」を訴えていたように、戦争遂行のための教育から解放された日本でも、人間教育としての教養教育の重要性が説かれていた。

教養教育は旧制の大学を中心に成立した大学では合併した旧制の高等学校や予科などの教師によって担当され、専門学校が大学となったところではもともと教養的科目を受け持っていた教師の担当とされ、旧師範学校の学芸大学では専門教育の教師が教養教育を受け持ち、旧制の高校が中心となったところでは高校の教師が専門教育と教養教育を教えた。新規の教師も採用されたが、専門教育と比較して担当教員の数は少なかった。人だけでなく金も足りなかった。

教養教育に積極的な意義を認めたのが、内村鑑三と新渡戸稲造の教えをうけた東京大学の南原繁と矢内原忠雄であった。二人の尽力で東京大学には第一高等学校と東京高等学校をもとに、全学部の学生にたいする前期の教養教育を担当するとともに、後期課程の専門教育にも当たる教養学部が設立された。二高、三高などの旧制高校では東大の教養学部のような学部が生まれなかった。二高は東北大学の分校、三高は京都大学の分校として出発し、教養教育を担当した。「分校」という呼称は教養教育の位置づけを物語っていた。

戦後の自由大学運動

新制大学が一九四九年に出現したのに先立って、敗戦直後から自発的な「大学」の運動が起こっていた。大正時代の「自由大学」が再現されたのである。

静岡県の三島市では三島商業高校校長の伊藤三千代の提唱で一九四五年十二月に三島文化協会が設立され、復員して東京帝大に戻った丸山真男が招かれて市民大学講座がもたれた。これを機に、翌年の二月には夜間の「庶民大学三島教室」が開設され、三島大社や小学校などを教室に、丸山のほか、中村哲、川島武宣、大河内一男を講師に、教師、商店主、農民、勤労者、主婦むけに講義をした。九七回、一九四八年六月までつづいた。

「鎌倉アカデミア」は正式の大学の設立をめざして一九四六年五月に鎌倉市材木座の光明寺で開始された。校長は科学史家の三枝博音、教授陣は服部之総、菅井準一、林達夫、村山知義、重松和伸、早瀬利雄、片岡良一らのほか岡邦雄、西郷信綱、伊豆公夫、小場瀬卓三、高見順、吉野秀雄、矢内原伊作、千田是也、宇野重吉らで、旧唯物論研究会関係者も多く参加している。山口瞳、いずみたく、鈴木清順、左幸子、前田武彦、広沢栄らもここで学んだ。四年半つづいたが、正式の大学にはならず、各種学校の「自由大学」として終始した。

「鎌倉アカデミア」と並び称されたのが、その翌月に京都の仏教会館を校舎として設立された「京都人文学園」である。同志社大学教授であった新村猛が園長に就き、久野収、青山秀夫、重松俊明、永井道雄、北山茂夫、北野正雄、鈴木亨、鶴見俊輔らが講師となった。反ファッシズムの団体「世界文化」の関係者が目立つ。「京都人文学園」も四年あまりつづいた。

戦後の「自由大学」もだれからも干渉されない、卒業とか資格などは関係がない、儲けなどは期待しない、学びたい者と教えたい者が集まる自由な学校をめざした。短命であったが、その短さを否定的にとらえてはならない。学生からみれば、どのような教育を受けたいかだからである。学生の数は少なくても、一人の教育には無限の価値があるのだ。むしろ、伝統があるといわれる大学の功罪こそが問われていた。政界、学界、マスコミの権力と一体となって日本を戦争に導いた歴史がきびしく断罪されていた。

6 「新教育」へのとりくみ

「学習指導要領」と社会科——自由教育の復興

一九四七（昭和二二）年文部省は小・中・高等学校の教育課程の基準を示した「学習指導要領（試案）」を作成した。だが、それは「試案」であり、教師がみずから研究するための手引書にすぎなかった。教師の自主性が重んじられ、「こんどはみんなの力で、いろいろと、作りあげて行くようになった」とされた。「教授細目」にみられたような統制教育は排除された。国定教科書が発行されたが、文部省は参考書の一種としてあつかってほしいとしていた。

教科にかんしては新しく社会科と自由研究が設けられた。社会科というのは民主社会を担い、発展させていく国民の育成をめざす科目で、従来の歴史、地理、修身などと重なるが、教育基本法がもとめた「政治的教養」を修得することが目的とされた。自由研究は生徒の興味と能力におうじてその個性をのばすための自主的な学習である。

教育方法としては生活単元学習が採用された。日常の生活で出会う一つのまとまった事柄＝単元をもとに、生徒の経験をとおして学習させようとするもので、大学の教養教育では学問系統による人文・社会・自然科学が教授されたのにたいして、生徒の経験を基礎とした。知識よりも経験、思弁よりも行為、記憶よりも理解を重視するアメリカのデューイの教育思想にしたがうものであった。なにを単元とするかは教師の自主性にゆだねられたが、それはまず新設の社会科に適用された。たとえば役場、警察、消防署、稲作、住宅などが単元とされた。生徒の生活経験重視は日本の教育史でもとくに新しいものではない。大正時代に明石師範付属小学校の及川平治はデューイに学び、「為すことによって学ばしめよ」との教育に取り組み、奈良女高師附属小の木下竹次も生活即教育の試みをした。

理科についても、社会科とおなじく観察と実験が重視され、生活単元学習も採用された。観察と実験を重視する理科教育は沢柳政次郎の成城学園の「自然を親しむ教育」に見られたものであり、成城学園の「理科教育研究会」で強調されていた。

全体に大正の「自由教育」の再現と見ることもできる。それは教師・啄木と賢治への回帰でもあった。渋民小学校で国定教科書をつかわず、「教授細目」を「教育の仮面」と批判して自己流の教育を実践した石川啄木、花巻農学校で教科書を開かせずに講義をすすめ、水中の石を持ち上げてアルキメデスの原理を教えようとした宮沢賢治の教育精神が見直されることになった。

山形師範の無着成恭

敗戦から二年たった一九四七年、各市町村には新制の中学校が設立された。中学校の教師には旧制の中学校や国民学校高等科の教員などを充てたが、とても足りない。教員免許がなくても能力を買われて教師となった者もいた。それはマイナスの面だけでなかった。師範学校で「国家の教師」養成のための教育を受けなかった多数の教師が新制の中学校に迎えられたのである。

もちろん、師範学校の卒業生は歓迎された。山形師範を卒業した無着成恭もそうであった。ただ、一九四五年に山形師範に入学、山形大学学芸学部に改編される前に卒業しているが、無着が学生であったのは敗戦直後の混乱期である。無着は教授法や教科教育法など教師になるための専門教育をうけていない。[20]そのかわり、教師を主人公とする小説をよく読んだ。啄木の「雲は天才である」や「足跡」については、その反立身出世主義はおおげさすぎるとし、また、啄木のような生き方はできないと述べている。藤村の『破戒』、漱石の『坊っちゃん』、花袋の『田舎教師』のなかでは、『破戒』の丑松が身近な存在であったと述べている。その他、本庄陸男の『白い壁』、石坂洋次郎の『若い人』『青い山脈』、徳永直、島木健作、長谷健、元木国雄など多くの教師小説に親しんだ。[21]

無着は山形師範で戦後誕生した自治会の文化部委員となり、社会科学研究会にも所属し、『山形新聞』編集部の須藤克三を講師にして学習会を開き、政党史、労働運動史、「米国教育使節団報告」、「赤い鳥」運動などの話を聞いている。河上肇の『経済学大綱』などをテキストとした読書会も開く。農業問題への関心もふかく、秋田の農業改革者の石川理紀之助、二宮尊徳、大原幽学について学び、生家のある本沢村の農協では農民生活の調査をした。無着のほうからも山形新聞社に出かけたりして、

図 22　山元中学校で授業中の無着成恭

図 23　『山びこ学校』の初版本（中央）と英訳（右）と中国語訳（左）

須藤からは北方教育運動を教えられる。戦前の綴方運動を指導した村山俊太郎は山形師範で須藤の同期生、国分一太郎は三期下であった。

山元中学校

新制中学校誕生の翌年の一九四八年に卒業した無着は、山形県南村山郡山元村（現上山市山元）の村立山元中学校（二〇〇九年四月に閉校）に就職する。山元村は水田が少なく、炭焼きや養蚕を営む農家の多い山村であった。冷害にもしばしば襲われた。戦時中は満州移民も多かった。山形県の満州移民の数は長野県についで第二位で、無着と同年に生まれ、一九四三年に山元国民学校高等科を卒業生した五〇名の生徒のうち、六名が満蒙開拓青少年義勇軍として送り出された。

新制の山元中学校の校舎は山元小学校に併設された。高等科の教室を利用したのだが、それだけでは足りなく小学校の裁縫室を改造して中学校の教室を増やした。在籍した生徒は一年から三年までで一二六名、教師は渡辺義正校長をふくめて七名。無着は一年生三四名のクラス担任となる。一九三四年の冷害の年に母親の胎内に宿された子どもたちで、他の学年よりも人数が少なく、戦時下に小学生時代をすごしていた。

無着のもつ教員免許は国語と社会であったが、数学、理科、英語、体育も受け持った。五〇分授業で、週二八時間を超えた。受け持つ科目が多いだけでなく、国語の授業がいつのまにか数学の授業になり、数学の授業が歴史の授業になったという。教え子の川合義憲は「『教科書なんか無い方がこっつぁええ』と言って、毎日、新聞の話をしたり、本を読んでくれたり、またおもしろい話をきかせてくれました」と述べている(22)。多数科目の担当といい、教科書無視といい、啄木や賢治とよく似た教師であった。
また、生徒を野良に連れ出しては栗の木を教材に気孔や水蒸気の話をし、山形の街に繰り出しては新聞社を見学させ、映画を鑑賞させる。教室のガラスが破れれば、ガラスの歴史の話となる。しかも、子どもたちが社会に出てからも困らないように、卒業までには文字の読み書きに親しみ、せめて小学校の六年生の計算ができるようにしてあげたいというのが無着の願いであった。このへんも花巻農学校の賢治先生に似ている。

無着も賢治とおなじく他の先生に代わって、一週間も、半月間も宿直室につめつづけた。生家から六キロメートルの徒歩通勤であったからでもある（自転車を手に入れるのは一九五〇年）。宿直室にも生徒や村の青年が訪ねてきた。渋民小学校では校長家族が住んでいたので、宿直はなかったが、啄木の家にも教え子や土地の青年たちが集まってきた。

賢治が自作の詩や童話を教室で朗読したように、無着も文学作品を生徒に読んでやった。無着が最初にとりあげたのは羽田書店から出版された宮沢賢治の『風の又三郎』と『グスコーブドリの伝記』である。一九五四年三月に退職するまでに、『路傍の石』をはじめとする山本有三の作品、丸山義二、和田伝、伊藤永之介、松田甚次郎などの農民文学者、葉山嘉樹、徳永直らのプロレタリア文学者の作品などを読んでやった。無着は教科書では不十分な民主主義の教育にこれらの文学作品を利用したと述べている。平和についての授業では、石川達三の『生きている兵隊』や中国人作家・李広田の『引力』をとりあげた[23]。

松田甚次郎が一九三八年に羽田書店から出版した彼の運動記録『土に叫ぶ』はベストセラーになった。翌年には羽田書店からみずから編纂した『宮沢賢治名作選』を刊行した（その二年後に羽田書店から『風の又三郎』『グスコーブドリの伝記』が刊行され、無着はそれを入手する)。彼は、羅須地人協会を設立した直後の一九二七年に賢治を訪問し、その感化をうけて山形県最上郡稲舟村鳥越(現新庄市)で農村演劇運動をおこし、一九三二年には最上共働村塾を設立した農村運動家であった(二四〇頁)。一九四一年には実業の日本社から『村塾建設の記』を刊行したが、その二年後、日照りがつづくので雨乞いのために村人と八森山に登り、そのときの疲労がもとで三四歳で死亡した。

無着は賢治とともに、賢治の精神を受け継いで農民と生きた松田甚次郎に学び、その精神も生徒たちに伝えようとしていたようだ。

『山びこ学校』

そのような無着も「新教育」の目玉の社会科をどう教えたらよいのか悩む。文部省発行の社会科教科書『日本のいなかの生活』の記述は現実とかけはなれており、そのまま教えては嘘を教えることになると思われた。そこで、「教科書なんか無い方がこっつぁええ」と言って、自己流の授業をしていたが、教科書で勉強するものではないというのは文部省の考えでもあることを知る。ただ、文部省は生活単元学習を推奨するのだが、それも断片的な知識の詰め込み教育に陥るように思えた。そこで無着が注目したのが、戦後教職に復帰した村山俊太郎や国分一太郎らがリーダーとなり、各地の教師たちが取り組んでいた「生活綴方」であった。山元村の生活を嘘いつわりなく記録し、なにが真実かを考え、農村の改革のために行動をする、そんな生徒に育てたい、と彼は考える。

一年生の担任となった無着はクラス討論会を開き、綴方の文集をつくることを決める。戦後の日本がめざす民主社会を担い発展させる国民の育成を目標とする社会科を、生活を嘘いつわりなく記録する生活綴方と結びつける。そのためにクラス全員でワラビ採りをして資金を調達し、ワラ半紙を買った。そうしてガリ版印刷の文集『きかんしゃ』ができた。無着は担任を持ち上がり、クラスの生徒が卒業するまでに六冊の『きかんしゃ』が生まれた。それをもとに、東京の日本評論社の編集長だった野口肇と国分一太郎の尽力で、クラスの生徒四三名の詩や作文を載せた『山びこ学校』が一九五一年に東京の青銅社から刊行される。無着は「目的のない綴方指導から、現実の生活について討議し、考え、行動までも押し進めるための綴方指導へと移っていったのです」(あとがき)とその活動の意義を述べている。

村山俊太郎は肺結核に倒れ、無着が山元中学校に就職した翌年の一九四八年に亡くなったが、戦後に生活綴方運動の指導者となる国分一太郎は無着の運動をはげましつづけた。

教育運動の高まり

「新教育」を教育の現場でどう具体化するか。無着だけでない、新設の社会科を担当した教師をはじめ、教師のだれもが心を悩まし、生活綴方運動に着目する。一九五〇年には「日本綴方の会」も生まれる(翌年「日本作文の会」)。教育科学研究会も一九五一年に再興される。その機関誌の『教育』も復刊され、その復刊第一号では「山びこ学校の総合検討」が特集された。

生活単元学習を積極的におしすすめようとする教師もいた。現実問題の解決の学習を中核におき、その周辺に読み書きをはじめとする基礎的な知識と技術の学習を配するというコア・カリキュラムが人気をよんだ。代表的なのが、赤石女子師範付属小学校で先任の教師であった及川平治の「動的教育」を継承した明石付小プラン(一九〇頁)や桜田小プラン(東京都港区立桜田小学校)である。奈良プラン（奈良女高師付属小学校）もよく知られたプランであったが、これも先任教師の木下竹次の合科学習を継承したカリキュラムである（一九一頁）。「合科」というのは一種の総合教育であるが、社会科をコアとするコア・カリキュラムといえる。川口プランも注目されたカリキュラム運動であった。これは埼玉県の川口市という地域社会の現実にもとづき新教科の社会科の教育内容を組み立てたものである。

これらの「新教育」にむけた教育運動が全面的に支持されたのではない。無着の生活綴方運動を励ましつづけた国分一太郎も「『ありのままのことをありのままに把握すること』『喜びも悲しみもそのままに表現すること』から出発して、つぎには『そのできごとや事実がなぜ起り、なぜ発生しかを考えさせる』『われわれは何をこそ喜び、何をこそ悲しむべきか』の知性をみがきにみがかせ、さらには個人的・集団的な社会的実践に進ませようとする」ことの必要性を強調することを忘れなかった[24]。綴方運動は生活経験を文章に表現することにはじまるが、その生活経験の背後にあるものを正しく理解し、そこから社会的な行動する人間に育てなければならないのであった。

生活単元学習にも批判がむけられる。とくにきびしい目をむけたのが歴史学者であった。戦前の歴史教育は排されねばならないが、生活経験からだけでは真の歴史の発展は把握できない、過去の学問研究の成果である通史の学習も排されてはならない、との声が強まる。そのような生活単元学習への批判が契機となって、一九四九年に歴史教育協議会が設立された[25]。

自然科学者からも異議が唱えられる。数学者の遠山啓は、数学・算数が生活に即する意義はみとめても論理性を抜きにした教育であってはならないとした。生活単元学習による数学・算数教育は「あつものにこりて、なますを吹く」ことをやっている[26]。九九や分数のような計算力が必要であり、合法則性に支えられた科学的精神こそ大切である。それは「新教育」における理科教育にたいする批判でもあった。生徒の体験は重視されねばならないが、アルキメデスやガリレイの発見した科学の法則の学習が軽視されてはならない。人類の歴史的な遺産の教育も疎かにしてはならないというのである。

戦前の生活綴方を継承しながらも、その限界を正しく受け止めようとする。アメリカ育ちの生活単元学習の意義をみとめながら、それを絶対視しない。そのようにして、文部省や校長の命令や指示からでなく、教師が自主的にさまざまな教育のプランを生み出し、実践する。教師は協力しあいながらも、たがいに批判しあい、改善につとめる。

その上で、教師がみずからの意志で一人一人の子どもの教育に立ちむかう。目標は、「教育基本法」の唱える真理と平和と民主主義を愛する子どもの育成にあった。日本はようやく真の近代教育の出発点に立てたのである。それは、けっしてアメリカの教育の単純な移植ではなかった。明治の自由民権運動いらい、教育の自主性を追求してきた教師たちの心を受け継ぐものであった。

戦争で負った傷は大きかった。都会の多くの学校は空襲で生徒と教師と失い、校舎を焼失した。どこの学校でも教師が足りなく、教科書もそろわなかった。とくに義務教育となった新制中学校ではひどかった。だが、自由と民主主義があった。どこの学校にも明るさがもどり、教室は楽しい場所となった。日本の教育に教師・啄木と賢治の心がよみがえったのである。

注

第一章　教育の明治維新――「学制」から「学校令」へ

（1）夏目漱石『道草』岩波文庫、一九九〇年、八八頁。
（2）夏目漱石『道草』前掲、八九頁。
（3）片山潜「自伝」『日本人の自伝8』平凡社、一九八一年、二六頁。
（4）片山潜「自伝」前掲、六三頁。
（5）荒川紘「伝統技術と近代化」伊東俊太郎編『日本の科学と文明』同成社、二〇〇〇年。
（6）夏目漱石『虞美人草』岩波文庫、一九九〇年、二七一頁。
（7）山住正己『日本教育小史』岩波新書、一九八七年、五一頁。
（8）岩手県立盛岡第一高等学校校史編集委員会編『白亜校百年史・通史』一九八一年、九八頁。
（9）岩手教育委員会編『岩手近代教育史1』一九八一年、一〇五〇頁。
（10）夏目漱石「一貫したる不勉強――私の経過した学生時代」『漱石全集第二十五巻』岩波書店、一九九六年。
（11）藤森久英『新渡戸稲造』読売新聞社、一九九一年、一六五頁。
（12）丸谷才一「徴兵忌避者としての夏目漱石」『展望』一九六九年六月号。

第二章　自由民権運動の教育

（1）片桐芳雄「自由民権の教育思想」『講座日本教育史2』第一法規、一九八四年、三六二頁。
（2）色川大吉『自由民権』岩波新書、一九八一年、一六頁。
（3）土方苑子「自由民権運動と啓蒙思想」『日本の教育史学・教育史学会第16集』講談社、一九七三年。
（4）片桐芳雄「自由民権運動と教師」『日本の教育史学・教育史学会第16集』講談社、一九七三年。
（5）高橋哲夫『福島民権家列伝』福島民放社、一九五七年、七八、九五頁。
（6）色川大吉『自由民権』前掲、一五五頁。
（7）中江兆民『一年有半・続一年有半』井田進也校注、岩波文庫、一九九五年、五六頁。
（8）片桐芳雄「自由民権の教育思想」前掲、三七八頁。
（9）宮崎滔天『三十三年の夢』東洋文庫、一九六七年、八頁。

第三章　大日本帝国憲法と教育勅語

（1）家永三郎『革命思想の先駆者たち』岩波新書、一九五八年、一一八頁。
（2）トク・ベルツ『ベルツの日記（上）』菅沼竜太郎訳、岩波文庫、一九七九年、一一四頁。
（3）トク・ベルツ『ベルツの日記（上）』前掲、一三五頁。
（4）トク・ベルツ『ベルツの日記（上）』前掲、一三四頁。
（5）伊藤整編『幸徳秋水』日本の名著、中央公論社、一九八四年、一六〇頁。
（6）伊藤整編『幸徳秋水』前掲、同頁。
（7）家永三郎『革命思想の先駆者たち』前掲、七四頁。
（8）山住正巳『教育勅語』朝日新聞社、一九八〇年、五一頁以下。
（9）小泉八雲「英語教師の日記から」『明治日本の面影』平川祐弘訳、講談社学術文庫、一九九〇年、二五頁。

第四章　日清・日露戦争の時代

(1) 福沢諭吉「日清の戦争は文野の戦争なり」『福沢諭吉全集第十四巻』岩波書店、一九六一年、四九一頁。
(2) 関根正雄編『内村鑑三』清水書院、一九六七年、八七頁。
(3) 『ラフカディオ・ハーン著作集第五巻』恒文社、一九八〇年、四三八頁。
(4) 藤村道生『山県有朋』吉川弘文館、一九六一年、一六二頁。
(5) 荒畑寒村『寒村自伝（上）』岩波文庫、五〇頁。
(6) 丸山照雄編『近代日蓮論』朝日新聞社、一九八一年、一二三、一三七頁。
(7) 高山樗牛「日蓮上人と日本国」『樗牛全集第六巻』日本図書センター、一九八〇年、五二四頁（博文館、一九三二年の復刻）。
(8) 田村芳朗編『講座日蓮4　日本近代と日蓮主義』春秋社、一八七八年、七五頁。
(9) 内村鑑三『代表的日本人』鈴木範久訳、岩波文庫、一九九五年、一七五頁以下。
(10) 新渡戸稲造『武士道』矢内原忠雄訳、岩波文庫、一九三八年、三四頁。
(11) 山川均「ある凡人の記録」『日本人の自伝9』平凡社、三〇四頁。
(12) 絲屋寿雄『日本社会主義運動思想史 1953-1922』法政大学出版局、一九七九年、一八頁。
(13) 徳富蘇峰『吉田松陰』（初版）岩波クラシック、岩波書店、一九八四年、二一頁。
(14) 荒川紘『世界を動かした技術＝車』海鳴社、一九九三年、一七九頁。
(15) 絲屋寿男『幸徳秋水研究』青木書店、一九六九年、一六五頁。
(16) 幸徳秋水『幸徳秋水全集第九巻』明治文献、一九六八年、五七八頁。
(17) 夏目漱石『三四郎』岩波文庫、一九三九年、二二頁。
(18) 徳富蘆花「勝利の悲哀」『徳富蘆花集』明治文学全集、筑摩書房、一九六六年。
(19) F・G・ノートヘルファー『幸徳秋水』竹山護夫訳、福村出版、一九八〇年、二一〇頁。

(20)大杉栄「自叙伝」『日本人の自伝8』平凡社、一九八一年、三〇三頁。
(21)荒畑寒村『寒村自伝(上)』前掲、五八頁以下。
(22)絲屋寿雄『幸徳秋水』清水書院、一九七三年、一七四頁。
(23)夏目漱石『それから』岩波文庫、一九三八年、二一一頁。
(24)絲屋寿雄『幸徳秋水研究』前掲、一六頁。
(25)F・G・ノートヘルファー『幸徳秋水』前掲、三四六頁。
(26)『幸徳秋水全集第八巻』明治文献、一九七二年、二〇六頁。
(27)絲屋寿雄『大逆事件』三一書房、一九七〇年、一八七頁。
(28)「藤野先生」『魯迅・茅盾』世界文学大系、筑摩書房、一九五八年。
(29)菊池秀明『中国の歴史10』講談社、二〇〇五年、三一頁。
(30)孫文「三民主義」『孫文・毛沢東』世界の名著、中央公論社、一九六五年、一七二頁。
(31)茅盾「魯迅」『魯迅・茅盾』世界文学大系、筑摩書房、一九五八年。
(32)竹内好『魯迅』未来社、一九六一年、一八八頁。
(33)木下尚江「帝国大学を破壊せよ」『木下尚江集』明治文学全集、筑摩書房、一九六五年、三二九頁。
(34)三宅雪嶺「奴隷根性と義務心」『三宅雪嶺集』明治文学全集、筑摩書房、一九六七年、三三九頁。
(35)松本清張『小説東京帝国大学』松本清張全集、文藝春秋社、一九七三年、四七頁以下。

第五章　教師・石川啄木

石川啄木の作品、日記、書簡からの引用は『啄木全集』(筑摩書房、一九六七、六八年)による。

(1)伊東圭一郎『人間啄木』岩手日報社、一九五九年、五九頁。
(2)三浦光子『兄啄木の思い出』理論社、一九六四年、一七一頁。

（3）遊座昭吾『啄木と渋民』八重岳書房、一九七一年、九五頁。
（4）碓田のぼる『石川啄木』東邦出版社、一九七七年、一二四頁。
（5）荒畑寒村『寒村自伝（上）』前掲、四〇頁。
（6）夏目漱石『吾輩は猫である』岩波文庫、一九九〇年、一〇頁。
（7）上田庄三郎『青年教師石川啄木』国土社、一九九二年、八九頁。
（8）岩波書店編集部『啄木案内』岩波書店、一九六一年、一六三頁。
（9）岩波書店編集部『啄木案内』前掲、一六二頁。
（10）上田庄三郎『青年教師石川啄木』前掲、九六頁。
（11）宮崎郁雨『函館の砂』東峰書院、一九六〇年、一二八頁。
（12）碓田のぼる『石川啄木と「大逆事件」』新日本新書、一九九〇年、八八頁。
（13）近藤典彦『国家を撃つ者』同時代社、一九八九年、一四九頁。
（14）近藤典彦『石川啄木と明治の日本』吉川弘文館、一九九四年、一二七頁。
（15）冷水茂太『土岐善麿考』青山館、一八八五年、一二四頁。
（16）平出修「畜生道」「計画」「逆徒」『現代日本文学大系25』筑摩書房、一九七一年。
（17）今井泰子『石川啄木論』塙書房、一九七四年、四三九頁以下。

第六章　大正デモクラシーの時代

（1）新田義之『澤柳政太郎』ミネルヴァ書房、二〇〇六年、一一四頁。
（2）新田義之『澤柳政太郎』前掲、一六一頁以下。
（3）板倉聖宣『日本理科教育史』第一法規出版、一八六八年、二八一頁。
（4）板倉聖宣『日本理科教育史』前掲、二八七頁。

(5) 小林かねよ『児童の村小学校の思い出』あゆみ出版、一九八三年、二三三頁。
(6) 『上田庄三郎著作集第三巻』国土社、一九七七年、二六〇頁。
(7) 岩手教育委員会編『近代岩手教育史2』一九八一年、三〇〇頁。
(8) 寺田寅彦「夏目漱石先生の追憶」『寺田寅彦全随筆三』岩波書店、一九九二年。
(9) 永井道雄『近代化と教育』東京大学出版会、一九六九年、二五三頁。
(10) 金原左門『昭和の歴史1』小学館、一九八八年、一〇九頁。

第七章 教師・宮沢賢治

宮沢賢治の作品からの引用は『校本宮沢賢治全集』(筑摩書房、一九七三―七七年)による。

(1) 菅原千恵子『宮沢賢治の青春――〝ただ一人の友〟保阪嘉内』宝島社、一九九四年。
(2) 森荘已池『宮沢賢治の肖像』津軽書房、一九七四年、八二頁。
(3) 森荘已池『宮沢賢治の肖像』前掲、九二頁。
(4) 金子務『アインシュタイン・ショック2』河出書房新社、一九九一年、一六〇頁。
(5) 鳥山敏子『賢治の学校2』サンマーク出版、一九九八年、二七頁。
(6) 「戦前批評」『校本宮沢賢治全集第十四巻』一〇七七頁以下。
(7) 境忠一『評伝・宮沢賢治』桜楓社、一九六八年、三三四頁。
(8) 畑山博『教師宮沢賢治のしごと』小学館、一九八八年、二三頁。
(9) 佐藤成『証言宮沢賢治先生』農文協、一九九二年、六七頁。
(10) 佐藤成『証言宮沢賢治先生』前掲、九四頁以下。
(11) 佐藤成『証言宮沢賢治先生』前掲、八六頁。
(12) 森荘已池『宮沢賢治の肖像』前掲、八一頁。

(13) 畑山博『教師宮沢賢治のしごと』前掲、一七一頁。
(14) 畑山博『教師宮沢賢治のしごと』前掲、一八一頁。
(15) 森荘已池『宮沢賢治の肖像』前掲、一〇八頁。
(16)「年譜」『校本宮沢賢治全集第十四巻』筑摩書房、一九七七年。
(17)「座談会・宮沢賢治の価値」『文芸読本・宮沢賢治』河出書房新社、一九七七年。
(18) 小野隆祥『宮沢賢治の思索と信仰』泰流社、一九七九年、三〇四頁。
(19) 草野心平「第百階級」『草野心平全集第一巻』九頁。
(20) 山折哲雄『デクノボーになりたい』小学館、二〇〇五年、五八頁。
(21)「年譜」『校本宮沢賢治全集第十四巻』前掲、六〇九頁。
(22)「年譜」『校本宮沢賢治全集第十四巻』前掲、六二五頁。
(23) 草野心平「賢治・心平交渉年譜」『わが賢治』二玄社、一九七〇年、二三五頁。
(24) 中原中也「宮沢賢治全集」『新編中原中也全集第四巻』角川書店、二〇〇一年、六一頁。

第八章　満州事変——十五年戦争へ

(1) 江口圭一『昭和の歴史4』小学館、一九八八年、四〇頁。
(2) 江口圭一『日本帝国主義史の研究』青木書店、一九九八年、二八一頁。
(3) 常石敬一『消えた細菌線部隊』ちくま文庫、一九九三年、七四頁。
(4) 松本健一『評伝北一輝Ⅲ』岩波書店、二〇〇四年、二三三頁。
(5) 立花隆『東大と天皇（下）』文藝春秋社、二〇〇二年、一四三頁。
(6) 保阪正康『あの戦争は何だったのか』新潮新書、二〇〇五年、六〇頁。
(7) 田辺元「科学政策の矛盾」『田辺元全集第五巻』筑摩書房、一九六三年、二四八頁。

(8) 小倉金之助『科学的精神と数学教育』岩波書店、一九三七年、三〇五頁以下。
(9) 石原純「社会事情と科学的精神」『科学と社会文化』岩波書店、一九三七年。
(10) 戸坂潤「現代科学教育論」『戸坂潤全集第一巻』勁草書房、一九六六年。
(11) 高橋正衛『二・二六事件』中公新書、一九六五年、一四八頁。
(12) 河合栄治郎「時局に対して志を言う」『河合栄治郎全集第十二巻』社会思想社、一九六八年。
(13) 矢内原忠雄「通信47」『嘉信I(通信・葡萄)』みすず書房、一九六七年。
(14) 広重徹『科学と歴史』みすず書房、一九六五年、一六九頁以下。
(15)『国分一太郎文集6』新評論、一九八三年、九頁。
(16) 上田庄三郎『青年教師石川啄木』前掲、五四頁。

第九章　太平洋戦争

(1) 高村光太郎「十二月八日」「真珠湾の日」『高村光太郎全集第三巻』筑摩書房、一九五八年、四、二九七頁。
(2) 草野心平「われら断じて戦ふ」『草野心平全集第一巻』筑摩書房、一九七八年、三二三頁。
(3) 永井荷風『断腸亭日乗(下)』岩波文庫、一九八七年、一六〇頁。
(4) 永井荷風『断腸亭日乗(下)』前掲、一九二頁。
(5) 田辺元「歴史的現実」『田辺元全集第八巻』筑摩書房、一九六四年。
(6) 小倉金之助「現時局下における科学者の責務」『小倉金之助著作集第七巻』勁草書房、一九七四年。
(7) 石原純『科学教育論』教育革新叢書、玉川学園出版部、一九三九年。
(8) 壺井栄『二十四の瞳』新潮文庫、一九五七年、一八七頁。
(9) 岩手県農村文化懇談会編『戦没農民兵士の手紙』岩波新書、一九六一年、一五九頁。
(10) 永井荷風『断腸亭日乗(下)』前掲、二一九頁。

(11) 無着成恭『無着成恭の昭和教育論』太郎次郎社、一九八九年、二九一頁。
(12) 小川達雄『戦闘帽の学徒たち――盛岡中学第三報国隊の記録』「戦闘帽の学徒たち」出版委員会、一九七九年、九三頁。
(13) 三浦綾子「石ころのうた」『三浦綾子作品集第十五巻』朝日新聞社、一九八四年、一七五頁。
(14) 無着成恭『ぼくの青年時代』国土社、一九六〇年、一四頁。
(15) 無着成恭『ぼくの青年時代』前掲、八九頁。
(16) 読売新聞戦争責任検証委員会『検証戦争責任2』中央公論新社、二〇〇六年、二三二頁。
(17) 保阪正康『「特攻」と日本人』講談社現代新書、二〇〇五年、二一四頁。
(18) 日本戦没学生記念会編『きけわだつみのこえ』岩波文庫、一九八二年、一四、二七〇頁。
(19) 日本戦没学生記念会編『きけわだつみのこえ』前掲、一四四頁。
(20) 目取真俊『沖縄戦後ゼロ年』ＮＨＫ出版生活人新書、二〇〇五年、六〇頁。
(21) 伊波園子『ひめゆりの沖縄戦』岩波ジュニア新書、一九八九年、一三〇頁以下。
(22) 永井荷風『断腸亭日乗（下）』前掲、二五五頁。
(23) 丸山真男・福田歓一編『聞き書南原繁回顧録』東京大学出版会、一九八九年、二六八頁。
(24) 塩原美恵子『嵐の中のおんな先生』白石書店、一九八二年、一八二頁以下。
(25) 田島英三『ある原子物理学者の生涯』人物往来社、一九九五年、七五頁。
(26) 水田九八二郎『目をあけば修羅――被爆歌人正田篠枝の生涯』未来社、一九八三年、六三頁以下。
(27) 広島文学資料保存会『さんげ――原爆歌人正田篠枝の愛と孤独』現代教養文庫、一九九五年、一八頁。
(28) 西島有厚『原爆はなぜ投下されたか』青木文庫、一九七一年、九五、一〇三頁。
(29) 常石敬一『消えた細菌戦部隊』前掲、二三六頁。
(30) 上笙一郎『満蒙開拓青少年義勇軍』中公新書、一九七九年、一七八頁。

（31）八月十三日に長崎の調査に入った森田右東北大学名誉教授からの私信。プルトニウム型の原爆であるのを知ったのは、十月になってアメリカの調査団と一緒に調査をおこなったときであったという。
（32）無着成恭『ぼくの青年時代』前掲、九二頁。

第十章　戦後の「新教育」——教師・啄木と賢治への回帰

（1）若槻泰雄『日本の戦争責任（上）』小学館、二〇〇〇年、四八頁。
（2）森口豁『最後の学徒兵——BC級死刑囚・田中泰正の悲劇』講談社、一九九三年。
（3）常石敬一・朝野富三『細菌戦部隊と自決した二人の医学者』新潮社、一九八二年。
（4）竹田篤司『物語「京都学派」』中央公論新社、二〇〇一年、二〇一頁。
（5）柿沼肇『国民の「戦争体験」と教育の「戦争責任」』近代文芸社、一九〇頁。
（6）太田尭編『戦後日本教育史』岩波書店、一九七八年、四九頁。
（7）小倉金之助「われ科学者を恥ず」『小倉金之助著作集第七巻』勁草書房、一九七四年。
（8）宗像誠也『私の教育宣言』岩波新書、一九五八年、一八〇頁
（9）伏見康治「自然科学と政治」『思想』一九五二年四月号。
（10）高村光太郎「わが詩をよみて人死に就けり」『高村光太郎全集第三巻』筑摩書房、一九五八年。
（11）高村光太郎「彫刻一途」『高村光太郎全集第三巻』筑摩書房、一九五八年。
（12）高村光太郎「啄木と賢治」『高村光太郎全集第八巻』筑摩書房、一九五八年。
（13）高村光太郎「第四次元の願望」『高村光太郎全集第六巻』筑摩書房、一九五七年、三三〇頁。
（14）石川正敏「石原莞爾の予言と思想」『石原莞爾選集10』たまいらぼ、一九八六年。
（15）塩原美恵子『子取ろ鬼はとおせんぼ』白石書店、一九八三年、一九頁。
（16）無着成恭『無着成恭の昭和教育論』前掲、一二六頁。

(17) 古関彰一『日本国憲法の誕生』岩波現代文庫、二〇〇九年、七〇頁。
(18) 古関彰一『日本国憲法の誕生』前掲、四九頁。
(19) 色川大吉『自由民権』前掲、八〇頁。
(20) 無着成恭『無着成恭の昭和教育論』前掲、九八頁。
(21) 無着成恭『ぼくの青年時代』前掲、一一五頁。
(22) 佐藤国雄『「山びこ」「山芋」』朝日新聞社、一九九一年、一二頁。
(23) 無着成恭『無着成恭の昭和教育論』前掲、七八、八二頁。
(24) 国分一太郎『新しい綴方教室』日本評論社、一九五一年、三八五頁。
(25) 大田尭編『戦後日本教育史』前掲、二三六頁。
(26)『遠山啓著作集1』太郎次郎社、二七頁。

あとがき

六〇年安保闘争の終わった年の初冬、東北大学の二年生だった私は仙台駅から鈍行の列車に乗って渋民駅で下車し、渋民の集落を訪れた。五〇年も前になるのだが、街道の両側に茅葺きの家が立ち並ぶ光景は忘れられない。まだ明治の渋民村があった。啄木一家の住んでいた家からは着物姿の啄木がいまにも出てくるように思われた。啄木の育った赤いトタン屋根の宝徳寺にも立ち寄り、北上川の河畔に立つ「やわらかに柳あをめる」の大きな歌碑を見た。そこからは啄木が「おもひでの山」と詠んだ岩手山も見えたはずである。ところが、啄木が学び、教えた渋民小学校には立ち寄っていない。私の意識にあったのは歌人の啄木であった。

その夜は盛岡市内にある岩手大学教育学部の寮に世話になった。六如寮という今はない寮の寮生であった私は無料で宿泊させてもらうことができた。木造の古い寮の一室に私のためのベットが用意されたが、寮の委員が寒いだろうといってストーブを焚いて付き合ってくれ、結局徹夜の懇談となった。教育学部の寮であったのだから、教師・啄木の話も出たと思うのだが、記憶に残っていない。翌朝には、寮の食事を御馳走になり、「石川一」名で仙台の友人あてに葉書を書き、盛岡城跡に立ち寄って「不来方のお城の草に寝ころびて」の歌碑を見、私も芝生に寝ころび、盛岡の空を眺めたのをよく覚えている。

花巻を訪ねたのは静岡大学勤務となった二七年ほど前、宮沢賢治記念館が開設された直後である。正月の休みを利用して出かけた。仙台までは東北新幹線をつかい、仙台の病院に入院中の友人を見舞った後、在来の東北本線で花巻にむかって花巻駅前の旅館に宿をとった。女将は今日はお客さんが一人なので、申し訳ないが銭湯に行ってほしいという。とにかく寒い、このままでは眠れないと思い、凍った道に足を取られながら銭湯に出かけ、一風呂浴びてきた。それでも、寒かった。賢治は厳寒の花巻で読まれるべきだということを聞いていたし、私もそう思っていたので、花巻には賢治の作品の文庫本を持参したはずなのだが、あまりの寒さで文庫本を開くことはなかったのだろう、書名も思い出せない。

翌日には女将が紹介してくれたタクシーで花巻市内を回った。親切な女性の運転手は賢治が生活をした街を上手に案内してくれた。今は花巻農業高校内にある羅須地人協会の建物では、持参した鍵で入口を開け、内部を見せてくれた。賢治たちが坐った丸椅子にも坐らせてもらった。尻にはその感触の記憶が残っている。イギリス海岸に出かけ、雪の坂道をのぼって宮沢賢治記念館を見学した。空襲で焼けたが、再建された賢治の生家で、当時は弟の清六さん一家が住んでいた家も案内してくれた。そこで、彼女は今日は清六さんもいるはずだから会っていけばよい、と言う。あまりにも唐突であった。運転手さんの名刺をいただいているので、あらためて出かけてきますと言って、断わってしまった。清六さんが九七歳で亡くなったのは二〇〇一年、時間はずいぶんあったのだが、結局会わずじまいとなった。

その後、渋民にも花巻にも足が向かなかった。昔の渋民はもうない、と聞かされていたので、その変わってしまった渋民を目にしたくなかった。私の脳裏に刻まれた明治の面影の残っている渋民が消えてしまうような気がしていたのである。花巻も変わったであろう。清六さんのいない花巻は空しい。花巻を訪れることもなかった。盛岡に行く機会もなかった。

その間、私の職場の大学も変わった。人間教育を担う教養教育は一九九一（平成三）年に大学設置基準の大綱化の名のもとに縮小され、担当部局の教養部は解体された。二〇〇四年には、すべての国立大学が独立行政法人（国立大学法人）となる。一般の会社とおなじく大学は理事会の指示で動く組織となり、それまで大学運営の中心にあった教授会は形だけのものとなった。政・官・財が一体となって産学協同の徹底化＝「教育の市場化」を推進させようとする大学改革に私たちは抗し切れなかったのである。それに、大学の内部でも法人化を望む教員が少なくなかった。こうして、戦後「国民のため」の大学として出発した新制大学は死んだ。

だが、教育の戦いは長期戦である。私は教育の歴史を学びはじめ、教室で学生にも語るようになっていた。つぎの世代を担う学生たちに「教育とはなにか」を考えてもらいたかったのである。そして、三年前に『教養教育の時代と私』（石榴舎、私家版）を出版、つづいて本書にとりくんだ。

そうするうちに、啄木と賢治が学び、教えた土地をもう一度見たくなってきた。そこで、本書の構想がほぼまとまった一昨年の五月、渋民と花巻と盛岡を訪ねた。

車がはげしく往来する渋民の街道を歩いてみたが、啄木が「生命《いのち》の森」とよんでいた愛宕神社の木立のほかには、あの茅葺きの家が立ち並ぶ光景を想い起こさせるものは見つからなかった。それでも、啄木の勤めた渋民小学校と啄木が住んでいた斎藤家の住宅は新しく建てられた石川啄木記念館内に移築されていた。私は天井の低い渋民小学校の教室の教壇に立ってみた。記念館では啄木が赤字をいれた一戸完七郎の「綴方帳」を見ることができた。啄木が謄写版で刷り、生徒に配った「課外英語科教案」もあった。

花巻では、かつて私の泊まった駅前の宿も女性の運転手さんの勤めていたタクシー会社も銭湯もなくなったことを、今でもおなじ駅前で営業している「はこざき民芸」の女主人から教えられた。それでも、宮沢家が営んでいるカフェ「林風舎」のことを聞き、そこを訪ねて清六さんの孫である宮沢和樹さんから清六さんについての話をうかがうことができた。清六さんも祀られている宮沢家の墓にも詣でてきた。賢治が就職した稗貫農学校の跡とその後名を変え、場所も移された花巻農学校の跡を訪ね、それに、羅須地人協会のあった花巻郊外の下根子にも足を運んだ。そこで私は、いまは戦後新しく建てられた花巻農業高校内にある羅須地人協会の建物はこの下根子にもどされるべきだと思った。

盛岡で立ち寄りたかったのは盛岡藩の藩校・作人館の跡、自由民権運動の結社・求我社と学塾・行余学舎の跡、それに盛岡中学校跡である。岩手県立図書館でその場所を調べ、現地を訪ねた。求我社と行余学舎があったのは、明治時代にはもっとも賑わっていた旧呉服町商店街の一角で、いまは盛岡信用金庫本店となっていた。「学制」の制定とともに岩手県で最初に設立された仁王小学校に利用された作人館跡の一部は小公園として利用されており、かすかに作人館を偲ぶことができた。かつては盛岡城内であったこの付近は、盛岡中学のほか私立盛岡女学校、師範学校、啄木も通った学術講習会（のちの江南義塾）などが建てられた盛岡の文教地区だったが、これらの学校はすべて場所を移し、いまはない。白ペンキで塗られ白亜校と呼ばれた二階建ての盛岡中学校があった土地には岩手銀行本店の一〇階建てのビルが建つ。そのビルの東側の道路沿いに金田一京助の筆になる「盛岡《もりをか》の中学校の／露台《バルコン》の／欄干《てすり》に最《も》一度《いちど》我を倚《よ》らしめ」の歌碑を見つけて、盛岡中学校舎跡と確認できた。

当時のもので健在であったのは岩手銀行本店隣の裁判所にある石割り桜、巨大な花崗岩の割れ目に生える樹齢約三五〇年のエドヒガンザクラは造園家の藤川益次郎さんとその弟子たちの心血を注いだ保護によって幾度かの枯死の危機を乗り越えることができたという。五月上旬には啄木や賢治も見たであろう小ぶりな白い花を木いっぱいに咲かせてくれる。

盛岡中学校の白亜の校舎は今はない。でもそこに学んだ啄木と賢治の精神は、石割り桜のように今も生きつづける。私はその精神をうけつぎ、若い人々に伝えてゆかねばならない。その気持を強くして、盛岡を後にした。

＊

日本の教育の現状を憂え、教師の私を常日頃きびしく叱咤してくれる西岡正氏（元朝日新聞社）は、私の抱えていた原稿を新曜社編集部の渦岡謙一氏に紹介する労をとってくれた。渦岡氏は超多忙のなか、その原稿を精読して、多くの誤りを正してくれ、読みやすい本に仕上げてくれた。両氏の厚意に甘えさせていただき、本書は日の目を見ることができたのである。心から感謝の意を表したい。

二〇一〇年五月

荒川　紘

図版出典

図1　立志社　『高知市史　中巻』高知市
図2　中江兆民　中江兆民『一年有半・続一年有半』岩波文庫
図3　仏学塾　『中江兆民全集　別巻』岩波書店
図4　大江義塾　神奈川県二宮町徳富蘇峰記念館蔵
図5　大江義塾の塾生たち『熊本県史　近代編第一』熊本県
図6　石川啄木　『新潮日本文学アルバム　石川啄木』新潮社
図7　渋民小学校　『文芸読本　石川啄木』河出書房新社
図8　盛岡中学　岩手県立盛岡第一高等学校校史編集委員会編『白堊校百年史写真集』岩手県立盛岡第一高等学校
図9　啄木が作成した「課外英語科教案」石川啄木記念館蔵
図10　「雲は天才である」の原稿　石川啄木記念館蔵
図11　成城小学校　五十周年史編集委員会編『成城学園五十年』成城学園
図12　沢柳政太郎と児童と教職員　同上
図13　野口援太郎　唐沢富太郎編『図説教育人物事典　上』ぎょうせい
図14　池袋児童の村小学校　戸塚廉『児童の村と生活学校』双柿舎
図15　土田杏村　今井清一『大正デモクラシー』社会評論社
図16　郡立稗貫農学校　『新潮日本文学アルバム　宮沢賢治』新潮社
図17　県立花巻農学校の教壇に立つ宮沢賢治　同上
図18　童話集『注文の多い料理店』　同上
図19　羅須地人協会　同上
図20　『北方教育』創刊号　前掲『図説教育人物事典　上』
図21　成田忠久　前掲『図説教育人物事典　上』
図22　山元中学校で授業中の無着成恭　提供・朝日新聞社
図23　『山びこ学校』の初版本、英訳、中国語訳　100周年記念事業・記念誌編さん部『山元学校の100年』

人名・著作索引

あ 行

会沢正志斎　13, 14
愛知敬一　196
アインシュタイン, アルベルト　196-198, 226, 323
アウグスティヌス　281
青山秀夫　356
赤井米吉　188
赤津周雄　227
赤松克麿　181, 205, 266
秋田雨雀　177, 191
秋野虎次　307
秋浜市郎　138
芥川龍之介　113, 191
暁烏敏　75, 76, 211, 212
浅沼稲次郎　182, 205
芦田恵之助　283
麻生久　202, 205
安達清風　24
アトリー, クレメント・リチャード　324
阿南惟幾　332
姉崎正治　77, 78, 112, 113, 130, 131, 265
安部磯雄　84, 85, 88, 181, 203, 205, 262
阿部繁　221, 232
阿部修一郎　119, 123, 128
阿部次郎　113, 206
安倍能成　113, 346, 350
阿部信行　289
甘粕正彦　204
新井周三郎　55
荒勝文策　323
荒川秀俊　311
荒木貞夫　266, 282, 332, 333
荒畑寒村　73, 74, 93-96, 102, 135, 139, 166, 176, 177, 202, 281
　『谷中村滅亡記』　94
有沢広巳　281
有島武郎　191
淡谷悠蔵　276
安重根　102
アンデルセン, ハンス・クリスチャン　211, 217
安藤輝三　275, 278
飯島保　335
飯塚森蔵　55
井伊直弼　15
猪狩見龍　122, 128, 134
猪川静雄　119
池田菊苗　199
伊沢修二　37
石井四郎　260, 335
石井柏亭　189, 200
石川一禎　116, 117, 135, 175
石川カツ　174, 175
石川三四郎　88, 89, 96, 162, 243, 268
石川善助　228
石川啄木　4, 78, 97, 100, 114-177, 213, 261, 267, 286, 339, 357
　『あこがれ』　4, 128, 133-135, 156
　「足跡」　160, 161, 358
　『一握の砂』　4, 118, 120, 122, 123, 125, 126, 128, 130, 133, 137, 146-150, 156, 158, 163, 171, 213, 214
　『悲しき玩具』　121, 126, 168, 171, 175
　「雲は天才である」　145, 152-154, 160, 161, 358
　「時代閉塞の現状」　158-164, 170
　『渋民日記』　126, 127, 135, 140-142, 152, 153, 155, 160, 168
　『樹木と果実』（未刊）　166-169, 176
　「日本無政府主義者陰謀事件経過及び附帯現象」　164, 165
　『呼子と口笛』　171, 172
石川達三　361
石川ミツ（光子）　41, 116, 125, 126
石川理紀之助　358
石坂洋次郎　358
石田英一郎　208
石原莞爾　259, 260, 265, 276, 278, 279, 280, 333, 339, 342, 343
石原純　196-198, 226, 273, 274, 299, 346
伊豆公夫　355

いずみたく　355
磯部四郎　99
磯部浅一　275, 278
磯部弥一郎　57
板垣征四郎　3, 4, 45, 120, 133, 259, 266, 280, 288, 289, 332, 333
板垣退助　48-51, 53, 54, 66, 67
市川房枝　298
一戸完七郎　141
出隆　201
伊東圭一郎　52, 118, 119, 123, 125, 127, 128
伊東圭介　51, 52, 118
伊藤左千夫　177, 197
伊藤宗次郎　211
伊藤野枝　204
伊藤博文　14, 29, 62-64, 85, 87, 91, 102
伊藤三千代　355
稲田正次　349
犬養毅　180, 205, 267
井上円了　39, 70, 74, 76, 101, 112
井上毅　46, 64, 67, 68
井上成美　288, 289, 305, 333
井上準之助　266
井上哲次郎　70, 77, 102, 112, 291
伊波園子　317
井深梶之助　38
今井力三郎　99
色川大吉　54
岩倉具視　16, 48
岩田義道　208
岩波茂雄　349
岩渕辰雄　349
ウィリアム, C　39
『ウィルソン・リーダー』　21
植木枝盛　50, 62, 63, 66, 348, 349
上杉慎吉　180, 203, 270
上杉鷹山　79
上田庄三郎　190, 192, 283, 286
上田敏　112, 114, 134
上原良司　314
上村勝爾　254
植村正久　38, 70
宇垣一成　130, 266
牛島満　315, 316
碓田のぼる　162
内田祥三　311
内田辰雄　308
内田百閒　113
内田正雄　21
『輿地誌略』　21, 22
内田良平　263, 268
内村鑑三　28, 70, 71, 77, 79, 80, 87, 88, 90, 94, 164, 181, 201, 211, 245-247, 262, 281, 282, 297, 319, 346, 354
『日本及び日本人』(『代表的日本人』) 79, 81
内山愚堂　98, 99
宇野浩二　177
宇野弘蔵　281, 336
宇野重吉　355
上野さめ子　125, 126, 138
海野晋吉　349
江木衷　176
江口渙　113
江藤新平　48, 49, 62
江幡五郎　15, 18, 21
海老名弾正　39, 58, 61, 72, 81, 88, 93, 94, 181
エンゲルス, フリードリヒ　86, 92
袁世凱　106, 107, 178, 181, 183
遠藤忠志　138, 139, 145
及川古志郎　3, 4, 46, 120, 121, 128, 133, 288-290, 308, 313, 333, 334
及川平治　190, 191, 206, 357, 363
汪兆銘　280, 294
大石誠之助　98, 99, 164, 166, 188
大内兵衛　203, 281, 336
大川周明　265, 266, 332, 334
大木喬任　48
大久保利通　16, 19, 48, 49, 62
大隈重信　48, 53, 62, 66
大河内一男　355
大河内正敏　199, 299, 321, 332
大島高任　15
大島経男　146, 167
大杉栄　93, 95, 96, 102, 166, 176, 202, 203
太田達人　52
大塚金之助　336
大槻文彦　22
大津淳一郎　54
大西滝治郎　312, 332

大原孫三郎　199
大村益次郎　14, 15, 18, 43, 62
大森義太郎　208
大山郁夫　181, 205
大山巌　73, 89
丘浅次郎　32
岡邦雄　177, 355
岡倉天心　37
小笠原賢蔵　28
岡田啓介　270, 271, 276, 279
緒方洪庵　14, 15, 43, 104
岡田良平　193, 206
岡松甕谷　56
岡山儀七　122, 128
岡義武　319
岡鹿門　24
小川芋銭　88
小川慶治　221
小川未明　191, 202
奥寺五郎　221, 223
小国露堂　147, 148, 156
奥宮健之　98, 99
小倉金之助　32, 198, 273, 299, 339
尾崎喜八　254
小崎弘道　39, 58, 61
尾崎行雄　134, 180, 205, 349
長田新　186
小沢恒一　123, 124, 128, 131
押川方義　38, 39, 265
小田島嘉兵衛　134
小田島尚三　134
小田島真平　134
小田中光三　254
落合龍洲　55
オッペンハイマー, ロバート　323
小津安二郎　256
小野弘吉　119, 123, 124, 128
小野十三郎　254
小幡篤次郎　63

か 行

海後宗臣　309
賀川豊彦　126
片岡健吉　49, 66
片岡良一　355
片山潜　21, 24, 43, 84, 88, 95, 100, 163, 203, 263
片山正夫　199, 215, 232
『化学本論』 215, 220, 232
勝海舟　14
桂太郎　87, 96, 99, 100, 180
加藤完治　240, 260, 261, 268
加藤勘十　202, 281
加藤周四郎　285
加藤高明　205, 207
加藤弘之　14, 18, 70
金森通倫　39, 58
金矢信子　37, 118, 125, 131, 138
金子定一　122, 128, 130, 177, 186
嘉納治五郎　103
加納久宣　23
鹿子木員信　298, 333
亀井勝一郎　182
河合栄治郎　101, 277, 282, 336
川井清一郎　206
川合義虎　204
川合義憲　360
河上清　84
河上潤　57
河上丈太郎　101, 208
河上肇　163, 203, 208, 263, 268, 332, 358
川島武宣　355
川村尚三　249
河本大作　258
河本義行　216, 217
管野スガ（すが子） 96, 98, 99, 166, 176
蒲原有明　57, 114, 134, 156
菊池寛　189, 297, 298
菊地武夫　270
菊池武雄　233, 235, 254
菊池竹次郎　211
菊池道太　119
木越邦雄　322
岸信介　332
ギゾー, フランソワ　50
北一輝　163, 261-265, 268, 275, 278, 306
『国体論及び純正社会主義』 163, 262-264, 268
『支那革命外史』 263
『日本改造法案大綱』 264, 265, 276
北里柴三郎　199
北野正雄　356

北原白秋　129, 157, 167, 171, 175-177, 191, 192, 296
北山茂夫　356
北昤吉　262
木戸明　57
木戸孝允　14, 16, 19, 48, 49, 62
城戸幡太郎　286, 338, 350
木下竹次　191, 357, 364
木下広次　107
木下尚江　84, 85, 88, 90, 102, 108, 181, 263
木下杢太郎　129, 157, 167, 175
木村綾夫　21
木村栄　195, 238
木村兵太郎　333
清浦奎吾　65, 204
清沢満之　39, 75, 76, 80, 211, 212
清瀬一郎　205
金田一京助　4, 121, 122, 128, 156-158, 175, 176
久坂玄瑞　14
日下部四郎太　196
草野心平　227, 228, 244, 254, 255, 294, 339, 340, 342
久津見蕨村　163
工藤千代治　118
国井僚二　329
久野収　356
窪田忠彦　198
久米正雄　113
クラーク, ウィリアム　27, 38
クラーク, エドワード・ワレン　18, 19
栗原安秀　275
来栖三郎　292
グールド, チャールズ　26
黒岩涙香　84, 87, 88
黒田清隆　27, 64-66
黒田チカ　199
黒田寿男　281
クロポトキン, ピョートル　92-94, 162, 163, 168, 170, 171, 173, 175, 178, 203, 243, 244, 268
　『一革命家の思い出』　168, 170, 172, 173
　『田園・製造所・工場』　243
　『麵麭の略取』（幸徳秋水訳）　93, 96, 97, 162
桑木厳翼　112
ゲーテ, ヨハン・ヴォルフガング・フォン　77, 124
ケルネル , オスカル　27
原理充雄　227
小泉信三　314
小磯国昭　266, 305
黄瀛　227, 254
黄興　61, 103, 104, 107, 263
高坂正顕　298, 337
孔子　15, 56, 80, 105, 106
　『論語』　13-15, 42, 60
幸徳秋水（伝次郎）　56, 57, 64, 66, 84-89, 92-102, 105, 123, 128, 132, 150, 162-164, 166, 169, 171, 173, 176, 202, 204, 213, 261, 263, 306
　『社会主義神髓』　86, 100
　『兆民先生』　64, 66
　『廿世紀之怪物帝国主義』　85, 163
河野広中　51, 53, 54, 90, 148, 322
河野広体　53
河野密　182, 208
高山岩男　298, 337
康有為　103
古木巌　122
『国体の本義』　271, 272, 300, 345
国分一太郎　285, 300, 360, 362-364
古在由直　108
『古事記』　81
児玉源太郎　89
胡適　183
後藤象二郎　48, 53, 54
五内川佐　226
小西重直　186
近衛文麿　279, 288, 290, 332
小場瀬卓三　355
小林茂雄　122, 128, 134
小林多喜二　255, 269
小林稔　323
小原国芳　188
コペルニクス, ニコラウス　249
小宮豊隆　113
小森吉助　120
小奴　149, 150
小山久之助　56
権藤成卿　268
近藤真琴　19

さ　行

西園寺公望　56, 94, 96, 180, 182, 266
西郷隆盛　16, 19, 48, 49, 62, 79
西郷信綱　355
西条八十　191
斎藤宗次郎　81, 245, 246, 247
斎藤秀三郎　129
斎藤実　46, 276
斎藤茂吉　177, 296
斎藤弥九郎　14
佐伯正悌　259
三枝博音　355
堺利彦　87-89, 94-96, 102, 132, 137, 163, 166, 202, 203, 261, 263
酒井雄三郎　56, 83
坂田昌一　323
坂田祐　80
坂本安孝　52
坂本龍馬　14, 16
寒川道夫　285
崎久保誓一　98, 164
向坂逸郎　208, 281, 336
佐久間象山　14
佐久間昌熾　54
佐久間昌後　54
桜井祐男　189
小砂丘忠義　189, 283
佐々木喜善　228
佐々木惣一　203, 269
佐々木昂　285
佐佐木信綱　175
佐々木八郎　314, 315
佐藤奨吉　142
佐藤昌介　18, 28, 36, 232
佐藤惣之助　227, 228, 254
佐藤千夜子　201
佐藤忠四郎　285
佐藤春夫　189
佐藤北江　52, 157, 175, 176
佐藤義長　194
佐野学　203
沢柳政太郎　75, 108, 130, 184-189, 197, 207, 357
サン＝シモン, クロード　84
ジェーンズ, L. L　17, 39, 58
塩原美恵子　320, 321, 344
塩見政治　198
志垣寛　189
志賀重昂　77
志賀義雄　182, 209, 336
重松和伸　355
重松俊明　356
重光葵　332, 333
幣原喜重郎　266, 345
斯波貞吉　119, 123
渋川善助　275, 276
渋川柳次郎　158
渋沢栄一　102
シーボーク, G　323
島木健作　358
島崎藤村　42, 113, 145, 191, 291
　『破戒』　42, 113, 145, 358
島田三郎　63, 84, 87, 205
島地大等　74, 77, 212, 217-219
　『漢和対照妙法蓮華経』　74, 77, 217-220
島地黙雷　74
島貫兵太夫　130
島村抱月　113, 158
下斗米精三　26
下中弥三郎　189
周恩来　280
周作人　106
祥雲雄悟　212
蒋介石　258, 280, 324
『小学読本』　21
正田篠枝　325, 326
シラー, フリードリッヒ・フォン　217
白石義郎　148, 149
シラード, L　323
白藤慈秀　221, 232, 238
『臣民の道』　300, 345
新村猛　356
新村忠雄　98, 99, 164
新明正道　201, 208
親鸞　211, 218
　『歎異抄』　74, 211, 217
末川博　269, 336
末広重恭（鉄腸）　63
菅井準一　355
菅原千恵子　217
杉田玄白　14

『解体新書』 14
杉谷泰山 211
杉本朝雄 322
杉山元 205, 332
鈴木舎定 51, 118
鈴木一平 207
鈴木梅太郎 199
鈴木貫太郎 321, 326, 328
鈴木憲三 101
鈴木成高 298, 337
鈴木清順 355
鈴木大拙 32
鈴木孝雄 130
薄田泣菫 114, 133, 134, 156
鈴木亨 356
鈴木正之 285
鈴木三重吉 113, 191, 192, 235
鈴木安蔵 208, 270, 348, 349
須藤克三 358, 360
ストッダート, ジョージ 345
スペンサー, ハーバート 50, 61
瀬川哲夫 229
瀬川深 122, 125, 128, 170, 171
関豊太郎 215, 216, 221, 231
瀬戸虎記 119, 123
妹尾義郎 78
千田是也 355
『戦没農民兵士の手紙』（岩手県農民文化懇談会） 303
宋教仁 105, 106, 263
相馬御風 129, 175, 177
孫文 61, 103-107, 184, 260, 263, 280
ゾンマーフェルト, アルノルト・ヨハネス 196

た 行

ダイアー, H 27
ダーウィン, チャールズ 94, 249
田岡嶺雲 88
高木顕明 98, 164
高木八尺 80, 247, 319, 346
高楠順次郎 265
タカクラ・テル 201
高杉晋作 14
高知尾智耀 219
高野岩三郎 349
高野房太郎 84
高橋是清 276
高橋作衛 96
高橋新吉 254
高橋与五兵衛 221
高浜虚子 106
高見順 355
高嶺秀夫 24, 26, 37
高村光雲 37, 43
高村光太郎 37, 110, 117, 129, 228, 254, 292, 293, 298, 319, 320, 339, 340, 342
高山樗牛 44, 77, 112, 113, 123, 124, 131, 142, 156, 160, 219, 259, 265, 278, 342
『滝口入道』 77
滝川幸辰 269, 270, 336
田鎖清 141
田口卯吉 61, 63, 87
竹内賀久治 338
竹内柾 322
竹内好 106
武谷三男 322
田子一民 121, 128
田島英三 322
田代栄助 55
田添鉄二 95
多田鼎 75, 76, 212
多田綱宏 119, 127
橘孝三郎 266-268
橘智恵子 147
タッピング, ヘンリー 246
田中耕太郎 319, 346, 350
田中正造 86, 87, 94, 95, 101, 124
田中館愛橘 18, 25, 195, 199, 322
田中智学 76-79, 219, 220, 259, 260, 278
『宗門之維新』 76, 78, 260
田中不二麿 29
田中勝 275
田辺元 197, 273, 298, 300, 315
谷河尚忠 52
谷藤源吉 211
谷本富 36, 185
田渕鉄二 163
玉木英彦 322
玉利善蔵 110
田丸卓郎 119, 196
為藤五郎 189

田山花袋　42, 113, 139, 159, 283, 358
『田舎教師』 42, 139, 358
団琢磨　266
ダンテ・アリギエリ　281
近角常観　75, 76, 80, 211
千田懿次　302, 303
千葉春雄　285
張学良　258
張作霖　257, 258
チラー, T　35
陳独秀　183
塚本虎二　80
津久井龍雄　298
辻潤　57, 204, 227, 254
対馬勝雄　275
津田真道　16, 18
土田杏村　201
恒藤恭　201, 269
坪井航三　72
壺井栄　301
『二十四の瞳』 301
坪井信道　15
坪内逍遙　77, 112, 113, 148
坪田譲治　191, 235
鶴見俊輔　243, 356
手塚岸衛　191, 206
デューイ, ジョン　185, 190, 192, 357
寺内正毅　182
寺尾寿　39, 195
寺田寅彦　113, 195, 196
照井真臣乳　81, 211, 245, 246
土肥原賢二　333
東郷茂徳　321, 329, 333
東条英機　4, 45, 73, 279, 288, 290, 332, 334
東条英教　45, 288
遠山啓　364
土岐善麿（哀果） 102, 166-169, 175-177, 296, 319, 339
『樹木と果実』（未刊） 166-169, 176
『黄昏に』 168, 169
徳川家達　18
徳川慶喜　16, 18
徳田球一　203, 209, 336
徳富一敬　17, 58-60
徳富蘇峰　17, 39, 51, 55, 58-61, 71, 72, 79, 82-84, 88, 100, 105, 121-123, 180, 297, 298, 305, 332, 337
『将来之日本』 61
徳冨蘆花　17, 39, 58, 61, 91, 92, 95, 100, 101, 277
「謀叛論」 101, 277
徳永直　358, 361
戸坂潤　273, 274, 300, 336, 346
富井政章　87, 319
戸水寛人　87, 91, 319
富田小一郎　119, 120, 123, 139
富松正安　54
留岡清男　286
トルストイ, レフ　92, 131, 151
トルーマン, ハリー　324, 326, 343
トロツキー, レオン　178

な　行

永井荷風　113, 296, 298, 304, 318, 320
永井道雄　200, 356
中江兆民　19, 51, 55-57, 59-61, 63, 64, 66, 83, 85, 88, 94, 105
『一年有半』 56
『民約論』 56
中江藤樹　79
中岡艮一　183
長岡半太郎　195, 196, 199, 288
中里介山　88
中島徳蔵　111, 112
中島信行　53
中島力三郎　181
中野重治　182, 298
中野新佐久　238, 239
中橋基明　275
中原中也　254, 255
中原貞七　42
中丸忠雄　325
那珂通世　18, 23
中村哲　355
中村敬宇　18, 19, 51, 61, 68
『自由之理』 51
『西洋品行論』 60
中山晋平　201
南雲忠一　304
梨本宮守正　332
夏目漱石　20, 26, 30, 32, 42, 44, 52, 91, 97, 106, 112, 139, 145, 150, 175

『虞美人草』　30, 31, 105
『三四郎』　91, 97, 150, 196
『坊っちゃん』　32, 139, 152, 236, 358
『道草』　20, 21
『吾輩は猫である』　105, 140, 152, 195
難波田春男　336
ナポレオン・ボナパルト　124, 142
成田忠久　284-286, 323
成石勘三郎　98, 99
成瀬正一　113
成瀬仁蔵　41
難波大助　204
南原繁　80, 101, 247, 297, 309, 318, 319, 335, 346, 350, 354
南部利恭　17, 19, 28
新島襄　39, 58
新見卯一郎　98, 99
新美南吉　191, 235
西周　16, 18, 46
西川光二郎　84, 88, 89, 94, 96, 137, 148, 156, 163
西田幾多郎　32, 198, 201, 300
西谷啓治　298, 337
西田税　265-267, 275
仁科芳雄　199, 301, 321, 324, 326
西村伊作　164, 188, 198, 307
西村茂樹　21
『万国史略』　21, 22
西村陽吉　177
ニーチェ, フリードリッヒ　77, 78, 124, 129-131, 160, 161, 283
『ツァラトゥストラ』　227
日蓮　76-79, 124, 142, 160, 218, 219, 243, 259, 263, 278, 343
『立正安国論』　76
新渡戸稲造　19, 28, 32, 42, 47, 79, 80, 101, 119, 130, 179, 181, 259, 281, 297, 346, 350, 354
『武士道』　47, 80
二宮尊徳　79, 358
沼間守一　24, 26, 51, 53, 63, 84
野上豊一郎　113
野口雨情　148, 201
野口援太郎　189
野口勝一　51, 54, 148
野口肇　363
野口英世　40
野尻清一　36
野尻抱影　216
野田貞雄　317
ノット, C. G　195
ノートヘルファー, F. G　100
野中四郎　275
野村吉三郎　292
野村胡堂（長一）　4, 121, 122, 128, 129, 131, 132
野村芳兵衛　189, 283
野呂栄太郎　208

は　行

ハイネ, ハインリッヒ　217
ハウスクネヒト, エミール　36
『葉隠』　291
萩原恭次郎　254
バクーニン, ミハイル　244
橋田邦彦　300, 305, 332
橋爪明男　336
橋本欣五郎　266, 333
橋本雅邦　37
長谷川天渓　159
長谷川如是閑　57, 203
長谷健　358
畠山栄一郎　221, 239
畑俊六　289, 290
バックル, H. Th　50
服部英太郎　336
服部之総　355
初見八郎　56
鳩山一郎　269, 336
花井卓蔵　99
羽仁もと子　188
羽仁吉一　188
馬場辰猪　53, 54, 63
馬場恒吾　349
浜口雄幸　266
早坂一郎　231
林包明　53, 57
林銑十郎　279
林達夫　355
林鶴一　198
林房雄　182, 208
林有造　49, 57, 66

村山知義　355
村山弥久馬　127
室伏高信　349
メッケル, クレメンス・W. J　45
メンデンホール, T　26
孟子　56, 86, 93, 100, 105, 106
　『孟子』　13-15, 42, 57, 60, 105
毛沢東　184, 258, 280, 281
元木国雄　358
元田永孚　58, 67
森有礼　29, 33-36, 53
森鷗外　112, 114, 133, 191
森佐一（惣一, 荘已池）　228, 254
森田草平　113, 174, 175
森近運平　98, 99, 163
森戸辰男　203, 349, 350
モルレー, デイヴィット　29
モーレー, ジョン　163
諸見里朝賢　187

や　行

八木英三　211, 217, 238
八木秀次　311
柳沼亀吉　54
八角三郎　120
矢内原伊作　355
矢内原忠雄　80, 101, 247, 281, 336, 354
柳田国男　228
　『遠野物語』　228
柳宗悦　183
矢野文雄　63
山内容堂　16
山県有朋　14, 21, 43, 46, 62, 66, 72, 87, 91, 96, 99, 101, 180, 193, 204, 259, 273, 279
山川健次郎　26, 90, 91, 108
山川均　81, 95, 96, 102, 202, 203, 281
山口孤剣　96
山口瞳　355
山崎文男　322
山田盛太郎　281, 336
山本五十六　288-290, 292, 301, 302
山本権兵衛　279
山本宣治　201, 208, 209, 250
山本有三　361
ユーイング, J. A　26
湯川秀樹　323
湯原元一　36
横井小楠　16, 17, 58, 61
横井時雄　17, 39, 58, 61, 81, 131
横川省三　52, 54
横田忠夫　249
横光利一　254
与謝野晶子　90, 113, 129, 133, 156, 181, 189, 198, 261, 262, 296
与謝野鉄幹（寛）　37, 113, 121, 133, 134, 156, 164, 177, 188, 261
吉田光一　51
吉田松陰　14-16, 43, 60, 83, 88, 101
　『幽室文稿』　60
吉田善吾　289, 290
吉田正雄　51
吉野作造　181, 183, 203
吉野白村　146
吉野秀雄　355
吉村寿人　335
米内光政　4, 46, 120, 133, 288-290, 308, 313, 321, 333

ら　行

ライン, W　35, 36
ラザフォード, アーネスト　199
ラサール, フェルディナント　84, 86, 101
ランキン, W　27
李広田　361
李大釗　183, 184
柳宗元　56
ルクリュ, エリゼ　243, 244
ルーズベルト, セオドア　90
ルーズベルト, フランクリン　324
ルソー, ジャン＝ジャック　24, 55, 56, 160, 283
　『エミール』　160
　『社会契約論』　56
レーニン, ウラジーミル　178, 179, 202, 249
蝋山政道　182
魯迅　103-107, 110, 134, 183, 184, 263
　『阿Q正伝』　107
　『狂人日記』　106, 183
　『藤野先生』　104

わ　行

若槻礼次郎　258, 266
若山牧水　102, 175
脇村義太郎　281
ワーグナー, リヒャルト　130, 131
和田伝　361
渡辺錠太郎　276
渡辺義正　360
和辻哲郎　113, 291

事項索引（雑誌・新聞を含む）

あ　行

愛郷塾　267, 268
青山学院　38, 82, 92, 110, 307
『赤い鳥』　191, 192, 200, 235
赤旗事件　96, 102, 270
『アザリア』　216, 217
足尾鉱毒事件　86, 87, 94, 95, 101, 108, 124
アナーキスト　94, 178, 202, 204, 244, 268
アナーキズム　170, 202, 253, 255
アナ・ボル論争　202
医学所　15, 17
英吉利法律学校（中央大学）　38
池袋児童の村小学校　189, 190, 283, 286
石川義塾　323
伊奈自由大学　201, 209
イーハトヴ（イーハトブ）　240, 243, 244, 267, 278
岩手国民高等学校　237-240
岩手中学校　25, 52 →盛岡中学
『ウイルソン・リーダー』　21
植木学校　49, 56
魚沼自由大学　201
内原訓練所　260, 261, 268
英語　15, 18, 26, 38, 41, 42, 45, 61, 84, 119, 123, 142, 230, 264
——学校　26, 27, 31, 57
——教育　19, 38
——塾（英学塾）　18, 19, 42
F研究　323
嚶鳴社　51, 53, 63, 87
大江義塾　51, 55, 58-61, 82, 105
大阪帝国大学　193
小樽高商軍教事件　207
『小樽日報』　147-149, 155
お雇い外国人教師　17, 25-27, 32
音楽取調掛　37

か　行

海軍大学校　44-46, 259, 288, 290
海軍兵学校　3, 4, 38, 44-46, 72, 73, 94, 120, 128, 133, 259, 261, 288, 290, 306, 307, 310, 344
開成学校　25, 26
改正教育令　28, 29
開成所　15-18
科学(的)精神　293, 294, 299, 300, 302, 346, 365
科学的思考　327, 343, 354
画一主義　186, 234
画一(的)教育　141, 186, 190, 234, 344, 345
学習指導要領　356
学制　13, 19, 21, 22, 25, 27-29, 33, 39, 41, 42, 51, 115, 154
学徒勤労令　309, 310
学徒出陣　307, 309, 311, 313, 319, 331, 337
学徒動員　309, 344
革命評論社　105, 263
学問の自由　91, 348, 351, 353
学連事件　208, 238, 270, 349
学区制　19, 28
鹿児島高等中学校造士館　31, 109 →造士館
学校教育法　351-353
学校劇禁止令　237
学校令　13, 28, 29, 33, 35, 36
加波山事件　52, 54
鎌倉アカデミア　355
亀戸事件　204
川井訓導事件　206, 238, 269
漢学　41, 56
——塾　18, 24, 41, 42, 57
箝口訓令　67
韓国併合　102, 151, 182
関西法律学校（関西大学）　38
関東大震災　204
基本的人権　66, 324, 348, 349
「君が代」　137, 310
求我社　51-54, 118, 125, 157
九州帝国大学　108, 184, 281
教育委員会　345, 346, 353
教育家委員会　346, 350, 351
教育科学研究会　286, 287, 363

教育基本法　5, 346, 347, 350, 351, 353, 357, 365
教育刷新委員会　350, 351
『教育の世紀』　283
教育の世紀社　189
教育令　28, 29
教員赤化事件　255, 268, 269
共学社　19, 24, 55
教学錬成所　300
教科書　4, 21, 22, 24, 33, 141, 207, 229, 230, 345, 357, 360, 362
――検定　33, 102
共慣義塾　19, 28
教職追放　336, 337
教授会の自治　186, 269, 345
教授細目　4, 29, 141, 152-154, 187, 192, 285, 356, 357
教授週録　29
教則　29
京都学連事件→学連事件
京都人文学園　355, 356
京都帝国大学　107, 108, 110, 171, 185, 186, 198, 201, 269, 298, 299, 323
郷土主義　268
教友会　80, 81
教養教育　185, 345, 352, 354, 355, 357
行余学舎　51, 52, 157
キリスト教　38-40, 58, 65, 70, 72, 74, 75, 77, 79-82, 84-88, 94, 125, 130, 131, 181, 188, 208, 245-247, 253
――教育　27, 81, 82, 247
キリスト者　70, 77, 79, 80, 85, 211, 245, 281, 346
『近代思想』　102, 176
勤労動員　306, 308-310, 320, 337, 338, 344
『釧路新聞』　149
熊本洋学校　17, 18, 39, 58
軍事教練　35, 207, 208, 306, 316, 344
軍人訓戒　46
軍人勅諭　46, 47, 67, 68, 72, 207, 291, 310, 313
軍部大臣現役武官制　205, 279, 290, 334
群馬事件　53, 54
訓令第十二号（宗教と教育の分離令）　82
慶応義塾　23-25, 39, 51, 52, 63, 111-113, 193, 194, 208, 227, 269, 298, 314
経済雑誌社　61
血盟団(事件)　266-268, 276
建設者同盟　182
原爆　302, 322-329, 339
――開発　311, 323, 339
――投下　324-326, 328-330
憲法　62-67, 180, 262, 264, 336, 347-350, 353 →大日本帝国憲法，日本国憲法
――研究会　349
――懇談会　349
――問題調査委員会　347
顕本法華宗　78, 218
原理日本社　269, 270
言論・出版・結社の自由　65, 205, 297
五・一五事件　266, 267, 275, 276
小岩井農場　224, 232
工学寮（工部大学校）　27, 30
攻玉社　19, 24, 38, 94
浩々洞　75
皇国運動　238, 239
交詢社　51, 63
公職追放　336, 337
教政館　19, 20
行地社　265
高等師範学校　33, 34, 36, 41, 53, 115, 184
高等女学校　40, 41, 110, 115, 194, 315, 316, 338, 344
――令　41, 189
弘道館　14, 196
光復会　103, 105
弘文学院　103
古義真言宗大学林（高野山大学）　39
国学院(大学)　40, 102, 111, 122, 193
国粋主義　268, 338
国体　86, 205, 220, 271-273, 329, 330, 347
――護持　328-331, 343, 348
――明徴　270-272, 274, 300
国柱会　76-78, 219, 220, 259
国定教科書　4, 141, 154, 192, 206, 207, 285, 300, 356, 357
国民英学会　57, 85, 128, 129
国民皆学　43
国民皆兵制　43
国民学校　305, 308, 312, 318, 320, 325, 331, 337, 343, 352, 353, 358
『国民新聞』　82, 83, 88, 123, 180

国民精神総動員運動　280, 288
国民精神文化研究所　271, 272, 300
『国民之友』　71, 79, 82, 83
黒竜会　263, 268
護憲運動　180, 181, 205
五・四運動　183
御真影　68, 69, 188, 318, 345
国会開設　48, 181
国家改造運動　268
国家主義　4, 5, 33, 68, 70, 89, 122, 190, 208, 265, 268, 275, 298, 336, 337, 340, 345
——教育　5, 33, 90, 111, 115, 190, 206, 327
国歌斉唱　69
国家総動員法　280, 288
子ども　5, 24, 90, 141, 155, 160, 190-192, 300, 327, 345, 361, 365
駒場農学校　27, 30
コミンテルン　179, 184, 203, 205, 279
米騒動　182

さ　行

済美黌　55
作人館　14, 18-21, 23, 25, 28, 45, 51, 52, 56, 119, 120, 182, 195
札幌農学校　27, 28, 32, 36, 42, 70, 80, 85, 108, 110
沢柳事件　185, 186, 269, 353
三・一運動　183
三・一五事件　209
三国同盟　3, 4, 279, 288-291, 333, 334
三師社　51, 54, 148
参政権　62, 66
参謀本部　46, 47, 65, 259, 276, 279, 326
讒謗律　65
三民主義　105, 184, 280
ＣＩＥ（民間情報教育局）　345
ＧＨＱ　325, 332, 335, 336, 344, 345, 347, 349, 351
視学　33, 135, 206
——制度　345, 353
私学校　48, 49
私塾　13-15, 18-20, 22, 24, 37, 38, 41, 50, 75, 80, 113, 143, 192, 199, 200, 247
静岡学問所　18
自然主義　113, 156, 158-161, 220
思想善導　271, 272
『時代思潮』　131, 133, 151
七生会　203, 208
七博士の意見　87, 90, 91
実業学校令　115
児童の村小学校　189, 190, 192, 283, 286
信濃教育会　200, 206, 269
信濃自由大学　200, 201
師範教育令　115
師範学校　3, 20, 22-25, 27, 33-36, 39-41, 43-45, 52-54, 107, 111, 114, 115, 152, 183, 185, 189-192, 194, 206, 229, 238, 283, 301, 309, 310, 315-317, 344, 352, 354, 358
——令　29, 33, 53
渋民小学校　4, 20, 33, 40, 69, 116-118, 125, 131, 134-142, 145, 150, 152, 155, 160, 173, 192, 215, 233, 286, 352, 357
渋民村　33, 116, 118, 133, 135, 192, 232, 303
シベリア出兵　179, 182, 218
下関条約　73
社会科　203, 274, 345, 354, 356, 357, 362-364
社会科学研究会　203, 208, 358
社会主義　56, 81-86, 88, 89, 93, 96, 97, 99, 101, 102, 105, 119, 124, 131, 132, 137, 147-149, 156, 159, 162, 163, 165, 166, 169-171, 177, 179, 181, 182, 202-205, 220, 248-250, 253, 257, 261-263, 274, 278, 281, 341
——研究会　84
社会民主党　57, 85, 94, 179, 262
集会条例　53, 65
自由画教育　192, 200
自由学園　188
自由教育　6, 29, 141, 184, 188-192, 206, 283, 356, 357
——令　28, 353
自由研究　356, 357
修身　21, 25, 29, 33, 69, 114, 141, 187, 206, 223, 237, 271, 345, 357
『自由新聞』　53, 54, 57
自由大学　200, 201, 239, 355, 356
自由党　51-54, 56, 57, 66, 67, 85, 118, 158, 349

自由民権運動　6, 31, 48-56, 58, 60, 62, 65-68, 85, 99, 105, 148, 157, 181, 262, 322, 351, 365
修明館　57
儒教　13-16, 18, 21, 47, 50, 56, 60, 67, 68, 80, 86, 104-106, 183
——教育　14, 15, 18, 21, 60, 68
主戦論　86-88, 290, 305
種痘所　15 →医学所
松下村塾　14, 16, 60
小学校教員心得　29
小学校教則綱領　29
小学校令　29, 32, 33
奨匡社　53
彰考館　13
紹成書院　56
上智大学　194, 208
少年飛行兵　308
昌平坂学問所　15, 17, 18, 21, 24, 56
商法講習所　36
助教　23, 24, 34
女学校　3, 40, 41, 311, 312
女子教育　40
女子師範学校　22, 23, 41, 115, 194, 238
女子挺身勤労令　310
庶民大学三島教室　355
辛亥革命　103, 106, 107, 260, 263, 264
新義真言宗大学林（豊山大学）　39
新教育　356, 362-364
——運動　187
信教の自由　65, 70, 74, 208
新興仏教青年会　78
新詩社　37, 113, 121, 124, 129, 134, 157, 167
神社参拝　208
新人会　202, 203, 208 →東大新人会
『新青年』　183
神道　14, 39, 81, 345
「新日本建設の教育方針」　343
新聞紙条例　65, 203
辛未館　26
ストライキ　83, 95, 123, 125, 127, 145, 174, 180, 214, 236, 344
『スバル』　157, 160, 164, 167, 176
『生活学校』　283, 286
生活教育　190, 283
生活単元学習　345, 357, 362-365
生活綴方運動　6, 282-287, 306, 323, 362-365 →綴方運動
政教社　101
政教分離　74
聖書　17, 18, 27, 38, 58, 80, 81, 127, 297
成城学園（小学校，中学校）　130, 186-188, 357
正則英語学校　129
西南戦争　49, 56
成立学舎　42, 52, 119
石陽社　51, 322
切偲塾　55
ゼネスト　83, 90, 93-95
選科　32, 119
専修学校（大学）　38, 111, 194
戦陣訓　73, 291, 292, 304, 332
戦争責任　330, 331, 335-338, 343
仙台神学校（東北学院）　39, 130
専門学校令　110, 114, 115, 193
造士館　31, 109, 128
漱石山房　113
曹洞宗大学林（駒沢大学）　39, 76, 111, 211

た　行

大学　17, 110, 111, 193, 355
——東校　17, 25
——南校　17, 22, 23, 25, 37, 55, 64
——の自治　185, 353
——寮　17
——令　193, 194, 199, 200, 273
大逆事件　92, 96, 97, 99, 101-103, 151, 162, 164-166, 169-171, 173, 176, 188, 204, 213, 263, 264, 277, 289
体操　21, 81, 114, 212
大日本言論報国会　297, 298, 305, 332, 333, 336, 337
大日本帝国憲法　62-67, 70, 180, 181, 205, 262, 335, 347
『太陽』　77, 113, 123, 124, 129, 130, 133, 176
代用教員　4, 34, 42, 117, 122, 128, 130, 135, 139, 140, 143, 145, 146, 152, 155, 184, 211, 283, 284, 308
高山歯科医学院（東京歯科大学）　40

玉川学園　188
治安維持法　96, 204, 205, 207-209, 255, 268, 269, 281, 286, 296, 297, 300, 336
治安警察法　67, 85, 94, 96, 202, 203, 336
知育偏重論　272-274, 298, 306, 346
秩父事件　54
致道館　50
中央大学　38, 111, 193
中学校令　29, 31
中国同盟会　61, 105, 106, 263
朝鮮教育令　103
徴兵猶予　44, 56, 81, 82, 143, 208, 218, 307, 310
徴兵令　42-44, 72
綴方運動　6, 190, 282-284, 286, 287, 306, 323, 360, 363, 364
綴方教育　283-285, 287
『綴方生活』 189, 283
帝国議会　36, 65, 67, 93, 204, 348
帝国教育会　189
帝国憲法　348, 349 →大日本帝国憲法
帝国大学　30-32, 111, 194, 195
　——令　29, 30
『帝国文学』 112, 133
適塾　14, 15, 43, 104
哲学館（東洋大学）　39, 40, 70, 74, 76, 78, 111, 112, 211
　——事件　111
寺子屋　13, 20-22, 24, 41, 139, 143, 343
テロリズム　169, 277
天皇　69, 81, 264, 267, 270, 271, 278, 335
　——機関説　180, 181, 262, 269-271
　——主権説　180, 181, 262
　——制　30, 75, 76, 78, 133, 138, 203, 220, 264, 267, 347-349
　——制廃止　203, 206, 347
統一閣　78, 79
東京一致神学校　38
東京英語学校　26, 31
東京英和学校　38, 70
東京音楽学校　37, 41, 110
東京外国語学校　25, 26, 36, 37, 55, 58, 94, 109, 110
東京開成学校　25, 26
東京高等商業学校　115
東京裁判　331, 333, 343, 347
東京慈恵医院医学校　40
東京商業学校（一橋大学）　36, 109
東京職工学校（東京工業大学）　37, 109
東京専門学校（早稲田大学）　38, 40, 61, 85, 113, 128, 211, 219
東京大学　25-28, 30, 31, 39, 42, 354 →東京帝国大学
　——選科　42
　——予備門　26, 31, 42, 119
東京帝国大学　4, 76, 87, 90, 91, 112, 113, 115, 181, 186, 199, 270 →東京大学
東京農林学校　27, 30, 36
東京美術学校　37, 41, 110
東京物理学校（物理学講習所，東京理科大学）　39, 111, 299, 338, 339
東京法学社（法政大学）　38
同志社　58, 61, 81, 82, 85, 110, 139, 193, 207, 208, 307, 314, 356
　——英学校　38
同人社　18, 38, 51, 61
統帥権　65
東大新人会　181, 202, 203, 208
東北帝国大学　108, 110, 184, 194-198, 215, 221, 231, 281
特別高等警察（特高）　102, 207, 209, 336
特攻隊　312-315, 332
戸水事件　91, 186
『銅鑼』 227, 228, 238, 244
虎ノ門事件　204

な　行

名古屋帝国大学　193
七三一部隊　260, 327, 335
ニ号研究　322, 323
二十一ケ条の要求　178, 183
二松学舎　42, 56
日蓮宗　74, 76, 78, 79, 218, 219, 245, 254, 265, 266, 278, 342
　——大学林（立正大学）　39, 76, 111
日華事変　279, 301
日新館　24, 26
日中戦争　3, 271, 279, 280, 287-289, 292, 301, 333
二・二六事件　46, 275, 277-279, 282
日本英学館　57
日本共産党　203, 206, 348, 349

日本基督公会　38
日本国憲法　346, 347, 349, 350
日本国国憲案（植木枝盛）　62, 63, 66, 348, 349
日本国民高等学校　240, 260, 268
日本社会党　94-96, 101, 137, 202, 349
日本主義　77, 101, 112
日本女子大学校　41, 111, 194, 215
日本大学　111, 193
日本綴方の会　363
日本文学報国会　297, 298, 332
日本力行会　130
沼津兵学校　18
農本主義　266-268
農民運動　53, 56, 202, 205, 275, 276

は　行

配属将校　207, 208
廃藩置県　17, 19
バイブル・クラス　18, 181, 246
博文館　77, 112, 129
八海自由大学　201
八紘一宇　77, 276
花巻高等女学校　41, 215, 221, 238, 352
花巻農学校　4, 81, 114, 220-222, 232, 236-239, 246, 252, 254, 352, 357, 361
藩校　14, 15, 17-26, 80
蕃書調所（洋書調所, 開成所）　15
番町教会　61, 70
稗貫農学校　4, 114, 220-222 →花巻農学校
非戦論　86-88, 90, 94, 132, 150, 246, 262
ファシズム　265, 268, 274, 277, 281, 300
風船爆弾　311, 312, 327
福島事件　53, 54
不敬事件（内村鑑三）　70, 71
武士道　47, 80, 291
『婦人之友』　188
普通選挙　93, 95, 148, 167, 180, 205, 209, 250, 262, 264
――運動　95, 202, 205
――法　181, 182, 204, 205, 207, 209
仏学塾（仏蘭西学舎）　19, 38, 51, 55, 56, 59, 61, 83, 105, 182
仏教　74-76, 78-80, 127, 225, 226, 243, 247, 249
古河財閥　101, 108
文化学院　188, 227, 307
文武館　55
「米国教育使節団報告書」　345, 346, 351, 352, 354
兵式体操　34, 35, 212
平民社　88, 94, 95, 97
平民主義　61, 82, 88, 163
『平民新聞』　88-90, 92, 151, 162, 261
『紅首蓿』　145-147
保安条例　57, 65
法学校　27, 30, 36, 38, 56, 182
砲術塾　14
法政大学　38, 105, 111, 193, 307, 338
捧読式　68, 69, 237, 271
首蓿社　145-147
戊辰戦争　16, 18, 21, 43, 51, 77, 182, 288
北海道帝国大学　18, 232
法華経　76, 77, 142, 219, 220, 250, 252, 253, 259, 260
ポツダム宣言　323, 324, 326-332
『北方教育』　284-286
ポーツマス条約　89, 90

ま　行

前橋自由大学　201
マルクス主義　93, 95, 178, 202, 268, 272-274, 277, 282
満州事変　3, 255-259, 266, 268, 278, 279, 292, 296, 333, 343
満鉄（南満州鉄道）　91, 151, 178, 257, 258
マンハッタン計画　323, 324
満蒙開拓青少年義勇軍　260, 261, 269, 308, 328, 360
『三田文学』　113
南満州鉄道（満鉄）　90, 91, 151, 257
『明星』　90, 114, 124, 128, 129, 133, 134, 145, 157, 164, 261, 262
明星学園　188
民間情報教育局（ＣＩＥ）　345
民権主義　105, 106
民主主義　5, 56, 85, 86, 95, 179, 203, 244, 262, 280, 324, 339, 346, 349, 350, 361, 365
民本主義　181
民友社　61, 79, 82, 83, 124
無政府主義　92-100, 102, 159, 162, 163,

166, 169-171, 207, 243, 244 →アナーキズム
明治学院　38, 82, 307
明治大学　38, 110, 193, 275
明治法律学校（明治大学）　38
明法寮　27
明倫館　14
メーデー　202, 204
最上共働村塾　240, 362
盛岡高等農林学校　4, 110, 194, 214, 215, 231
盛岡師範学校　23, 25, 52, 119
盛岡女学校　37, 40, 52, 125, 132, 188
盛岡浸礼教会　246
盛岡中学校（旧制）　3, 4, 25, 32, 35, 45, 46, 52, 74, 78, 114, 119-121, 124, 127-130, 133, 134, 139, 150, 154, 157, 170, 177, 212-214, 218, 228, 236, 245, 246, 259, 288, 290, 308, 352
森戸事件　203
文部省　17, 33, 44, 55, 68, 112, 114, 141, 188, 271, 272, 345, 346

や　行

野外授業　231
山口高等中学校　31
唯物論研究会　274, 300, 355
有功学舎　24
猶存社　265
洋学　15, 17, 18, 21, 29, 38
——塾　18, 38
養賢堂　22, 24, 26
養子　18, 43
洋書調所　15 →蕃書調所
幼年学校　45, 93, 120, 130, 186, 259
予科練　307, 308, 310, 344
『万朝報』　57, 80, 84-88, 94, 112, 119, 123, 132, 261

ら　行

羅須地人協会　5, 216, 239, 240, 243, 246, 248, 250, 252, 285, 343, 362
蘭学　14, 15, 18, 22, 101
——塾　14, 15, 18
理化学研究所（理研）　198, 199, 301, 321, 332
理科　33, 141, 187, 357, 360
——教育　187, 305, 357, 365
『理科教育』　188
——教育研究会　188, 357
陸軍現役将校学校配属令　207, 237
陸軍士官学校　3, 17, 44-46, 72, 128, 130, 133, 177, 186, 259, 261, 265, 266, 275, 288, 306, 307, 310, 344
陸軍大学校　44-46, 259, 288
理研　199, 299, 311, 322, 326 →理化学研究所
立教学校（中学）　38, 82
立教大学　111, 194, 307
立憲改進党　53
立志学舎　50, 51
立志社　49-51, 62, 66
立身出世主義　124, 234, 235, 358
黎明会　181
老荘思想　93, 100
労働運動　84, 95, 163, 174, 202, 205, 257, 358
労働争議　95
労働農民党（労農党）　205, 209, 248-250
浪漫主義　77, 78, 113, 121, 124, 131, 132, 156, 158, 171, 220, 261
ロシア革命　90, 93, 178, 179, 202

わ　行

早稲田大学　38, 111, 148, 182, 193, 205, 262, 340 →東京専門学校
『早稲田文学』　77, 113, 161

関連年表

西暦	元号	教育関係（啄木と賢治を含む）	主な出来事
1793	寛政 5		寛政改革
97	9	昌平坂学問所，幕府直轄となる	
1838	天保 9	緒方洪庵，適塾を開く	
42	13		天保改革
43	14	水戸藩，弘道館設立	
53	嘉永 6		ペリー来航
54	安政 1		日米和親条約
56	3	蕃書調所設立（のち洋書調所，開成所）。吉田松陰，松下村塾を開く	
58	5	お玉が池種痘所（のち医学所）開所。福沢諭諭吉，蘭学塾（のち慶応義塾）を開く	日米修好通商条約。安政の大獄
60	万延 1		桜田門外の変
63	文久 3	ヘボンら英語塾を開く	
65	慶応 1	盛岡藩，作人館創立	
66	2		薩長連合
67	3		大政奉還。王政復古の大号令
68	明治 1		戊辰戦争。五箇条の誓文
69	2	静岡藩，静岡学問所，沼津兵学校設立	版籍奉還
70	3	大学（年内に閉鎖）・大学南校（のち開成学校）・大学東校（のち医学校）開設	
71	4	文部省を創設。工部省に工学寮（のち工部大学校），司法省に明法寮（のち法学校）を設置。熊本洋学校開校	廃藩置県
72	5	福沢諭吉，『学問のすゝめ』刊行。東京に師範学校（のち高等師範学校）を設置，学制を制定。小学校の設立はじまる	
73	6	渋民小学校開校。大阪と仙台に官立師範学校開設（翌年，新潟・名古屋・広島・長崎にも）	徴兵令。明治 6 年の政変
74	7	女子師範学校（のち女子高等師範学校）を設置。高知に立志社・立志学舎を設立。中江兆民，仏蘭学舎（のち仏学塾）を設立。立教学校開校	民撰議院設立建白。佐賀の乱。陸軍士官学校設置
75	8	新島襄，同志社創立。河野広中，石陽社設立	
76	9	札幌農学校設置。盛岡師範学校設置	海軍兵学校設置
77	10	開成学校・医学校を統合して，東京大学	西南戦争

		設置。東京をのぞく官立師範学校を廃止，府県立の師範学校の整備をうながす	
78	11	駒場農学校（のち東京農林学校）設置。盛岡求我社・行余学舎設立	軍人訓戒発表
79	12	教育令制定。	
80	13	集会条例（教員・生徒の政治集会への参加禁止）。教育令を改正。東京法学社（現法政大学），専修学校（現専修大学）設立，公立岩手中学校（のち盛岡中学校）開校	
81	14	小学校教則綱領，小学校教員心得を定める。明治法律学校（現明治大学）設立	明治14年の政変。国会開設の勅諭。自由党結成
82	15	徳富蘇峰，大江義塾開設。東京専門学校（現早稲田大学）開設。ペスタロッチ教育学の紹介	福島事件。改進党結成。軍人勅諭公布
83	16		陸軍大学校開校
84	17		農村不況広がる。秩父事件
86	19	帝国大学令公布。東京大学を帝国大学と改称，法学校，工学大学校を統合（1890年，東京農林学校を統合）。師範学校令（尋常・高等），小学校令（尋常・高等，尋常4年義務制）。，中学校令（尋常は各府県1校，高等は全国に5校）◆啄木，生まれる（2月20日）	
87	20	ハウスクネヒト，ヘルバルトの教育学を紹介。東京美術学校・東京音楽学校（現東京芸術大学）開校。井上円了，哲学館（現東洋大学）を設立	『国民之友』創刊
88	21		海軍大学校開校
89	22		大日本国憲法発布
90	23	教育勅語発布	第1回帝国議会。『国民新聞』創刊
91	24	内村鑑三の不敬事件起こる	足尾鉱毒事件問題化
92	25	盛岡女学校（現盛岡白百合学園高校）創設。	『万朝報』創刊
94	27		日清戦争（—95）
95	28		下関条約
96	29	◆賢治，生まれる（8月27日）	
97	30	京都帝国大学設立	
98	31	◆啄木，盛岡尋常中学校入学（翌年盛岡中学校，上級生に米内光政，及川古志郎，板垣征四郎ら）	

99	32	中学校令・実業学校令・高等女学校令公布。宗教と教育の分離令	
1900	明治33		立憲政友会，軍部大臣現役武官制。『明星』創刊
1	34		社会民主党結成。米内光政，海軍兵学校卒業
2	35	広島高等師範学校設置，盛岡高等農林学校設置。◆啄木，盛岡中学校退学	
3	36	小学校教科書国定化。七博士対露強硬論発表	平民社結成。『平民新聞』発刊。幸徳秋水『社会主義の神髄』。『万朝報』，非戦論から主戦論へ。及川古志郎，海軍兵学校卒業
4	37		日露戦争（—05）。板垣征四郎，陸軍士官学校卒業
5	38		東北大凶作
6	39	◆啄木，渋民小学校代用教員，「雲は天才である」執筆	日本社会党結成
7	40	義務就学6年制，東北帝国大学設置。◆啄木，免職。『苜蓿』編集者，函館弥生小学校代用教員。以後，北海道漂泊	
8	41	奈良女子高等師範学校設置	赤旗事件。夏目漱石『三四郎』（『それから』09年，『門』10年）
9	42	◆啄木，朝日新聞社校正係　◆賢治，盛岡中学校入学	伊藤博文暗殺
10	43	九州帝国大学設置。◆啄木，「時代閉塞の現状」。◆啄木，『一握の砂』刊行	ハレー彗星接近。大逆事件。韓国併合
11		花巻高等女学校創設。◆啄木，『呼子と口笛』の稿成る	辛亥革命
1912	明治45／大正1	◆啄木，永眠（4月13日）	『近代思想』創刊
13	2		護憲運動
14	3		第一次世界大戦（—18）に参戦。田中智学，国柱会（立正安国会を改称）
15	4	◆賢治，盛岡高等農林学校に入学	中国に二十一カ条の要求
16	5		吉野作造，民本主義の論文。北一輝『日本改造法案大綱』
17	6	成城小学校設立	

18	7	北海道帝国大学設置。『赤い鳥』創刊。大学令公布　◆賢治，盛岡高等農林卒業，研究生（1年間）	原敬内閣
19	8		朝鮮，3.1独立運動。中国，5.4運動
20	9	◆賢治，国柱会入会	
21	10	八大教育主張講演会。西村伊作，文化学院創設。羽仁もと子，自由学園創設。◆賢治，稗貫農学校教諭（翌々年，花巻農学校）	
22	11		日本共産党結成
23	12	池袋児童の村小学校開設	関東大震災，大杉栄虐殺される
24	13	川井訓導事件。◆賢治『春と修羅』『注文の多い料理店』刊行	
25	14	陸軍現役将校配属令。京城帝国大学設置	治安維持法，普通選挙法
1926	大正15／昭和1	学連事件。◆賢治，花巻農学校依願退職	労農党結成
27	2	◆賢治，羅須地人協会開設	
28	3	台北帝国大学設置	最初の普通選挙。3·15事件（共産党員の検挙）
29	4	成田忠久ら北方教育社結成，『綴方生活』創刊	アメリカ株式市場大暴落（世界恐慌のはじまり）
30	5	『北方教育』創刊	
31	6	大阪帝国大学設置	満州事変（板垣征四郎と石原莞爾が計画・指揮）
32	7	国民精神文化研究所設立	血盟団事件，5.15事件
33	8	教員赤化事件。『教育』創刊。◆賢治，永眠（9月21日）	
34	9		東北大凶作
35	10	『生活学校』創刊。天皇機関説事件，国体明徴声明	
36	11		2.26事件
37	12	教育科学研究会設立。『国体の本義』刊行	日中戦争，日独伊防共協定
38	13		国家総動員法
39	14	名古屋帝国大学設置。	第二次世界大戦（—45）
40	15		米内光政内閣，近衛内閣（第2次），日独伊三国同盟成立（及川古志郎海相同

			意），大政翼賛会発会
41	16	国民学校令公布。教育科学研究会解散	戦陣訓布達，東条英機内閣成立。太平洋戦争（—45）
42	17		日本文学報国会。ミッドウェー海戦
43	18	学徒出陣	大日本言論報国会
44	19	学童疎開促進要綱。学徒勤労令	東条内閣退陣。小磯国昭内閣（米内光政海相，副総理格で入閣）。最高戦争指導会議設置。『中央公論』『改造』廃刊
45	20	学校授業停止（4月から，国民学校初等科をのぞく）。文部省「新日本建設ノ教育方針」発表	東京大空襲，沖縄戦，広島・長崎に原爆投下。ポツダム宣言受諾。陸軍士官学校，海軍兵学校など閉校。高村光太郎，花巻郊外で独居自炊
46	21	米国教育施設団来日。教育刷新委員会設置。庶民大学三島教室，鎌倉アカデミア，京都人文学園開設	公職追放。日本国憲法公布。極東国際軍事裁判（東京裁判）始まる
47	22	教職追放。教育基本法・学校教育法公布。新制小学校・中学校発足。社会科授業開始。日本教職員組合結成	第1回総選挙
48	23	新制高等学校・大学発足。教育委員会法公布	東京裁判判決，東条英機，板垣征四郎ら死刑執行
49	24	レッドパージ	
50	25	日本綴方の会結成（翌年，日本作文の会）	警察予備隊新設。朝鮮戦争（—53）
51	26	無着成恭『山びこ学校』刊行。教育科学研究会再興	

著者紹介

荒川　紘（あらかわ　ひろし）

1940年，福島県に生まれる。
東北大学理学部卒業，東洋大学，東京職業訓練短期大学校，静岡大学勤務をへて静岡大学名誉教授。2007年から愛知東邦大学人間学部教授。科学思想史専攻。
著書：『古代日本人の宇宙観』『日時計＝最古の科学装置』『科学と科学者の条件』『車の誕生』『世界を動かす技術＝車』（以上，海鳴社），『龍の起源』『日本人の宇宙観』『東と西の宇宙観・東洋篇』『東と西の宇宙観・西洋篇』（以上，紀伊國屋書店），『教養教育の時代と私』（石榴舎，私家版）。

新曜社

教師・啄木と賢治
近代日本における「もうひとつの教育史」

初版第1刷発行　2010年6月30日©

著　者　荒川　紘
発行者　塩浦　暲
発行所　株式会社　新曜社
101-0051　東京都千代田区神田神保町2-10
電話（03）3264-4973（代）・FAX（03）3239-2958
E-mail：info@shin-yo-sha.co.jp
URL：http://www.shin-yo-sha.co.jp/

印　刷　長野印刷商工　Printed in Japan
製　本　渋谷文泉閣
ISBN978-4-7885-1201-6　C1037